Crepúsculo de Avalon

ANNA ELLIOTT

CREPÚSCULO DE AVALON

UM ROMANCE DE TRISTÃO E ISOLDA

Tradução
Ebréia de Castro Alves

leia

Título original: *Twilight of Avalon*
Copyright © 2009 by Anna Elliott

Todos os direitos reservados. Nenhuma parte desta obra pode ser reproduzida ou transmitida por qualquer forma ou meio eletrônico ou mecânico, inclusive fotocópia, gravação ou sistema de armazenagem e recuperação de informação, sem a permissão escrita do editor.

Direção editorial
Soraia Luana Reis

Editora
Luciana Paixão

Editor assistente
Thiago Mlaker

Assistência editorial
Elisa Martins

Preparação de texto
Rebeca Vilas-Bôas Cavalcanti

Revisão
Ana Lucia S. dos Santos
Ana Cristina Garcia

Capa, criação e produção gráfica
Thiago Sousa

Assistente de criação
Marcos Gubiotti
Juliana Ida (ilustração de capa)

Imagem de capa: © Christophe Boisvieux/Corbis

CIP-Brasil. Catalogação-na-fonte
Sindicato Nacional dos Editores de Livros, RJ

E43c   Elliot, Anna
           Crepúsculo de Avalon / Anna Elliot; tradução Ebréia de Castro Alves.
           – São Paulo : Prumo, 2009.

           Tradução de: Twilight of Avalon
           ISBN 978-85-7927-003-1

           1. Ficção americana. I. Alves, Ebréia de Castro. II. Título.

09-1314.
                                                                      CDD: 813
                                                                      CDU: 821.111(73)-3

Direitos de edição para o Brasil: Editora Prumo Ltda.
Rua Júlio Diniz, 56 – 5º andar – São Paulo/SP – CEP: 04547-090
Tel: (11) 3729-0244 - Fax: (11) 3045-4100
E-mail: contato@editoraprumo.com.br / www.editoraprumo.com.br

Ao meu pai,
que me ensinou a escrever.

Personagens

Mortos antes do começo da história

Artur, Rei dos Reis da Inglaterra, irmão de Morgana. Morto na batalha de Camlann.
Constantino, herdeiro de Artur como Rei dos Reis da Bretanha, marido de Isolda.
Guinevere, esposa de Artur. Traiu Artur para se tornar Rainha de Modred°. Mãe de Isolda.
Modred, filho traidor de Artur e pai de Isolda. Morto ao lutar contra Artur na batalha de Camlann.
Morgana, mãe de Modred, que muitos julgavam ser feiticeira.

Governantes da Inglaterra

Coel, Rei de Rhegged.
Huel, filho de Coel.
Isolda, filha de Modred e Guinevere, Rainha das Rainhas. de Constantino, Lady de Cammelerd.
Madoc, Rei de Gwynned.
Mark, Rei da Cornualha.
Owain, Rei de Powys.

° Ou Mordred. (N.T.)

Do Lado de Fora das Muralhas de Tintagel°

Bran, jovem escravo fugitivo.
Irmão Columba, eremita cristão.
Hereric, saxão amigo de Tristão.
Tristão, mercenário e criminoso saxão.

Outras Personagens

Octa, saxão Rei de Kent.
Brychan, comandante da guarda de Constantino.
Cyn, saxão prisioneiro em Tintagel.
Dera, seguidora do acampamento do exército.
Ector, fabricante de armas de Constantino.
Erbin, soldado da guarda do Rei Mark.
Hedda, escrava saxã e criada de Isolda.
Hunno, soldado da guarda do Rei Mark.
Merlin, principal sacerdote druida e cantador de versos de Artur.
Nest, prima e castelã do Rei Mark.
Márcia, criada de Nest.

° Vilarejo na costa atlântica da Cornualha, e suposto local de nascimento do Rei Artur. (N.T.)

Prólogo

Sou cantora, sou feita de aço
Sou sacerdotisa, sou serpente
Sou amor

É isso que digo para invocar as visões na taça de pitonisa. Três gotas de óleo para adoçar as águas. Três gotas de sangue como pagamento para levar ao mundo da Luz.

Em nome da terra e do fogo, da água e do ar. Pela Dama de Prata e pelo Senhor do Ouro. Faça deste espaço um local de união, um mundo entre os mundos. Que as nove maçãs de prata ressoem.
Permita que Avalon renasça aqui.

O padrão da taça de previsões é tão antigo quanto as palavras, suas inscrições estão suavemente gastas, embora eu ainda possa segui-las com os dedos de uma das mãos, e são tão familiares quanto as linhas da minha palma. Serpentes de eternidade para sempre engolindo suas caudas.

E me pergunto se é verdade o que elas dizem: que o tempo é uma curva infinita. E sob que forma renascerei quando a roda completar mais um giro. E que corpo Artur ocupará.

E se essa volta será, pelo menos, uma era de amor.

Meu nome é Morgana. Na linguagem antiga, significa "gerada pelo mar". Morgana de Avalon. Nereida das águas da ilha sagrada do vidro.

Realmente, um nome louvado para a menina indesejada da esposa assassinada de Uther, o Pendragon?[1] Mas mesmo nesse mundo todos nós nos elevamos e caímos nas voltas da roda da serpente.

---

1 Pai do Rei Artur. (N.T.)

— Você está pronta? — pergunto, e a menina ao meu lado faz um sinal positivo com a cabeça.

Sua mãe, Isolda, a chama. Ela é linda.

— Então feche os olhos.

Eu entrego-lhe dois gravetos, um em cada uma das mãos estendidas.

— Agora me diga qual é o de carvalho e qual é o de faia.

Ela começa a esfregar a casca com o polegar, mas eu a faço parar, e esfrego outro graveto com força no dorso de sua mão.

— Não com as mãos, com a cabeça. Existe uma voz em todas as coisas vivas. Um fio que nos liga a Dana, a grande Mãe Terra. Que ecoa como as cordas da lira de um tocador de harpa invisível, se formos capazes de nos ensinar a ouvir. Tente perceber o espaço dentro de você onde as cordas da harpa estão ligadas, e ouvirá a voz dos gravetos. Ou das árvores. Ou dos homens e mulheres que criam o padrão de nossas vidas, unindo futuro e passado numa coisa só. E essa é a Visão. Um presente dos Antepassados, seu por nascença e por sangue.

Quando por fim permito que ela olhe na taça da pitonisa, a água mostra apenas óleo em redemoinho e sangue que se dispersa. E então, muito lentamente, o rosto de um recém-nascido assume forma. Vermelho de chorar, com a boquinha contraída num "O" silencioso. E um homem velho e grisalho numa túnica esfarrapada de druida se inclina sobre o berço da criança e levanta uma das mãos.

Pergunto-me: "A história começa aqui? Quando o Rei dos Reis Uther, o Pendragon — meu pai —, declarou guerra a Gorlois[2] da Cornualha? Quando ele afirmou sob juramento suas mentiras de adultério e feitiçaria como justificativa para ver minha mãe morrer queimada? Quando assumiu a Dama Ygraine de Gorlois como sua rainha e a engravidou de um menino. E subornou

---
2 Duque da Cornualha na época pré-arturiana. (N.T.)

seus sacerdotes com ouro para que afirmassem que a gravidez era vontade dos deuses e vaticinassem que apenas o filho de Uther e Ygraine salvaria a Bretanha das hordas saxônicas invasoras? Outrora existiu um rei, o Rei Artur, filho de Pendragon e de sua Rainha Ygraine. Destinado desde o nascimento a guerrear contra as invasões saxônicas. Era isso que diziam as canções dos tocadores de harpa.

Ou será que a história começa ainda mais cedo? Com o primeiro saxão que chegou às praias bretãs, a primeira gota de sangue derramada quando ele se apossou de terras que não lhe pertenciam? Ou talvez ainda mais cedo, quando os romanos saquearam os lugares e as grutas sagradas dos Antepassados.

Quando Avalon, outrora a ilha sagrada dos druidas, tornou-se no mundo apenas um nome numa narrativa.

O bebê e o velho cintilam e se dissolvem. A água fica anuviada por um instante, e depois as formas começam a se delinear mais uma vez.

Agora um rosto de menino. Mais velho, quase um homem. Corado de bebida, com os olhos ao mesmo tempo enevoados e vivos, o rosto ainda manchado por uma linha desbotada de sangue seco. Ele ergue um chifre[3] de bebida e atira um gole para trás, ri, agita a "caneca" e grita que quer mais.

Todos os homens olham, depois de mais uma batalha vencida.

A cabeça dele se movimenta, examinando o recinto, e então seus olhos se fixam numa moça. Um ou dois anos mais velha do que a menina ao meu lado, mas com os mesmos cabelos pretos e pele alva como leite.

Na verdade, Isolda se parece muito comigo. Com a minha aparência aos quinze anos.

O rapaz-homem sorri. E preciso me esforçar para não mergulhar as mãos na taça de previsões, para não incliná-la para o chão. Mas, afinal de contas, as águas da taça mostram-se

---

3 Antigamente usado como recipiente de bebida no norte da Europa, provinha de urus (animais semelhantes a búfalos). (N.T.)

generosas. A imagem se dilui e se dissolve, e minha neta não verá como seu pai Modred foi concebido.

Mesmo após tantos anos, a mágoa ainda não foi embora, é uma brasa pronta para se transformar em chama; o gosto na minha boca é tão amargo quanto bile.

Embora, para ser justa, na época Artur também fosse jovem. Acho que posso reconhecer isso agora. E gostava muito de tomar uns tragos, como mostrou a taça das previsões. Estaria muito "alto" para ouvir uma garota gritar "não" ou para não reconhecê-la como sua meio-irmã? Ou se importar se a rotulassem de "prostituta"?

Não sei dizer.

Quando a imagem na água se forma novamente, certa mulher usando o hábito de mulher santa cristã está sentada numa cama de madeira em uma cela estreita. A cela está vazia, à exceção de uma vela[4] e de um jarro d'água no chão. Ela olha fixamente para a parede: os olhos são inexpressivos e vazios, e do mesmo tom cinza-claro dos da garota ao meu lado.

E então ela agarra a jarra d'água e a atira com força no chão.

Suponho que deveria sentir pena de Guinevere, recém-casada com Artur. Logo eu, que sabia muito bem quem era Artur. Sabia que esperar que ela tivesse coragem e lutasse seria o mesmo que pedir a um coelho que enfrentasse uma alcateia.

Realmente, era surpreendente que Guinevere tivesse tido a ousadia de trair Artur com meu filho, embora ela fugisse para um convento, em lugar de ao menos enfrentar a ira do marido.

Pelo menos ela morreu pouco depois, e a criança foi deixada aos meus cuidados. E, com a graça de Deus, a menina não tem nada da mãe, só os olhos cinzentos de Guinevere.

Com a jarra quebrada, a imagem também se interrompe, e depois volta a se formar. Pela última vez.

---

4 Possivelmente, de gordura de baleia. (N.T.)

Dois homens. Poderiam até ser irmãos: ambos têm cabelo preto, ombros largos e olhos intensamente escuros. Modred tira a túnica pela cabeça e começa a se banhar, espalhando água no peito. Sua pele é cor de canela dourada. O segundo homem observa e parece estar com fome. Ele passa a língua nos lábios secos. Esse homem é um guerreiro; tem cicatrizes de batalha no rosto e na parte inferior dos braços. Entretanto, nos seus olhos, vejo a sombra de um menino, cheio de dor com os golpes que o pai lhe inflige e se esforça ao máximo para não chorar. Porque só se é castigado quando se é fraco. E talvez amanhã seu pai o ame. Se ele conseguir aprender a ser corajoso. É possível que todos nós tenhamos uma criança assim enterrada lá no fundo do nosso íntimo. E é apenas essa criança enterrada em Mark da Cornualha que nunca deixou de chorar durante todos esses longos anos.

Há vezes em que eu daria muita coisa para abdicar do dom da Visão. Olhar para Artur e ver somente o rei, não o menino que recebeu o trono e uma espada pesada demais para usar com destreza quando nosso pai Uther morreu; que treinava à noite com medo de não conseguir estar à altura das profecias e das lendas de fogo e fazia cócegas nos gatos do estábulo para pegar o calor do pelo deles.

O Modred na taça de pitonisa ergue os olhos e vê Mark observando. Vê a expressão no rosto do outro homem. É de fome, aliás, é mais do que isso: é de desejo. E por um momento meu filho fica atônito e depois surge a repulsa espontânea, involuntária e descuidada em seus olhos.

E, sem dizer palavra, Mark se vira e sai em largas passadas do recinto, e a imagem desaparece. A taça contém apenas água, sangue e óleo.

Olho para a criança ao meu lado. Suponho que seja um tipo de compensação por ter sido aprisionada numa narrativa. Se uma alma vive a cada menção de seu nome, serei para sempre jovem e linda como a Morgana das narrativas.

Como é essa criança agora.

Ela tem mãos de curadora, bem como a Visão. E um temperamento explosivo. Saiu a mim.

E ela agora tem, pelo menos, um lampejo do sangue e da carne e dos ossos nas canções dos bardos.

Outrora existiu um rei, o Rei Artur, filho de Pendragon e de sua Rainha Ygraine. Destinado desde o nascimento a travar uma guerra contra os saxões. A rainha de Artur era Guinevere, a dama de mãos alvas e cabelo dourado. E no reinado de Artur, o Corajoso, houve paz na Inglaterra, terras sem pilhagens e sem medo.

Mas a Rainha Guinevere não deu um herdeiro ao Rei Artur.

Por isso Artur nomeou Modred seu herdeiro. Modred, filho de sua irmã Morgana, que alguns afirmam ser uma mulher sábia, outros dizem ser uma feiticeira. Mas, de todos os homens que lutaram ao lado de Artur, nenhum era mais corajoso nem mais amado pelo rei do que Modred, seu herdeiro.

Mas foi Modred que traiu seu rei. Que se apossou do trono. Que coagiu Guinevere a trair Artur, seu Senhor. Que gerou uma filha com Guinevere, filha da traição e do pecado.

É isso que dizem as canções dos tocadores de harpa. Fios brilhantes na tapeçaria da terra.

Pergunto-me se as narrativas, tanto quanto qualquer outra coisa que eu, Modred ou Artur tenhamos feito, tenham conduzido a este momento agora, a esta reunião em Camlann, e imediatamente fico gelada, com um sentimento que se espalha e do qual tenho receio, que é o medo. E não há lugar para medo agora.

Mark, o mais forte dos aliados do meu filho, já se foi. E amanhã dois reis disputarão uma batalha: Artur e Modred. Meu irmão e o filho dele... meu filho.

Já contei inumeráveis histórias de uma época antes da Inglaterra, de mundos além do nosso. Quando eu dava pontos numa ferida de um soldado ou ajudava uma mãe a dar à luz a um filho. Mas esta história... minha própria história... será que eu poderia tê-la transformado numa narrativa de perdão, em lugar de vingança? De bênção em vez de destruição?

Ou terão sido as tramas desta história tecidas há tanto tempo, por certa mão que não a minha, e o final determinado e imutável como uma das antigas narrativas dos druidas?

Em um instante, peguei a faca, segurei-a firme na palma da mão, e depois na da menina. A filha do meu filho. E neta de Artur, além de ser a filha que sua mulher gerou de outro homem. Esse pensamento é muito estranho.

Ela respira profundamente, mas não grita.

Os padres cristãos pregam furiosa e veementemente contra os estilos antigos, mas o Deus deles certa vez também exigiu o sacrifício do seu sangue em pagamento pela alma dos homens.

Deixo que o sangue goteje nas águas enevoadas da taça. Se encurralei a criança ao meu lado na rede de uma narrativa, que essa oferenda de sangue nos una em algum lugar... no mundo da Luz. Que ela fique protegida. Que eu a veja a salvo do mal.

Livro I

Capítulo 1

Os olhos do homem morto estavam sobrecarregados de ouro. Da entrada da capela, Isolda viu as moedas cintilarem e reluzirem à luz das velas acesas no altar acima. Era o pagamento das mulheres devotas que o transportariam de balsa nas águas até a ilha de vidro. Ou talvez fosse uma forma de manter fechados os olhos cegos; afinal de contas, essa era uma igreja, consagrada a Jesus Cristo, Deus. Os antigos sistemas não teriam lugar aqui.

Isolda ficou parada, os olhos adaptando-se ao obscurecimento do lugar. Até a capela em Tintagel estava impregnada do cheiro do mar, as pedras mesmo aqui soavam como a harpa de um cantador de versos, com o eco de tudo que os muros da fortaleza haviam visto, como Uther, o Pendragon, derrotando o duque de Gorlois e conquistando a esposa do duque, Ygraine, para ser sua rainha, o nascimento de Artur, Senhor das Batalhas. Artur, que havia cavalgado para fora desses muros para escorraçar os saxões com uma sequência de golpes esmagadores, dessa forma garantindo a paz na Bretanha durante algum tempo.

E tudo isso, pensou Isolda, terminava aqui e agora, com a morte desse Rei Constantino, herdeiro de Artur.

Ela havia visto lutadores com ferimentos de lanças ou espadas putrefeitos de tal maneira que o braço ou a perna precisava ser extirpado para que se pudesse salvar a vida do soldado. Ela mesma fizera as remoções necessárias, segurara as facas quentes para cauterizar os membros decepados e deter o sangramento. E tinha também visto como, por um momento breve e abençoado depois de o metal reluzente tocar-lhes a pele, os homens haviam ficado paralisados, imunes à dor, antes de desmaiar ou começar a gritar.

O mesmo se passava com ela agora.

O pôr do sol outonal estava chegando, carregando com ele a névoa cheia de sal que se chocava nos penhascos denteados do oceano abaixo, e a capela estava úmida e fria. E talvez, pensou Isolda, a paz tenha terminado há muito tempo, quando o próprio Artur caiu em decadência. E esses últimos sete anos tenham apenas sido parte dessa mesma queda longa.

Um escudo, que igualmente ostentava o estandarte vermelho vivo do Pendragon, jazia no peito do homem morto, e no chão ao redor do caixão viam-se os machados das grandes batalhas, os facões, o elmo com sua argola real de ouro e a espada dourada cravejada de pedras preciosas que ele costumava levar para os combates. Isolda fechou mais o manto que a cobria, depois saiu da sombra da porta assustada.

No mesmo instante, o guarda armado e de elmo à esquerda do altar ficou em posição de sentido, e a mão se moveu automaticamente para o punho da espada. Seu companheiro, o homem mais forte e mais alto dos dois, estivera posicionado ao lado do caixão, de costas para Isolda, mas ao ouvir os passos desta girou para encará-la. Isolda olhou para os dois homens. Não conhecia nenhum dos dois guardas, mas reconheceu o emblema do javali que seus escudos exibiam.

Eram homens de Mark.

Ela deixou que o capuz de seu manto escorregasse até os ombros e viu que os guardas se acalmaram ligeiramente quando olharam para o rosto dela. Isolda se lembrou de que uma de suas criadas mais velhas lhe disse, com doçura maldosa, que ela era a própria imagem de sua avó quando jovem.

As histórias dos tocadores de harpa exaltavam a beleza de Morgana. Cabelo negro como as asas da graúna, e uma beleza que seduzia e arruinava a alma de um homem. Mas não era à beleza que Isolda agradecia, em ocasiões como essa, mas parecer-se com Morgana, a filha de Avalon. A avó, que, por sete anos, significara para ela apenas um nome naquelas histórias.

Os guardas abaixaram a cabeça numa reverência, mas agora o homem que estivera ao lado do esquife se aprumou e perguntou:

— A senhora está sozinha, *milady*?

Era o mais velho das duas sentinelas, teria quarenta, quarenta e cinco anos, tinha cicatrizes de batalha, mãos grandes e fortes.

— A senhora não deveria ter vindo sem um guarda.

Isolda sentiu uma leve pontada na nuca, mas apenas disse:

— Quero ficar algum tempo de vigília. Não preciso de nenhum guarda aqui.

Viu que os dois homens trocaram um olhar rápido de esguelha, e então o primeiro deles disse, sem rodeios:

— A senhora tem um momento para fazer as orações que desejar, mas depois vamos providenciar que volte a salvo para o recinto das mulheres. O perigo está em toda parte em épocas como esta.

Isolda enrijeceu, levantou as sobrancelhas e disse, antes de conseguir se deter:

— E é você que me diz isso?

Seu olhar pousou mais uma vez na figura imóvel sob o escudo do dragão, e ela respirou lentamente, dispondo-se a disfarçar a raiva do seu tom de voz:

— Posso saber os nomes de quem cuida com tanto desvelo de minha vida?

Mais uma vez, ela viu que os dois homens trocaram olhares oblíquos; a luz das velas reluzia no branco dos olhos deles. Então o mais velho disse:

— Sou Hunno, senhora, e este — apontou a cabeça para o companheiro — é Erbin.

— Muito bem, então, Hunno... e Erbin. — Ela olhou de um homem para o outro. — Eu lhes agradeço por sua preocupação, mas o senhor rei meu marido morreu há apenas três dias. E quero ficar sozinha com minha dor. Vocês estão liberados de suas obrigações esta noite. Podem ir embora.

— Obrigada, senhora. — O maxilar de Hunno estava firme, e a voz continuava seca. — Mas temos ordens de nosso chefe e Senhor Mark. Vamos ficar.

Um arrepio percorreu Isolda à lembrança do que lhe havia custado sair sozinha, mesmo que por pouco tempo. "E tudo isso por nada", pensou, "pois não posso forçá-los a ir embora".

— Ordens? — repetiu ela. — Meu Senhor Mark pode ser o Rei da Cornualha, mas Tintagel continua a ser o domínio do Rei dos Reis, como tem sido desde que Uther, o Pendragon, assumiu o trono. Não é Mark quem dá as ordens aqui.

— É mesmo, senhora? — Uma luz astuciosa e má apareceu nos olhos de Hunno. — E então, quem é que dá as ordens? Como a senhora disse — ele moveu a cabeça para trás em direção ao esquife e às armas reluzentes de guerra —, seu marido, o Rei Constantino, morreu. Mesmo a viúva de um rei tem reduzido poder próprio.

O segundo guarda, um jovem esguio e moreno com rosto magro e nervoso, mexeu-se constrangido com as palavras de Hunno e, para amenizar o que o companheiro havia dito, pôs-lhe a mão no braço, mas Hunno a retirou impaciente e deu um passo em direção a Isolda.

— E então, minha senhora?

Isolda forçou-se a ficar imóvel e perguntou suavemente:

— Você por acaso esqueceu, Hunno, quem sou eu?

Hunno fez menção de dar outro passo à frente, mas se deteve, e ela viu um lampejo momentâneo de algo que poderia ser medo no fundo dos olhos dele.

Os olhos de Isolda se concentraram no vulto imóvel no caixão, com as mãos flácidas nas dobras do forro escarlate, e ela respirou fundo, levantou os olhos e disse:

— Deixem-me sozinha. Mas, antes de irem, devolvam o anel que tiraram da mão direita de meu marido.

Ela ouviu o homem mais jovem, Erbin, arfar ruidosamente, mas Hunno não se mexeu. O medo se apossou dela, que pensou, como fizera sempre em ocasiões assim: "E se, afinal de contas, eu tiver pensado errado...".

Contou seis, depois sete batimentos do seu coração enquanto se forçou a esperar, com a mão estendida, fixando os olhos de Hunno. E finalmente, com um resmungar raivoso e uma expressão meio aborrecida e meio temerosa, Hunno tirou algo de baixo do cinto e o largou na mão estendida de Isolda.

Por um momento, seu olhar fixou-se no de Isolda, e depois ele se virou para Erbin e disse:

— Então venha. — Sua voz estava zangada; o tom, brusco:

— Ainda deve haver cerveja no Salão do Fogo.

Hunno girou nos calcanhares, mas, antes de segui-lo, Erbin deu um passo em direção a Isolda e disse, apressado e gaguejante:

— Perdoe-nos, senhora. Não quisemos...

Isolda o interrompeu abruptamente, com a mão apertando o anel na palma da mão:

— Não cabe a mim perdoar. Fiquem em paz com o Rei e saiam. — Ela fez uma pausa, olhou de novo para os dois homens e acrescentou, muito tranquilamente: — Saberei se vocês desobedecerem.

Isolda esperou até extinguir-se o som das pisadas das botas, depois exalou um suspiro trêmulo e apertou os olhos por um instante, sentindo uma fisgada de suor nas costas, apesar do frio que fazia. Depois, lentamente, virou-se mais uma vez para o caixão aberto. "Faz sete anos", pensou. "Há sete anos luto essa batalha, mas agora só me resta lutá-la inteiramente sozinha."

Mais uma vez exalou um respirar trêmulo. *"As estrelas brilharão amanhã, independentemente do que me acontecer aqui"*.

Repetira essas palavras tantas vezes através dos anos que elas mantinham o mesmo eco familiar de uma das antigas narrativas. E agora, como sempre que pensava nelas ou as pronunciava, uma vaga lembrança se agitava no fundo da sua mente de alguém falando para dar-lhe coragem, como acontecera em incontáveis ocasiões.

Isso era parte de uma vida — e de um mundo — que havia morrido nos campos de batalha, quando Artur combateu seu herdeiro traidor. Fazia agora sete anos, quando ela perdera a Visão e a lembrança de tudo que ocorrera antes.

Isolda não pretendia mexer-se, mas de alguma forma, sem racionalizar, ela se viu à beira do caixão, olhando para o homem deitado lá dentro, e ouvindo as palavras que pronunciara parecer ecoar no silêncio da capela. "Estou sozinha com minha dor", pensou. "Sozinha com minha dor, quando ainda nem consegui chorar por Con."

Ela mesma preparara o corpo para o enterro. Lavara o sangue e a sujeira do campo de batalha do rosto dele, e o ungira com óleos doces. E vira no lado do corpo dele o ferimento de lábios arroxeados, resultante de uma faca afiada, onde o sangue escuro do coração havia gotejado. Agora, cercado por armas reluzentes e a cabeça coberta pelo elmo de guerra de couro, ele parecia súbita e assustadoramente irreal. Uma figura de lenda ou de canção, remota como o próprio grande Artur.

Entretanto, mesmo agora, o rosto de Con parecia pouco mais velho do que o do menino de doze anos do dia da sua coroação, com a fronte desalinhada sob os fios do cabelo liso e castanho, a pele lisa, com apenas uma sugestão de pelo eriçado de barba sombreando o queixo arredondado. Ela pensou até que ele poderia estar adormecido.

A não ser pelas dobras de carne desprendida ao redor das moedas de ouro que lhe cobriam os olhos.

Um estremecimento a percorreu, e Isolda fechou os olhos, tentando invocar a lembrança de Con vivo. A lembrança que lhe chegou, porém, foi mais antiga. Não do marido, nem mesmo do homem.

Eles só se haviam encontrado uma vez antes de se casarem e serem coroados. Apenas uma vez, no terreno atrás dos estábulos da grande fortaleza de Caerlon, onde as cerimônias haviam sido realizadas. Isolda tinha conseguido escapar de seus criados e damas de companhia, e fora até o único lugar onde estava certa de encontrar um momento de solidão e paz. Em vez disso, porém, em meio à sujeira, à palha e às carroças sujas e avariadas, ela encontrara Con. Ele com doze, ela com treze anos. A túnica de couro usada por ele estava rasgada e suja de estrume de cavalo, o queixo manchado de sangue, e havia uma mancha roxa acima do olho direito.

Ele estava chutando furiosa e aleatoriamente os raios quebrados de uma roda solta de carroça; o rosto corado e o maxilar firme denotavam raiva. Mas também havia algo no seu rosto, ou talvez na curva infantil e estranhamente vulnerável de sua nuca, quando se inclinou sobre a roda, que fizer a Isolda falar com ele em lugar de escapulir silenciosamente para ficar sozinha, o que era sua intenção.

— Posso lhe dar uma pomada para os machucados, se você quiser.

Ele girou nos calcanhares, assustado ao ouvir a voz dela. O rosto do menino, entre fios de cabelo castanho ensopado de suor, permanecia redondo como o de uma criança, embora já fosse quase tão alto quanto um adulto; era certo, porém, que tinha trinta centímetros de altura a mais do que ela. Amplos indícios de músculos nos ombros e nas costas sugeriam a força de um homem ou, pelo menos, a promessa de que ela apareceria. Ele a olhou cautelosamente, e o corpo enrijeceu, como se estivesse se preparando para atacar ou defender-se de um golpe.

— Que é que você quer dizer?

— Eu me referi ao seu olho. — Isolda apontou para o olho direito dele, inchado e quase fechado, e com um corte no cenho que gotejara uma trilha de sangue seco até as têmporas e a pálpebra. E também à sua boca. Seu lábio superior também estava machucado e ensanguentado e reluzia de saliva, porque estava inchado demais para ficar fechado sem incomodar, e apresentava uma crosta de fragmentos secos de algo que parecia lama.

— Eu não... — começou a dizer, mas Isolda o interrompeu.

— Suba até meus aposentos. Você vai se sentir melhor se eu puser remédio nesses ferimentos. — Ela fez uma pausa e, meio contra a vontade, sua voz exibiu um tom amargo. — E é melhor mesmo que nós nos conheçamos, pois vamos nos casar no final da semana.

Ele acabou seguindo-a sem falar. Permaneceu rígido no centro dos aposentos de Isolda enquanto ela pegava sua caixa de remédios e pomadas. Entretanto, quando ela fez sinal para que ele se sentasse num banquinho baixo de madeira e começou a limpar os machucados com um pouco de pomada valeriana, ele enrijeceu e lançou um olhar rápido e nervoso em redor do cômodo.

— Você não vai... — ele começou a falar. — Dizem que sua avó...

— Sei bem o que dizem.

Um rubor surgiu sob a pele clara e resplandecente do garoto.

— Desculpe. Eu não quis... — gaguejou e parou de falar de novo.

Isolda o analisou, e passou a pomada valeriana nos cortes da testa e no olho. As mãos dele estavam apertadas com força ao lado do corpo, mas ele não deu um ai, embora Isolda soubesse que lhe devia estar causando muita dor, por mais gentil que estivesse tentando ser.

Ela pensou em Morgana — a avó que Con quase chamara de feiticeira ou bruxa, se não de coisa pior, e uma dor, um pesar lhe subiu à garganta. Contudo, ela prometera a si mesma, no caminho para esse lugar, que não pensaria mais no passado. E aqui, agora, estava esse menino. Assustado, com dor, e se esforçando desesperadamente para esconder esses sentimentos.

— Você sabe alguma história? — perguntou Isolda.

Con a olhou, espantado, depois engoliu em seco, e piscou para afastar as lágrimas que lhe molhavam os olhos.

— História? Não entendi.

Isolda tirou agulha e linha do estojo de remédios.

— O corte acima do seu olho é profundo; é preciso levar uns pontos para que possa curar direito, mas posso lhe contar a história de Bran, o Abençoado, e seu caldeirão mágico enquanto estiver dando os pontos.

A pressão de lágrimas ardeu nos próprios olhos dela, mas Isolda pensou: "Não. Chega de lembranças. O passado é uma história. Palavras, nada mais que isso".

E a lembrança do rosto de Morgana começou a desaparecer, e ficou indistinta e enevoada.

Isolda franziu o cenho, e com habilidade cortou um pedaço de linha e enfiou a agulha.

— Não vai doer tanto se você pensar em alguma coisa que não seja a dor.

Quando finalmente acabou de fazer os curativos, Isolda devolveu a agulha e a linha ao estojo, depois começou a se livrar dos panos sujos.

— Como aconteceu isso tudo?

Con estava cuidadosamente tocando na boca e no olho, passando o dedo na fila de pontos feitos acima de sua sobrancelha, e hesitou ao responder à pergunta:

— Um cavalo me deu um coice — murmurou. — A culpa foi minha. Eu assustei o animal. Fiz que corcoveasse e me atacasse violentamente.

Isolda levantou as sobrancelhas e repetiu:

— Um cavalo corcovear... — Sacudiu a cabeça. — Se eu não conseguisse mentir melhor do que isso, deixaria de tentar.

Um rubor — de raiva, dessa vez — apareceu no pescoço e no rosto de Con, e ele ergueu a cabeça de repente.

— Você está me chamando de mentiroso?

Os olhos de Isolda observaram as marcas no braço de Con, visíveis sob a manga de sua túnica. Eram marcas nítidas e avermelhadas de dedos, que sobressaíam na pele clara.

— Estou dizendo que é raro um cavalo ter mãos para torcer um braço atrás das suas costas e manter você preso no chão.

Abruptamente, o rubor desapareceu do rosto de Con. Seus ombros vergaram e ele baixou a cabeça de novo. Ficou tanto tempo calado que Isolda chegou a pensar que não ia responder, mas finalmente disse, em tom baixo e triste:

— Foi Caw, um dos homens de Lorde Mark.

Isolda fez um sinal afirmativo com a cabeça. Ela conhecia o homem, ou melhor, o garoto, embora pudesse parecer um homem para Con: era um adolescente de quinze ou dezesseis anos, troncudo e feio, rosto descorado, olhos pequenos e braços musculosos.

Os olhos de Con continuavam olhando para o chão, e ele disse, no mesmo tom baixo de voz:

— Estávamos treinando esgrima no terreno do estábulo, e eu o derrotei na última partida. Alguns dos outros meninos riram e zombaram, dizendo que não era possível ele ser derrotado por um — ele se ruborizou novamente — pirralho metido a besta. Caw ficou zangado e disse que...

Con deixou de falar subitamente, como se estivesse se lembrando de onde estava e com quem falava, se controlou, enquanto o rubor de seu rosto se acentuava.

— Isto é... quer dizer... ele disse que eu não... — esfregou a nuca, parecendo estar catando palavras, depois desistiu, e os olhos fixaram o chão de novo, enquanto continuou a falar, com

voz rápida e quase sem som. — Ele disse que eu tinha a mesma ideia do que fazer com uma esposa na cama que um cavalo castrado. Então respondi que sabia o que fazer, sim, porque já tinha visto cachorros cruzarem com cadelas no cio um monte de vezes, e garanhões cruzando com éguas. E ele...
Con ficou calado de novo, com as mãos apertadas ao lado do corpo.
—... ele riu.
Ele quase cuspiu as palavras; os olhos turvos de raiva à lembrança. A própria Isolda havia mordido um lábio para esconder um sorriso rápido sem querer, mas isso logo desapareceu. Ela conseguiu visualizar a cena cruel: Con envergonhado e humilhado diante dos companheiros, os homens e os meninos que ele dentro em breve conduziria em batalhas, como seu Rei coroado e ungido.

E ela pensou: "Sendo verdade ou não o que Caw havia dito, daqui a pouco tempo vou pertencer a esse menino. Serei dele de corpo, espírito e mente, de acordo com todas as leis desta nação".

Con prosseguiu, despejando as palavras raivosa e rapidamente:
— Eu disse que pelo menos eu teria uma mulher, em vez de fo... de ter relações com cabras e vacas porque não conseguia outra coisa. E ele disse que ia me obrigar a comer mer... fezes de cavalo por ter dito aquilo. Lutamos, mas ele me imobilizou com uma manobra de luta livre que eu não conhecia.

Con se deteve: o rubor de seu rosto aumentou, e os ombros baixaram de novo. Isolda, ao observá-lo, compreendeu então os vestígios de sujeira em volta de sua boca.

Con a olhou de soslaio e disse:
— Suponho que já não vá mais querer se casar comigo, agora que sabe que perdi uma luta para um... vagabundo como ele.

Isolda pensou então: "Pouca diferença faria se eu não soubesse". Entretanto, o instante de amargura raivosa diminuiu quando seus olhos se encontraram com os de Con, escuros e subitamente ansiosos, com uma aparência infantil de atração sobreposta apenas levemente pelo esforço de mostrar uma calma indiferente. Ela pensou um instante em oferecer-lhe uma mentira piedosa, mas se conteve. Devia-lhe pelo menos sinceridade, por isso disse:

— Acho que prefiro casar com você do que com qualquer outro, se é que preciso me casar.

A testa de Con se enrugou, mas ele exalou um suspiro ao respirar, concordou com a cabeça, e deu de ombros com indiferença.

— Acho que também penso a mesma coisa. — Calou-se, e depois surgiu um reflexo de ansiedade uma vez mais em seus olhos: — Você não... não vai contar a Mark, não é? Sobre o que aconteceu hoje com Caw? — Ele parou e depois continuou, meio sem jeito: — Ele... ele não me conhece direito ainda. Só do trajeto até aqui com o resto dos homens dele, mas vai ser meu senhor, e, se descobrisse, ia se aborrecer e dizer que não nasci para ser rei.

Isolda pensou então: "Bem, pelo menos você aprendeu isso com Lorde Mark". Mark, cuja traição custara a seu pai não só a derrota na batalha de Camlann, como também a própria vida.E sua avó...

"Não fosse por Mark", Isolda continuou a pensar, "Morgana de Avalon ainda estaria viva. E eu não estaria aqui agora, forçada a casar com esse menino crescido demais para a idade". Con a observava, com o rosto ainda ansioso e tenso, e ela respondeu:

— Não, não vou contar a ele, mas Caw talvez conte.

Con sacudiu a cabeça e afirmou:

— Não, ele não vai contar.

— Por que não?

O maxilar de Con endureceu, fazendo que seu rosto parecesse estranhamente adulto, e não mais infantil.

— Porque depois que ele me obrigou a comer bosta de cavalo eu lhe apliquei um bom par de golpes nos bagos. Vai passar um tempo antes que ele possa dizer alguma coisa que não pareça ter sido dita por uma menina esganiçada.

Isola arregalou os olhos e fixou o olhar diretamente para a frente, sem ver. O rosto de Con, com doze anos, lhe surgiu vívido na mente, os traços arredondados e infantis do rosto dele num contraste muito estranho com o sorriso raivoso que lhe aumentara a boca naquele dia havia tanto tempo. Apenas um ano mais novo do que ela, contudo, pela força e altura dele, a diferença entre suas idades parecia muito maior do que isso. Como, depois, sempre parecera. "E talvez..." — pensou ela — "talvez seja por isso que, depois de sete anos de casamento, esse menino Con pareça, esta noite, mais real para mim do que o homem".

Os passos baixos vindos de trás fizeram-na girar o corpo; o coração batia forte. Então, quando o vulto magro surgiu das sombras e se deixou ver no círculo da luz das velas, Isolda exalou sua respiração mais uma vez.

Merlin. Ele cumprira a promessa de vir.

Merlin Emrys, às vezes chamado de O Encantador, Mago ou Profeta de Reis, era um homem feio. Tinha rosto estreito, testa alta e proeminente, nariz torto e uma volumosa barba branca que quase cobria a larga boca e o maxilar. Usava a túnica branca e o manto de couro bovino do povo druida, e embaixo deste estava seu corpo, inclinado e retorcido pela idade, uma perna manca e deformada, e o ombro direito era um pouco mais alto do que o esquerdo.

Somente seus olhos eram bonitos, assim como as mãos. Os olhos eram de um tom cinza azulado profundo e claro, a cor do mar onde se dizia que a terra perdida de Lyoness jazia sob as ondas. E suas mãos eram esguias, com dedos longos e quase intocadas pela idade, a não ser pelos calos obtidos como tocador de harpa, após anos puxando as cordas do instrumento.

Ele agora se dirigiu a ela, inclinado pesadamente no cajado de madeira entalhado, a perna coxa arrastando-se um pouco atrás. O cabelo que lhe ia até os ombros estava entrelaçado em inúmeras e minúsculas tranças, uma pena de corvo havia sido amarrada numa tira de couro na extremidade de uma trança, num contraste negro contra o branco puro como neve.

— Isa.

Isolda sabia que ele não tinha intenção de magoá-la, mas mesmo assim o antigo nome de infância trouxe-lhe uma estocada repentina e feroz de saudade, e por um momento Isolda desejou, de todo o coração, poder voltar. Voltar à época antes de Camlann, antes de ela se casar e ser coroada Rainha das Rainhas da Bretanha. Voltar ao período que, por sete anos agora, ela não se permitira relembrar.

— Obrigada por ter vindo, Merlin.

Ela o vira pouco nos anos seguintes à sua coroação e à de Con. Ele deixara a corte para perambular pelas terras como bardo, para morar numa caverna, para percorrer as Ilhas de Vidro ocidentais, dependendo da história em que você escolhesse acreditar. Mas ele sempre reaparecia em Tintagel, para encontrar-se com Con e com o resto dos conselheiros do rei, antes de partir novamente. E chegara há dois dias para prestar sua última homenagem e participar do velório do Rei dos Reis.

— Você duvidou de que eu viria?

A voz dele era baixa e profunda, e tinha algo cadenciado das terras ocidentais onde diziam que nascera, bem como alguma coisa do zunir de uma harpa, que permanecia no ar um momento após as palavras serem ditas. Um breve sorriso lhe aflorou nos cantos da boca de lábios finos, apenas visível sob a barba branca.

— No caminho até aqui soube que disseram que eu enlouquecera e havia ido viver na floresta, para cuidar de porcos e enfeitiçando-os para falarem comigo como se fossem homens.

Então o sorriso desapareceu quando os olhos se fixaram no caixão ao lado de Isolda. Ele pegou algo no cinto que, ao primeiro olhar, pareceu um rosário, mas Isolda viu que, na verdade, era o esqueleto de uma serpente, preso em outro fio fino de couro. Os dedos de Merlin acariciaram os ossos lisos e brancos, e eles se mexeram quase com aparência de vida. Então, devagar, Merlin ergueu uma das mãos, e fez um gesto rápido acima do peito de Con. A pele dele parecia fina como papel em razão da idade; a mão tinha veias azuis, mas a forma continuava bonita, e os movimentos eram graciosos e firmes.

— Agora haverá narrativas cantadas sobre ele nos Salões de Fogo — disse ele. — E também sobre Artur.

Foi quase um eco do que Isolda pensara há apenas um instante.

— Artur foi o rei que existiu — disse ela. — O rei que existe. O rei que sempre existirá. O rei que jaz adormecido nas névoas de Avalon enquanto se curam seus ferimentos de batalha, e voltará quando a Bretanha dele mais precisar.

Merlin deu um risinho, um riso breve de felicidade, os olhos enrugados acima da barba abundante. Disse:

— Eu me pergunto o que Artur diria se pudesse ouvir as histórias que falam dele agora. Os tocadores de harpa que cantam como ele usava sua espada forjada pelos espíritos da água e da terra e triunfava em Badon[5] ao usar a cruz de Cristo nos ombros durantes três dias e noites.

Ele sacudiu a cabeça:

— Provavelmente diria o mesmo que eu digo quando ouço os pobres tolos tagarelar histórias da magia do encantador e dos porcos que falam. Artur, que se enfurecia quando ouvia falar de magia como um cachorro enfrentando lobos e que, ao que eu saiba, só uma vez pisou numa igreja. E isso para exigir

---

[5] Batalha de Monte Badon, em 517, quando Artur derrotou os anglo-saxões que ameaçavam a Bretanha. (N.T.)

que os padres vendessem seus pratos de prata e ouro do altar para pagar impostos e financiar a guerra contra os saxões, como faz o povo em geral.

Merlin parou e depois acrescentou, em tom diferente:

— Poucas das histórias que se contam daqueles tempos são verdadeiras, criança. Nenhum homem ou mulher é inteiramente vilão, vilã, herói ou heroína, exceto talvez nas lembranças daqueles que permanecerem por aqui.

Isolda começou a responder, mas do lado de fora o vento mudou a direção e começou a soprar do oeste. Porque ela, ao mesmo tempo, ouviu uma voz no lamento ruidoso em redor dos muros da capela. Suave e indistinta a princípio, como vozes sempre eram, e depois alta, até que o som superou todo o resto.

Ela sempre pensara, em ocasiões como essa, que talvez a perda da Premonição a transformara de algum modo num elo entre o presente e o passado, a verdade e os boatos, como as montanhas ocas onde o Outro Mundo e este mundo se encontravam.

Ou talvez fosse como os homens que dela cuidavam, que gemiam em voz alta com dores imaginárias num braço ou numa perna durante meses — até anos — depois. Ela também sentira a mesma perda dolorosa da Premonição nesses últimos sete anos, tal como qualquer membro amputado.

Mas, embora a Premonição lhe faltasse, Isolda de vez em quando — e só com um vento vindo do oeste — captava, brevemente, o som de uma voz. A voz de alguém que, como sua avó, agora era apenas um nome para ela:

"Meu nome é Morgana, mas os homens já me atribuíram muitos outros além desse: feiticeira, bruxa, prostituta. E agora estou morrendo.

Uma voz fala ao meu lado: é uma voz suave e clara como a água que já não consigo engolir, apesar dos meus lábios rachados e da língua inchada. Ela está contando uma história antiga, como eu lhe contei, há muito tempo.

"*Muito longe, em Avalon, a ilha santa, nove maçãs de prata tilintam no ramo da árvore*'. *Ontem vi meu rosto na jarra de água. Levantei-me e olhei quando estava sozinha. Consigo sentir as chagas, mas é diferente ver. Ver em meu rosto uma ruína de feridas enegrecidas que não param de escorrer. Outrora eu talvez estivesse de luto.* '*E nove sacerdotisas vigiam a chama da deusa*'. *A voz continua.* '*E o tempo é uma curva sem princípio nem fim*'. *Acho que, se eu pudesse sentir alguma coisa, teria medo dela, mas Artur está morto. E eu sou apenas pó e cinzas, nada mais que isso. Cheguei a suplicar a Mark que nos deixasse ir embora deste lugar. Por ela, não por mim. Eu, Morgana, humilhei-me, suplicante, de joelhos. E nem mesmo isso despertou qualquer sentimento em mim. Absolutamente nenhum. Artur está morto. E muito longe, em Avalon, a ilha sagrada, nove maçãs de prata tilintam no ramo da árvore.*"

Não a Premonição, pois todas as vozes pareciam ecoar no oco dentro dela. O espaço onde ela outrora sentira a voz da terra, sentira os laços que uniam toda a vida, e a vinculavam ao grande plano das coisas.

Eram apenas vozes. Ecos. Ela não via nada.

A voz começou a desaparecer, e Isolda sustou a respiração. Por alguns instantes ela percebeu — como uma sonâmbula que acorda com a vaga lembrança de um sonho — que tinha sido a voz de sua avó que o vento carregara todo aquele tempo. Mas, um momento depois, até essa percepção desapareceu. E, como sempre, as palavras que ela ouvira escaparam de seu alcance como água entre mãos apertadas.

Merlin a observava com olhos fixos e severos, mas não deu nenhum sinal de que também ouvira a voz no vento. Isolda mexeu ligeiramente o ombro e disse o que tinha começado a dizer antes:

— As histórias são um consolo para quem as conta. E, em épocas como estas, existem muitos com motivos para desejar que Artur volte para nós.

Merlin assentiu com a cabeça e acrescentou:

— Artur era um homem corajoso. E bom de coração. — Fez uma pausa, e depois disse suavemente, olhando para o rosto e as mãos inanimadas de Con: — Assim como este jovem rei aqui.

Alguma coisa no tom suave do ancião penetrou no entorpecimento como nada penetrara nos últimos três dias, e trouxe o homem, o marido Con, um passo mais próximo. O homem havia batido nela apenas uma vez, e chorara como uma criança depois disso. Ele a amava, à sua própria maneira.

"Como, suponho", pensou Isolda, "eu o tenha amado". Fazia tanto tempo que ela nem sequer pensava em amor que nunca se permitira nomear o que sentira por Con. *"Amizade... respeito... piedade."* Mas devia também ter havido amor, ou ela não sentiria essa sensação doída e conhecida de desgosto no peito. Passou-se um momento antes que ela conseguisse responder, e então disse, suavemente:

— Sim. Constantino era corajoso e bom. Ele teria sido — ele foi — um ótimo rei.

Merlin concordou novamente com a cabeça, e Isolda percebeu no seu rosto feio de fronte alta uma expressão não exatamente de cansaço nem de velhice, mas de tristeza e pesar acentuado e evidente.

— Este é um dia triste para a Bretanha — disse ele finalmente. Fez uma pausa, e, quando continuou, o ritmo galês de sua voz era mais forte. — Existe uma história dos velhos tempos, à maneira antiga. Uma história do rei de um reino em extinção, que envelheceu e foi morto para que seu sangue irrigasse a terra. Para que, com sua morte, ele e a terra que governou pudessem se curar e renascer. Mas só consigo ver sofrimento e derramamento de sangue na esteira da sua morte.

Isolda analisou o rosto enrugado e feio, os olhos firmes, azuis da cor do oceano, depois perguntou:

— Merlin, você se importa?

Lentamente, o olhar de Merlin foi do caixão para a cruz reluzente do altar, e de lá para o alto pé direito da capela.

— Você quer dizer se me importo porque os dias de outrora já passaram? — indagou. — Se me importo com o fato de que os portões de entrada em Avalon estejam fechados e que a Bretanha será um dia uma terra cristã?

Ele se calou, depois sacudiu a cabeça devagar; uma das mãos se mexeu para tocar levemente o esqueleto da serpente.

— Há sempre uma fase má e uma fase boa para tudo que existe sob o sol. E talvez os métodos antigos afinal de contas não morram: apenas se esvairão na névoa como a própria Avalon e adormecerão com Artur e seus homens.

A luz de vela se movimentava no rosto dele, aprofundando as sombras ao redor da boca e da testa. Seu rosto subitamente ficou remoto e antigo como uma escultura de pedra, e naquele momento Isolda viu o que o povo em geral temia naquele homem. Contudo, de repente ele se virou para ela, e o encanto se rompeu abruptamente; seu rosto voltou a ser o de sempre.

—Não, menina, não me importo. O Deus do Cristo pode não ser o meu, mas não lhe invejo a vitória. Nem os padres que servem a Ele em lugares como este.

Os olhos dele estavam agora nítidos; analisou calado o rosto dela durante longos instantes. Isolda desviou o olhar e pensou: "Que será que ele sabe... ou adivinha?"

Mais uma vez, foi Merlin quem rompeu o silêncio:

— E, agora que estou aqui, o que quer que eu faça?

Isolda afastou as lembranças que se haviam acumulado,

sentindo-se como se tivesse se libertado das mandíbulas de um grande animal:

— Peço-lhe que vá a Camelerd, a terra que julgo minha de direito na condição de última da linhagem de minha mãe. Um homem chamado Drustan[6] ocupa o reinado que é meu; ele tem governado no meu lugar desde que...

Ela parou e disse:

— Desde que minha mãe foi embora deste mundo. E desde que fui dada em casamento a Con.

Ela ergueu os olhos, e Merlin fez um sinal positivo com a cabeça:

— Já ouvi esse nome. Dizem que é um bom homem, e um grande lutador. Prossiga.

— Peço-lhe que transmita a ele as notícias de tudo que ocorreu aqui. Conte-lhe que meu marido morreu.

Ela se interrompeu mais uma vez; seus olhos instintivamente levaram a tristeza para além do local de luz dourada no qual estavam ela e Merlin. Tudo estava silencioso e parado, à exceção do palpitar distante do mar ao longe, mas ainda assim o medo tomou conta dela ao dizer as palavras em voz alta pela primeira vez.

Então Isolda pensou: "Mas se não posso confiar em Merlin, não posso confiar em ninguém".

— Diga a Drustan — continuou ela, esforçando-se para firmar a voz — que, sejam quais forem os boatos, Con não morreu em consequência de nenhum golpe desferido pelos saxões, e sim pelas mãos de um traidor.

---

6 Variação de Tristão. (N.T.)

Capítulo 2

Uma das velas do altar derreteu, enviando uma dança de sombras aos bancos de madeira e às paredes de pedra da capela.

Merlin não se mexeu nem falou, e os olhos azuis acinzentados se encontraram com os de Isolda sem qualquer traço de surpresa. Ela pensou: "Talvez os boatos sobre ele sejam verdade. Ou talvez a Premonição tenha mostrado também".

Por um momento, a lembrança da Premonição a pressionou como uma maré contra os fundos dos olhos, e Isolda enterrou as unhas com força nas palmas das mãos, esforçando-se para afastar essa lembrança.

— Ultimamente Drustan tem sido muito pressionado por invasores irlandeses — continuou ela. — Por essa razão ele não pôde mandar tropas para ajudar Con nessa última ofensiva dos saxões contra nós na Cornualha, embora Con tivesse convocado os monarcas de todas as partes do reino para prestar ajuda. Mas Drustan já deve saber que a batalha foi vencida. Pelo menos por enquanto.

Isolda fez uma pausa e olhou para os dedos que se comprimiam:

— Entretanto, com a morte de Con deve-se escolher outro Rei Supremo dentre os que estiverem reunidos em Tintagel agora.

Ela parou e ergueu de volta do pescoço a corrente de ouro com seu próprio anel, gravado com a harpa de ouro que desde sempre era o signo real de Camelerd. Estendeu a corrente para Merlin e disse:

— Leve este anel. Isso vai dar certeza a Drustan de que fui eu que mandei a mensagem. Diga... diga que peço a ele que venha com urgência me ajudar aqui, com tantos homens quantos sua guarnição possa ceder. Porque, sem ele, receio que o trono da Bretanha caia nas mãos de um assassino.

As mãos dela haviam inconscientemente dado um nó nas dobras verde escuras do seu vestido; respirou fundo, forçando os dedos a relaxar, e depois voltou a olhar para Merlin. O velho ergueu o anel à luz das velas, assentiu com a cabeça e depois o colocou na bolsa de couro presa ao cinto.

— Se eu tiver sorte e as estradas estiverem secas, volto a encontrá-la quando acontecer o Samhain[7].

A voz dele continuava tranquila e o rosto, calmo, mas de qualquer forma Isolda sentiu um súbito aperto de medo.

— Merlin, você tem certeza? A viagem até Camelerd será perigosa, você atravessará terras sob o controle firme dos saxões. Não quero que faça nada contra a sua vontade.

Merlin sacudiu a cabeça e disse:

— Vai ser menos perigoso para mim do que para qualquer outra pessoa que você mande. Levarei minha harpa, e os que estiverem na estrada, sejam bretões ou saxões, verão apenas um pobre e velho bardo itinerante, ansioso por encontrar um lugar perto da lareira de um senhor antes que chegue o inverno.

Ele se virou mais uma vez para o cadáver no caixão, e a mão se mexeu num gesto que desta vez Isolda identificou como de bênção ou despedida.

— Vou partir — disse ele, com parte do ritmo da uma canção de tocador de harpa surgindo mais uma vez em sua voz.

— Vou em nome de Constantino, sobrinho e herdeiro de Artur, o rei a quem servi como conselheiro e bardo. — Ficou imóvel por um instante, contemplando Con, depois levantou a cabeça e acrescentou, mais suavemente: E em seu nome, Isa. — Fez uma pausa. — Queria muito tê-la poupado de muito do que você passou nesses últimos anos.

---

7 Festival de inverno em que os celtas comemoravam o fim do ano velho e o começo do novo. (N.T.)

Isolda virou a cabeça ligeiramente e disse:
— Há muita gente que passou por coisas muito piores do que eu.

Merlin exalou algo como um suspiro, e pela primeira vez Isolda se perguntou qual seria a idade dele. Mudara muito pouco desde que ela o conhecera, há quase dez anos, mas estivera presente na coroação do próprio Artur. E já então era um homem idoso.

— Mas você não estaria errada em me culpar — disse Merlin.
— Fui eu quem persuadi os conselheiros da coroa de que você deveria casar-se com o jovem rei. Achei que era o melhor que lhe poderia acontecer, mas...

Ele se interrompeu, e surgiu um pequeno sorriso, ligeiramente melancólico, nos cantos de sua boca.

— Às vezes desejaria ter metade dos poderes que as canções dos tocadores de harpa me atribuem. Se eu...

Isolda o interrompeu:
— A culpa não é sua. Se Con e eu não tivéssemos nos casado, eu teria sido mandada para ficar junto de minha mãe e vestir o hábito: trancada numa cela de convento pelo resto dos meus dias.

Merlin não respondeu de imediato. Em vez disso, ele a observou um instante, como se estivesse tentando perceber mais do que o que ela revelara. Finalmente, perguntou:

— Suponho que você não se lembre dela, não é? De sua mãe, Guinevere.

Isolda ficou calada, ouvindo o zunir do vento lá fora.

— É verdade, não me lembro dela — disse após um momento. — Minha mãe tinha um caminho a seguir. Assim como Artur. E Modred. E eu.

Ele parou, pôs a mão no ombro da moça; seus olhos se fixaram nos dela mais uma vez.

— Lembre-se, Isa. *Eu* escolhi este caminho. Você não me impôs nada que eu não quisesse fazer.

As palavras foram proferidas com calma, mas os olhos azuis acinzentados ficaram novamente nublados. Isolda sentiu uma

nova sensação fria de medo, desta vez ainda mais forte, penetrar-lhe os ossos.
Ela perguntou:
— Merlin, você já viu como isso tudo vai terminar?
Ao ouvir isso, o ancião sorriu de novo e sacudiu a cabeça:
— Quer dizer que você também acredita nas histórias? Que Merlin, o Encantador, viveu o tempo para trás? Que ele vê passado e futuro como uma só coisa?
Ele fez uma pausa e depois disse:
— Seja qual for o meu fim, não será na estrada que leva a Camelerd. Isso eu lhe garanto, mas, de qualquer maneira...
Merlin se deteve, e rugas de um sorriso se formaram mais uma vez nos cantos de sua boca:
— De qualquer maneira, se alguma coisa me acontecer, invente uma história para mim, uma última história para ser cantada nas casas, nas tavernas e nos salões. Diga... — o sorriso se estendeu para a ampla ruga da boca sob a barba — Diga que fui seduzido por uma fada para morar nas montanhas ocas. Esse seria um fim adequado para a história do feiticeiro.

Isolda sentiu a mão de Merlin apertar-lhe o ombro de leve, depois ele se virou, dissolvendo-se nas sombras quase sem nenhum barulho, como se realmente fosse um encantador.

De pé, ouvindo as pisadas suaves extinguir-se lentamente, Isolda de repente sentiu como se Merlin já tivesse partido, desaparecido, como ele disse, nas Ilhas de Vidro e nas montanhas ocas do mundo mágico. E mais do que isso.

Ele havia dito que existe uma maré alta e uma baixa para todas as coisas. E, se a morte de Artur tivesse sido o fim de uma história, pareceu a Isolda que ela agora estava num crepúsculo, no fim de uma era.

Fechou os olhos, concentrando todas as partículas de sua vontade na esperança desesperada de que Merlin terminaria sua viagem em segurança, e voltaria vivo para Tintagel. Então pensou, com uma pontada rápida e amarga de dor, que era tudo o que podia fazer no momento.

Talvez tenham sido aqueles dois rápidos espaços de tempo em que ela ouvira no vento — ou a lembrança indistinta do que vira três noites atrás — que a fizeram fechar os olhos e tentar, pela última vez. Ficou totalmente imóvel, escutando os batimentos do próprio coração, forçando sua respiração a se acalmar e desacelerar, como se pudesse convocar para fora das sombras que dançavam sobre os muros de pedra a barreira que se movimentava e pairava como a própria névoa marinha entre este mundo e o Outro, entre o recinto em seu redor e os reinos do outro lado.

Há sete anos, ela teria distinguido as névoas sem esforço; agora uma simples tentativa causou uma dor aguda e lancinante que lhe penetrou as têmporas e a testa. Ainda assim, ela só se deparou com o silêncio e a escuridão das pálpebras cerradas.

O lugar vazio dentro dela estava oco como sempre fora, nos últimos sete anos, sempre que tentava invocar a Premonição de volta.

Ela achava que as deusas ou os deuses ou espíritos terrenos que conferiam esses poderes eram tão vingativos quanto o Deus do Cristo.

Finalmente, Isolda abriu os olhos, olhou para o anel que Hunno lhe devolvera; o metal estava aquecido pelo calor de sua pele. Era um anel de ouro pesado, com uma pedra central vermelha reluzente, os lados entrelaçados com serpentes suspensas muito mais antigas do que o Pendragon do escudo de Con. Então a mão da moça apertou o anel de serpentes mais uma vez e com tanta força que as escamas em relevo das serpentes de ouro se enterraram na sua palma.

Sete anos, pensou ela, sem nem sequer a luz bruxuleante da Premonição. Então, sejam quais forem os deuses ou deusas do destino que dominam os mundos da Luz, concedem um único lampejo de Visão. Quando ele não pode trazer nenhum benefício. E depois arrancam a Premonição como se ela nunca tivesse voltado. Ou nem sequer estado lá.

"*Sejam quais forem as mentiras que eu inventar, homens como Hunno e Erbin acreditarão nelas.*"

— *Milady.*

A voz ao seu lado fez que Isolda se virasse, com o coração acelerado como antes, temerosa de que Hunno e seu companheiro estivessem de volta e houvessem escutado o que ela e Merlin falaram. Contudo, o homem de pé ao seu lado usava o hábito escuro de sacerdote, e seu rosto rubro era resultado do frio que fazia do lado de fora; os olhos estavam ligeiramente lacrimejantes por causa do vento.

Isolda sentiu o cheiro forte e sufocante de incenso e do óleo santo que se misturava sempre às vestes do padre, e, como sempre, o cheiro se fixou no fundo da sua garganta. Ela, porém, engoliu e esperou enquanto o Padre Nenian hesitou; em seguida, ele levantou o olhar do caixão até o rosto de Isolda e disse:

— Lamento sua perda, senhora. Confie e acredite que o senhor meu rei seu marido está a salvo nos braços de Cristo. Ele agora toma conta da senhora, lá do Céu.

Os olhos de Isolda se dirigiram ao altar, com sua cruz de ouro. Ela perdera o dom da Premonição e a memória havia sete anos. Desistira deles por sua própria vontade, mas a fé ela só perderia mais tarde. Há exatos quatro anos.

Ouvira muitas vezes as histórias do forte que os Antepassados haviam construído nesse lugar, muito antes que as muralhas de Tintagel tivessem sido erigidas sobre seus destroços. A história de como os deuses que eles haviam venerado — os pequenos deuses desaparecidos agora nas névoas, nas cavernas e nas montanhas ocas — haviam exigido o sacrifício de uma criança para permitir a construção das muralhas da fortaleza.

"Nesses deuses...", Isolda pensou, "nesses deuses eu poderia acreditar. Ou, pelo menos, compreender". Mas Padre Nenian desejara apenas ser gentil. Ele era de meia-idade, quarenta ou quarenta e cinco anos, rosto redondo e suave e olhos claros cor de avelã que pareciam sempre um pouco surpresos. Seu penacho de cabelo escuro fino estava ficando grisalho nas têmporas e era eriçado como a crista de um galo, em cima da cabeça tosquiada. Era um homem bom, com a fé simples e intensa de uma criança, apesar da idade.

Por isso Isolda apenas concordou com a cabeça e disse, gentilmente:

— Eu lhe agradeço, Padre. Sei que meu marido está satisfeito por permanecer sob seus cuidados.

— Sob os cuidados de Deus, senhora.

Os olhos de Isolda se dirigiram mais uma vez para o altar. Apesar das vozes, ela jamais tivera qualquer sensação de que os mortos continuavam a viver em algum lugar, muito menos que estivessem com ela. Estremeceu levemente, sem saber qual das duas opções era pior: acreditar que os mortos eram tragados pelas trevas e desapareciam no nada, ou que estivessem encurralados em algum lugar como moscas numa resina, incessantemente repetindo suas histórias para o vento.

Mas como não queria abalar a crença de Padre Nenian, apenas perguntou:

— O senhor queria falar comigo, padre?

Padre Nenian hesitou, e os olhos claros e bondosos fixaram o chão.

— Pensei... pensei que seria recomendável, senhora, que não se demorasse muito tempo aqui. Há boatos...

Ele se deteve.

— Boatos? — indagou Isolda.

O padre tocou o rosário que usava no cinto e respondeu:

— Sim, boatos. Claro que devem ser mentira — acrescentou

rapidamente —, que não vale a pena repeti-los, mas de qualquer maneira eu...
Isolda o interrompeu:
— O senhor pode me dizer de que tratam os boatos, Padre. Não me faz nenhum favor se mentir para me poupar sofrimento. — Fez uma pausa e acrescentou: — E eu certamente já os ouvi antes.

Padre Nenian expirou lentamente e assentiu com a cabeça, embora os olhos assustados continuassem perturbados:
— Suponho que sim, minha senhora. Muito bem. A senhora sabe que, quando Artur morreu, comentou-se que foi em decorrência de uma feitiçaria — uma bruxaria. Bem, agora que o jovem rei também foi destruído, há quem diga que...
—Ele se deteve.
— Que ele também morreu por meio de feitiçaria?
— É claro que tudo isso é mentira. — O padre esfregou o nariz e suspirou. — Deve-se ter paciência com o monte de superstições e crenças que ainda existem por aqui. Vai demorar muito para se ensinar a verdade ao povo — os que rezam no altar, mas continuam a acender fogueiras em Beltain para o Deus Cornífero e a Deusa. — Ele suspirou. — Ou vêm à missa e depois vão derramar leite e vinho em cima dos megálitos[8] na charneca. Ou...
Isolda mal prestou atenção ao que ele disse. A ideia de Con haver morrido por causa de feitiçaria era quase engraçada.
Com esforço, ela disse:
— Obrigada, padre, por me avisar. E por ter vindo aqui me prevenir contra mais boatos. Foi muita bondade sua.
Padre Nenian inclinou a cabeça e disse:
— Não me agradeça, senhora. — Fez uma pausa, depois pigarreou e disse: — Se houver alguma coisa, algum consolo que eu possa oferecer-lhe...

---
8 Grandes pedras usadas nas construções pré-históricas. (N.T.)

Ele se deteve, e disse em seguida:
— Não pude deixar de reparar que faz algum tempo que a senhora não se confessa.
— É verdade — concordou Isolda baixinho. — Faz tempo.
O padre pareceu que ia voltar a falar no assunto, mas mudou de ideia e disse:
— Pediram-me que lhe trouxesse um recado, senhora Isolda, se eu a encontrasse aqui.
Isolda enrijeceu e indagou:
— Recado? Quem me mandou esse recado?
— O recado foi mandado por milorde Mark, senhora. Ele solicita uma audiência contigo imediatamente.
Isolda sabia qual seria a resposta, por isso não ficou surpresa; sentiu apenas um calafrio lento e disse, no mesmo tom suave de voz:
— Obrigada, padre. No momento preciso voltar às minhas obrigações com os feridos. Se Lorde Mark desejar falar comigo, ele pode me encontrar lá.

Quando o padre se foi, Isolda percebeu que estava tremendo de um frio que nada tinha a ver com o ar úmido entremeado de neblina, e precisou apertar os olhos com força para bloquear a lembrança que ameaçava surgir mais uma vez. A lembrança de uma barraca de guerra escurecida, parcialmente iluminada pelo brilho laranja de uma fogueira do lado de fora das paredes de couro de cabra. E de um homem deitado numa cama estreita de campanha, com os olhos fechados e respirando regular e profundamente.
Finalmente, Isolda parou de tremer e abriu os olhos. Estendeu os braços e levantou a mão direita de Con. A rigidez da morte já se fora, a mão dele estava frouxa e fria na sua, a carne da palma era dura, calejada pelos anos de utilização com destreza de espada, lança e escudo. Tirando o anel de

serpente de ouro, ela o colocou mais uma vez no terceiro dedo de Con. E se perguntou se ouviria a voz dele quando o vento soprasse do oeste.

Muito suavemente, ela se inclinou para ordenar os fios do cabelo castanho macio na fronte de Con.

— Que uma bênção o acompanhe na sua jornada, Con. Para onde você for.

O silêncio oco se instalou ao seu redor, e o sussurro de Isolda foi pouco mais do que um sopro de som nas sombras abobadadas.

— Não vou permitir que ele se aposse do trono. Eu lhe garanto, em nome do poder que já tive.

Capítulo 3

O aposento que fora outrora o salão de audiências cerimoniais do rei era quente e fechado; o som do mar era superado pelas paredes espessas e sem janelas e pelos gemidos dos homens deitados em fileiras de camas de palha no chão. Isolda parou um instante na entrada, travando todos os pensamentos sobre Merlin e Con.

Nos últimos sete anos ela estivera em muitos cômodos como aquele, transformados para servir de enfermaria. Salões com fogueiras, estábulos, até capelas ou barracas de couro pregadas no chão vazio, desde as fortalezas das montanhas do norte até os pântanos verdejantes da Terra do Sol. E em todos os lugares, qualquer fosse o local, os cheiros e as visões eram os mesmos. O espesso, agridoce travo de sangue, o fedor dos ferimentos putrefatos e os rostos pálidos e suados dos soldados se revirando insones nas camas de palha suja.

Desde que as Águias Romanas deram as costas para as Ilhas Britânicas, os exércitos saxões haviam invadido e queimado, estuprado e saqueado a terra, e foram até mais longe desde as costas orientais. E os bretões haviam lutado contra tudo isso. Conduzidos por Ambrósio, conduzidos por Uther, conduzidos por Artur, e agora por Con. Os bretões haviam combatido e morrido na lama dos campos de batalha, e carregado os feridos para se curar ou morrer em lugares assim também.

Esse aposento era comprido e estreito, iluminado por tochas presas à parede por suportes de ferro, o ar vagamente acre da fumaça de uma fogueira usada para esquentar água e cauterizar facas. Duas fileiras de camas para os feridos se estendiam dos dois lados de um corredor central. Isolda pensou: "Acho que desta vez estamos com sorte. Desta vez a batalha ocorrera a menos de um dia de viagem, de modo que os feridos puderam ser levados para ali, onde a água pelo menos era limpa. E só temos um homem por cama, em vez de dois ou três".

Quando entrou, uma moça na extremidade do aposento se postou de pé no local onde se inclinava sobre um dos homens, e Isolda moveu-se cautelosamente até ela, desviando-se das camas no caminho.

— Hedda, você não precisava ter vindo ajudar hoje — disse Isolda. — Você cavalgou até aqui tão tarde ontem à noite!

Hedda sacudiu a cabeça. Era uma mulher alta, de ossatura larga, rosto forte e traços comuns sob cabelos lisos amarelados, sobrancelhas e olhos azuis marginados por cílios quase desbotados.

— Não tem problema, senhora. Eu vim.

Isolda ainda se lembrava vividamente de quando Hedda fora levada à corte por um bando de guerreiros de Con, algemada e acorrentada pelo pescoço aos demais prisioneiros depois de um ataque na fronteira dos saxões. Hedda era a mais moça, e a única menina entre meninos e homens. Já era uma garota alta, forte e loura de seus catorze anos, quase da mesma idade de Isolda à época. Suas saias estavam rasgadas e manchadas de sangue, a boca frouxa e entreaberta, os olhos opacos e sem uma sombra de interesse ou compreensão do que estava acontecendo.

Isolda sabia que seria inútil implorar liberdade — ou até misericórdia — para os homens capturados, mas pediu que Hedda lhe fosse cedida para ser sua criada, e Con concordou. Isolda podia adivinhar, baseada nos sussurros dissimulados dos combatentes que trouxeram os prisioneiros, o que acontecera na invasão e na marcha até a fortaleza onde Con acampara durante os meses de inverno, mas nunca soubera de algum comentário de Hedda a respeito, nem que Hedda chorara durante todos os anos em que lhe servira como criada, e cavalgara com o exército, como muitas das escravas, para servir de cozinheira e lavadeira para os soldados em campanha.

Isolda vira Hedda apenas rapidamente desde que voltara da última ofensiva em Dimilioc. Só tinha havido tempo para contar-lhe do encontro com Merlin — embora não do motivo pelo qual ela o convocara —, por isso Isolda baixou a voz e disse:

— Tudo bem, Hedda.

Hedda olhou firme para Isolda por um instante, e seu olhar relembrou Isolda da menina de anos atrás, dos olhos azuis imóveis, do rosto inexpressivo a não ser pela calma, sem nenhuma emoção. Essas características lhe haviam conquistado a fama, entre as outras criadas, de burra e lerda. Além disso, havia sua incapacidade, mesmo após todos os anos em que servia na corte, de dominar a língua inglesa.

Finalmente, porém, Hedda inclinou a cabeça. Quando falou, sua voz soou acentuadamente marcada com o sotaque saxão, mas as palavras foram ditas em tom baixo, como as de Isolda:

— Eu contente, *milady*.

Isolda hesitou, mas não podia arriscar-se a dizer nada mais ali, no espaço aberto do salão, cercada por homens que haviam servido a Con e ao resto dos líderes e dos reis. Com uma mesura, ela se virou e se dirigiu a uma cama perto do fim da fila, onde jazia um velho com o pé enfaixado estirado rigidamente num cobertor que lhe cobria o resto do corpo magro.

Ector era um homem forte, estava com a perna enfaixada e mostrava os membros deformados pelo reumatismo, os ombros arqueados e os músculos rijos pela idade. Lutara como soldado sob o brasão de Pendragon, mas agora, incapaz de manejar uma espada, servia — ou havia servido — como fabricante de armas de Con, cavalgando com o exército para cuidar das armas dos homens, lubrificando e afiando espadas e reparando as setas de lanças quebradas. Fora ferido não em batalha, mas por acaso, quando a espada que estava afiando escorregou-lhe da mão e retalhou-lhe o arco do pé esquerdo. Foi um ferimento leve, mas que supurou, em razão da sujeira e do lixo da batalha.

Ele fora levado para a enfermaria havia dois dias, praguejando e xingando em voz alta que não permitiria que uma mulher idiota cuidasse de seus ferimentos, fosse ela rainha ou não. Agora, quando Isolda se aproximou da cama onde estava, ele lhe lançou um único e furioso olhar sob as sobrancelhas grossas grisalhas e desviou o rosto; os lábios exibiam uma ruga furiosa.

Isolda ajoelhou-se e desamarrou as ataduras que cobriam o pé ferido. Ela havia banhado o ferimento dia e noite com água do mar, e tentado cataplasmas de alho, mel e emplastros quentes de hidraste[9], mas, mesmo antes que a última camada de ataduras caísse, ela pôde sentir o fedor de carne podre, maculada por um veneno que nenhum dos tratamentos que ela aplicou podia eliminar. E, quando surgiu a ferida, ela viu que a pele em redor do corte estava verde e gotejava, e as bordas estavam pretas.

— O ferimento não está cicatrizando.

Ela falou mais para si mesma do que para Ector, mas a cabeça do velho se levantou rapidamente e ele voltou a olhar colérico para Isolda, sob as sobrancelhas.

— Acho que sou capaz de ver isso por mim mesmo, não sou? E também de sentir o cheiro. Nossa, está podre!

Seu rosto era circunspecto, fenecido e encovado; o queixo, enrugado; o cabelo, grisalho, oleoso e ralo em razão da idade. Os olhos eram pequenos, pretos e furiosos, mas Isolda também enxergou lá no fundo deles uma sombra de ansiedade. Ela havia visto inúmeros ferimentos como o dele terminar na perda do pé, ou até da perna inteira. E pensou, julgando pelas rugas que cercavam a boca de lábios finos do homem, que no mínimo a ferida lhe estava causando muita dor.

---

9 Goldenseal, erva curativa. (N.T.)

Por isso disse apenas, com voz suave:
— Bem, eu estou muito mais perto do ferimento do que o senhor...
As sobrancelhas grossas de Ector se uniram:
— Mas sou eu que tenho de ficar deitado aqui cheirando essa podridão o tempo todo. Não me fale se está cicatrizando ou não; estou aqui para que você possa fazer alguma coisa a respeito, e não para ficar parada aí tagarelando.
Isolda assentiu lentamente com a cabeça e disse:
— Está certo. Há uma coisa que ainda não tentei.
Ector ficou calado, de braços cruzados, enquanto Isolda começou a examinar os vidros e potes de sua sacola, mas, quando tirou o vidro que escolheu, ele gritou:
— Que droga é essa aí?
No vidro podia-se ver certa massa de corpos brancos se contorcendo.
— Larvas — respondeu Isolda secamente.
As sobrancelhas de Ector se levantaram e ele exclamou:
— Larvas? Minha Nossa Senhora! Está pensando que vai botar larvas no meu pé? — Antes que Isolda pudesse responder, ele disse: — Já que é assim, estou indo embora daqui.
Ele se sentou, movimentando as pernas sob o cobertor, e parou abruptamente ao se dar conta de que tinha os magros membros inferiores nus. As imundas calças curtas de couro que usava ao chegar haviam sido cortadas para que pudessem ser retiradas com a menor dor possível.
Isolda aquiesceu com a cabeça.
— A decisão é sua. O senhor vai proporcionar um belo espetáculo aos outros homens daqui se se levantar e for embora dessa maneira.
Colérico, Ector praguejou baixinho, depois ficou calado e amarrou o cobertor ao redor dos quadris estreitos; esforçando-se para não soltar um gemido involuntário de dor ao tentar tirar o pé sadio debaixo de si.

— Com ou sem calça, vou embora. — Disse isso sem olhar para Isolda. — Entre a infecção e seu tratamento, prefiro ficar com a infecção... *milady*. Praticamente cuspiu as últimas palavras.

Isolda levantou as sobrancelhas:

— Para sua informação, eu poderia simplesmente levá-lo lá para fora e cortar sua garganta como se o senhor fosse um cavalo de perna quebrada, já que está tão determinado a morrer agora. Seria uma morte mais limpa do que ter seu corpo apodrecido desde a parte de baixo até a de cima. Dessa forma poderíamos deixar de desperdiçar comida e bebida com o senhor muito mais cedo.

A cabeça de Ector se aprumou uma vez mais; todos os músculos ficaram rijos de raiva. Depois, devagar, seus ombros relaxaram e um vago e involuntário esgar de sorriso apareceu-lhe nos cantos dos lábios finos.

Ele resmungou e disse:

— Moça, você vai ter um trabalhão dos diabos para limpar tudo depois se mandar cortar minha garganta. Seja de homem ou de cavalo, uma garganta cortada derrama um montão de sangue. — Ficou em silêncio, analisando-a de forma especulativa, depois se mexeu, procurando uma posição mais confortável na cama de palha. — Está certo — disse, finalmente. — Talvez eu não vá embora ainda, mas só queria que me dissesse por que diabos vai botar uma porção de larvas rastejantes imundas no meu pé.

— Para ajudá-lo a cicatrizar. Já as usei antes em casos como o seu, embora as larvas geralmente já estejam na ferida, e tudo o que preciso fazer é deixar que permaneçam lá. Elas devoram a carne apodrecida e impedem que o veneno se espalhe mais do que já se espalhou.

Durante mais um demorado momento, Ector a contemplou em silêncio. Depois, ainda sem falar, virou-se e vomitou,

silenciosa e ordeiramente, no urinol ao lado da cama. Depois, finalmente, quando os ombros pararam de arfar, ergueu a cabeça uma vez mais, limpou a boca com a palma da mão e disse:
— Está certo. Já que precisa ser feito, vamos logo com isso.

— Está doendo? — perguntou Isolda, algum tempo depois.

Ector baixou a caneca de cerveja que ela lhe dera para lavar a boca e a olhou por cima da borda dela, sobrancelhas levantadas:
— Não posso dizer que foi agradável...
Ele suspirou e pôs a caneca de lado.
— Senti como se estivessem me beliscando — disse ele, dando de ombros. — Só isso. Com essas infelizes se arrastando na ferida.
— Ótimo.

Isolda começou a recolocar as ataduras de linho no machucado, e Ector, após um instante de silêncio, virou-se para o garoto na cama ao lado da sua e perguntou:
— Foi sua primeira batalha, rapaz?

Isolda levantou o olhar; as mãos ficaram imóveis um instante. A voz de Ector tinha sido despreocupada, porém ela duvidou de que a pergunta não tivesse uma intenção oculta. Há dias observava o jovem ao lado de Ector: era um membro da infantaria de quinze ou dezesseis anos, com cabelo quase tão louro quanto o de um saxão. Era um dos soldados mais jovens de Con, e fora ferido com uma flecha no antebraço durante a batalha vencida mais recentemente. A seta penetrara fundo no músculo, e havia sido preciso dois dos seus companheiros para tirar a cabeça dela antes que ele fosse levado para a enfermaria. Agora, contudo, o ferimento estava cicatrizando bem, a carne não estava infeccionada e ele não parecia sentir muita dor.

Mas enquanto os outros homens na enfermaria — os que tinham condições — falavam e gritavam entre si nos corredores, contando piadas obscenas e relembrando batalhas vencidas, esse rapaz mal falava. Em vez disso, permanecia deitado, com o rosto branco e tenso, os olhos fixos no teto do abrigo. Isolda raramente o tinha visto deixar-se levar pela imaginação e adormecer, e ele aceitava ansiosamente o extrato de papoula[10] que ela lhe oferecia todas as noites. Mas várias vezes ele acordava e ao resto do aposento com gritos agudos e frenéticos, apesar dos remédios que havia tomado.

Agora, quando o rapaz se virou para Ector para responder à pergunta do ancião, ele piscou um instante, como se estivesse retornando de um lugar imaginário distante. E então finalmente concordou com a cabeça:

— Sim, é minha primeira batalha.

Ector assentiu com a cabeça e disse:

— Eu sabia. Eu sempre sei.

Analisou o rosto do jovem e perguntou:

— Qual é seu nome, rapaz?

O jovem havia desviado o olhar, que se fixara uma vez mais no teto. Sua garganta se contraiu quando engoliu em seco, e a voz monocórdia e que mal se ouvia respondeu:

— Ralf.

Os olhos de Ector analisaram a estrutura esguia do rapaz uma vez mais, e se fixaram no antebraço fortemente amarrado.

— Muito bem, Ralf. Foi seu primeiro gostinho de guerra e você já tem um distintivo de honra que comprova isso. Eu não me surpreenderia se você conseguisse muitos mais desse tipo antes que os desgraçados dos saxões sejam expulsos para o lugar a que pertencem.

Isolda viu — e percebeu que Ector também — o tremor involuntário que percorreu o corpo do rapaz e o reluzir de pânico que lhe arregalou os olhos. Ele não falou, porém, e após um instante, Ector disse:

---

10 O ópio da papoula entorpece a dor e é sonífero. (N.T.)

— Acho que isso fez você se sentir um pouco oco. Demora para nos habituarmos a ficar na linha de frente de uma investida dos saxões e não sentir que nossas vísceras ficaram líquidas o suficiente para escorrer pelo nosso traseiro.

As palavras do ancião pareceram desferir golpes que visavam à base de uma represa ou o gume de uma faca numa ferida supurada. Mais um estremecer percorreu o rapaz, e palavras reprimidas dele saíram aos borbotões, numa voz baixa, rouca e quase inaudível, enquanto os olhos permaneciam imóveis e fixos.

Ele estivera nas linhas de frente da tropa de Con, enfrentara a maior parte do fardo saxão. Ele os escutara vir, as vozes altas num grito de batalha, embora a princípio parecessem apenas uma muralha amorfa ambulante. Então os vira. Homens louros gigantescos brandindo espadas e grandes machados de dois gumes acima das cabeças, os cascos dos cavalos ruidosamente transformando o solo em lama.

E então a batalha havia sido em cima dele, que não conseguia ver nada a não ser os golpes das armas, o arremessar de corpos, homens e cavalos em redor; não ouvia nada que não fossem os gritos dos cavalos e de outros homens, embora soubesse pela dor aguda na sua garganta que ele também estava gritando. Viu o homem ao seu lado desabar com o golpe de um dos machados de gume duplo. Viu a barriga de outro homem ser aberta por uma espada quando um dos inimigos o atacou por trás, e outros ainda serem pisados e machucados como bonecas de pano quebradas sob os cascos dos cavalos.

— Os bruxos deles chegam em primeiro lugar, urrando pragas. É a coisa — Ralf tremeu — mais horrível que se pode ver. Eles tocam tambores feitos de crânios humanos e de pele arrancada dos mortos. E sopram trombetas, feitas de ossos de coxas. E os soldados... eles lutam como... como animais — disse Ralf, com voz rouca. — Se o chefe deles é morto, é uma vergonha para sair vivos do campo de batalha. Procuram os adversários, buscando morrer. Querendo morrer. Como demônios. Como nada que tenha uma alma mortal. É...

Uma linha fina de suor brilhou-lhe nas sobrancelhas, os olhos se escureceram a essas lembranças, e as mãos ficaram com as juntas descoradas.

— Bem, eles são pagãos, jovem. — O tom de Ector foi realista. — É como dizem: quando se fala com um porco e só se espera ouvir um ronco de porco como resposta, fica-se muito decepcionado.

Isso provocou um rápido esgar de sorriso em Ralf, e ele voltou a estremecer convulsivamente, liberando parte da tensão do corpo esguio. Ector assentiu satisfeito com a cabeça e tocou ligeiramente o braço saudável do rapaz:

— Nunca se importe com isso, rapaz. Lembro-me de uma vez, quando era jovem, durante um ataque a um campo de guerra saxão. Eu tinha encurralado um deles, e nós estávamos brigando corpo a corpo. Consegui fazer com que ele sangrasse primeiro, com um golpe na coxa, e ele me atacou como o próprio Satanás. Ainda tenho a cicatriz, olhe aqui.

Arregaçou a manga da túnica e estendeu o braço fino e musculoso, mostrando a ruga amarrotada de uma antiga cicatriz que acompanhava o músculo do pulso até quase o cotovelo. Lentamente os olhos de Ralf se fixaram na marca, e ele assentiu com a cabeça, embora não dissesse nada.

— Bem, esse sujeito — prosseguiu Ector —, esse saxão com quem eu estava lutando falava um pouco de inglês, o bastante para nos entendermos. Estávamos lutando pra valer, um aparando os golpes do outro, depois se separando e atacando de novo.

A voz do ancião era baixa, mas de qualquer maneira as palavras refletiam a tensão daquela batalha há tanto travada para invocar para fora do ar o confronto barulhento das espadas, a pancada do metal contra os escudos de couro. Isolda viu que

Ralf se aprumou, o rosto demonstrando interesse à medida que Ector continuava.

— Em um certo momento, quando estávamos andando em círculos um em volta do outro, procurando um lugar onde um golpe de espada pudesse penetrar, ele sibilou que lutaria comigo até que o sangue de suas veias escorresse dele em rios tão compridos que fossem capazes de me levar com ele. Que, se morresse ao me matar, iria para o panteão dos guerreiros e viveria eternamente se alimentando de carne assada e de hidromel das tetas de um tipo de cabra selvagem. — Ector deu de ombros. — Foi isso que ele disse, ou alguma besteira parecida. Não entendi direito. Ector parou de falar. O resto de tensão desaparecera do rosto de Ralf, e ele observava o velho: o olhar fixo e vidrado também se fora dos seus olhos, que agora se mostravam interessados e alertas pela primeira vez.

— E o que foi que o senhor disse a ele?

— Dizer? — Ector resfolegou. — Eu disse que ele ia ter uma grande surpresa quando eu o matasse e ele se visse no inferno.

Isolda riu. Ela duvidava da existência do saxão, do homem que falava inglês ou outra língua, e já vira feridas suficientes para saber que a cicatriz de Eron havia sido feita por uma adaga ou um facão, mas não por uma espada. Contudo, ao seu lado Ralf também riu; a tensão evidente e desesperada desapareceu de seu rosto pela primeira vez desde que chegara à enfermaria, de modo que ele parecia — quase — o mesmo menino que se empenhara numa batalha há um mês apenas. Ou pelo menos — pensou Isolda — ostentava a aparência que jamais voltaria a ter.

— Uma grande surpresa — repetiu ele, ainda rindo e sacudindo a cabeça. — Uma grande surpresa. Essa é boa, se é! Essa é muito boa!

Isolda amarrou a última atadura no pé de Ector, pegou a sacola de remédios e se virou para ir embora. "Esses homens", pensou, "estão sempre partindo meu coração".

Um dos homens deitados contra o muro do outro lado — um soldado da infantaria com um braço esmagado — acordou e começou a gritar, e Isolda abriu caminho rapidamente para chegar até ele e ajoelhar-se ao seu lado. Achou que ele era um pouco mais velho, com quase trinta anos. O rosto era moreno e com traços duros, o pescoço, grosso e forte, e o homem tinha uma compleição muito musculosa de espadachim. O corpo não estava lesionado, exceto pelo braço direito, imóvel ao lado do corpo. Tinha sido esmagado por uma machadada e agora era uma massa de carne dilacerada e ossos despedaçados, e Isolda viu que continuava a gotejar sangue através das ataduras de linho que ela aplicara na noite anterior.

Ele continuou a gritar quando Isolda se aproximou, embora seus olhos estivessem fechados; os gritos pungentes e ásperos faziam os músculos da garganta proeminentes como cordas. Isolda pôs uma das mãos na testa do homem para acalmá-lo, e com a outra pegou o copo de vinho ao lado dele. Pensou: "Tudo o que posso fazer é tentar reduzir ao máximo a dor, até se poder definir se o corpo dele vai se curar ou capitular". Embora fosse um milagre ele sobreviver àquele ferimento.

Nos dois dias em que ficara deitado na cama, limitava-se a vomitar as doses de remédio que ela o persuadira a tomar, e ela já podia ver as listras vermelhas mortais se espalhando para cima desde o ombro, apesar dos emplastros e das pomadas que aplicara.

O rosto do homem parecia perturbado, a pele era amarelo-acinzentada, turva e repuxada sobre os ossos do crânio. Era desconhecido para ela, embora a cor morena intensa e a compleição compacta o fizessem parecer um dos homens galeses, e Isolda viu que em redor da garganta ele usava uma cruz toscamente esculpida, pendurada num fio de couro. Talvez fosse um Madoc da infantaria de Gwynned. Gwynned era basicamente uma terra cristã, e Madoc era um rei cristão.

Isolda acomodou a cabeça do soldado na curva de um braço, e levantou-o o suficiente para conseguir levar-lhe o copo à boca. Ele vomitou o primeiro gole na palha já ensopada de vômito, mas conseguiu engolir o segundo; quando Isolda o deitou de novo ele exalou um suspiro exausto, depois contorceu o cenho ao fixar no rosto dela os olhos nublados pela dor:

— Mãe, mãe! Me ajude! Está doendo!

Isolda pensou que eles geralmente chamavam pela mãe, às vezes invocavam Deus, às vezes Jesus Cristo, mas de modo geral era a mãe que esses homens queriam ao acordar.

— Caladinho. — Isolda entrelaçou os dedos com os dele. — Você está a salvo. Não vou deixá-lo sozinho.

Ela começou a desfazer as ataduras com a mão livre, mantendo o murmúrio das palavras. — Esta é a história de Pwyll, Lorde de Dyfed, e de Arawn, Rei de Annwn.

Desde que começara a tratar dos homens feridos nas campanhas de Con, ela havia contado uma ou duas histórias dos antigos bardos enquanto cuidava dos feridos ou dos doentes, de modo que, para ela, isso agora era praticamente uma segunda natureza. Às vezes se perguntava onde aprendera as histórias, que pareciam simplesmente fluir de uma fonte inesgotável dentro dela, e lhe afloravam sem o menor esforço aos lábios.

Mas também agora era uma segunda natureza nunca se permitir tentar lembrar ou pensar coisas assim por muito tempo. As respostas eram parte do tempo esquecido, por sete anos agora, trancadas atrás de uma porta negra lacrada.

Para os homens conscientes o bastante para acompanhar a narrativa, isso fazia que esquecessem a dor. E, se ela contava uma história dos antigos heróis, de batalhas há muito lutadas e vencidas, isso às vezes também lhes dava coragem. Mas mesmo os que estavam sem condições de prestar atenção — como esse homem — costumavam acalmar-se ao som da voz dela e do ritmo das palavras.

Isolda prosseguiu com a história de como, por um ano, Pwyll tomara o lugar de Arawn como Rei do Outro Mundo. E, lentamente, os olhos do soldado, cansados de tanta dor, se fecharam e os dedos relaxaram. Então, o mais suavemente que pôde, Isolda retirou a mão da mão sem energia do soldado e, sempre falando, pegou um pote de pomada da maleta de couro ao lado dela.

As histórias eram tão conhecidas que ela mal precisava pensar sobre as palavras; elas vinham automaticamente, liberando sua mente. Ainda assim, o ritmo da história também a ajudava a firmar as mãos e a evitar que pensasse sobre a dor que inevitavelmente causava mesmo enquanto tentava curar.

A última atadura saiu, expondo o braço estilhaçado. Ela pensou: "É inútil querer que o mundo seja outro que não este. É inútil até sentir raiva do desperdício sangrento e maldito das guerras constantes".

Antes, porém, que ela pudesse começar a passar pomada no ferimento, os olhos do homem se abriram com um piscar, e desta vez se arregalaram em uma percepção apavorante quando seu olhar observou o rosto dela. Instantaneamente, ele se virou de lado na cama, tentando livrar-se com violência, e a mão sadia fez um gesto muito mais antigo do que a cruz de madeira que ele usava. O segundo e o terceiro dedos se dobraram, o primeiro dedo e o mindinho se ergueram como chifres. Era um velho sinal contra mal ou bruxaria.

Isolda ficou de pé e deu as costas sem sequer tentar acalmá-lo. Ela já não podia fazer nenhum bem a esse homem. A experiência lhe ensinara isso.

— Hedda.

A outra moça se virou ao grito assustado do homem, e agora, ao ser chamada, ela se postou rapidamente ao lado de Isolda.

— Ele não vai deixar que eu termine — não agora. — Isolda falou baixinho, e manteve o rosto cuidadosamente desviado do homem ferido. — Só vou piorar as coisas se insistir. Mas essa ferida precisa ser tratada com isto — Isolda estendeu o pote de pomada —, e depois é preciso pôr ataduras de novo. Você sabe como.

Desta vez Hedda não fez nenhuma pausa, nem olhou para Isolda sem saber o que fazer; só assentiu com a cabeça e disse:

— Eu sei, *milady*. Pode deixar comigo.

Era em momentos como esse, momentos em que ela e Isolda ficavam sozinhas, que Isolda sabia — ou achava que sabia — o que ficava por trás da falta plácida de emoção e dos olhos inexpressivos da outra moça. Momentos como esse, quando Isolda tinha certeza de que o embotamento de Hedda era a maneira de ela ganhar liberdade, pelo menos de um tipo.

Hedda estava carregando uma bandeja de comida: pão integral e queijo e uma jarra de água de cerâmica, e pôs a bandeja no quadril para pegar o pote de pomada.

— Deixe que eu pego isso, Hedda.

Isolda tirou a bandeja da moça e lhe entregou o pote.

— Essa comida era para quem?

Hedda ficou calada um instante e os olhos pálidos fixaram o chão.

— Para os prisioneiros saxões, senhora.

Em ocasiões como esta, pensou Isolda, é que se podia às vezes captar um lampejo de raiva sob a calma de Hedda. A voz de Hedda mal se conseguia ouvir, mas de qualquer maneira Isolda lhe tocou levemente no braço.

— Lamento, Hedda.

Um rápido espasmo, como se fosse de dor, refletiu-se no cenho da outra moça, mas desapareceu quase imediatamente. E quando ela falou foi praticamente um eco do que Isolda pensara há apenas um instante.

— Desperdício de lágrimas.

Não havia nada que Isolda pudesse responder, por isso ela apenas pegou a bandeja e disse:

— Deixe que eu levo a comida dos prisioneiros esta noite, para que você possa fazer o curativo neste homem. Quantos prisioneiros temos desta vez?

— Só dois.

Hedda deu as costas, dirigindo-se para ajoelhar onde Isolda havia estado, e disse sobre o ombro, com o rosto largo sem emoção:

— Eles estão nas celas. Na torre do norte.

Capítulo 4

"*Ele se sentou ao remo de direção do esquife, observando-a arrastar uma das mãos na água; o cabelo preto cacheado lhe caía pelos ombros como uma nuvem carregada pelo vento. Como se sentisse o olhar dele, ela girou de costas para olhá-lo.*

— Eu já lhe contei a história de Trevelyan? O único homem que escapou quando Lyoness afundou no mar?

Ele sacudiu a cabeça:

— Eu sabia que você não conseguiria fazer isso.

— Fazer o quê?

Ele fez um gesto para o anzol, preso a uma cabeça de peixe tirada do balde de couro aos seus pés. Para ela ficar calada tempo suficiente para ela pescar alguma coisa.

Ela encheu de água uma das mãos e jogou nele, molhando-lhe a túnica e as botas, e perguntou:

— Você quer ou não ouvir a história?

A voz dela era suave, musical e muito clara. Ele sempre achara isso, mesmo quando ela era uma menina irritante de dez anos que o seguia por toda parte, como uma sombra.

— Tudo bem, conte a história sobre esse Trevelyan. Que foi que ele fez?

Ele já a ouvira contar a história pelo menos uma dúzia de vezes, mesmo assim escutou-a sem interromper. Enquanto ela falava, ele quase conseguia bloquear a lembrança daquela manhã. De entrar no quarto da mãe e encontrá-la com olhos inchados e roxos, da cor de uma fruta podre, a boca ensanguentada e machucada, faltando mais um dente, extraído a soco. Seu pai vinha com mais frequência agora que estava em casa vindo das campanhas do verão."

Isolda ficou de pé na entrada da torre do norte enquanto os ecos se amorteciam, deixando apenas o som do vento uivando sobre as muralhas de Tintagel. A palavra desaparecera, assim como todas as outras. Essa, porém... Não era a voz de Morgana, ela estava certa disso. Franziu o cenho. Essa voz parecia... o quê? Estava mais próxima, de alguma forma, como se invocasse diretamente a muralha escurecida em sua mente. A parte de si mesma e do passado que ela esquecera com sua força de vontade. De repente ela estremeceu, e atravessou a porta da torre iluminada por uma tocha. *Esqueça isso. Esqueça isso e tudo o mais.*

O cheiro da cela da prisão era ainda pior do que o fedor da enfermaria. Sujeira e palha mofada, urina, suor e pele não lavada, como havia no aposento acima, mas aqui o cheiro era superado pelo cheiro amargo do medo.

O prédio da prisão não era iluminado, por isso um momento se passou antes que Isolda pudesse distinguir, pela luz da tocha da passagem externa, os dois homens acocorados junto às pedras da parede afastada. Quando conseguiu ver o suficiente para escolher o caminho por meio das pilhas de palha enegrecida, Isolda foi até o homem mais próximo e estendeu a bandeja. Estava muito escuro para enxergar bem o rosto dele, mas a moça conseguiu ver-lhe os olhos azul-claros como os de Hedda. Ele a olhou fixamente, atônito e entorpecido, e não fez nenhum movimento para apanhar a comida: continuou sentado contra a parede, pernas puxadas para cima, braços frouxos e balançando entre os joelhos.

— Ele não vai conseguir pegar — disse o outro homem, com voz ríspida, ela não sabia se por estar com sede, raiva ou por não falar há muito tempo. — Os dois pulsos dele estão quebrados. Não consegue comer sozinho.

Isolda viu que ele se enrijeceu quando ela entrou, e depois voltou a se largar, como se esperasse outra pessoa. Seu rosto, porém, estava ainda mais no escuro do que o homem à sua frente, e ela só conseguiu ver-lhe a pele clara contra o muro úmido e escorregadio no qual se apoiava.

Isolda se virou para o primeiro homem, e viu o que não havia reparado antes: que sob as mangas rasgadas de sua túnica os pulsos dos dois braços estavam intumescidos e inchados, manchados de edemas negros e inclinados num ângulo dirigido ao estômago, como os membros deslocados de uma boneca de criança. Ela também pôde ver, aqui e ali, as pontas agudas de ossos distendendo a pele.

Severamente, Isolda virou-se e gritou por cima do ombro para os soldados do lado de fora do recinto:

— Guarda, traga luz até aqui.

Silenciosamente, um dos homens obedeceu, e pôs uma lanterna acesa ao lado dela no chão; Isolda fez um sinal afirmativo com a cabeça.

— Obrigada. Pode ir agora. E feche a porta.

O soldado hesitou ao ouvir a ordem, era um rapaz de rosto magro e olhar nervoso e inquieto, e após um momento baixou a cabeça e respondeu:

— Como quiser, *milady*.

Isolda esperou até a pesada porta se fechar, depois mais uma vez se virou para o saxão. Ele era alto, tinha a força dos membros compridos de sua raça. E também uma compleição de ombros largos de guerreiro. Os olhos, contudo, tinham a expressão deplorável e desnorteada de um animal sofrendo. Era muito jovem. No máximo teria quinze anos, pensou Isolda. Era tão jovem quanto Ralf, e em circunstância semelhante.

Seu rosto, como os pulsos, era uma máscara de manchas arroxeadas, um olho fechado de tão inchado, a boca ensanguentada e despedaçada. Mesmo assim, ela conseguiu ver que os traços dele mantinham a expressão suave e ainda não formada da juventude, e as faces mostravam apenas um restolho dourado de barba. Seu cabelo provavelmente era louro também, embora estivesse tão coberto por suor e lama seca que parecia quase castanho, e as roupas estavam duras e arenosas de suor e sujeira.

— Tome.

Isolda ajoelhou-se ao lado dele e levou-lhe o jarro d'água até a boca inchada.

O rapaz engoliu automaticamente, arfou assustado quando a água lhe alcançou a garganta e então, de repente, começou a chorar, com soluços abafados e desesperados que lhe sacudiram todo o corpo e borraram de lágrimas a terra e o sangue seco do rosto.

Isolda começou a estender a mão para ele, mas se deteve. Achou que já era ruim o bastante chorar na frente de um de seus captores — além do mais uma mulher —; não devia lhe oferecer o insulto de um toque de consolo.

Antes que ela pudesse decidir se devia falar ou ir embora, viu o outro prisioneiro se agitar no seu canto sombrio. Ainda estava muito escuro para que ela pudesse ver claramente, mas teve a impressão de que o homem hesitou um pouco, como se não estivesse disposto a se mexer. Finalmente, porém, ele ficou de pé e adiantou-se até o círculo de luz. Não estava ferido, segundo Isolda pôde ver, mas se movimentava rigidamente, como se estivesse se prevenindo para não causar algum ferimento interno. Sem nada dizer, pôs uma das mãos no ombro inchado do companheiro.

O toque acalmou um pouco o rapaz, porque os soluços diminuíram. Sob as feridas e o brilho do suor e das lágrimas, sua pele era mortalmente branca; ele respirou ruidosamente e levantou a vista para o outro jovem com olhos marejados de vermelho.

— Lamento.

Ele falou em saxão, mas Isolda havia aprendido o suficiente com Hedda para compreender aquela palavra, embora tivesse sido dita num tom baixo e com voz entrecortada. O segundo prisioneiro olhou de relance para Isolda, com os cantos dos olhos. Era muitos anos mais velho do que o rapazola — ela teve tempo de ver isso antes que ele se fosse. Teria vinte e quatro ou vinte e cinco anos talvez, e era tão alto e forte quanto o primeiro homem, com o rosto menos deformado do que o companheiro e o cabelo um tom mais escuro, entre louro e castanho. Ele pareceu hesitar de novo, mas de repente se sentou na palha imunda ao lado do garoto.

— Não precisa lamentar, Cyn.

Ele também falou em saxão, de modo que Isolda se esforçou para entender o que disse, deduzindo o significado das palavras que não conhecia.

— Olhe bem isto aqui.

Estendeu a mão direita e a virou para cá e para lá, deixando que a luz da lanterna iluminasse os dedos separados. A mão era forte e bem formada, com o punho musculoso de um espadachim, mas Isolda viu que pelo menos dois dedos estavam tortos, como se tivessem sido esmagados e jamais recompostos adequadamente, e as primeiras juntas dos dedos médio e indicador não existiam mais.

Ele ficou calado por um instante, depois acrescentou algo que Isolda julgou significar "Aconteceu o mesmo comigo" ou "Eu fiquei assim também quando isso aconteceu".

Sua mão esquerda apertou levemente o ombro do rapaz, depois ele a soltou, sentou-se em silêncio, com os braços em redor dos joelhos elevados, e deixou que os soluços abafados gradativamente diminuíssem e acabassem. Por fim, Cyn apenas se sentou numa exaustão contida, tremendo um pouco, cabeça baixa, e Isolda perguntou suavemente:

— Cyn? É esse seu nome?

A cabeça do rapaz levantou-se de repente; os olhos desbotados se dilataram, como se tivesse esquecido que ela estava lá.

— Se você permitir, posso endireitar seus pulsos. E lhe dar alguma coisa para diminuir a dor.

Embora ela compreendesse um pouco da língua saxônica, só sabia falar algumas palavras, por isso se dirigiu em latim ao garoto. Perguntou-se se ele compreenderia, mas o cenho dele se enrugou, como se o rapaz estivesse se esforçando para traduzir as palavras para sua própria língua. Então seus olhos chorosos pareceram entender, e sob a máscara de terra, lágrimas e sangue Isolda percebeu uma beligerância de esperança e descrença, cautela e medo.

Virou-se para o companheiro e perguntou algo em sua língua; a voz mostrou-se quase ansiosa pela primeira vez, de modo que as palavras foram ditas rapidamente depois, para que Isolda não pudesse compreendê-las. Talvez *"Você confia nela?"* ou *"Posso acreditar nela?"*.

Seu companheiro não respondeu de imediato. Isolda pôde ver-lhe o rosto mais claramente agora, embora o queixo e o maxilar estivessem escondidos por vários dias de barba sem fazer. As maçãs do rosto eram muito bem definidas, os olhos profundamente encovados e impressionantemente azuis, sob sobrancelhas castanho-douradas estranhamente oblíquas. Ele agora a observava, com um olhar que poderia ser de hostilidade, ou apenas de curiosidade ou avaliação, como se tentasse decidir até onde Cyn poderia confiar nela.

Entretanto, quando seus olhos se encontraram, Isolda sentiu algo agitar-se no fundo de sua mente, um puxão inesperado e forte, como o repuxar de um peixe numa linha, algo que desapareceu quase antes de ela estar certa de que acontecera. Foi quase igual às centelhas de Premonição que lhe haviam vindo há muito tempo: uma sensação repentina de semelhança, de familiaridade, como a lembrança repetida de um sonho. A ideia de que as palavras que ela dizia ou a visão que via já tinham sido faladas ou vistas antes. E há anos passados, seguindo a mesma sensação abrupta de semelhança, acontecera uma visão rápida e brilhante do que o futuro traria.

Mas nada agora seguia aquele primeiro puxão imprevisível e forte. Nenhuma visão do passado, nem mesmo qualquer indício do que viria pela frente, embora o tremor ligeiramente vertiginoso permanecesse no fundo da sua mente, apenas fora de alcance. Isolda estremeceu.

— Vou precisar de ajuda para recompor os ossos — disse ao homem barbudo. — Você me ajuda, se Cyn concordar que isso seja feito?

O olhar do homem continuava sendo de avaliação cautelosa, mas ele apenas a olhou fixo, com o rosto inexpressivo, até que Isolda percebeu que, inconscientemente, ela voltara a falar sua própria língua. Repetiu a pergunta em latim, e viu um instante de raiva se manifestar no rosto do homem; as sobrancelhas castanhas se uniram num franzir de testa colérico. Ele começou a falar, e Isolda esperou uma recusa curta e seca, mas ele se controlou e, sempre com o cenho franzido, virou-se para Cyn, analisando o rosto do rapaz. Fosse o que fosse que tenha visto, ele se decidiu porque, afinal, com os olhos ainda fixos em Cyn, concordou rapidamente com a cabeça.

O próprio Cyn engoliu em seco, levantou os olhos para Isolda e disse, em latim gaguejante, constrangido e com forte sotaque:

— Eu lhe agradeço, *milady*.

Isolda continuava a carregar a bolsa de couro de destilados e pomadas, que colocou no chão, e dela retirou o frasco medicinal de infusão de papoula que usara antes. Houve um lampejo de medo nos olhos de Cyn quando Isolda o levou à sua boca, e ele olhou, apavorado, para o companheiro.

— Não tenha medo — disse Isolda suavemente. — Não vai doer nada. Vai fazer você dormir enquanto eu ponho os ossos no lugar, só isso.

O rapaz hesitou mais um instante, mas depois expirou e engoliu em seco.

— Está bem.

A testa de Cyn continuava salpicada de suor, sua pele tinha o tom amarelado doentio de massa de bolo crua, mas parte da tensão desapareceu do rosto, ele voltou a limpar a boca e descansou a cabeça no muro de pedra.

— A arte das ervas... como... senhora *aprendia*?

Isolda ficou imóvel, com os olhos na chama bruxuleante da lanterna. Essa era outra pergunta que ela nunca se permitiu fazer. A arte das ervas, assim como a das histórias, era simplesmente parte dela, como sempre fora desde que se permitia lembrar. Havia guerra, e seu lugar era junto dos feridos. E isso era tudo.

Havia às vezes momentos — como esse — em que achava que talvez tivesse começado a curar os feridos também como uma espécie de reparação, como pagamento por uma vida que ela não tinha conseguido saldar.

Mas também isso ela nunca se permitia pensar por muito tempo.

— Acho que aprendi quando criança — respondeu finalmente. — Virou-se de costas, piscando para eliminar dos olhos o reflexo da luz. — Isso foi há muito tempo.

Cyn fez que sim com a cabeça. O suco da papoula[11] estava começando a fazer efeito. Os movimentos dele estavam lentos, os olhos começaram a perder o foco, e a cabeça baixou até o peito da túnica. Então, a cabeça deu um solavanco para cima, e Isolda viu os olhos dele se arregalarem e um rubor ardente vindo do pescoço musculoso se espalhar no rosto. Por um momento ela pensou que fosse apenas a dor dos ferimentos, mas então sentiu o cheiro intenso e pungente e viu a mancha molhada se estender nas calças curtas do rapaz, e a poça aumentar debaixo dele na palha imunda.

Isso acontecia quase sempre. À medida que o sonífero fazia efeito, o corpo perdia controle dos intestinos, da bexiga ou de ambos. Isso, porém, não faria diferença para Cyn. Seu rosto já refletira sua vergonha, misturado ao atordoamento e à dor, mas agora a completa e impotente humilhação que tomou conta dos

---

11 O suco extraído das papoulas é um narcótico que pode provocar euforia, seguida de sono onírico. O uso constante leva à dependência química e à destruição moral e física. (N.T.)

olhos inexpressivos e do rosto largo e jovem era quase insuportável. E nada havia que Isolda pudesse fazer. Nada, a não ser darlhe as costas ainda mais rapidamente do que fizera ao ver suas lágrimas, e poupá-lo, pelo menos, da indignidade de constatar o constrangimento dele.

Ela inclinou a cabeça e começou a desenrolar as tiras de linho limpo que carregava na sacola, sentindo uma sensação de raiva cega da guerra — e dos homens — que havia levado aquele garoto para lá. Pelo canto do olho, viu o segundo homem, após um instante de breve hesitação, tocar Cyn levemente no ombro e dizer-lhe algo em sua língua natal.

As palavras — e o que ela achou que significassem — fizeram com que Isolda erguesse os olhos com severidade, porém funcionaram, porque Cyn deu um pequeno e arfante sorriso; as rugas de medo e tensão do seu rosto se reduziram um pouco e a boca relaxou num sorriso insípido.

— Mas você...

Observando pelo canto do olho, Isolda viu Cyn apontar para os ombros do outro homem, ou talvez para as costas; ela não estava certa.

— A culpa é minha. Se você não tivesse...

Ele se calou quando o companheiro segurou-lhe os braços, facilitando-lhe deitar no chão cheio de palha.

— Não se preocupe com isso. Você acha mesmo que eles não me teriam deixado desacordado?

Cyn soltou um suspiro trêmulo; os olhos já estavam semicerrados com os efeitos da droga. Então, as pálpebras se abriram e ele se esforçou para levantar-se, falando com insistência rápida e desesperada, embora sua voz começasse a ficar indistinta, e dessa vez as palavras foram mais uma vez rápidas demais — e lentas demais — para que Isolda pudesse entender o que significavam.

Isolda achou que talvez fosse um reconhecimento do medo, porque o homem barbudo pôs de novo uma das mãos no ombro de

Cyn e falou baixinho para tranquilizá-lo, apesar de as palavras serem mais uma vez muito baixas para que ela conseguisse ouvi-las.

Um tremor estremeceu a compleição do rapaz, mas ele bateu com força e sem jeito nos olhos e depois assentiu com a cabeça, permitindo que o outro homem o baixasse de volta à palha. Um instante depois, suas pálpebras se fecharam. Quando sua respiração ficou regular e lenta, Isolda ajoelhou-se ao seu lado e, virando-se para o homem barbudo, perguntou:

— Será que você pode segurá-lo enquanto eu faço o curativo? Ele não sentirá dor se acordar, mas pode tentar se mexer ou se soltar.

Os olhos azuis do homem se encontraram com os dela mais uma vez; neles havia a mesma sombra de hostilidade, e ele fez menção de falar. Entretanto, novamente se deteve, e em vez disso se inclinou silenciosamente para pegar os ombros de Cyn, acomodando-o firmemente na palha estragada.

Isolda já havia realocado ossos antes, em locais tão imundos e pútridos quanto o atual, mas essas fraturas já tinham mais de um dia e já haviam começado a unir-se em formas angulosas, a se desconjuntar do alinhamento pelo puxão dos músculos e tendões dilacerados. Ela precisou separá-los mais uma vez antes que eles pudessem ser recolocados no lugar. Quando as extremidades carnudas e irregulares se esfregaram, Cyn meio que despertou e deu um grito agônico e áspero, que ecoou por muito tempo nos muros de pedra.

Ao ouvir o som, a cólera aflita que Isolda sentira antes de repente se manifestou, e dessa vez quase a sufocou. Isso já lhe havia acontecido antes, embora não com a mesma frequência de quando ela começara a tratar dos homens feridos em batalhas que lutavam com seu marido Con. Mas às vezes, até mesmo se ela estivesse suturando um corte de espada, ou lancetando um ferimento infeccionado, pensando apenas na tarefa que estava realizando, de repente era invadida por uma onda de raiva cega que a deixava de boca seca. E, nesse momento, ela ficava incapaz de se lembrar que não adiantava odiar o mundo de homens e de batalhas e de guerras.

Nesses instantes ela havia aprendido que poderia gritar, chorar ou amaldiçoar os deuses. Ou poderia xingar os homens que haviam causado os ferimentos de todos os palavrões que conhecia e continuar a fazer sua tarefa.

Isolda tinha uma fórmula de maldições definida; as palavras lhe eram agora tão familiares quanto as das antigas histórias dos bardos. Ela também era capaz de repeti-las quase sem pensar, da mesma forma que acontecia com as histórias, até a raiva diminuir e ela poder mais uma vez olhar apenas para as feridas, e não para os próprios homens, ver somente o que podia ser feito, e não a dor que isso causaria.

Ela também aprendera, há muito tempo, que não era capaz de deter nenhuma guerra. Mas podia, ao menos, às vezes dar um ponto numa ferida e recolocar um osso no lugar.

Ela começou, murmurando as palavras enquanto se inclinava uma vez mais sobre o braço direito de Cyn, quando alguma coisa fez que erguesse o olhar e visse que os olhos do outro prisioneiro estavam focalizados nela. O rosto dele continuava cauteloso, mas Isolda percebeu que agora havia um brilho de algo que poderia ser de divertimento no fundo dos olhos azul-claros, e uma ligeira contração da boca sob a barba. Sem a tensão, o rosto dele parecia mais jovem do que Isolda julgara antes, mais próximo da idade que ela mesma tinha.

— Então — disse ela — você compreende a linguagem bretã, não é?

O jovem hesitou um pouco e depois respondeu:

— Um pouco. — Ele falou em latim, como antes, com o rosto inescrutável, embora no seu olhar houvesse um reflexo de divertimento. — Embora "canalha desgraçado filho da puta" sejam parecidos em qualquer língua.

A raiva desaparecera apenas parcialmente; Isolda tirou o cabelo da testa e sentou-se por um momento nos calcanhares.

— Pode ser, mas ainda não ameacei cortar os órgãos genitais dos guardas para pendurá-los em seus narizes e orelhas. Foi isso o que você disse antes?

O rapaz enrijeceu por um instante, como se estivesse tentando lembrar o que mais ela poderia ter ouvido e compreendido do que ele dissera; rapidamente a expressão dura e cautelosa lhe voltou ao olhar.

— De qualquer maneira, consegui animar o garoto e fazer que ele esquecesse que havia acabado de se mijar na frente de uma completa estranha.

Um canto da boca do homem se ergueu um pouquinho num sorriso breve e sem vontade, e ele mexeu o ombro:

— Quando um homem está com os bagos congelados de medo, insulte os ovos dele.

Ele então se calou; o olhar azul fixo ficou ao mesmo tempo distante e interior, e o sorriso desapareceu. Isolda o observou um instante e depois concordou com a cabeça:

— Certo. Não duvido de que vocês dois já tenham visto isso acontecer. Isso é muito pior, com certeza.

Mas quando ela voltou a se inclinar até Cyn, verificou, estranhamente, que, embora sentisse de novo uma propensão de intensa piedade ao ver os pulsos destroçados, a raiva diminuíra o suficiente para que pudesse prosseguir.

A luz da lanterna era parca, o que a forçava a depender quase inteiramente apenas do toque para alinhar os ossos, e, quando terminou com o pulso direito e passou para o esquerdo, suas costas e costelas doíam sob a lã do vestido; ela precisou piscar para tirar o suor que lhe escorria dos olhos.

O rapaz barbudo não voltara a falar, e ficara praticamente imóvel. Ela então pensou que ele devia ter experiência com leitos de enfermos e operações como aquela, porque manteve uma pressão firme e regular nos ombros e braços do garoto, movimentando-se apenas quando Isolda lhe pedia para trocar de posição ou virar Cyn, para que ela pudesse apalpar melhor os ossos. Quando finalmente amarrou as últimas ataduras de linho no pulso esquerdo, reparou que ele a observava de novo.

Isolda sentou-se nos calcanhares e tirou o cabelo úmido da testa. O homem tinha sido bondoso com Cyn, fosse o que fosse. E já tinha resistido a pelo menos três dias naquele lugar fétido, tanto quanto o rapazola. Ela apontou para a bandeja esquecida de pão e queijo e disse:

— Coma. Posso trazer mais para Cyn quando ele acordar. Provavelmente ele não vai comer muito, mas você deve fazer que pelo menos beba um pouco.

O homem assentiu brevemente com a cabeça, e esticou os músculos para aliviar a rigidez de ter ficado ajoelhado sobre Cyn, depois pegou o jarro d'água, tomou um gole demorado e se sentou, apoiando um ombro no muro. Isolda viu que se mexia em silêncio, com uma rigidez ligeira e cautelosa, como se estivesse retesando os músculos na expectativa de dor. Só quando ele estendeu o braço para pegar a fatia grossa de pão integral na bandeja ela viu as marcas nos seus ombros, visíveis acima do decote da túnica. Marcas vermelhas fortes, com o mesmo intervalo entre si. Marcas de chicotadas.

— Eu posso lhe dar uma pomada para isso — disse ela baixinho.

O homem barbudo arrancara um naco do pão, mastigando e engolindo rapidamente, como se as mordidas fossem o primeiro alimento que ele comia há algum tempo, mas, quando Isolda falou, ele ergueu a vista para ela vivamente, olhos cautelosos, e o corpo se enrijeceu instantaneamente mais uma vez. Depois, sacudiu a cabeça e disse:

— Não. Porque — ele deu um risinho — não ia adiantar muito. Só daria aos guardas a diversão de abrir as feridas quando começassem a cicatrizar.

Ele parou de falar, olhou para ela, e Isolda percebeu um lampejo de raiva no fundo do intenso olhar azul.
— Como os pulsos do Cyn.
— Como os pulsos do Cyn...
— Como os pulsos do...
Os olhos de Isolda se fixaram em Cyn, deitado onde o haviam deixado na palha imunda. Ela então compreendeu a hesitação do rapaz quando ela se ofereceu para consertar os ossos quebrados, embora o homem nada tivesse dito a Cyn.

O homem barbudo respondeu como se ela tivesse dito as palavras em voz alta; sua voz estava ríspida, embora Isolda não pudesse distinguir se a cólera se dirigia a ela ou aos homens que haviam fraturado os pulsos do companheiro.

— Não contei a ele, embora não tenha certeza se isso não é mais cruel. Os guardas vão entrar aqui amanhã e fraturar os pulsos dele de novo.

Isolda respirou fundo, e o homem, ao observá-la, perguntou:
— A senhora não sabia?
— Não — respondeu Isolda rapidamente. Ela visualizou novamente o emblema do javali azul da Cornualha nas túnicas dos guardas do lado de fora da cela. Mais homens de Marche. Ela pensou: "Eu devia ter imaginado" e se virou para olhar os braços de Cyn, com as ataduras habilmente colocadas por ela.
"Sei bem o que homens — mesmo homens bons — são capazes de fazer em época de guerra."
— Não.

Parte da raiva do homem se dissipou, e ele esfregou uma das mãos no maxilar, dizendo:
— É, acho que a senhora não podia saber mesmo.

Ele olhou de modo rápido e indefinido para ela, sob as sobrancelhas oblíquas, e depois disse rapidamente:
— Deixe para lá. Sua intenção foi boa. E a senhora deu ao garoto pelo menos uma noite de paz.

Isolda franziu a testa e perguntou:
— Quem fez isso? O próprio Mark? Ou só os homens dele?
Em vez de responder, ele indagou:
— Mark? Quer dizer que Mark está aqui em Tintagel?

Isolda concordou com a cabeça e ele ficou em silêncio por um instante, com o rosto imóvel, o olhar mais uma vez concentrado no seu interior, como se estivesse seguindo uma trilha de pensamento. Depois, levantou a cabeça e disse:
— Não, não foi ele. Não vimos ninguém mais, só os guardas do lado de fora da porta. Eles revezam o plantão com outros dois.

Ele desviou o olhar e se moveu ligeiramente, tentando encontrar uma posição confortável sem deixar que as costas encostassem no muro; os olhos de Isolda se fixaram de novo nas marcas salientes de chibatadas nos ombros dele; as beiras tinham uma crosta de sangue enegrecido.

— Que foi que Cyn quis dizer — perguntou ela — quando falou que a culpa era dele? Que você tinha sido machucado por causa dele?

No mesmo instante o homem barbudo se enrijeceu novamente e novamente a olhou de maneira indecifrável; o rosto voltou a mostrar precaução e severidade.

— Por que a senhora quer saber?
— Talvez eu possa ajudar.
— Ajudar? — O homem deu mais um riso rápido e melancólico. — Que ajuda a senhora pensa que pode prestar? Cyn e eu somos homens mortos desde o momento em que pisamos aqui dentro. A senhora vai providenciar que a faca que eles usarão para cortar nossas gargantas seja bem afiada?

Isolda ficou calada, olhando para ele, esperando. Após um momento, o homem suspirou, meio triste, meio impaciente. Ele agora estava sentado em pleno círculo da luz da lanterna, e o brilho bruxuleante ressaltava as rugas salientes de tensão e cansaço ao redor da boca e dos olhos.

— Tudo bem — disse ele. Levantou uma das mãos, esfregando o contorno do queixo sob a barba. — Os guardas começaram a espancar Cyn. E eu — ele fez uma pausa; o sorriso triste lhe contorceu a boca ainda uma vez. — Eu disse a mesma coisa a eles que a senhora me ouviu dizer a Cyn. Fiz que eles ficassem tão zangados que largaram o Cyn e vieram pra cima de mim.

— Mas por quê? — perguntou Isolda.

— Por quê? — Ele deu de ombros. — Pra começo de conversa, se vou ser espancado, prefiro que seja por raiva do que a sangue frio, só pelo prazer da coisa. E depois...

Ele parou; o maxilar endureceu, e o olhar ficou furioso de novo.

— E depois...?

O prisioneiro barbudo olhou para Cyn mais uma vez e ficou tanto tempo calado que Isolda achou que não fosse responder. Finalmente, porém, ele disse, apático:

— O guarda queria que Cyn chupasse o pau dele e rezasse como se ele fosse Deus Todo-Poderoso. E ele ia fazer isso logo, logo.

Deteve-se, depois levantou os olhos.

— Me doeu muito menos ser chicoteado do que o Cyn teria sofrido quando percebesse que não era tão corajoso quanto achava. — Suspirou e esfregou a testa com o dorso de uma das mãos. — Mesmo assim, acho que ele está começando a desconfiar disso.

O rosto de Cyn, agora em paz, parecia ainda mais jovem adormecido, os cílios louros contra a pele machucada acima das maçãs do rosto. Isolda sentiu-se nauseada e desviou o olhar. Depois seus olhos se fixaram nos dedos mutilados da mão direita do rapaz barbudo e ela perguntou:

— Você gritou quando fizeram isso?

Ele se calou de novo por um instante, observando-a, como se em dúvida sobre o que dizer. Depois encolheu os ombros e deu um de seus sorrisos rápidos e melancólicos. Levou o jarro d'água à boca e tomou mais um gole antes de dizer:

— Gritar? Não. Eu estava ocupado demais querendo arrancar o fígado do homem que fez isso para poder gritar.

Ele olhou para baixo, virou a cabeça para lá e para cá, os olhos nos dedos retorcidos e nas cicatrizes claras, depois mexeu os ombros — dessa vez com impaciência — como se quisesse eliminar qualquer lembrança que a visão lhe relembrasse.

— Mas não importa que Cyn pense isso. — Parou para tomar mais um gole d'água e depois acrescentou, meio que para si mesmo:

— Veja bem, Cyn enfrentou sua primeira batalha sem tomar conhecimento dela, enquanto eu vomitei e chorei feito um bezerro desmamado quando a luta acabou. Por isso acho que estamos empatados.

Isolda analisou o rosto dele, curiosa.

— Você tinha quantos anos na ocasião?

O homem voltou a si com um susto. Olhou para ela, depois mexeu um ombro e apanhou o pão de novo.

— Uns treze, talvez alguns meses mais.

Passou de novo uma das mãos pela barba, depois praguejou baixinho.

Isolda, ao observá-lo, disse:

— Você deve estar cheio de piolhos, vocês dois, aliás. Não existe muita coisa que eu possa fazer para curar isso, mas eu talvez possa providenciar que você se barbeie. Seria...

— Não!

O homem falou de maneira ríspida, quase violenta. Parou, engoliu o resto do pão em algumas mordidas rápidas, quase selvagens, levantou os olhos; a hostilidade estava estampada neles mais uma vez.

— A senhora já fez bastante. E não consigo pensar que queira continuar neste buraco podre. Então vá embora, volte para o lugar a que pertence.

Isolda assentiu com a cabeça e disse:

— Está bem. Volto de manhã para ver como está Cyn.
— Não! — A palavra foi tão violenta quanto antes. — A senhora já não se intrometeu o bastante? — Deteve-se e olhou para ela, com um músculo se agitando no queixo. — Por que será que a própria rainha se importa tanto com a escória dos saxões?

Isolda o observou por um momento. Já vira muitos homens reagirem agressivamente, como cachorros feridos, a ofertas de solidariedade ou ajuda, por isso não se importou com a raiva manifestada por ele. E eles nem sequer haviam tido a amargura complementar do cativeiro, nem a certeza de que o pior ainda estava por vir. Ela pensou que, no lugar deles, ainda mais no desse homem, provavelmente sentiria o mesmo. Sentir raiva era muito melhor — mais fácil — do que gritar por misericórdia ou reconhecer o medo.

— Eu também quero fazer uma pergunta — disse ela de modo equilibrado, com os olhos nele. — Como se explica um bretão de nascença combater no lado dessa mesma escória?

Uma imobilidade total, de rosto e corpo, expressou-se na compleição do homem barbudo, embora, estranhamente, a raiva desaparecesse dos seus olhos, deixando-os mais uma vez insípidos e cautelosos.

— Que é que a senhora quer dizer?

— Você tem aparência semelhante à de um saxão, e fala bem a língua, mas não é sua língua nativa. E seu sotaque em latim tampouco é saxão. Acho que você talvez tenha metade de sangue saxão. Possivelmente mãe saxã e pai bretão.

Ele ficou calado por um instante, e quando falou sua voz estava tão insípida quanto seu olhar:

— Mais alguma coisa?

Ela ia responder quando viu pela primeira vez uma marca no pescoço do homem, meio escondida pelos fios do cabelo castanho-claro dourado. Uma pinta circular de pele esbranquiçada que Isolda reconheceu imediatamente como a marca em forma de anel de um cativo saxão. Ele era um escravo ou, pelo menos, fora escravo outrora. Capturado, como tantos outros, por invasores como parte das pilhagens de guerra e vendido para servir ao inimigo.

Os olhos dela se fixaram nos do prisioneiro barbudo, e por um instante ela viu não apenas hostilidade, mas também fúria estritamente controlada, explosão de raiva no fundo do olhar azul, e deduziu que ele a vira observar — e compreender — a cicatriz. Por isso Isolda respondeu:

— Não, é só isso. Vou embora. Já que você não quer uma pomada para suas costas, quer que eu pelo menos lhe dê alguma coisa para a dor?

O homem começou a sacudir a cabeça, mas parou e olhou para Cyn. Uma expressão que Isolda não conseguiu identificar passou como uma sombra no rosto dele, que assentiu devagar com a cabeça, dando as costas a ela.

— Quero — disse ele. — Quero um pouco do remédio para dormir que a senhora deu a Cyn, se é que sobrou alguma coisa. E a senhora pode deixar um pouco para eu dar depois ao garoto?

Isolda tirou os remédios de sua sacola e os entregou a ele. Acompanhou o olhar do homem para olhar novamente o rosto adormecido de Cyn e perguntou:

— Que foi que ele lhe disse antes que o sonífero começasse a fazer efeito?

O homem não se virou, e por um instante ela pensou de novo que não fosse responder, mas então ele disse, no mesmo tom inexpressivo:

— Ele falou que tinha medo não de morrer, mas de que os soldados o espancassem de novo. E que tinha medo do que eles o obrigariam a fazer ou dizer se precisasse sentir mais dor.

Isolda ficou calada um instante. Com grande suavidade, estendeu o braço e tirou o cabelo castanho da testa do rapazola, como fizera no corpo do marido há pouco tempo. Cyn agitou-se ligeiramente e murmurou algo, mas os olhos permaneceram fechados.

— E você disse o que a ele?

O olhar do homem barbudo mal se concentrou nela, e logo voltou ao rosto do companheiro:

— Eu disse que ia ajudá-lo, mas que ele ia se sair muito bem.

Capítulo 5

Isolda fechou a porta do laboratório e parou um instante, encostando-se na porta fechada; esfregou a nuca quando sentiu todo o peso da exaustão invadi-la como pedra. O pescoço e os ombros estavam duros e doloridos de se agachar no chão sobre Cyn, e os pulsos doíam pelo esforço de segurar firmemente os ossos para que pudessem ser enfaixados e ligados.

O laboratório ficava no andar térreo da ala ao sul de Tintagel: era um aposento quadrado e sem janelas, os tetos baixos com ramos de ervas a secar que exalavam uma poeira leve e aromática. Ao longo de uma parede ficava uma bancada de madeira, com a superfície lisa gasta e quase preta do uso, onde ela costumava manter os pratos e os jarros de barro para selecionar sementes, almofarizes e pilões de pedra para moer as hastes e as folhas secas. Um grande braseiro de cobre ficava no centro do recinto para derreter a gordura de carneiro ou de porco usada no preparo de unguentos e pomadas, enquanto dispostos na parede externa da sala ficavam os armários onde ela guardava as pomadas e os unguentos para que o frescor do ar externo das pedras pudesse evitar que se estragassem antes da hora. Havia paz nesse local. Paz e silêncio.

Todo mês ela passava uma noite sem dormir quando, sob a lua cheia, reunia ervas das hortas de Tintagel, e precisava certificar-se de que os criados e os guardas não a ouvissem murmurar na língua antiga. Mas o efeito valia o preço que ela pagava em sussurros e persignações e outros simbolismos contra o mau olhado; esse era o único lugar em Tintagel onde ela podia ficar sozinha.

Isolda fechou os olhos, e parte da tranquilidade fresca e com aroma herbáceo a invadiu. *"Cascas de carvalho e sementes de cevada para queimaduras, camomila para febre e unguento de urtiga amarela para ferimentos."* Ela talvez não pudesse se permitir relembrar onde ou como aprendera essas palavras, porém, mesmo assim, eram tão confortadoras quanto uma história — ou uma oração.

Um barulho na entrada a fez virar-se; os músculos que começavam a relaxar instintivamente voltaram a ficar tensos, mesmo antes de ela ver quem era.

Isolda se obrigou a baixar a cabeça num cumprimento formal e a perguntar:

— Boa noite, Lorde Mark. O Padre Nenian me disse que o senhor queria falar comigo em particular.

Mark, Rei da Cornualha, entrou no aposento, seguido por dois guardas armados, que se posicionaram um em cada lado da porta. Mark baixou brevemente a cabeça para ela e disse:

— Boa noite, Senhora Isolda.

Isolda pensou: "Ele deve ter sido um homem bonito, com seu peito largo e forte, queixo quadrado, espesso cabelo preto e ossos fortes e sólidos". Entretanto, os anos o haviam castigado, tornando-lhe a pele envelhecida e marcada por veias dispersas, e os olhos inchados e esmaecidos, contraídos pelo cansaço.

Ele a observou um momento antes de dizer:

— Gostaria de lhe falar sobre sua segurança, Senhora Isolda. Aqui a batalha foi temporariamente vencida, mas o inimigo certamente voltará. E uma fortaleza sitiada não é lugar para uma mulher. Perto daqui há uma casa para mulheres cristãs. É uma abadia, localizada em terras que doei à Igreja há alguns anos. Não é grande, mas se trata de uma construção de certa riqueza. Eu lhe ofereço uma escolta até lá, feita por meus homens e por mim mesmo, se a senhora preferir. Numa casa de mulheres cristãs a senhora pelo menos estaria em segurança, longe dos combates que certamente vão recomeçar.

Isolda pensou que isso talvez fosse verdade. A voz de Mark era respeitável, e seu rosto, sisudo. Apenas onde ele se encontrava, um pouco mais perto do que a cortesia permitia e bloqueando a passagem dela até a porta, fez com que, arrepiada de medo, percebesse a força desse homem e o brutal poder físico que emanava dele em ondas. Isso e a presença dos dois homens armados às suas costas.

Isolda ficou em silêncio, escolhendo mais vários potes de pomadas e óleos para pôr na sacola. Então disse:

— Não sabia que os saxões agora respeitam a santidade de abadias e igrejas. Nós dois já ouvimos falar de capelas saqueadas. De freiras violentadas e massacradas como ovelhas nos degraus de altares. Eu certamente estou mais em segurança aqui, cercada por combatentes, do que sozinha num grupo de mulheres desprotegidas, cristãs ou não.

Mark mudou de posição; a boca se apertou numa careta de dor, e Isolda se lembrou de que ele fora ferido na batalha recém-travada e vencida. Ela mesma não vira o ferimento — os médicos particulares de Mark tratavam dos ferimentos dele —, mas se comentava que fora um corte profundo de espada na coxa, que lhe deixara os ossos quase expostos. Isolda pensou que ele até tivera sorte de sair da batalha com apenas aquele ferimento.

Já havia um monte de histórias sobre os salões de fogueiras e as fogueiras nos acampamentos, e sobre como Mark havia conduzido a batalha que vencera. Fora uma investida difícil, quase até a morte certa, depois dos habilidosos lutadores saxões, com seus tambores de crânios e de pele, e de ter de enfrentar a muralha de escudos dos saxões. Mesmo assim, segundo os boatos, Mark havia cavalgado à frente de todos e não demonstrara nenhum temor. Isolda achou que isso devia ser verdade. Mark, filho de Meirchion, Rei da Cornualha, era um homem corajoso.

Ele disse então:

— Posso lhe oferecer transporte até uma de minhas propriedades, senhora, se assim o desejar. O castelo Dore[12] fica bem longe dos combates, no litoral sul. A senhora tem a minha garantia de que meus homens lá a manteriam em segurança.

Isolda começou a encher a sacola, colocando nela os frascos e potes um por um.

— Não tenho dúvida de que eu estaria a salvo no castelo Dore. Tão a salvo quanto os prisioneiros saxões em suas celas.

Não fosse pelo fato de que sobrevivia por motivo de aparente feitiçaria há sete longos anos, Isolda poderia não ter percebido o rápido lampejar de frustração nos olhos de Mark, e o enrijecimento de um músculo no seu queixo. Por assim dizer, o lampejar desapareceu quase de imediato, e ele disse:

— Meu senhor o Rei Constantino não teria querido que se expusesse ao perigo, senhora. Pode imaginar o que os saxões fariam à esposa do Rei Supremo, o homem que massacrou tantos conterrâneos deles, se caísse nas mãos deles?

Isolda pensou de novo: "Essa é uma batalha na qual venho lutando nos últimos sete anos".

— Posso imaginar muito bem — respondeu ela. — Mas tampouco meu senhor Constantino teria desejado que eu abandonasse meus deveres aqui. O próximo Rei Supremo ainda vai ser escolhido pelo Conselho, e, enquanto isso não acontecer, ocuparei o lugar de meu marido.

Mark recuperou o controle, e não pareceu sequer reparar na rispidez do tom de Isolda. Seu olhar, profundo e subitamente cauteloso, deparou com o dela; perguntou baixinho:

— A senhora pensa que não sofro pelo jovem rei? Servi como membro do conselho de Constantino, ensinei-lhe as artes da guerra, como era meu dever, mas, muito além disso, ele era como um filho para mim.

---

12 Fortaleza na Cornualha. (N.T.)

Palavras fáceis de dizer, mas o sofrimento no olhar dele era verdadeiro. Isolda teve certeza disso, e essa percepção a atingiu mais friamente do que qualquer outra coisa. Ela se virou de costas, coletando os últimos potes e frascos de vidro. Em seguida, afirmou:

— Não tenho mais nada a dizer. Minha decisão está tomada, mas há outro assunto que gostaria de discutir com o senhor. Os homens que o senhor indicou para vigiar os prisioneiros saxões estão cometendo abusos inaceitáveis. — Isolda se calou, depois virou de frente e olhou para Mark no mesmo nível. — Sei que o senhor deve estar tão chocado ao ouvir isso quanto eu fiquei.

Atrás de Mark, ela viu que os guardas armados se mexeram e se agitaram levemente. Mark os olhou rápida e severamente, no que poderia ser uma advertência ou uma ordem de silêncio. Depois falou:

— Esses homens são espiões, *Lady* Isolda. Enviados para se infiltrar nas tropas britânicas e transmitir informações aos adversários sobre nossas defesas.

— E isso justifica a tortura?

O lampejo de frustração chegou quase à tona, e a raiva se mostrou mais difícil de conter, mas, quando Mark respondeu, sua voz era grave, com apenas um ligeiro tom metálico, embora ele tenha se aproximado de Isolda mais um ou dois passos.

— Se tivesse visto o que meus homens e eu vimos, senhora, vilarejos incendiados por invasores saxões, todas as meninas e mulheres maiores de cinco anos violentadas e homens com olhos arrancados, abandonados para perambular e morrer de fome, talvez mudasse de opinião quanto ao tratamento que os prisioneiros saxões merecem.

Isolda livrou-se das espetadas frias que lhe subiram pela coluna como reação à lenta proximidade de Mark e disse:

— Eu também vi esses vilarejos, Lorde Mark, e todos os horrores que o senhor descreveu. Acabei de vir de uma enfermaria repleta de saxões mutilados e com ossos fraturados, gritando de dor causada por ferimentos. Mas também vi soldados britânicos enfiando pregos na estrada perto de uma colônia saxã para impedir que os fantasmas viessem atrás, e achei que tinham boas razões para temer a vingança dos mortos.

Mark inclinou a cabeça, de modo que seu rosto ficou momentaneamente oculto.

— Seu coração é terno, *Lady* Isolda. Como é compatível com uma dama tão jovem, mas lhe asseguro...

Isolda teve um acesso de raiva. Lembrou-se do sofrimento estupefato e desnorteado nos olhos de Cyn, da completa humilhação e vergonha no seu rosto, e imediatamente ficou excessivamente irritada para jogar aquela esgrima verbal, atacar e aparar os golpes, nem que fosse por mais um momento.

— Essa foi uma ordem, Lorde Mark, não um convite para debate. Como rainha de Constantino, Tintagel continua a ser meu domínio, e não vou tolerar nenhum tipo de tortura em qualquer local governado por mim. Enquanto o senhor for um hóspede no meu reino, vai controlar seus homens. Estamos entendidos?

Virou-se rapidamente antes que Mark pudesse responder, e saiu pela porta do laboratório. Quando alcançou o lance de degraus que levava a seus aposentos, porém, parou um instante, encostou-se no muro duro de pedra e pensou: "Seja lá o que eu disser, será que tenho realmente mais poder do que os prisioneiros saxões em suas celas?".

Lentamente, arregaçou a manga do vestido e olhou para o sinal rosado de pele na parte interna do pulso, a marca em forma de coração que nascera com ela, visível ao brilho das tochas suspensas nos muros. Era o sinal de uma bruxa, o mamilo do demônio, segundo diziam as histórias, dado para amamentar o descendente desprezível quando ele vinha para sua cama à noite.

Isolda pensou então: "Acho que estou me habituando a essa marca. Agora já quase não me dói". Levantou uma das mãos e empurrou mais uma vez uma mecha de cabelo soprada pelo vento sob o capuz de seu manto. "Agora... agora só desejo que mesmo uma parte do que os homens temem ainda seja verdade".

A câmara do Conselho era quente e acre por causa da fumaça da fogueira da grande lareira central, e das fileiras de bancos lotados de homens. Isolda parou um instante na entrada, escutando o burburinho de vozes enquanto os homens comiam carneiro assado e bebiam cerveja nos copos que as criadas enchiam. A noite caíra, e do pátio lá fora ouviam-se os gritos ásperos dos guardas, alguns jogando dados, outros apostando numa luta entre dois cães de guerra que rosnavam e ganiam.

Antes que essas sessões do Conselho pudessem terminar, um dos que estavam lá naquela noite devia fazer um juramento de sangue à nação bretã, como Rei Supremo.

No começo do salão, pendurado no alto da parede, havia um crânio com um sorriso forçado, amarelado pelo tempo, os restos de um guerreiro cujo nome há muito se havia perdido na névoa do tempo. Tintagel podia ser agora um domínio cristão, mas o crânio protegia o salão há muito mais tempo.

Um harpista cantava. Era um menestrel itinerante, de rosto magro e feio e compleição franzina, que há apenas algumas semanas fora contratado para a temporada nas casas de Tintagel. Seus dedos tocavam habilmente as cordas do instrumento e sua voz, fina e esganiçada, elevava-se sobre a tagarelice barulhenta dos homens.

"Os homens iam a Dimilioc com um grito de guerra
Liderados por Constantino, o Corajoso.
Cavalos velozes e armadura e escudos negros,
Lanças aguçadas brandidas

E reluzentes armaduras e espadas.
Ele conduzia o caminho, arremetia contra os inimigos.
Os saxões caíam antes de suas lâminas,
A luta transformava esposas em viúvas
E enchiam de lágrimas os olhos de muitas mães..."

Estava começando, exatamente como dissera Merlin. Isolda pensou que talvez dali a pouco tempo Con tivesse uma espada forjada pelos deuses ou uma bainha mágica que não deixa sangrar um ferimento. Ela desviou o olhar.

No total havia mais ou menos trinta homens no recinto nessa noite, os duques e reis de pequenas monarquias da Grã-Bretanha, às vezes acompanhados pelos filhos ou pelos chefes dos cavalarianos. Seus escudos, adornados com os brasões de suas terras, pendiam das paredes de madeira, enquanto suas espadas e lanças ficavam no chão, próximas a seus pés. Em ocasiões como essa, as armas eram mantidas bem à mão.

Um dos guardas com o brasão de Pendragon de Con se destacou dos demais e se aproximou de Isolda, abrindo caminho cautelosamente entre os homens reunidos.

— Senhora Isolda.

A luz agitada da tocha mostrou a Isolda um rosto tenso e reservado, com maçãs acentuadas, fronte orgulhosa e alta, olhos escuros e pálpebras grandes, que revelavam uma linhagem originária de Roma. Um rosto mais adequado a um monge ou padre do que a um combatente, apesar da fina cicatriz provocada pelo corte de espada saxônica que lhe atravessava o queixo.

Brychan tinha sido comandante da guarda de Constantino, e era apenas um ou dois anos mais velho que ele próprio: teria vinte e dois ou vinte e três anos. Era o principal dos combatentes do rei, e também amigo de Con, embora sempre tivesse sido extremamente formal no trato com Isolda.

"Assim como os demais homens de Con", pensou Isolda. "Como todos os homens nesta sala." Eles teriam de bom grado jurado morrer pelo rei, mas no máximo manifestavam o respeito devido à rainha dele.

A voz de Brychan estava tão fria quanto sempre, e ele mantinha os olhos fixos num ponto além da cabeça de Isolda:

— As tropas dos conselheiros do rei, senhora. Dei-lhes permissão para acampar no promontório de Cornualha, à exceção dos guardas de honra, que alojei no quartel, para ficarem mais perto de seus senhores.

Isolda assentiu com a cabeça e disse:

— Obrigada, Brychan. Bom trabalho.

Brychan virou de lado e lhe ofereceu o braço. Seu olhar não mudou, mas Isolda achou que o tom de voz alterou-se levemente quando voltou a falar:

— O Rei Mark ofereceu seus homens para vigiar o forte na base da trilha elevada, senhora.

Espontaneamente os olhos de Isolda dirigiram-se ao lugar na parede em frente de onde Mark estava sentado, no assento ao lado do que pertencia ao Rei Supremo, como era seu direito como Rei da Cornualha. Ele também usava um traje formal: uma túnica em tom vermelho escuro, profusamente bordada a ouro, um manto forrado de pele, preso por um pesado broche, também ornado de ouro e ostentando o penacho do javali da Cornualha. Como se sentisse o olhar de Isolda sobre si, Mark se voltou e por um breve instante seus olhares se encontraram.

— E você aceitou? — perguntou Isolda a Brychan.

Houve uma breve pausa até ele dizer:

— Eu não tinha razão para recusar, senhora.

Isolda se deu conta de que suas mãos estavam cerradas ao lado do corpo. Lentamente, forçou os dedos a relaxar, aceitou o braço de Brychan e se dirigiu com ele para seu assento.

— Realmente — concordou ela. — Não havia razão para não aceitar a oferta.

Ela imaginou as muralhas elevadas de Tintagel, construídas no promontório rochoso que era quase uma ilha em meio ao mar cruel. Em três lados das muralhas da fortaleza os penhascos pontudos se lançavam quase diretamente nas praias e grutas abaixo. E no quarto lado estendia-se o estreito cabo, por onde só se passava na maré baixa: esse era o único caminho de volta ao continente e à estrada.

"E agora", ela pensou, "o Rei Mark posicionou suas forças de maneira que impeça a saída de quem quiser ir embora. E Brychan, o comandante de Con, aprovou".

Isolda sentou-se em seu lugar, em frente à grande lareira central, e puxou a saia do vestido ao seu redor. Ela havia trocado o vestido manchado e amarrotado com o qual atendia os feridos por um vestido longo, formal, de lã escarlate, com uma jaqueta azul bordada usada por cima do traje. Com a ajuda de Hedda, havia refeito as tranças e prendido o cabelo num coque espesso na nuca, e acrescentara um friso de ouro para prender a touca de linho fino sobre a testa.

Ao levantar os olhos, viu que também Hedda estava lá, como uma das criadas que se movimentava entre as grandes mesas de carvalho para oferecer pratos de javali assado e canecas de cerveja preta. Quando Isolda a viu, ela se debruçou para encher o chifre de bebida para um dos homens, irmão de um dos monarcas dos pequenos reinos do norte. O rosto do homem já estava vermelho da bebida, e, quando Hedda lhe serviu a cerveja, ele tentou agarrá-la com uma das mãos, segurando-lhe a curva do seio sob o vestido sem forma.

Entretanto, Hedda não teve nenhuma reação, nem sequer olhou, ao toque do homem. Seu rosto largo e de feições bem definidas era inexpressivo, a boca imóvel, e os olhos ligeiramente opacos. O olhar ofuscado do homem concentrou-se brevemente nela, e Isolda viu que ele franziu o cenho, depois deu de ombros, desinteressado, e se afastou, deixando a mão cair.

Isolda se forçou a ficar sentada imóvel, convencendo-se de que poria em risco a frágil aliança do Conselho se falasse abertamente. Mais do que isso: Hedda não lhe agradeceria por fazer um escândalo, por atrair todos os olhares para a maneira com a qual ela era forçada a tolerar esse tipo de atitude, e para como, sendo uma escrava, ela não tinha condições de se defender. Mesmo assim, sem deixar de olhar, Isolda apertou as mãos e cerrou os dentes. Hedda, sem parar nem se apressar, afastou-se para servir cerveja a outro homem.

A canção do harpista chegou ao fim, e houve um ruído de aplausos dos homens, alguns punhos batendo na mesa em sinal de aprovação, e gritos de "bem cantada!". Mas os gritos e aplausos logo terminaram, e houve um silêncio de expectativa quando o objetivo da reunião voltou à mente de todos.

— Meus amigos, duques e reis.

Coel de Rhegged se levantou para enfrentar a plateia. Era um ancião, o único dos conselheiros do rei com idade suficiente para ter lutado não só sob as ordens de Artur como também sob as de Uther, o Pendragon. O cabelo, que ia até os ombros de sua túnica, era grisalho, e o rosto, de traços bem marcados e bonitos como devia ter sido antes, era encovado. A pele, amarela como um pergaminho antigo. Ainda assim, porém, carregava os resquícios do que devia ter sido a força de um guerreiro. Seus ombros estavam curvados, mas eram muito largos, e sua compleição ainda era forte, embora a carne tivesse começado a se enrugar e a pressionar os ossos.

Os olhos de Coel, encovados e quase tão dourados quanto os de um falcão ou abutre, percorreram o salão.

— Meus amigos — repetiu ele. — Permaneci basicamente em silêncio nos últimos dias e noites no salão do Conselho, em virtude da minha idade, e porque eu não poderia ter combatido na batalha em que vocês acabaram de combater, mas peço-lhes que me escutem agora. Meus amigos, o Rei Supremo, cuja coragem ouvimos ser louvada em música esta noite, deu a vida em defesa da Bretanha, e, ao darmos início a esta sessão do Conselho, suplico-lhes que se lembrem disso. Toda noite e todo dia que passarmos discutindo e debatendo aqui entre nós será mais um dia desperdiçado, um dia que poderia ser mais bem aplicado no planejamento da defesa da Bretanha, a fim de que as mortes de Constantino e dos que o acompanharam não tenham sido em vão.

Isolda pensou que essas palavras, proferidas em todos os conselhos semelhantes, eram da espécie que sempre se seguiam à morte de um líder de guerra, independentemente de quem fosse o homem. Contudo, a voz de Coel hesitara levemente ao pronunciar o nome de Con, e, quando acabou de falar e fez uma reverência, primeiro para Isolda e depois para Mark, ela julgou ver um brilho lacrimoso nos olhos do ancião.

Isolda piscou brevemente e desviou o olhar. Essas reuniões do Conselho eram as horas mais difíceis de enfrentar nos últimos dias. Quando ela se sentou no lugar de Con entre os homens e tentou esconder o abatimento que se apossou de si. Quando tentou não pensar em Con, que abominava todas as sessões como essa, em que se falava e se discutia sem parar. Ele estaria contando as horas para poder escapar dali e praticar esgrima com seus combatentes. Embora ele sempre tivesse conseguido permanecer — embora com raiva — até o término das sessões, as horas de falatório e debate o irritavam muito.

Isolda quase que agradeceu ao verificar que Madoc de Gwynned se levantou para comentar as palavras de Coel. Madoc de Gwynned tinha no máximo trinta anos; era um homem moreno de peito largo e rosto feio, queixo proeminente, coberto por um restolho de barba e olhos escuros pequenos e penetrantes. Isolda achava que jamais gostara dela, menos ainda do que os demais conselheiros do rei.

Era um homem estranho, silencioso e pensativo, que pouco falava e pouco confraternizava com os reis seus pares, embora fosse respeitado por eles como lutador feroz e hábil espadachim. Era também conhecido pelo temperamento impulsivo e genioso, sendo detestado por suas tropas muito mais do que qualquer dos outros líderes. Entretanto, tinha reputação de ser um cristão dedicado, e Isolda sabia que se levantava diariamente ao amanhecer para assistir à missa com o Padre Nenian. E, apesar das zombarias dos outros homens, comentava-se que era fiel à memória da esposa, que morrera ao dar à luz dois anos antes, deixando um filho como herdeiro.

Ele perdera o pai na batalha de Camlann, o que talvez explicasse por que não confiava em Isolda desde o momento em que fora coroada rainha de Con. Eles se conheceram quando ele chegou a ferir um dos cavalariços por maltratar um dos cavalos. Isolda descontrolou-se e lhe disse, com rispidez, o que achava de um homem que espancava uma criança que não tinha nem a metade do seu tamanho, independentemente do delito do menino.

— É isso o que Cristo lhe ensina nas suas missas e na sua igreja? — perguntou ela, enquanto estancava o jorro de sangue do nariz do cavalariço.

O rosto feio e barbudo de Madoc escureceu de ódio, e ele disse, respirando forte:

— De qualquer modo, ensinam que as mulheres devem ficar quietas na presença dos homens. Isso está escrito na Santa Bíblia. Agora saia, e não se meta com o que não é da sua conta.

Entretanto, Isolda se recusou a abandonar o rapaz, e no final de contas foi Madoc que saiu furioso do estábulo, enquanto ela passava pomada nas costelas e no nariz fraturado do rapazola. Ela não se importou em verificar se o que Madoc disse sobre os ensinamentos de Cristo-Deus estava mesmo escrito na Bíblia, apesar de que não teria ficado nem um pouco surpresa se descobrisse que ele falara a verdade. Ela achava que Cristo e Seu Deus tinham muita coisa a explicar.

A atitude de Madoc era rígida, como se se esforçasse para falar com respeito, mas fez uma breve reverência a Coel e disse:

— Lorde Rhegged, não quero insultá-lo. Todos nós sabemos que o senhor já passou por muita coisa e lutou nobremente também. Mas somos nós, que governamos e lutamos pela Bretanha da forma em que ela está hoje, que precisamos ser ouvidos neste salão.

O rosto de Coel ficou impassível, mas inclinou brevemente a cabeça grisalha para o homem mais moço, e Madoc girou o corpo para enfrentar os demais presentes.

— Meus companheiros reis. Não questiono a coragem do Rei Constantino. Como irmão de armas, eu tinha amor ao rei, mas afirmo que a época de um Rei Supremo governar toda a Bretanha já passou. Em Gwynned não lutamos contra os saxões, mas contra os brutais invasores irlandeses. Que valor tem o Rei Supremo para mim? Enquanto eu e meus soldados somos convocados para realizar tarefas para o Rei Supremo, minha terra fica à mercê dos saques dos invasores bárbaros.

Madoc calou-se, e Isolda reparou que os homens nos bancos se mexeram, constrangidos, sob o olhar dele, alguns resmungaram baixinho para seus vizinhos, mas uns poucos concordaram lentamente com a cabeça.

Madoc ergueu a voz para ser ouvido pela multidão:

— Afirmo que é melhor cada um de nós governar seu próprio reino e providenciar sua própria defesa.

— Isso é loucura!

O grito veio de Huel, filho de Coel de Rhegged: o rosto estava irado, e a voz ecoou em todo o salão. O rosto de Huel era estreito, quase um espelho mais jovem do rosto do pai, com a mesma fronte e nariz proeminentes e o mesmo queixo determinado, embora os olhos fossem castanhos turvos, em vez de dourados intensos.

Isolda não o conhecia bem, nunca se falaram diretamente, segundo ela se lembrava. Ainda assim, quando Huel se levantou do assento ao lado do pai e enfrentou Madoc, ela tentou lembrar-se de tudo o que sabia sobre o filho mais velho e herdeiro de Coel. Isolda lembrou-se de Con voltando de campanha e falando de Huel. E, embora estivesse tentando eliminar todos os pensamentos sobre Con, descobriu que estava grata por ele conhecer os homens em redor dela, e por ter avaliado suas capacidades ao conduzi-los à guerra.

Con chamara Huel de pouco brilhante, e a própria Isolda já o julgava, nestes últimos dias, um homem muito menos inteligente do que o pai. Embora fosse um bom comandante e combatente, de acordo com seu marido Con.

Con havia dito: *"Ele é um bom combatente, principalmente porque, quando mete uma coisa naquela cabeça dura, não desiste. Seja uma luta de espada ou uma discussão num jogo de dados, Huel de Rhegged insiste até vencer".*

Isolda sabia que Con não tinha sido homem de procurar muita percepção nas ideias e mentes de seus soldados. Se um homem fosse honesto e confiável para cavalgar e brandir bem a espada, isso bastava. Mesmo assim, Isolda aceitava o julgamento dele quanto ao caráter de qualquer soldado, e achava que podia confiar na opinião de Con sobre o homem à sua frente agora.

Con também havia dito que Huel não tinha capacidade de ser metade do rei que seu pai fora. Ele não tinha nem a sagacidade nem o dom do pai de conquistar os corações e a lealdade de seus homens. Isolda pensou que o próprio Coel poderia se enquadrar bem na posição de Rei Supremo, mas ele não viveria muitos anos mais, talvez nem muitos mais meses.

E Huel jamais uniria as facções. Os reis da Grã-Bretanha podiam ter se unido — como aconteceu — no reinado de Artur e até mesmo, embora com menos entusiasmo, no de Con, mas Huel jamais seria o homem a uni-los de novo.

"Embora isso", pensou Isolda, "possa estar além da capacidade de todos os outros homens aqui". Uma onda de pessimismo a invadiu quando se lembrou do que sentira na capela: que a esperança da Grã-Bretanha já morrera com Artur na batalha de Camlann.

Huel respirou fundo e continuou, virando-se para que todo o salão pudesse escutá-lo:

— Durante sete anos vimos terras, terras produtivas, desaparecerem nas goelas dos exércitos saxões. Vimos nossos vilarejos saqueados e queimados e nada pudemos fazer, a não ser nos safarmos para o oeste, como cães vira-latas com os rabos entre as pernas. Agora que lutamos uma batalha definitiva com os desgraçados dos saxões e vencemos, vocês querem jogar isso fora?

— Meus amigos, paz, eu lhes suplico.

Owain de Powys era também um homem jovem, com menos de trinta anos, segundo a opinião de Isolda. Era esbelto, quase magro, embora sua compleição fosse delgada e tivesse uma força elegante.

— Paz, e, por favor, sentem-se.

O filho de Coel se enrijeceu e pareceu que ia argumentar, mas seu pai o impediu, com a mão no braço. Após hesitar um momento, o jovem se sentou no banco. Madoc também hesitou, mas então, com um aceno de cabeça e de má vontade, cedeu a palavra a Owain, que se virou para encarar todos no salão.

Era um homem belo, de traços tão refinados que eram quase delicados; as maçãs do rosto eram altas; o queixo, pontudo e pequeno; os olhos eram castanho-esverdeados, as sobrancelhas, retas e negras, e a boca, suave, quase feminina. Seu riso era vivo e o sorriso, sutil. Isolda vira as criadas competindo para reabastecer-lhe o chifre de bebida ou oferecer-lhe pratos de comida, e vira também Owain rir, rodear-lhes a cintura e puxar as mais bonitas para sentar ao seu joelho.

O Almofadinha, era como Con sempre o chamara, por ele gostar de tecidos finos, joias e roupas caras. Con havia dito também que preferia lutar com o exército saxão à sua frente do que ter Owain de Powys lhe protegendo as costas. *"No auge da luta, ele fica lá atrás, protegendo o rostinho bonito para que não seja machucado nem fique marcado por uma cicatriz."*

Isolda estava inclinada a também acreditar na avaliação de Owain feita por Con. Ela jamais gostara de Owain, desde que se sentara ao lado de uma jovem criada que segurava a mão de uma amiga enquanto se contorcia, teve uma hemorragia e sangrou até morrer dolorosamente. Ela havia usado uma faca suja de cozinha para abortar um filho de Owain.

Para ser justa, porém, Isolda não estava certa de que Owain tivesse conhecimento do bebê, nem da morte da moça. E certamente nenhum dos homens que se enfileiravam nos bancos do salão nessa noite nem sequer consideraria o incidente como algo negativo para Owain.

Esses homens — pensou Isolda — eram os mesmos que teriam desacreditado ou se aborrecido se ela tivesse defendido Hedda da bolinação do homem.

E de repente o ódio — quase uma repulsa física — a invadiu: ódio de tudo que era relacionado ao salão do Conselho. Do aposento cheio de fumaça, do cheiro de corpos muito juntos e do odor de suor e cerveja dos chifres de bebida. Ódio de tudo que dizia respeito a esse mundo de homens e de assassinatos e de guerra, que devorava e destruía homens como Con. Devia fazer das tripas coração ou expelir tudo aquilo; sua boca se contorceu, como a do rapaz louro Ralf na enfermaria, para que aquilo jamais se materializassem na sua mente e no seu corpo de novo.

Isolda esforçou-se e voltou a concentrar a atenção em Owain. O rei de Powys tinha um encanto fluido e bem-humorado que lhe granjeara seguidores entre os duques e os monarcas dos pequenos reinos da Grã-Bretanha. E seus adeptos estavam entre os maiores e mais ricos deles todos. Nessa noite ele usava uma túnica amarelo-alaranjada, guarnecida de pele na cintura e na garganta, e sobre ela um manto de pele prateada de lobo, preso por um broche salpicado de joias; o verde das pedras refletia e ressaltava os tons verdes de seus olhos.

— Falando por mim, concordo com o Lorde Huel. Um reino sem rei é como um cavalo castrado que leva uma prostituta para a cama. Não há muita probabilidade de que um dos dois consiga dar conta de sua tarefa...

Uma onda de riso percorreu o salão, e a boca de Owain se inclinou num sorriso rápido de desaprovação quando ele parou de falar. Isolda pensou, com menosprezo, que era o tipo de discurso que ela esperava dele: agradável, divertido e planejado para alegrar os ouvintes e fazer com que sua lealdade fosse facilmente conquistada.

Mas enquanto Owain esperava, com a cabeça para trás, o riso desaparecer, Isolda viu Coel se enrijecer, erguer a cabeça em alerta e os olhos vigilantes subitamente perspicazes se fixarem no rosto do homem mais jovem.

— Mas, se não conseguimos concordar no problema de escolher um Rei Supremo — Owain prosseguiu —, talvez possamos pelo menos concordar em quem assumirá o governo do domínio do Rei Supremo, dado que tragicamente meu senhor Rei Constantino morreu sem deixar herdeiro.

Isolda enrijeceu; um calafrio lhe percorreu a espinha; obrigou-se, porém, a não reagir. Percebeu a hostilidade de muitos conselheiros, que a olharam após as palavras de Owain, e pôde ver os pensamentos deles refletidos nos seus olhares tão claramente quanto se tivessem falado em voz alta. A bastardazinha do traidor não conseguira dar um herdeiro ao rei, por isso eles agora lutariam pelas terras do Rei Supremo como cachorros por um osso.

"Pergunto-me", pensou Isolda, "quanto tempo vai demorar antes que comecem a discutir quem vai entrar na posse da viúva de Con".

Percorreu o salão com o olhar, e se deparou com o rosto de Coel. O velho não a estava olhando, e sim para Owain; os lábios finos se contraíram e seu olhar tornou-se subitamente gélido. Antes que Owain pudesse continuar, Coel levantou a mão novamente. Isolda percebeu que ele estava ficando esgotado. O esforço anterior o fatigara, e o braço que ele ergueu se sacudiu ligeiramente, dentro da larga manga, mas o ancião falou com voz clara e firme, os olhos ainda em Owain:

— Lorde de Powys. Gostaria de lembrar-lhe a presença de *Lady* Isolda.

Seus olhos dirigiram-se brevemente ao rosto de Isolda, e ela pensou neles vislumbrar um lampejo de quase piedade ou compaixão, pois Coel tinha sido inimigo perene de Modred, e aliado de Artur. Isolda pensou: "Se fosse para eu confiar em um deles, seria em Coel. Ele é sincero, um homem honrado, independentemente de sua opinião sobre mim".

Contudo, havia Huel. O olhar de Isolda concentrou-se no homem mais jovem, que continuava sentado ao lado do pai, com o rosto estreito ao mesmo tempo obscurecido e iluminado pela chama da tocha às suas costas.

Outro calafrio percorreu Isolda quando a lembrança de uma barraca de guerra iluminada pelo fogo lhe veio à cabeça: Huel governará Rhegged quando seu pai morrer. Ele estava entre os que haviam acampado no campo de batalha junto a Con três noites atrás.

— Claro, claro. — Nesse instante, Owain se virou para encarar Isolda. — Perdoe-me, *Lady* Isolda.

Isolda permitiu que ele lhe tomasse a mão e lhe fizesse uma breve reverência. O toque da pele dele era seco, liso e meio frio, como as escamas de uma serpente.

Owain de Powys levantou a cabeça e disse:

— A senhora pode confiar em mim — em todos nós aqui reunidos — para servir-lhe como servimos a seu marido, *Lady* Isolda.

O calafrio aumentou, espalhando-se pelos ossos e sufocando-lhe a garganta. Lentamente, Isolda assentiu com a cabeça, dizendo a si mesma que seria um perigo fatal dar a perceber o medo que sentia.

— Certamente, Lorde Owain. — Sua voz soou dura e monótona a seus próprios ouvidos. — Sei que posso confiar no senhor.

Ela observou Owain voltar ao seu lugar, depois olhou mais uma vez para os homens reunidos, sentindo uma súbita certeza gélida de que não valeria a pena expressar-se francamente. Porque aos olhos de todos aqueles homens tudo que ela dissesse estaria amaldiçoado de antemão.

Ainda assim, ela se ergueu, e aumentou a voz para se dirigir a todos no salão:

— Meus senhores. Quero falar-lhes em nome do meu marido, Rei Constantino, a quem tantos senhores homenagearam esta noite.

Ao falar, Isolda sentiu um movimento de mal-estar percorrer o salão, mas prosseguiu:

— Por três vezes nos últimos duzentos anos, a Bretanha enfrentou o perigo. Primeiro quando as legiões marcharam até Roma e deixaram a Bretanha à mercê dos saxões e das tribos irlandesas invasoras. O Rei Vortigern foi traído por seus aliados saxões, e foi apenas graças ao fato de Ambrósio Aureliano ter cavalgado das Montanhas de Gales com suas tropas que não fomos destruídos.

Isolda fez uma pausa antes de continuar:

— Mas Ambrósio morreu sem deixar herdeiro. E Uther, o Pendragon, precisou lutar pelo trono. Esta própria fortaleza de

Tintagel ele conquistou ao matar o Duque de Gorlois, que se rebelara contra a reivindicação de Uther. Mais uma vez, quando Uther morreu, não havia herdeiro aparente do trono. E, mesmo quando Artur foi nomeado Rei dos Reis, muitos se recusaram a obedecer a uma criança gerada fora do casamento, embora ele pudesse ser filho de Pendragon. E então... então Artur foi morto na batalha de Camlann, e pela terceira vez não havia nenhum rei para substituí-lo no trono.

Isolda fez outra pausa antes de prosseguir:

— Por três vezes o Rei dos Reis da Bretanha morreu sem um herdeiro para continuar a guerra contra os saxões e defender o País. Por três vezes o reino foi dilacerado pelos bretões brigando entre si. E a cada vez perdemos terreno para os saxões. Hoje temos apenas as terras da Cornualha, as terras a oeste de Gales e ao norte, as ilhas Orkneys[13] e a região de Strathclyde[14].

Isolda respirou fundo e percorreu o salão com o olhar.

— E agora enfrentamos novamente o fato de haver um rei morto que não deixou herdeiro, e uma ameaça recente das hordas saxãs. Será que algum dos senhores duvida de qual será o fim se os poucos reinos que restam em mãos bretãs forem despedaçados por mais um combate pelo poder entre seus reis?

Durante um longo momento depois que Isolda voltou a se sentar, houve silêncio no salão de madeira. Sob a luz bruxuleante das tochas, os rostos dos homens estavam graves e obscurecidos, mas nenhum deles falou. Nem se levantou. Então, ouviu-se de novo a voz de Madoc de Guynned:

— Bonitas palavras, proferidas pela bastarda do grande traidor.

---

13 Na Escócia. (N.T.)
14 Idem. (N.T.)

Capítulo 6

Madoc lançou-lhe um olhar tão sombrio e hostil quanto o de um dia há muito decorrido, antes de virar para encarar os homens. Prosseguiu, falando com esforço para controlar o temperamento, embora sua voz fosse áspera e tensa, com raiva reprimida.

— Meus senhores, ela fala de épocas em que perdemos terras para os saxões porque a Bretanha lutou contra a própria Bretanha e não contra o inimigo comum. Ela, cujo pai, Modred, aliou-se aos saxões contra o Rei Artur. Cuja traição nos custou todas as terras ao leste do Severn[15] e ao sul da muralha de Ambrósio.

Ele se deteve e em seguida perguntou:

— Os senhores enlouqueceram ao lhe dar ouvidos? Deixaram que ela os seduzisse com sua vozinha doce de feiticeira?

Madoc elevou o tom de voz, e sua expressão ficou mais severa quando prosseguiu:

— A neta de Morgana, que seduziu Artur na cama e o enfeitiçou para aceitar o filho bastardo dela. Cujas habilidades colocaram esse filho bastardo no trono para que ela pudesse arrebatar o poder que roubara de Artur quando o seduziu e a seu membro. Como podemos saber que a rainha que está aqui não é igual à avó? Ela reinou ao lado de Constantino durante sete anos, e fez dele gato e sapato. E agora está pronta para colocar outro homem no lugar do nosso rei antes que o corpo dele sequer esfrie na sepultura. E provavelmente esse homem também está dividindo a cama com ela, como...

---

15 Maior rio da Grã-Bretanha, com 354 km de comprimento, é também o mais caudaloso da ilha. (N.T.)

O vento do lado de fora do salão deve ter mudado, pois a voz estava cada vez mais alta, e se aproximando à medida que Madoc falava, e agora cresceu nos ouvidos de Isolda, momentaneamente bloqueando as palavras do Rei de Guynned.

— Meu Lorde, o senhor passou dos limites!

Coel se levantou; seu rosto de traços fortes expressava cólera; as costas estavam eretas, e os olhos dourados de falcão chamejavam sob as grossas sobrancelhas. Entretanto, ele estava quase sem forças. O rosto estava branco como cera, e Isolda percebeu que a mão que agarrava o ombro do filho tremia brevemente.

Isolda expirou. Houve uma estranha espécie de alívio — quase uma satisfação — no confronto, ao verificar que as tensões e as hostilidades até então contidas do Conselho haviam finalmente se manifestado e se exposto abertamente como veneno num ferimento supurado. Ela achou muito mais fácil controlar seu temperamento do que quando viu Hedda ser bolinada pelo rei de um pequeno reino. "Embora isso", ela pensou, "talvez fosse apenas porque já ouvira essas palavras ditas por Madoc — ou variações delas — tantas vezes antes".

— Lorde Coel — disse ela —, eu lhe agradeço por sua defesa. — Os olhos de todos os homens do salão se fixaram nela, e a moça olhou lentamente para cada um dos homens, sem desviar o olhar. Depois fixou os olhos em Madoc e disse, com voz uniforme e muito tranquila: — Lorde Madoc realmente passou dos limites.

Ouviu o som de várias respirações sendo fortemente contidas, e viu um indício de medo nos olhos escuros de Madoc de Gwynned. O mesmo medo que vira nos olhos de Hunno e Erbin. Antes que pudesse voltar a falar, porém, outra voz, alta e ríspida, ecoou no salão.

— Lorde Madoc, sente-se.

Mark se levantou do lugar em frente ao de Isolda, e deu um largo passo à frente para confrontar o outro homem:

— Nosso rei está morto. Ficarmos vociferando e grunhindo entre nós agora — como os próprios selvagens que combatemos — desonra à memória dele. E não vou nem sequer comentar em voz alta minha opinião sobre os insultos dirigidos a sua rainha.

Ele parou, e fez uma breve reverência a Isolda. Esta, sentada rigidamente no seu lugar, sentiu a raiva acalorada diminuir e outra manifestação de medo surgir dentro de si. O rosto de Mark era severo, e sua expressão — fria e carrancuda — mostrou total desaprovação às palavras de Madoc. Mas havia alguma coisa, alguma coisa nos olhos desse homem, que a fez pensar se não havia feito o jogo dele ao falar tão abertamente quanto falara.

A cabeça de Isolda começou a latejar com o calor e o barulho, e ela imediatamente se sentiu tão pequena e impotente como se estivesse sozinha sob um céu tempestuoso e opressivo e tentasse resistir a um dos temporais de verão que faziam que o solo do pontal de terra mergulhasse no mar. Confusa, incapaz de ver claramente em quais dos conselheiros poderia confiar, teria alguma possibilidade de impedir a destruição da Bretanha?

Pensou então: "Será que tenho ao menos o direito de tentar?".

Mark a olhou fixamente por um instante, depois se virou para enfrentar Madoc mais uma vez.

Mark deu mais um passo em direção ao homem mais moço, e prosseguiu a fazê-lo; os olhos escuros e cansados fixaram-se nos de Madoc:

— Repito, Madoc de Gwynned: sente-se novamente ou saia do salão. A escolha é sua.

Isolda viu o maxilar de Madoc enrijecer e uma veia na base do pescoço começar a latejar. Sua mão tocou, num reflexo, o punho do facão que usava no cinto, e Isolda percebeu as juntas embranquecerem quando ele agarrou o punho do facão. Percebeu também o olhar sombrio dele se dirigir à dupla de guardas de Mark, que se levantaram e ocuparam seu lugar atrás do seu senhor, com as mãos também segurando os punhos de suas espadas.

Dos bancos localizados nos dois lados do salão ouviu-se o tinir e o farfalhar de tecidos quando outros homens se movimentaram e também se aprumaram para pegar as adagas ou espadas. Todos os músculos de Isolda se tensionaram, esperando pelo primeiro golpe a ser dado, e pela manifestação da violência que estivera subjacente a cada palavra dita naquela noite. Ela sentiu a mesma expectativa tensa do resto da multidão, mas sentiu também outra coisa. Fome de luta. De sangue. Ela se perguntou melancólica e rapidamente por que a guerra sempre mudava os homens dessa maneira: fazia-os ansiar por uma luta, não importava com quem, mesmo depois que terminasse a batalha com o inimigo. Um arrepio a percorreu. *"Talvez o próprio Con terminasse dessa maneira se tivesse permanecido no trono por muito mais tempo."*

Mark continuou a falar, mas baixou a voz e pôs uma das mãos no ombro do outro homem.

— Madoc de Gwynned, o senhor afirma que também amava o jovem rei, e sei que o senhor lutou bravamente ao seu lado nos muitos anos desde que ele assumiu o trono. Sei também que o senhor é um homem honrado, por isso não posso acreditar que vá permitir que esta noite termine com um derramamento de sangue no próprio salão do Rei Constantino.

Isolda achou que tinha sido um ato de mestre, e sentiu que o calafrio se assentou no seu estômago. Era fácil perceber por que Mark tinha tantos seguidores entre os homens ali reunidos.

Ela viu a ira no rosto de Madoc estremecer e depois diminuir, e em seguida a tensão desaparecer de seu corpo. A mão no punho do facão relaxou, e acabou apertando firmemente a mão de Mark.

— Lorde Mark, filho de Meirchion, eu lhe cedo a palavra. — Madoc fez uma reverência, depois se virou para Isolda e disse, rigidamente: — Senhora, perdoe-me.

Mark esperou um instante, atraindo mais uma vez os olhares de todos no salão, depois disse:

— Meus senhores. Nosso rei vai ser sepultado amanhã. Mas esta noite — e pela última vez desde que faleceu — ele vai permanecer na capela. Peço-lhes, a todos os senhores, que mantenham vigília comigo naquele local. Uma vigília de jejum e oração.

Um murmúrio percorreu o salão, mas Mark se sobrepôs ao ruído, estendendo uma das mãos e apontando para Isolda:

— *Milady* Isolda falou hoje à noite sobre Uther, o Pendragon, e o Rei Artur, o Grande. E todos os senhores ouviram falar do dragão escarlate que apareceu no céu como sinal de que Uther devia ser rei. De como, sendo um menino de apenas catorze anos, Artur extraiu de uma rocha sólida a espada da majestade, mais um sinal de Deus, prova de que Artur foi o escolhido para assumir o trono quando seu pai morreu.

Mark parou, e percorreu o salão com o olhar mais uma vez; depois continuou, com a voz mais baixa novamente:

— Meus amigos, peço-lhes que mantenham vigília sobre o corpo do Rei Constantino e rezem para que aconteça mais um sinal. Mais um sinal enviado por Deus, mostrando a vontade d'Ele sobre quem vai governar, agora que nosso Rei já se foi.

A lua estava escondida por uma nuvem espessa quando Isolda se dirigiu a seus aposentos. O grande pátio estava escuro e silencioso, iluminado apenas pela chama ocasional de uma tocha acesa. Com os olhos ainda ardendo com a fumaça da lareira do corredor do Conselho, sua dor de cabeça havia piorado, de modo que, quando o vulto indistinto de um homem apareceu na escadaria que levava aos seus aposentos, ela recuou bruscamente, reprimindo uma exclamação de surpresa.

— Lorde Mark! Pensei que o senhor estivesse mantendo vigília na capela junto aos demais.

A chama trêmula da tocha que queimava ao lado da porta refletiu sombras no rosto dele, ressaltando apenas o tom dourado das bordas e da gola da túnica e avermelhando os olhos de joias do javali no broche pregado no seu ombro.

— Vim saber, *Lady* Isolda, se a senhora já refletiu sobre sua atual situação.

Isolda atravessou a porta e chegou à passagem e, após um momento, Mark a seguiu, pisando a perna esquerda lesionada com dificuldade no degrau de pedra.

— Já é tarde, meu senhor. Peço-lhe que fale claramente. O que quer dizer?

— Quero dizer que a senhora está sem pai, e também sem marido. — Mark pausou, e depois continuou, sem olhar para ela. — Há um boato no Conselho de que Owain de Powys pretende pedir sua mão.

Isolda empurrou para trás o capuz do manto e lembrou-se do rosto refinado e bonito de Owain e de seus olhos sorridentes cor de avelã. Ela pensou: "A história se repete sem cessar. Com Ygraine, esposa de Gorlois. E com Guineveree, minha mãe, também. Mesmo a suposta feitiçaria não tem poder suficiente para escapar do destino de uma mulher que ficou sozinha".

— Então — disse ela calmamente — eu daria a ele a mesma resposta que daria a qualquer outro homem. Meu marido, senhor e rei faleceu há apenas três dias. Pensar em colocar alguém em seu lugar desonraria sua memória.

Mark levantou uma das mãos e a deixou cair:

— Talvez, *Lady* Isolda, mas de qualquer maneira a senhora vai precisar do nome de um homem, para sua própria proteção e em nome das terras que são suas. — Ele parou um instante e em seguida disse: — Como a senhora está em terras da Cornualha, tenho o dever de oferecer-lhe as minhas.

— Quer dizer que, em nome do dever, o senhor se oferece para se casar comigo? É esse o mesmo dever que o convocou e o fez sair do lado do meu pai em Camlann?

Os olhos de Mark se estreitaram, e seu rosto endureceu quando a expressão do olhar — qualquer que tenha sido — desapareceu.

— Já prestei contas disso perante o Conselho do Rei. Fui feito prisioneiro por seu pai, e forçado a ajudá-lo. Fui drogado e enfeitiçado pela bruxa Morgana. Depois, em Camlann, finalmente consegui me libertar e me unir a Artur, meu senhor por direito. Nada mais tenho a dizer.

Isolda pensou então: "E se os conselheiros do rei duvidarem da história de Mark, eles achariam — acharão — conveniente não dizer nada e acreditar. Os que restaram para unir um reino depois da devastação das batalhas de Artur e Modred tinham necessidade de todos os homens disponíveis. E Mark comandava um território muito rico, uma força muito significativa de soldados, e isso não se poderia rejeitar. Especialmente quando sua troca de lealdade havia sido o golpe final que fizera Modred perder a guerra".

Mark se calou, e depois acrescentou, baixando a voz:

— Eu teria muito cuidado, *Lady* Isolda. Na sua posição atual, um inimigo é algo que a senhora não se pode dar ao luxo de ter. A senhora compreende?

Isolda pôs uma das mãos no corrimão da escadaria e depois se virou para encarar Mark novamente:

— O que eu compreendo, Lorde Mark, e compreendo muito bem, é que o senhor teria muito maior probabilidade de ser nomeado Rei dos Reis se pudesse reivindicar a soberania de Camelerd, além da Cornualha. Mas não farei homem nenhum governador de minhas próprias terras, exceto se acreditar que ele vai governar e defender bem o País. E o senhor, que traiu meu pai, tramou e se agarrou ao próprio poder todo o tempo em que governou por Con, é o último homem na Bretanha que eu escolheria.

Mark não era homem que perdesse facilmente o controle, mas agora, num instante, uma de suas mãos a agarrou para junto dele, de modo que Isolda viu que ele estava a ponto de perder os estribilhos, com os nervos em frangalhos pulsando pouco acima de uma camada superficial de tranquilidade gentil. Um músculo lhe saltou no maxilar.

— Como quiser, senhor.

Estavam muito próximos; Isolda sentiu a exalação de vinho azedo no respirar dele, e sentiu o peito do homem subir e baixar contra o dela. Ela recuou involuntariamente, e ele sorriu e passou o polegar pelo queixo dela.

— A senhora sabe que posso forçá-la, não é? Casamento por rapto ainda é válido aos olhos da lei.

No silêncio da passagem de pedra, o som do respirar de Isolda e os batimentos do seu coração aos ouvidos dela eram muito altos. Mark a agarrou com mais força, e seus dedos lhe apertaram a garganta. "Eu poderia gritar", ela pensou, "mas quem viria? Um dos homens de Mark? Um dos homens que prestaram o juramento de proteger Con até a morte?".

Ela debelou a onda de pânico que a assaltou, levantou a cabeça, encarou Mark e disse, entre dentes:

— Experimente fazer isso. Juro pela alma do meu marido que atravesso meu coração com uma faca antes de me casar com o senhor ou com qualquer outro homem.

Os degraus da escada pareciam não ter fim, e Isolda se forçou a subi-los lentamente, a manter a cabeça completamente reta e os olhos no muro de pedra cinzenta à frente, embora pudesse sentir o olhar furioso de Mark desde o local onde o deixara, no sopé da escadaria. Quando, porém, abriu a porta de seus aposentos e viu a mulher que estava sentada no banco de madeira talhada ao lado da lareira, ficou gelada.

Era *Nest*.

Seu controle estava começando a sentir-se tão frágil quanto vidro quente, mas Isolda devolveu o cumprimento da outra mulher com um breve acenar de cabeça, e depois foi até a cadeira atapetada que ficava num lado da lareira e fez um gesto para Nest também se sentar. O aposento era usado por suas damas de companhia e criadas para tecer e fiar, embora os teares estivessem cobertos e os bilros e novelos de lã empilhados em cestas no chão.

— Devo me desculpar — disse Isolda. — Se eu soubesse que iria receber visita hoje à noite, teria providenciado refrescos.

Uma centelha de irritação quanto à censura implícita reluziu nos olhos de Nest, mas a mulher sacudiu a cabeça. Era alta, teria trinta e um ou trinta e dois anos, rosto vulgar quase masculino rodeado por cabelo espesso da cor do carvão e uma estrutura de ossos largos e fortes debaixo de um caro vestido amarelo-alaranjado, bordado com fios de ouro e prata nas beiras e nas mangas.

— Não quero nada.

Sua voz também era grave; o tom, quase masculino; ela se calou e fixou os olhos pequenos e negros no rosto de Isolda. Era parente de Mark, prima por parte de mãe, e havia servido no castelo dele desde que o marido morrera.

Servira como castelã e como algo mais, segundo boatos. Isolda pensou que a mulher certamente providenciava a demissão ou venda rápida de qualquer escrava ou criada que Mark levasse para a cama antes que alguma delas gerasse um filho dele, o que poderia pôr em risco os objetivos dela.

Nos últimos três anos, desde que a guerra se concentrara no sul, Nest havia servido em Tintagel como governanta das damas de companhia de Isolda. Mark a oferecera e Con, por cortesia, não havia podido recusar, porque batalhas estavam sendo travadas em grande parte das terras de Mark.

Nest se calou por um instante, depois disse, abruptamente:

— Soube, Majestade, que a senhora abriu mão de suas aias.

— Apenas por alguns dias — respondeu Isolda. Ela usou a mesma fórmula que usara com Hunno e Erbin na capela, embora dessa vez, ao pronunciar as palavras, sentisse uma pontada do pânico que sentira com Mark na escadaria lá em baixo. — Por enquanto quero ficar sozinha com minha dor.

Nest baixou a cabeça e disse:

— Compreendo, senhora, mas não é adequado que a rainha e herdeira seja servida por uma única escrava. Meu senhor Mark concorda comigo, assim como os membros do Conselho.

Fez uma pausa, com os olhos fixos nos de Isolda.

— Escolhi uma garota que julgo merecedora da honra de lhe servir. Ela começa amanhã.

"Então é isso", pensou Isolda. "O resto dos homens do Conselho do Rei confia em mim tão pouco quanto eu confio em Mark ou Nest. Será que Mark precisou se esforçar para persuadir os conselheiros de que a Bruxa-Rainha precisa ter uma espiã para vigiá-la todas as horas?"

Sua pele estava pegajosa por causa de seu encontro com Mark, e naquele instante ela só queria arrancar o colar de joias e o diadema de ouro que usava e atirá-los, com toda a força, na parede de pedra cinzenta.

"É" — pensou ela, — "e depois? As criadas de Nest entrariam, fariam uma reverência e silenciosamente varreriam os cacos. As joias seriam levadas para os ourives de Tintagel para serem reparadas, e Nest teria mais histórias para contar a Mark e ao resto do Conselho. Mais uma razão para que a herdeira rainha fosse forçada a aceitar a proteção de outro homem".

Isolda respirou funda e lentamente. *"As estrelas continuarão a brilhar amanhã, independentemente do que me acontecer aqui."*

— Isso é o mínimo que eu poderia esperar da senhora, Lady Nest. — Ela se levantou. — Preciso pedir-lhe que me dê licença. Já é tarde.

Nest, porém, não se mexeu.

— Há um outro assunto, senhora. — A mulher mais velha baixou as pálpebras, cobrindo os olhos. — Lamento ter de lhe trazer outras más notícias numa ocasião como esta, *milady*, mas se trata de Branwen.

Isolda olhou para a mulher, atônita.

— Branwen?

Ela esperava qualquer coisa, menos isso. A moça era uma das mais jovens de suas criadas, filha da camareira de Con. Era uma garota rechonchuda de membros gordos, de talvez quinze ou dezesseis anos, cabelo cacheado castanho e rosto redondo, bonito e com uma falha de dentes. Isolda a visualizou rindo quando Con a punha no joelho no salão de banquetes, e se enfeitando porque por praticamente dois meses agora o Rei Supremo a convocava quase toda noite para dormir com ele.

— Que houve com ela?

Os olhos de Nest continuaram fixos nas mãos grandes e de juntas quadradas dobradas no seu colo, e disse, sem alterar a voz:

— Ela morreu, senhora.

Isolda enrijeceu e perguntou:

— Morreu? De quê?

— De um mal súbito, senhora. Ontem à noite.

Mais uma vez os olhos negros se levantaram parta encarar os de Isolda, que teve de se esforçar para respirar.

"É claro", pensou. "Nest não deixaria viver uma garota que talvez estivesse grávida de Con. Essa criança poderia ser facilmente usada como moeda de troca por alguém que contestasse a reivindicação de Mark ao trono."

No passado ela talvez se tivesse magoado ao pensar que Branwen estivesse grávida de uma filha ou filho de Con, embora, desde que a menina havia chamado a atenção dele, Isolda tivesse sentido somente pena da própria Branwen. Pena, porque sabia que a garota não continuaria nas graças de Con por mais tempo que nenhuma das outras, provavelmente até menos.

Embora ele a tivesse recompensado generosamente com joias, assim como fez com as demais, e provavelmente também a tivesse feito se casar com um de seus chefes de cavalarianos. E agora Nest a havia matado. Tão descuidadamente como se tivesse afogado um gatinho vadio.

Abruptamente, Isolda levantou-se, indicando que a visita chegara ao fim.

— Muito bem — disse secamente. — Vou falar com o Padre Nenian sobre o enterro. E eu mesma vou dar a notícia aos pais dela.

Capítulo 7

Apenas quando Nest se foi, fechando a porta ao sair, Isolda se permitiu exalar um respirar demorado e trêmulo. Durante longo momento ficou de pé no centro do aposento, com os olhos fechados. Depois se virou e atravessou a porta acortinada que conduzia ao quarto.

Alguém — devia ter sido Hedda — havia posto toras de madeira na lareira do quarto, de modo que ela continuava a arder em chamas vermelhas que aqueciam, e um lampião também havia sido aceso, mostrando paredes com pesadas tapeçarias e uma sólida cama entalhada no centro do aposento. A cama era feita de madeira quase negra, e ostentava cortinas escarlates forradas de pele contra o frio outonal; os demais móveis eram do mesmo tipo de madeira sólida e entalhada.

Isolda parou na entrada; seus olhos foram atraídos por uma taça junto à lareira, as alças de bronze desgastadas pelo tempo e gravadas com as serpentes da eternidade, com as caudas nas bocas e olhos salientes com pedras vermelho cor de sangue. Então, com esforço, ela se virou e passou para o recesso profundo do recinto, parte da pequena torre que lá, na extremidade ocidental de Tintagel, encarapitava-se na própria borda do mar.

O espaço tinha uma única janela estreita, deixada à mostra por uma pele esfarrapada e engordurada que seria pregada nela no inverno, de forma que, agora que o travo salgado do oceano e a neblina refrescante chegavam livremente até Isolda, ela se afundou numa cadeira, contemplando sem ver a noite e escutando o quebrar constante das ondas nas rochas abaixo.

Pensou então: "Deve ter sido muito fácil para Nest. Uma combinação de alguma coisa — beladona ou outro veneno — foi posta na caneca de cerveja de Branwen". Ela se lembrava dos boatos que ainda corriam sobre Nest, mesmo agora. Boatos sobre a esposa de Mark, morta fazia sete anos.

Também ela pertencia ao período que Isolda havia apagado completamente da memória, mas Isolda havia escutado as serviçais de Nest falarem sobre ela em murmúrios dissimulados e assustados, quando Nest não estava presente para ouvir. A esposa de Mark havia sido uma princesa saxônica, vendida pelo pai, Rei Cheldric, em casamento que fazia parte da aliança de Modred com o rei saxão. Dizia-se que era uma moça frágil e loura, que deslizava pelo castelo de Mark com o rosto machucado e olhar apavorado.

Então, de maneira muito conveniente para Mark, ela havia morrido após a batalha de Camlann, quando se comentou que a aliança com os saxões era uma traição e uma vergonha. E uma esposa saxã poderia custar a um homem seu lugar no reformado Conselho do Rei, composto quase inteiramente de soldados sobreviventes de Artur.

Isolda acreditava estar sozinha, mas nesse instante um toque na sua mão a assustou e a fez virar-se, mas respirou tranquila quando viu o enorme cão de caça branco e castanho que lhe pôs uma das grandes patas no joelho e esfregou o focinho contra a palma da mão dela. Isolda lhe acariciou a cabeça, e ele respondeu com um choramingar ansioso.

— Você é um bom cachorro, Cabal, um bom amigo.

Enquanto falava, a dor se abriu uma vez mais, e Hedda entrou, com o cabelo louro encaracolado salpicado de gotículas da névoa exterior. Ela olhou de Cabal para Isolda e sacudiu a cabeça.

— Eu não *entender*. Esse cachorro quase não *chegou* perto da senhora antes. E agora não *sair seu* lado.

— O pobrezinho sabe que alguma coisa está errada. Isolda voltou a acariciar a cabeça do cachorro de grande porte. Cabal tinha sido o cão de caça de Con, e também seu cão de guerra. Os dedos de Isolda percorreram a cicatriz saliente ao longo do ombro do animal sob o pelo sedoso listrado, causada pelo golpe de escada de um saxão. Imediatamente uma lembrança se fez vívida para ela, como uma paisagem de tapeçaria em lã colorida: Con cavalgando à frente da tropa, agora já há quase meia-lua, o estandarte vermelho de Pendragon tremulando ao vento e Cabal correndo junto do cavalo de Con, acompanhando os cascos galopantes numa série de saltos largos e sem esforço.

Um dos conselheiros do rei — Isolda achava que podia ter sido Cool — havia trazido Cabal para casa em Tintagel há três dias, ao lado do corpo do seu rei. Desde então, o imponente cachorro permanecera nos aposentos dela, ganindo de dar dó quando uma das criadas tentava tirá-lo de lá. Ele também se recusava a comer, e ficava deitado quase imóvel, com a cabeça encostada nas patas e os olhos claros com uma aparência de sofrimento quase humano.

O cão voltou a choramingar, e Isolda acariciou-lhe as costas, dizendo:

— Está tudo bem, Cabal. Você é um bom amigo.

O cachorro postou-se no chão aos pés dela, e, quando Isolda levantou o olhar, Hedda a observava:

— Que aconteceu, senhora?

Subitamente Isolda, sem conseguir controlar-se nem deixar de responder ao olhar preocupado de Hedda, disse, com a mão ainda na cabeça de Cabal:

— Lorde Mark se ofereceu para se casar comigo. E dizem que Owain de Powys pretende fazer o mesmo.

Embora Hedda ficasse mais à vontade com ela do que com qualquer outra pessoa na fortaleza, as duas raramente conver-

savam assim; Isolda esperou que o aspecto vazio e insípido voltasse aos olhos de Hedda, e que a expressão de tranquilidade sem emoção aparecesse em seu rosto mais uma vez. Em vez disso, porém, Hedda perguntou lentamente:
— A senhora esperava por isso?
— Sim, esperava — respondeu Isolda, e acrescentou com amargor: — Camelerd é um prêmio muito valioso para que qualquer homem ambicioso se arrisque a perder sua oportunidade ao esperar até o corpo do rei esfriar na sepultura.

Hedda assentiu devagar com a cabeça e fez outra pergunta:
— E a senhora *achar* que um deles — Owain ou Mark — vai ser escolhido o próximo Rei dos Reis?
— É provável. Madoc de Gwynned também poderia ter a possibilidade de ocupar o trono, não fosse ele ter dito o que disse esta noite contra o reinado, no salão do Conselho. E Coel é muito idoso.

Hedda se virou para acrescentar toras da pilha à lareira. Depois, quando as brasas escarlates arderam em chamas, ela se levantou, dirigiu-se a uma arca de madeira entalhada e retirou a camisola de dormir de Isolda.

— A senhora *acreditar* no que Mark *falar* de um sinal amanhã à noite?

Isolda sentou-se na beira da cama e começou a desamarrar as rendas do vestido, enquanto os olhos se dirigiram, quase involuntariamente, para a taça de bronze que refletia as linhas de luz que percorriam os lados retorcidos como serpentes.

— Eu acredito — ela disse finalmente — que talvez tenha havido outrora na Bretanha um lugar para magia e manifestações. Que outrora, antes da chegada do Cristo-Deus, tenha existido deuses nas montanhas, nos lagos e nas grutas sagradas. E que tenha havido um período em que os druidas podiam caminhar ilesos em leitos de brasas de amendoeira e ler o futuro no voo dos pássaros acima. — Ela olhou para Hedda, levantou uma das mãos e a deixou cair. — Talvez o Deus do Cristo não seja um deus da magia. Não sei, mas acho que já passou esse tempo.

Hedda hesitou e então perguntou:

— A senhora acha que Mark mentia?

Isolda se calou; uma sensação gélida se instalou no seu estômago à lembrança de quando Mark lhe agarrou o pulso. Lembrou-se também da raiva que havia fervido nele, da impressão que ela tivera do desespero e dos nervos em frangalhos do homem. Havia algo mais em jogo para ele do que simplesmente conquistar a riqueza que as terras dela lhe proporcionariam; ela, porém, não sabia o quê.

— Mentiu? — ela disse. — Não sei. Desconfio dele e dessa conversa de sinal milagroso, mas não tenho pai, irmão nem marido. E não existe nenhum conselheiro do rei em quem eu confiaria...

Isolda se deteve. Hedda a estava ajudando com a bata bordada sobre a camisola e não parou, mas Isolda percebeu que a moça se enrijeceu e viu um daqueles lampejos rápidos e tensos nos traços comuns do seu rosto.

— Desculpe, Hedda — Isolda murmurou. — Você também perdeu sua família.

Hedda ficou imóvel por um momento, depois se virou e ajoelhou-se à frente da arca entalhada para dobrar e guardar o vestido. Quando falou, sua voz estava novamente inexpressiva e monocórdia, e o sotaque saxão mais acentuado do que nunca.

— Verdade, mas de outro modo. — Com uma pancada forte, ela soltou a tampa da arca. — Eu vou aonde os deuses *mandar*; eu aceito o que posso.

Seu rosto continuou desviado do da rainha, mas Isolda viu os dedos grossos e de pontas quadradas apertarem a beira da madeira.

— Desculpe, Hedda — Isolda repetiu.

A outra moça respirou fundo, e, quando se pôs de pé e se virou, Isolda viu o cansaço no rosto largo e grosseiro, com olheiras fundas. Além disso, estava pálida, e a boca, contraída e repuxada.

Isolda hesitou um instante e perguntou:

— Hedda, você está bem? Parece que esteve doente.

Como que inconscientemente, as mãos de Hedda tocaram a cintura, agarrando o cinto de corda do vestido. Ao observá-la, Isolda lembrou-se dos homens no salão do Conselho, com seus gritos de bêbados e mãos que bolinavam. Perguntou-se por um momento se deveria falar, mas, antes de decidir-se, Hedda empurrou a grossa trança de cabelo para cima do ombro e disse, com a voz inexpressiva:

— Eu estou bem, *milady*. Se não *era* a senhora, eu *tinha* sido vendida para uma vida muito pior do que a vida que eu tenho aqui.

Ela se virou e começou a limpar com esponja a poeira da bainha do traje que Isolda usava para cuidar dos feridos.

— A senhora falou do Conselho do Rei. Será que... — Hedda hesitou mais uma vez e depois ergueu os olhos, pálidos e perspicazes (o que não era habitual...), observou o rosto de Isolda e indagou, suavemente: — A senhora acha que meu rei e senhor não morreu dos *ferimento* de batalha?

Isolda não intencionava sobrecarregar nem pôr em perigo a outra moça com as informações que adquirira nos últimos três dias. Não havia suspeitado, porém, de que Hedda perceberia tanta coisa, e algo dentro dela se quebrou à pergunta inesperada.

— Eu não acho — ela se ouviu dizer. — Eu **sei**. Eu o vi ser morto. Eu o vi morrer.

Isolda mal se deu conta do arfar breve e acentuado de Hedda, mas os remanescentes da visão se uniram e se formaram à sua frente mais uma vez, e o som pareceu vir de muito distante à medida que o rosto da outra moça ficava indistinto e embaçado.

— Foi há três noites, na noite em que os mensageiros vieram nos informar que a batalha estava ganha, que o exército saxão batera em retirada e que Con havia sido ferido no combate final. Fora ferido, mas absolutamente nada grave.

Sua própria voz soava distante; as palavras vinham como uma coisa que ela decorara:

— Eu estava sentada aqui neste quarto, sozinha, observando a lareira, e pensando em Con, perguntando-me se ele logo me mandaria uma mensagem. E então...

E então, lentamente, uma cena se formara no cerne reluzente das chamas. Um círculo de homens agachados em redor de outra fogueira, mas essa era aberta, feita num campo numa noite de céu estrelado. O ar estava espesso de fumaça, mas Isolda conseguiu vê-los nitidamente. As marcas de lama e suor nos seus rostos, com restolhos da barba crescida há vários dias. Suas duras túnicas de guerra feitas de couro, adornadas com o penacho do rei, e nos olhos a fadiga provocada pela rigidez da batalha. Eles estavam passando um odre de cerveja em redor do círculo, e um homem falava, com palavras ritmadas e lentas. Era uma história sobre Artur, sobre como o rei matara novecentos saxões com a própria espada nos campos de Badon Hill.

Depois de sete anos de um vácuo cinzento, sem sequer um lampejo de visão ou vista, o fato súbito e a nitidez da imagem fizeram Isolda arfar, atônita. Então, mesmo enquanto ainda sentia o calor do seu fogo nas mãos e no rosto, a madeira dura da cadeira nas costas, ela estava também nesse outro lugar, sentindo o fustigar úmido e gelado do vento, ouvindo o relinchar distante dos cavalos de guerra amarrados a alguns metros dali, e até sentindo ao tração da lama debaixo dos pés enquanto se movimentava em redor do círculo, embora os homens olhassem através dela como se para o ar vazio.

Um queimar estranho, como fogo frio, percorreu-lhe as veias, e ela se sentiu movimentar como se estivesse separada de si mesma, como se compelida por uma vontade que não a sua. Uma barraca, maior do que todas as outras e com o mastro exibindo o estandarte do dragão, estava localizada além, e ela se virou na direção dessa tenda, caminhando com o coração batendo-lhe forte nos ouvidos, embora não soubesse dizer por quê. As bordas da barraca estavam amarradas fortemente, porém ela não precisava de nenhuma abertura ou porta. Num momento ela estava à frente da tenda, cercada pela fumaça das fogueiras, e pelo fedor da podridão do campo de batalha. No momento seguinte estava lá dentro, olhando para o corpo adormecido de Con.

Ele estava dormindo de costas, com as mãos cruzadas no peito; seu rosto, sob o reluzir laranja do fogo, tinha aparência pacífica e assustadoramente jovem sob as várias contusões espalhadas, e manchas de lama seca. Sua túnica estava aberta, e Isolda pôde ver o ferimento que o atingira de lado, coberto por ataduras pregadas por um alfinete de bronze. E tudo estava silencioso, completamente deserto e imóvel; o único movimento era o suave movimento do peito de Con ao respirar. Mas não devia ser assim. Deveria haver guardas no local. Os comandantes de tropas dormiam aos pés do seu rei.

Isolda teve tempo de ver isso, de ver que não havia guardas, e que Con estava sozinho, à exceção da presença de Cabal, também adormecido num canto da barraca. Então, com um suave farfalhar do couro, as bordas da tenda se abriram e um vulto, uma figura indistinta de homem, entrou no local. Usava uniforme de soldado raso, e um capuz de material escuro lhe cobria o rosto. Isolda ficou imóvel, observando-o aproximar-se da cama; as veias da moça quase estouraram com as chamas estranhas e frias que a compeliam a continuar olhando, e apenas olhar. Lentamente, ela viu o vulto tirar do cinto uma adaga mínima, quase um brinquedo de criança, exceto pela fina lâmina que brilhou à luz do fogo.

Isolda parou de falar. Sua garganta ressecara enquanto contava a história, e ela engoliu em seco, virando-se finalmente para olhar para Hedda. Durante todo o tempo em que Isolda falou, Hedda não se moveu, e agora Isolda percebeu que, na verdade, o rosto da moça estava ainda mais imóvel do que antes. Entretanto, havia algo novo nos olhos dela, quando seu olhar azul descorado se fixou no de Isolda. Um olhar quase de assombro ou medo. Pois, não importava o que Isolda tivesse fingido para os outros, nunca tentara fazer Hedda acreditar que ainda lhe restava parte do antigo poder.

Finalmente Hedda desviou o olhar e perguntou:

— O que a senhora fez, *milady*?

Isolda se deu conta de que suas mãos agarravam com tanta força o pente de osso que os dentes lhe haviam deixado marcas nas palmas, e, quando ela afrouxou o ato de segurar, algumas gotas de sangue lhe subiram à superfície da pele. Ela olhou para as minúsculas contas rubras, e um tremor lhe estremeceu o corpo.

— Eu gritei — disse ela finalmente. — E corri até Con; a essa altura eu já conseguia me mexer. E também falar, mas ele não ouviu. E, quanto tentei sacudi-lo para despertá-lo, minhas mãos só passaram pela pele dele como se eu — ou ele — não existisse. Como se só fôssemos névoa ou a fumaça do lado de fora. E então...

Isolda se calou, esperando sua voz firmar para poder continuar.

— E então o homem atacou — sussurrou. — Deu um golpe no coração de Con. É fácil fazer isso com um homem adormecido, e o golpe mata quase na hora. Con nem conseguiu gritar, apenas arfou um pouco, quase num suspiro. E morreu. Os médicos — a boca de Isolda se contorceu — os médicos disseram quando encontraram o corpo dele de manhã que o ferimento da batalha deve ter sido mais grave do que se suspeitava: havia aberto durante a noite e Con sangrara até a morte.

Os olhos de Hedda se fixaram nos de Isolda, e mais uma vez houve uma expressão de compreensão descuidada na troca de olhares. Hedda perguntou:

— Eram os médicos de Lorde Mark?

Isolda pensou: "Hedda sabe muito mais do que qualquer um desconfia. Nem eu achava que ela perceberia a verdade tão rapidamente".

Isolda assentiu com a cabeça e disse:

— Isso mesmo.

E então a visão desapareceu tão depressa quanto veio. A barraca iluminada pelo fogo, o cheiro de lodo, o aspecto de Con — tudo desapareceu, deixando-a sentada mais uma vez em frente à lareira, com o corpo inteiro gélido e o coração palpitando com a conhecida dor repugnante que sempre assinalava a volta de uma visão. A lareira estava mais uma vez apenas com o fogo habitual, nada além do sibilar e crepitar das chamas.

Isolda, porém, não tinha dúvida, agora ou naquela ocasião, que a visão havia realmente acontecido. E vira por si própria o ferimento pequeno e arroxeado no lado do corpo de Con quando ele foi trazido para casa.

Isolda olhou para a janela para que a lembrança desaparecesse dos seus olhos, depois prosseguiu.

— Não cheguei a ver o rosto do homem, do homem que desferiu o golpe, mas não era Mark. O homem era mais moço, e não tão forte. E andava sem mancar, ao contrário de Mark.

Ela fez uma pausa e em seguida continuou:

— Pode ter sido um dos guardas de Mark, mas alguém, alguém próximo a Con, deve ter providenciado que os guardas de Con se ausentassem. — Isolda olhou para o cão de guerra, ainda enroscado aos pés dela, com a cabeça encostada nas patas estendidas. — E alguém drogou Cabal também, para que ele não desse o alarme.

Hedda não respondeu imediatamente. Levantou-se, com a roupa de dia de trabalho em cima do braço, e dobrou-a para também guardá-la na arca de roupas. Então perguntou:

— A senhora *desconfiar* de *traição* de homens do rei? Isolda lembrou do rosto moreno e vibrante de Brychan. Do pesar suprimido — ou seria triunfo? — nos seus olhos. Lentamente, sacudiu a cabeça e respondeu:

— Não sei, mas em qualquer exército ou em qualquer corte existem homens cuja consciência pode ser comprada por um preço significativo.

Uma sensação de impotência desesperada a percorreu, e ela precisou esperar um momento antes de finalmente prosseguir:

— Agora você conhece todas as razões pelas quais mandei Merlin a Camelerd. Ele e Drustan são minha única esperança de salvar o trono. E de impedir que eu seja obrigada a me casar com um homem que possa ter matado Con.

Ainda uma vez Hedda se calou antes de se virar e dizer a Isolda:

— A senhora *podia* contar tudo aos conselheiros, contar a eles o que a senhora viu.

— E esperar que eles aceitem a palavra da Bruxa-Rainha sobre uma visão que ela fez surgir por meio de magia? — Isolda sacudiu a cabeça. — Alguns deles acreditam que eu tenho mesmo o dom da Premonição, por isso me temem ainda mais. Mas há os que zombam do medo dos outros. Se eu falasse francamente, nenhum deles aceitaria minhas palavras como verdadeiras além de quaisquer dúvidas. Aqueles que debocham diriam que se tratava apenas de superstição e encantamentos. E aqueles que acreditam diriam que uma mulher que tem a arte da magia pode mentir para alcançar seus objetivos.

Fez-se outro silêncio, no qual Isolda pôde ouvir o lamento constante do vento fora dos muros da pequena torre e a palpitação do mar lá em baixo. Aos seus pés, Cabal se mexeu e gemeu de novo.

— Então, a gente *precisar* esperar que Merlin *volta* a tempo — disse Hedda tranquilamente.

Isolda aquiesceu com a cabeça. Merlin disse que estaria de volta no Samhain, e mesmo nessa época poderia ser tarde demais. Ainda assim, ela estendeu a mão e tocou levemente o braço de Hedda:

— Obrigada por me deixar falar sobre o assunto, Hedda. Fico satisfeita de saber que existe pelo menos uma pessoa em Tintagel a quem posso contar a verdade.

Gestos de afeição entre elas eram raros, e Isolda sentiu a outra moça enrijecer ao seu toque, mas em seguida Hedda apertou brevemente a mão de Isolda e disse:

— Eu é que fico satisfeita porque senhora me conta as *coisa*, *milady*. Eu também vou *vigiar*.

Quando Hedda saiu, Isolda sentou-se ao lado do fogo oscilante e pegou a taça de bronze que refletia imagens, passando uma ponta do dedo pelas serpentes entrelaçadas, eternamente engolindo as próprias caudas. Era algo muito antigo, parte dos velhos costumes, e existia até mesmo antes dos romanos, e mesmo antes da própria Bretanha. Fora outrora a taça de previsões de Morgana de Avalon.

Subitamente, Isolda apagou a única vela que restava, e deixou o aposento às escuras, exceto pelo brilho laranja da lareira. Uma das toras se partiu e caiu, provocando uma chuva de fagulhas. Isolda as observou se agitar e depois morrer nas pedras da soleira, surpreendendo-se mais uma vez com o poder inconstante que lhe mandava uma visão, não na antiga taça de pitonisa, mas numa chama comum, e sem um único dos feitiços evocativos que ainda ecoavam, de vez em quando, na sua cabeça.

"Isso deveria me levar até o lado de Con quando ele morreu, e não me deixar aqui impotente, sem nenhum poder para salvar a vida dele, nem sequer minorar o fato de ele ter morrido sozinho."

Lentamente, Isolda foi até a jarra d'água que ficava na bacia de rosto e a carregou para encher a taça até a linha feita pelas caudas das serpentes. Acrescentou uma gota de óleo doce de lavanda que tirou de um minúsculo frasco ao lado da taça, pegou um broche da caixa de joias na penteadeira, furou o dedo e deixou que três gotas de sangue também se misturassem à água. Olhou fixo para a taça, inalou e exalou, e deixou que se acalmassem seus pensamentos, sua respiração e até seus batimentos cardíacos.

"*Pelo poder do corvo. Pela sabedoria da serpente. Pela Terra e pelo Fogo, pela Água e pelo Vento.*"

Isolda certa vez ouvira uma história de uma harpa feita com os ossos de um homem assassinado e esticada com fios do cabelo dele. Essa harpa cantara o nome do seu assassino até que se fez justiça.

Mas a taça da profetisa não lhe mostrou nada. Nada a não ser o brilho reluzente do óleo, as névoas espalhadas de sangue vermelho, seu próprio rosto, movimentando-se à luz trêmula da lareira. O aposento estava completamente silencioso; só se ouviam os sons do gemido do vento lá fora e o respirar suave de Cabal vindo do tapete onde estava deitado.

Isolda afastou-se e fechou os olhos. A Premonição era como a cura. Como as narrativas. Alguma coisa que existira antes de Camlann. Alguma coisa que ela não se podia permitir perguntar como sabia. Que não conseguia recordar como havia sabido.

Pensou então: "Embora isso talvez seja porque a Premonição não vai voltar agora".

Capítulo 8

O ar da cela da prisão estava tão pútrido quanto na véspera: gélido, desagradavelmente úmido e espesso com a fetidez do medo que havia no lugar. Com a lanterna que carregava, Isolda viu que os homens também estavam posicionados quase exatamente quanto antes, quando ela foi embora. O garoto Cyn dormia na palha, enquanto o homem barbudo se sentava escorado na parede, com os joelhos levantados e a cabeça apoiada nos braços cruzados. Contudo, ele ergueu instantaneamente o olhar quando a porta se abriu.

— Pensei ter dito à senhora para não voltar.

Entretanto, ele parecia mais cansado do que aborrecido, pensou Isolda; a voz continuava áspera, ou de não dormir ou de sede.

— E eu pensei que, se havia uma escolha entre passar fome e me ver de novo, o senhor talvez resolvesse que minha vinda não seria tão má assim. Além disso, eu queria ver como estão os pulsos de Cyn.

Isolda pôs no chão o pão e a água que trouxe e ajoelhou-se ao lado do rapazola, tocando-o levemente no ombro, mas Cyn nem se mexeu. Ela deduziu que tivesse tomado o extrato de papoula que ela lhe dera para amenizar a dor.

Isolda estendeu a mão para tocá-lo de novo, mas se deteve de repente. O rosto dele era o de uma criança adormecida, mas não havia movimento do seu peito ao respirar, e, quando pôs uma das mãos no pescoço dele para sentir a pulsação, verificou que a pele estava gelada.

Por um instante, achou que devia ter simplesmente morrido dormindo, ou que o extrato de papoula que lhe dera fora forte demais. Então, porém, viu as contusões roxas esmaecidas no nariz e na boca, apenas visíveis à luz instável da lanterna, e os fios de pano presos aos lábios flácidos.

Lentamente, ela se virou para o outro homem e disse:
— Ele está morto.
— Está.
Seus olhos se encontraram, e um eco surgiu na cabeça de Isolda.

"Eu disse a ele que o ajudaria."

Isolda olhou novamente para Cyn e pensou: "Ele morreu há muitas horas, a julgar pela pele gelada. Foi drogado com os extratos de papoula que deixei com ele e depois sufocado com uma dobra do manto pelo companheiro e amigo".

Ela ergueu os olhos e perguntou:
— Isso aconteceu porque ele não teria aguentado, e forneceria informações que não devia?

O homem barbudo não disse nada. Seus olhos, espantosamente azuis em meio à sordidez da cela, mostravam-se graves e apáticos enquanto ele a olhava, mas, como estava sentado pouco depois do círculo projetado pela luz da lanterna, a outra parte do rosto estava à sombra, obscura. Isolda olhou para Cyn e sentiu uma rápida centelha de raiva por ele ter morrido daquela maneira, sem poder escolher.

Ela se lembrou, porém, de uma coisa que Con disse uma vez, exaurido pela batalha apenas umas poucas horas após ela haver terminado, os olhos tristes e machucados: *"Os homens podem viver com honra, mas poucos conseguem morrer com ela".* Isolda pensou: "E os deuses sabem que já vi que isso é verdade nos homens que morrem dos ferimentos que eu estava tratando. Alguns — poucos — morrem da maneira pela qual um guerreiro deseja morrer. Os demais...".

Ela se lembrou também dos olhos de Cyn na véspera, ocos com a dor muda e sem esperança de um animal em sofrimento.

Suavemente, ela ergueu os braços do garoto saxão, um de cada vez, e os cruzou no peito dele. Depois olhou novamente para o parceiro de Cyn, que continuava imóvel, encostado na parede.

— Você livrou Cyn de tudo isto, como prometeu. E você?

Ele deu de ombros como se não se importasse e disse:

— A gente sempre pode enfrentar o que tem de enfrentar.

Então ergueu os olhos e a observou um instante, com o rosto sem expressão acima da túnica esfarrapada e da barba mesclada de terra, e indagou:

— E agora a senhora vai me levar ao julgamento do Conselho do Rei sob acusação de assassinato?

Isolda olhou do rosto do garoto morto para o do homem barbudo e perguntou:

— Você acha que devo? — Ele não respondeu, e, após um momento, ela acrescentou, sem deixar de encará-lo: — Pode ser que deduzam, como eu deduzi, mas não vão saber da morte por mim. Vou mandar o comandante da guarda do rei e alguns dos seus soldados apanhar o... apanhar o corpo do rapaz. Oficialmente, pelo menos, Tintagel ainda é meu domínio.

O homem barbudo ficou em silêncio e em seguida baixou a cabeça um segundo, Isolda não soube dizer se simplesmente para gravar as palavras dela ou para agradecer-lhe por ela não o entregar ao Conselho. Ela se levantou e ia dirigir-se à porta quando outra pergunta a fez parar:

— Seu marido, o rei. Ele morreu de um ferimento em combate, não é isso o que dizem?

Isolda se deteve e analisou o homem, com o cenho franzido. Teve a estranha impressão de que ele falara quase contra a vontade, como se zombasse de si próprio, pela fraqueza de perguntar, mas não tivesse conseguido se controlar. Embora ela não entendesse o que havia de tão premente naquela pergunta para fazê-lo falar.

Lentamente, ela disse:

— Vejo que as notícias chegam até estas celas...

Houve outro silêncio, desta vez mais demorado, e então abruptamente o homem indagou:

— A senhora me responde uma coisa?

— Depende da pergunta...

Ele deu um risinho e disse:

— Está certo. Tudo bem, minha pergunta é: o que a senhora vai fazer agora que o Rei Constantino morreu?

Isolda o olhou, achando que nada poderia tê-la surpreendido mais. Embora por apenas um momento, ela voltou a sentir os dedos de Mark lhe agarrando o pulso e seu hálito quente e próximo o suficiente para misturar-se ao seu próprio. Sacudiu a cabeça para eliminar a lembrança e disse, com o cenho ainda franzido:

— Por que você...

— Por que eu me importo? — Outro sorriso breve e amargo apareceu na boca do prisioneiro. — Faça minha vontade... De qualquer forma, não existe muita coisa que eu possa fazer com qualquer coisa que a senhora me conte no lugar onde estou, certo?

Isolda o analisou, tentando adivinhar-lhe os pensamentos ou a razão subjacente à pergunta, mas o rosto dele permaneceu impassível, e os olhos azuis não davam nenhum indício. Finalmente ela expirou e disse:

— Está bem. Não sei o que vou fazer agora; nem sei direito como vou conseguir superar os próximos dias.

Ela percebeu a mágoa na sua voz e parou antes que pudesse dizer mais alguma coisa; inclinou-se então para pegar a lanterna que trouxera, depois se aprumou, e encarou o prisioneiro barbudo mais uma vez.

— Mas como você mesmo disse, sempre podemos enfrentar o que temos de enfrentar.

Isolda parou no pátio central de Tintagel e fechou o manto para proteger-se do frio incômodo. Ainda podia ver o rosto sem vida de Cyn, as marcas de lágrimas ainda visíveis na terra que lhe sujava as maçãs do rosto. Naquela noite ela teria de informar ao Conselho do Rei que um dos prisioneiros saxões havia morrido na cela. Duvidava de que algum conselheiro pensaria em perguntar alguma coisa, nem que se importasse com o fato. Provavelmente eles iriam supor que os guardas de Mark tivessem exagerado no divertimento ao interrogar o prisioneiro. "Se é", pensou Isolda com mais uma de suas sensações de amargura, "que eles fossem sequer pensar em Cyn".

Por enquanto, contudo, ela deixaria o homem barbudo sozinho com seu morto, embora não soubesse se o que ele fizera fora um ato generoso ou cruel.

O dia estava frio e desagradavelmente úmido, e sob nuvens cinzentas e melancólicas um gotejar constante de pessoas entrava pelos portões que davam para o trilho de carroças. Era uma corrente incessante de fugitivos e refugiados, escapando da terra calcinada e maldita, ou voltando para as casas das quais haviam fugido antes do ataque saxão, na esperança de encontrar alguma coisa ainda de pé.

Isolda achou que os rostos dessas pessoas tinham a aparência atônita e exausta de quem havia esquecido tudo o mais, e se agarravam apenas à simples vontade de sobreviver. Eram famílias inteiras em roupas esfarrapadas e sujas de lama, empurrando carrinhos de mão com os bens materiais que haviam resgatado de casa. Carpinteiros e ferreiros com suas ferramentas embrulhadas nas costas. Crianças imundas e de olhar vazio agarradas às saias das mães, com os rostos magros e as barrigas inchadas de fome.

Isolda abordou uma das mulheres, vestida com lã esfarrapada e puída, com fios de cabelo preto encaracolado escapando de uma touca azul. Uma criança lhe agarrava a mão, um menininho de dois, talvez três anos, o rosto sujo e uma crosta de feridas escuras sobre a boca. Quando Isolda chegou, a mulher se virou, e Isolda viu que, embora sua compleição fosse frágil, sua barriga estava grande de outro filho. Isolda hesitou um momento, lembrando-se do grito apavorado do soldado cristão na enfermaria na véspera. Contudo, os olhos escuros da mulher, embora cansados, não demonstravam medo.

Isolda pensou em Márcia, a criada que lhe servira naquela manhã, obedecendo a ordens de Nest: era uma moça magra, de feições acentuadas, as maçãs do rosto pontuadas por cicatrizes de catapora. Márcia havia olhado de modo rápido e penetrante para a taça de pitonisa quando entrou nos aposentos de Isolda, e observara Isolda durante todo o tempo em que a atendera com olhos cautelosos e apertados, mas não expressara medo.

Márcia e as demais aias de Nest poderiam olhar enviesado para a marca de nascença no seu braço e sussurrar. Poderiam observar com satisfação severa quando adoecesse uma das moças que Con favorecia, ou morresse um dos homens sob os cuidados de Isolda, ou se uma criança em cujo parto ela ajudasse fosse estrangulada pelo cordão umbilical. "Mas são os homens", pensou Isolda, "que acreditam em bruxas. E rara a mulher que tema verdadeiramente uma outra".

A mulher à frente de Isolda fez uma reverência rápida e desajeitada; seus movimentos eram desastrados por causa do peso da criança, e Isolda estendeu uma das mãos para firmá-la. Era ainda jovem — talvez vinte e cinco ou vinte e seis anos —, e seu rosto era bonito e vivo, de ampla fronte e se afunilando até o queixo firme e quadrado; um tom reluzente nas maçãs salientes e redondas. Mas o que poderia ter sido beleza estava desfigurado por certa marca de nascença, uma grande mancha cor de vinho que começava nas têmporas e cobria quase toda a extensão até a boca, estendendo-se plenamente até o canto do olho.

— Como podemos ajudá-la?

A mulher fez uma breve reverência, e os cachos pretos se sacudiram:

— Muito obrigada, senhora. A gente só precisa de comida pra seguir nosso caminho, se *num* se importar, senhora.

A cabeça continuava inclinada, de modo que seu rosto estava escondido do olhar de Isolda, e sua voz era um choramingar de mendiga. Mas nele havia também um tom superficial e quase entediado, como se as palavras e a maneira de agir fossem um ato tão comum que pudessem agora ser assumidas com o mínimo de esforço ou mesmo de pensamento.

"Ela provavelmente teve muita experiência em implorar ajuda", pensou Isolda. "No caminho de qualquer que seja o lugar de onde veio".

Gesticulou para o Padre Nenian, de pé na extremidade do pátio, distribuindo pão e sacolas de refeição para homens e mulheres numa fila silenciosa e extensa. O rosto do padre estava enrugado de pesar pela infelicidade à sua frente, mas dizia uma palavra gentil a cada pessoa a quem entregava as provisões, apertando mãos ossudas e fazendo o sinal da cruz sobre as cabeças das crianças esfarrapadas. Às vezes um dos que estavam esperando tentava passar à frente dos outros, e logo acontecia um bate-boca, mas ele não se alterava e mantinha a atitude calma de antes, e a voz macia.

— O Padre Nenian vai lhe dar as provisões que podemos distribuir. Para onde a senhora está indo?

A pergunta surpreendeu a mulher, que levantou a cabeça; os olhos, de longos cílios negros, avaliaram Isolda rapidamente; respondeu:

— Para Glevum, senhora, se a gente conseguir ir tão longe. Tenho uns *parente* lá. E agora não *tem* mais razão pra gente ficar aqui, meu pobre filho e eu.

O tom lamentoso da mendiga fez-se ouvir na sua voz mais uma vez, e ela dardejou um olhar rápido sob os cílios para Isolda; ao ver que a rainha ia adiante, acrescentou:

— Pensando bem, senhora, *tem* mais uma coisa que a senhora pode fazer por mim, se achar que pode mostrar um pouco de bondade pra mim e meu menino. A gente tinha uma fazenda, a gente morava em Perenporth, meu companheiro e eu, mas quando chegou a ordem de lutar contra os *cachorro imundo* — a senhora me perdoe, *milady*, mas é isso que eles são e *num* vou dizer outra coisa —, quando chegou a ordem de pegar em armas, meu companheiro cismou que tinha de se unir ao exército do seu rei e lutar pra mandar os *desgraçado pru* lugar de onde eles *veio*. E meu menino e eu, a gente seguiu atrás dele, porque eu não ia deixar meu companheiro lutar sozinho e quem sabe morrer sozinho, sem mim lá pra cuidar dele.

Ergueu a vista novamente, e um reluzir de lágrimas lhe apareceu agora nos olhos escuros.

— E ele foi morto. Na luta no caminho de Dimilioc. Morreu nos meus *braço*, dizendo que ele *tava* muito agradecido por dar a vida a serviço do seu Lorde e Rei, e me fez jurar pelo sangue derramado dele que eu ia trazer nosso menino pra cá pra também lutar contra os *desgraçado* dos *demônio* dos saxão. E...

Ela se deteve, e abraçou a criança ao seu lado. O nariz do menino estava escorrendo, e ela o limpou com uma dobra da saia antes de prosseguir falando:

— Bem, *milady*, minha história é essa aí. Se *tiver* alguma coisa que a senhora *pode* dar pra gente, alguma coisa pra pagar uma ou duas noites de abrigo no nosso caminho...

Ela se calou. O menino ao seu lado se contorceu, impaciente por estar sendo agarrado pela mãe; ela, porém, não se mexeu. Sua cabeça se inclinou de novo, mas estendeu a mão livre, com a palma para cima.

— Claro, sem problemas.

Isolda pôs a mão na bolsa bordada que usava presa à cintura e dela retirou um punhado de moedas de cobre.

Os dedos da mulher agarraram avidamente as moedas, e então ela fez mais uma breve reverência, desajeitada pelo volume do abdome inchado.

— Deus abençoe a senhora. Deus, a Virgem Maria e todos os *santo*. Eu vou rezar pela senhora em toda a igreja e capela por onde a gente passar, juro pela memória do meu pobre companheiro.

Isolda estava prendendo novamente a bolsa à cintura e disse, distraidamente:

— Ah, é? Obrigada. É muita bondade sua. — Ela acabou de amarrar a bolsa, levantou os olhos e disse: — Acontece que Perenporth é uma vila pesqueira. Se a senhora usar essa história de novo, sugiro que diga que seu marido era pescador, e não fazendeiro, especialmente se for contá-la aqui nos arredores. Todo mundo desta área conhece Perenporth.

A cabeça da mulher se levantou rapidamente e os olhos reluziram, alarmados. Depois, devagar, a enorme boca se contorceu, e finalmente ela soltou uma risada rouca e surpreendentemente musical; os olhos escuros se estreitaram e enrugaram, divertidos, e ela disse:

— Está certo. A senhora percebeu tudo, né? Quer dizer que é uma vila de pescadores, é? — Ela sacudiu a cabeça. — *Num* deu pra evitar. Ouvi o nome na estrada e arrisquei.

Ela já não falava com o sotaque da Cornualha, e sem ele sua voz era baixa e ligeiramente áspera, com um tom ritmado como o de Merlin. Ela deu um risinho, exibindo uma fileira de dentes amarelados.

— A senhora *num* é a otária que eu tinha pensado que toda *Lady* é, *num* é mesmo. Foi só isso que me denunciou?

— Isso e seu vestido. É muito curto para ser o vestido de uma mulher de fazendeiro. E a senhora deve também lavar melhor o rosto — acrescentou Isolda — antes de parar para pedir ajuda de novo. Ainda existe um pouco de vermelho na sua boca.

A mulher olhou para os seios meio desnudos, a pele cinzenta de sujeira e com marcas de cinzas de cozinhar em fogueiras debaixo do xale de lã, depois limpou os lábios com o dorso da mão, e franziu o cenho ao ver a mancha de ocre vermelho que saiu em sua pele.

Ela deu de ombros e falou:

— Bem, hoje de manhã *num tinha* água na estrada, e aí precisei usar o orvalho do capim e das *folha*.

Ela suspirou, esfregou a parte de trás da cintura com uma das mãos, depois olhou para as moedas na outra palma e para Isolda e perguntou:

— A senhora vai querer as moedas de volta, né?

Isolda analisou o rosto da mulher, cansado e levemente abatido sob a mancha cor de vinho, apesar do riso e do sorriso da enorme boca. A criança ao seu lado também parecia cansada, e a expressão mostrava os ossos do rostinho proeminente e atento.

— Como vocês se chamam?

A mulher se assustou, mas respondeu:

— Eu me chamo Dera, *milady*. E este aqui — ela passou o braço pelo ombro do menino, aproximando-o dela —, este aqui se chama Jory.

— Pode ficar com as moedas, Dera, são suas. E venham se sentar, os dois. Parece que vocês gostariam de descansar um pouco.

Dera emitiu um suspiro involuntário quando se largou num dos bancos de madeira em frente ao muro ao sul do pátio, fora da entrada para o muro do estábulo. Pegou o pão e o queijo que Isolda trouxe do depósito do Padre Nenian, depois levantou o filho para que se sentasse no banco ao seu lado.

— Ah, assim está melhor!

Esticou as pernas, mostrando tornozelos inchados acima do couro desgastado dos sapatos, depois acompanhou o olhar de Isolda para a frente apertada do vestido e apoiou uma das mãos no volume do bebê que ia nascer.

— Isso é uma chateação! Dificulta acompanhar o exército quando a tropa *tá* marchando para outra cidade. E também é mais difícil ganhar a vida assim. Os homens, até os *soldado*, não se animam muito em ter prazer com uma mulher com uma barriga inchada que nem uma vaca, a senhora entende, né?

Apesar do que disse, tocou suavemente a barriga e o rosto se suavizou com um sorriso breve e distante, fazendo a boca se encurvar.

— De onde é que a senhora vem, se não é de Perenporth? — perguntou Isolda. Estendeu a mão com mais um naco de pão para o menino Jory. Ele a observou, meio emburrado, meio cauteloso, e então, como se temesse que a oferta pudesse ser retirada, esticou uma das mãos e pegou rapidamente o pão, que enfiou na boca quase cheia, e depois se mostrou receoso quando a mãe lhe deu um leve piparote na orelha e o repreendeu:

— Que grosseiro! Você *num* sabe se comportar direito? As *pessoa* pode pensar que você foi criado num curral de vacas.

Dera sacudiu a cabeça, mas depois, suspirando, posicionou a criança confortavelmente ao seu lado; tirou a mão do abdome e tocou levemente o cabelo escuro emaranhado de Jory, tirando-o da fronte; olhou para Isolda.

— A gente é de Gwyned, *milady*. Perto de Deva. Foi lá que esse pequeno pagão — suas mãos se enroscaram suavemente na cabecinha apoiada no seu ombro — nasceu.

Ela mesma pôs um pedaço de pão na boca, contraiu-se levemente, como se seus dentes lhe causassem dor, depois se recostou e prosseguiu:

— Eu tinha um marido lá, isso é verdade. Era um sujeito imundo e bruto, que vivia bêbado; era o próprio demônio quando bebia, e isso era quase o tempo todo. O menino é filho dele.

Dera acariciou de novo o cabelo escuro e disse:

— Essa foi a única coisa boa que ele fez na vida, e a única coisa boa que ele fez pra mim, isso é certo.

Fez uma pausa e acrescentou:

— Mas foram os invasores *irlandês* que mataram *ele*, não foram os *saxão*, vai fazer um ano quando chegar o Imbolc[16]. Ele derramou as *entranha* na nossa própria casa porque era

---

16 Um dos quatro festivais religiosos celtas. Este homenageia a deusa Brígida, ocorrendo quando a terra está pronta para ser fertilizada e receber sementes. Começa tradicionalmente no dia 2 de fevereiro. (N.T.)

muito teimoso — ou *tava* muito bêbado — pra desistir da luta.

Acho que esse foi o melhor dia de trabalho dos *desgraçado* dos *irlandês*, mas o resultado foi que meu menino e eu, a gente passou fome, porque eles queimaram a casa todinha e também levaram a colheita que a gente tinha armazenado. E meu povo *tava* morto *tinha* muito tempo.

Dera parou para dar outra mordida no pão, engoliu e continuou a falar:

— De qualquer jeito, eu *num* tinha muita esperança de arranjar outro sujeito para casar comigo. Só se fosse farinha do mesmo saco que o outro. *Num tem* muito homem que ia querer acordar todo dia vendo isto — ela tocou a marca na maçã do rosto —, a *num* ser que fosse do tipo de sujeito que nenhuma mulher que *num* fosse doida ia querer levar pra cama. Também tem outra coisa. — Ela se deteve e deu outro risinho de dentes amarelados para Isolda. — Eu achei que, se ia bancar a criada para ser o "brinquedinho" de um sujeito, eu bem podia ganhar dinheiro com isso. O exército do Lorde seu marido estava passando por perto, indo pro sul, onde era a luta, e eu achei que nunca ia ter chance melhor do que essa. Então meu pequeno Joy e eu, a gente seguiu atrás. — Ela deu de ombros. — *Num* tem sido uma vida ruim, se a gente considerar tudo.

Dera levantou uma sobrancelha e disse:

— Soldados *num* se *lava* muito, mas eles *paga* bem a uma mulher quando a batalha acaba, e *num* ligam muito se ela tem marca na pele, se ela aceitar fazer tudo, *num* feder, e entender do riscado. — Ela parou para tirar migalhas de pão do colo.

— *Num* é um jeito ruim de ganhar a vida, mesmo sendo mais difícil agora, que *tá* mais frio e o bebê *tá* perto de nascer.

— O pai... — Isolda a interrompeu.

Dera deu de ombros:

— Pode ser qualquer um, bem, não qualquer homem na Bretanha, mas com certeza um soldado. — Ela fechou o xale sobre

os ombros e suspirou. — Eu tomava um remédio pra não ficar prenhe, mas esse negócio nem sempre funciona. E com essa história da guerra e de viver pra lá e pra cá eu *num tava* prestando atenção no meu período, por isso, quando eu soube que um bebê *tava* a caminho, eu já *tava* sentindo ele se mexer e aí...
Ela parou, e levantou os ombros de novo:
— Bem, aí eu já *num* podia me livrar dele. Porque eu já tava começando a sentir *ele*. Eu *num* tenho esperança de conseguir ajuda de nenhum homem pro meu moleque.
Ela se mexeu, como se procurando diminuir a tensão nas costas, e a mão se apoiou ligeiramente de novo no abdome inchado.
— Ele pelo menos está calmo hoje, com a graça de Deus. Nas últimas *semana* ele tem chutado sem parar, mas agora está me dando um pouco de sossego. Desde o jantar de ontem não tenho sentido nada, acho que foi a primeira noite em que eu consegui descansar.
Acariciou mais uma vez o monte de cabelo do menino, e Isolda viu nela o mesmo sorriso suave e distante de antes.
— Deve ser uma garotinha, os menino *num* tratam a mãe tão bem assim, né?
Ela ergueu os olhos, esperando uma concordância ou resposta, mas Isolda não disse nada. Sentiu imediatamente como se estivesse com falta de ar, como se seu peito estivesse sendo esmagado por um punho de ferro. Engoliu em seco, depois se levantou e disse:
— Eu... eu dei ordens para que quem quiser se abrigar aqui por um tempo tenha o espaço de que possamos dispor, basicamente nos estábulos e nos celeiros. — Sua voz lhe soou estranha e artificial aos próprios ouvidos, e ela se deteve; olhou duas vezes Dera e o menino ao lado dela e disse: — Agora preciso ir, mas a senhora é bem-vinda a ficar pelo tempo que quiser.
Dera a olhou com as sobrancelhas levemente franzidas, mas depois assentiu com a cabeça e disse:

— Isso é muita bondade de sua parte, senhora. A gente lhe agradece, e também pelo pão e pelas *moeda*.

— *Lady* Isolda.

Espantada, Isolda se virou e viu que Coel de Rhegged tinha ficado ao seu lado sem ser percebido. Em todos os anos em que conhecia Coel, em todos os anos em que ele frequentara o Conselho de Con e conduzira seus homens para lutar ao lado do rei, não se lembrava de nenhuma vez em que Coel, o mais importante e leal dos homens de Artur, houvesse falado com ela diretamente nem se dirigisse a ela pelo nome. Com esforço, eliminou todos os pensamentos sobre a mulher que ela deixara — e todas as demais lembranças — e retribuiu a reverência.

— Milorde Rhegged, bom dia. O senhor vai bem?

Nessa manhã, Coel vestia a túnica azul e o manto forrado de pele que usara na véspera, mas seu rosto estava pálido à luz fria cinzenta do pátio, a pele quase translúcida e esticada como um pergaminho nos ossos do queixo e da fronte. Ele se continha, como se estivesse lutando contra uma dor interna, e ela o viu pressionar uma das mãos fortemente contra o lado do corpo, mas ele assentiu com a cabeça.

— Muito bem, obrigado, *Lady* Isolda, Mas gostaria de trocar uma palavrinha com a senhora, se possível.

A voz dele também estava mais frágil do que na noite passada, com um tom filiforme de idade que ela jamais percebera.

— Claro. Por favor, entre — o senhor não deve ficar exposto à umidade e ao frio.

Coel lhe dirigiu um sorriso breve e triste que por um instante aqueceu a expressão soturna do rosto dele.

— Quer dizer que pareço tão velho e enfermo assim? — Ele sacudiu a cabeça e fechou as dobras do manto em cima dos ombros com uma das mãos. — Não, obrigada, *Lady*. Estou bem. É que estes velhos ossos já não resistem tão bem a ficar de vigília numa capela sem lareira como há anos.

— Então o senhor ficou de vigília? O senhor e o resto dos homens?

Coel concordou com a cabeça e respondeu:

— Ficamos. Da meia-noite até o amanhecer ficamos ajoelhados perante o altar, oferecendo orações para que surgisse um sinal miraculoso. — Havia uma ironia na voz de Coel que fez Isolda olhá-lo vivamente, mas então o rosto dele se suavizou e o ancião acrescentou, mais tranquilamente: — Não que eu tenha ficado de má vontade na vigília por meu Lorde Constantino, na sua última noite entre nós. — Fez uma pausa. — Soube que o jovem rei deve ser enterrado ao pôr do sol, é isso mesmo?

Os cantos de sua boca estavam franzidos, e os olhos dourados se mostravam cansados e subitamente velhos, com as pálpebras encobertas finas como papel e com veias azuis. Ao observá-lo, Isolda sentiu uma centelha do mesmo calafrio que sentira com Brychan na noite da véspera; à sua frente estava um outro homem, provavelmente um homem honrado, mas que ela não conseguia acreditar que falava a verdade. De qualquer forma, ela concordou com a cabeça e confirmou:

— É isso mesmo.

Coel ficou calado um momento, os olhos na porta da capela na extremidade do pátio. Além da capela, fora dos muros de Tintagel, ficava o cemitério da igreja onde, como dissera Coel, Con seria enterrado no fim do dia. Então, de repente, Coel se animou, virou-se para Isolda e falou com seu tom costumeiro: decisivo, rápido e firme.

— *Lady* Isolda, a senhora pode me acompanhar até o promontório? Lá devemos poder falar em particular.

Capítulo 9

Nos anos em que vivia em Tintagel, Isolda já vira vários aspectos do mar. Já o vira parado e harmonioso, com a luz do sol dançando sobre as ondas. Hoje, porém, sob o céu cinza e soturno, o mar abaixo do pontal fervia, as ondas batendo e fustigando o litoral rochoso. O vento, ali no lado externo, era mais forte, desarrumando-lhe o cabelo e jogando as dobras de seu manto em redor do corpo com uma força que lhe dificultava ficar em pé. Contudo, ela e Coel estavam sozinhos. Somente as gaivotas que circulavam acima poderiam ouvir o que eles diziam.

Coel estava ao seu lado, olhando, também, para as ondas que golpeavam e para o quebra-mar de rochas negras semelhantes a garras, que se estendiam até o horizonte. A caminhada o fatigara; ele respirava com dificuldade, com uma das mãos de juntas brancas segurando uma dobra do manto; os lábios estavam azulados e apertados, como se a dor que sentia o houvesse dominado de novo.

— A beira da Bretanha é a própria beira do mundo, é o que me parece às vezes — disse ele finalmente. Virou-se lentamente para a terra. — E é uma época perigosa para nós nesta terra, para onde os saxões nos empurraram quase até o mar.

Isolda também se virou, de modo que agora o vento estava às costas dos dois, e olhou para o pontal de capim varrido pelo vento até onde os muros rosa cinzento de Tintagel se elevavam contra o céu. Numa saliência de terra a leste erguia-se o grande círculo de pedras construído pelos ancestrais por uma razão há muito levada pelo tempo, e abaixo deles, além de Tintagel, estendiam-se as terras aráveis, os campos e os vilarejos da Cornualha.

— É mesmo uma época perigosa, como bem disse o senhor.

Coel ficou calado um instante; Isolda teve a impressão de que estava reunindo forças, combatendo um ferimento ou a debilidade que a subida nele houvesse provocado, e, quando se virou para encará-la de novo, seus olhos mantinham uma expressão cansada, mas sua voz estava mais forte, e seu jeito era o de sempre.

— A senhora deve estar se perguntando, *Lady* Isolda, por que lhe pedi que viesse até aqui, mas realmente preciso lhe falar, e o que tenho a dizer não desejo que ninguém em Tintagel escute.

Fez uma pausa e franziu a testa, como se estivesse procurando por palavras. Isolda esperou, e o ancião finalmente disse:

— Os reis dependem do conhecimento, conhecimento das terras que governam, das terras que fazem divisa com as suas, e também dos homens que governam essas terras. Conhecimento esse adquirido seja lá por que meios sejam úteis: essa é a única maneira de sobreviver.

Ele se deteve de novo, e Isolda disse:

— O senhor se refere a informantes, espiões, não?

Coel a olhou vivamente sob as sobrancelhas:

— A senhora não se surpreendeu?

Isolda mexeu ligeiramente o ombro e respondeu:

— Passei a vida inteira numa corte real, Lorde Coel. Há poucas coisas que me chocam ou surpreendem sobre os meios utilizados pelos que estão no poder para manter a ordem em suas terras.

Em vez de responder, Coel estudou-lhe o rosto durante longo momento, e ela percebeu nesse olhar um lampejo da mesma piedade ou solidariedade que observara na noite anterior.

— A senhora é muito jovem — acabou dizendo ele — para o ônus que carrega, *Lady* Isolda.

Seu tom foi gentil de modo incomum, e Isolda sentiu a mesma dificuldade de solidão que sentira nos últimos dias desde que a morte de Con abriu um buraco e uma fenda, e sentiu um desejo esmagador de poder contar a Coel tudo que a inundava como uma onda.

Ela poderia contar agora, aplacar toda a angústia da morte de Con, suas desconfianças de Mark, seus próprios temores ao homem ao seu lado. Entretanto, se deteve antes de poder falar. Ponderou que, pela própria aparência, Coel de Rhegged já tinha suficientes motivos de preocupação. Seria injusto acrescentar mais alguns. Além disso, só uma tola ou uma criança confia inteiramente em uma pessoa com quem partilha um relacionamento superficial como era o caso deles dois.

— Talvez — disse ela finalmente, os olhos numa das gaivotas que rodeavam o local. — Mas consigo tolerar o peso. — Voltou-se para Coel e o instou: — Continue, por favor. O que deseja me contar?

Coel hesitou, depois assentiu com a cabeça e contemplou mais uma vez as ondas de cume branco, de modo que tudo que ela pôde enxergar no rosto dele foi a curva da maçã do rosto encovada e a linha da boca, ainda imóvel e severa.

— Pois muito bem. Resolvi saber que tipo de acordos meus companheiros reis e governantes têm entre si. Aonde enviam seus mensageiros e, se possível, que espécies de informações eles possuem. E aposto minha espada e meu escudo que eles fazem o mesmo em relação a mim e ao resto de seus companheiros do Conselho do Rei.

Ele parou, depois prosseguiu:
— Em qualquer exército, entre as tropas de combatentes de qualquer rei, existem aqueles cuja lealdade pode ser comprada. E os reis saxões não são exceção, pois utilizam invasores picts[17] e mercenários irlandeses para aumentar suas tropas nas batalhas. Ontem eu soube, por um desses que vendem

---

17 Antigos habitantes da Escócia que fundaram o próprio reino e lutaram contra os romanos na Bretanha. Fontes romanas asseveram que esse povo teria um poderoso reino em Strathmere, Bretanha. (N.T.)

informações sobre seus reis se o preço valer a pena, que mensageiros de um dos conselheiros foram recebidos na corte real do rei saxão Octa de Kent.

Isolda enrijeceu e indagou:
— De qual deles?

Ela viu o maxilar de Coel endurecer:
— Mark.

Como Isolda não comentou, ele lhe deu mais um olhar perspicaz e de avaliação e disse:
— Essa notícia parece não a ter surpreendido tampouco, como quando falei sobre os espiões.

Uma das gaivotas que circulavam por perto se inclinou e mergulhou no mar. Isolda a seguiu com os olhos e disse:
— Eu sempre soube que Lorde Mark era um desses. — Calou-se, depois se virou para Coel: — Mas o senhor disse que seu informante era um mercenário, alguém que trairia seu rei em nome de quem desse o maior lance. O senhor confia na informação que ele lhe deu sobre Lorde Mark?

Coel se calou, e quando respondeu o tom de cansaço lhe voltou aos olhos, e o peso da idade no tom de voz.
— Se confio nele? Não. Só posso dizer que no passado as informações que me passava eram confiáveis. — Fez uma pausa.
— Meu informante também afirmou que Mark estava planejando alguma coisa. Há muitas tropas da guarnição dele no castelo Dore. A mensagem me foi trazida por um homem que já usei antes como mensageiro particular. Ele é um ourives viajante. Chama-se Ulfin. Seu ofício — no qual ele, aliás, é mestre — lhe dá uma justificativa para viajar muito. E para visitar as fortalezas e os castelos dos mais poderosos das terras para vender suas mercadorias.

Coel fez mais uma pausa e disse:
— Eu o mandei ir ao castelo Dore para descobrir se Mark está mesmo reunindo tropas secretamente. Quero verificar se pelo menos essa parte do que meu informante afirmou é verdadeira.

Isolda assentiu lentamente com a cabeça e perguntou:
— Então o senhor acredita que Lorde Mark esteja procurando fazer uma aliança com os saxões? Com Octa de Kent?

— Mark não seria o primeiro homem a decidir que uma aliança com o inimigo lhe granjearia mais poder do que continuar a guerra. — Coel se deteve, e depois acrescentou, com voz cautelosa e perplexa: — Vortigern é um dos que já fizeram isso.

Isolda ficou imóvel, então fez um sinal afirmativo com a cabeça e disse baixinho:
— É verdade.

"Mas não era em Vortigern", pensou, "que Coel estava pensando. Vortigern, que traiu seu rei para se aliar aos saxões e, por sua vez, foi traído por eles há tanto tempo que ninguém se lembra mais dele. Porque, se Vortigern fez aliança com os saxões, meu pai fez o mesmo".

Ela perguntou em voz alta, ainda olhando para o mar:
— Algum outro conselheiro está a par do que o senhor sabe?

Coel sacudiu a cabeça e respondeu:
— Nenhum deles. — Suas sobrancelhas se uniram e ele continuou, devagar: — Os dias que se seguem à morte de um Rei Supremo são perigosos em qualquer país, quanto mais em uma região sitiada como está a Bretanha agora. A lacuna no poder expõe o pior que há nos homens que ficaram para trás, como a senhora testemunhou ontem à noite no salão do Conselho.

Ele parou e disse:
— As linhas de poder precisam ser redefinidas, e novas alianças formadas. Eu não excluiria nenhum dos conselheiros de querer agarrar o poder para si próprio, nem de participar dos planos de Mark.

Isolda virou-se para encará-lo e perguntou:
— Não obstante, o senhor confia em mim?

Os dois trocaram olhares por um longo momento, até que Coel disse, inesperadamente:

— Entenda, conheci seu pai. Poucos o conheceram mais do que eu, embora seja eu mesmo que afirme isso.

Isolda não respondeu, e depois Coel virou-se e apontou para um lugar onde uma elevação de terra e a saliência em uma rocha formavam um pequeno refúgio.

— Venha. Podemos nos sentar ali e nos abrigar do vento, se a senhora estiver disposta a ouvir o que tenho a dizer.

Seu tom continuava a ser quase tão incisivo e decidido quanto fora, e o rosto esculpido igualmente orgulhoso, mas Isolda percebeu uma pulsação fraca nas têmporas e sinais de cansaço ao redor da boca; ela também notou nos olhos dourados de falcão algo que, em outro homem, poderia ser quase um lampejo de apelo. Ela fez que sim com a cabeça.

— Se for de sua vontade, claro que o ouvirei.

Quando chegaram ao abrigo, Coel largou-se numa das pedras e exalou um longo suspiro, com uma das mãos novamente pressionando as costelas.

Isolda ia começar a falar, mas ele ergueu a mão e disse:

— Não se preocupe. Está tudo certo. Estou bem o bastante. — Tirou do cinto um cantil de soldado feito de chifre, do qual retirou uma cápsula, que abriu com um petelecto, levando-a aos lábios, e deu um longo trago. Engoliu e fez uma careta: — É um remédio preparado por meu médico, misturado com vinho.

Isolda concordou com a cabeça e sentou-se ao lado dele na rocha, alisando as bordas do vestido, e novamente fechou o manto que vestia. Como Coel dissera, ali estavam abrigados do vento, e o silêncio, após o constante fustigar do vento e os gritos das gaivotas, era quase assustador.

— Provavelmente é de urtiga, ou talvez verbena.

Coel a olhou rapidamente e comentou:

— É mesmo? Não conheço nada de ervas. — Engoliu e fez mais uma careta. — O gosto é terrível, mas ajuda quando o frio me penetra nos ossos, em dias como o de hoje.

Ele tampou o cantil e sacudiu a cabeça, fazendo que a juba de cavalo grisalho lhe saísse da fronte.

— Houve um tempo em que eu podia enfrentar uma caminhada de mais de vinte léguas em solo tão árido quanto este e ainda assim combater de manhã.

Ele se reclinou para trás, como se para aliviar a tensão na coluna, e continuou:

— Mas se minha idade é uma desvantagem, por outro lado tenho lembranças mais antigas do que os demais conselheiros do rei. Sou velho o bastante para me lembrar do que, para eles, é apenas uma história. Participei de coisas que eles só conhecem de canções ou, no máximo, de quando meninos, sentados no joelho do pai.

Calou-se um instante; seu rosto mostrou um olhar evocativo distante, e ele prosseguiu:

— Afirmo que conheci seu pai muito bem. Ele me treinou quando eu era menino.

Isolda tirou um ramo de erva rasteira da saia e disse:

— Eu não sabia disso.

— É, acredito que não soubesse mesmo — disse Coel, olhando-a de lado. Com os olhos ainda fixos nela, continuou: — Suponho que ninguém lhe tenha contado muita coisa sobre ele, ou sobre o que aconteceu naquela época.

Seu tom de voz implicou uma pergunta, e Isolda, após uma pausa, respondeu firmemente:

— É verdade. Como o senhor sabe, muito raramente se menciona o nome dele.

Coel assentiu com a cabeça; o rosto virou uma vez mais para o mar, os olhos de tons dourados suavizados pela luz cinzenta refletida.

— Foi lamentável para a Bretanha que tantos tenham morrido na batalha de Camlann, não apenas porque perdemos Artur e muitos outros de nossos melhores combatentes, mas porque isso deixou as rédeas do país nas mãos dos jovens, rapazes que ainda não tinham idade para lutar quando seu pai e Artur se encontraram na batalha naquela última vez.

Ele parou um instante, depois continuou:

— Os conselheiros são homens assim, jovens o bastante para achar que é mais fácil para eles odiar do que tentar compreender. Não estou dizendo que Modred agiu certo. Há crimes que nada pode justificar, sendo a traição o mais abominável deles. Eu lutei em Camlann; vi meus companheiros sendo massacrados, meu exército reduzido a uma sombra do que fora. E eu mesmo já odiei bastante, quando jovem. Mas — ergueu uma das mãos de veias azuis e a soltou — dizem que o tempo cura tudo. Isso também acontece com o amor e o ódio. Talvez seja verdade.

Calou-se de novo, com a expressão ainda distante, a boca inflexível, deu mais uma olhadela para Isolda e disse:

— A senhora deve ter lembranças do homem que seu pai era. Já não era criança quando ele morreu.

Por um instante, com a escuridão de sua mente ativada, as mãos de Isolda se apertaram e ela respondeu:

— Eu tinha treze anos.

Após sete anos, Isolda tinha experiência em travar as portas de sua memória, sufocando os murmúrios que ameaçavam trazer de volta tudo que a lembrasse dessas coisas. Havia seu eu de antes e seu eu depois de Camlann, os dois separados por um muro alto e escuro.

Agora, porém, tinha havido a voz. E o que ela sentira nas celas da prisão. E hoje, isso.

Ela pensou ainda: "Talvez exista alguma coisa do passado que não será esquecido, alguma coisa bloqueada que está danificando a porta do lado de dentro".

Por um momento todo o seu corpo ficou tenso com o impulso de levantar-se de chofre e ir embora, para o lugar mais longe possível. Correr muito, até só conseguir se lembrar do chão sob os pés e do céu acima, e nunca mais precisar ouvir o que Coel tivesse a dizer.

Isolda apertou as mãos e pensou: *"Um pé na frente do outro. Olhe para a frente, não para trás".*

Coel a observou mais um momento e depois se virou, assentindo lentamente com a cabeça mais uma vez. Isolda viu os dedos de veias azuis da mão direita do ancião percorrer distraidamente as linhas do cantil ainda na sua mão esquerda. O olhar se distanciou ainda uma vez, como se ele olhasse além dela para a época que já existira. E então ele começou; sua voz fazia contraponto ao bater das ondas abaixo.

— Era um período de paz, pelo menos de paz relativa. Artur saíra vitorioso naquele dia. Poucos dentre nós acharam que os saxões se reergueriam. Por isso, quando o imperador romano procurou ajuda contra os bárbaros, Artur o atendeu, e concordou em conduzir uma tropa pelo canal.

Coel ergueu um ombro e disse:

— Talvez ele estivesse errado, não sei. Como Artur vencera em Badon, ainda havia muita confusão quanto a quem detinha o poder no País. Alguns continuavam a considerar a Bretanha como província romana e tinham esperança de que as legiões retornassem para nos defender, como já haviam feito antes. Outros não queriam saber de uma Bretanha unida. Queriam — como quer Madoc — ser deixados em paz para governar as próprias terras.

Coel se calou, com o cenho franzido, e flexionou os dedos nodosos, esfregando o dorso de uma das mãos. Parte da formalidade de seus modos havia desaparecido, o que possibilitou a Isolda ver o homem de ação, o soldado e o comandante de tropas que ele devia ter sido um dia — e ainda era, pensou ela, sob o revestimento de conselheiro e rei.

— De qualquer maneira, Artur liderou suas tropas para defender Roma, e deixou Modred — seu pai — para governar como seu substituto enquanto estivesse fora.

Isolda já ouvira essa parte da narrativa muitas vezes, mas se manteve em silêncio, deixando que as palavras de Coel perdessem o impacto.

— Existem líderes que os homens seguem porque obtêm vitórias para aqueles sob seu comando. E existem líderes que os homens seguem por amor. Modred era um desses. Lutei batalhas junto dele muitas vezes nos anos anteriores à partida de Artur para Roma. Eu o vi suportar lama e frio com suas tropas, recusar-se a se alimentar se seus soldados passassem fome. Ele conduziu as arremetidas mais perigosas, as que pareciam sem dúvida levar ao massacre e à morte, acompanhado apenas dos homens que se oferecessem para ficar ao seu lado.

Coel esfregou uma das mãos no queixo e prosseguiu:

— Os soldados dele cortariam a própria garganta se ele lhes pedisse isso, iriam ao inferno e dele voltariam se ele para lá os conduzisse.

Dessa vez nada se agitou, nenhum resquício de lembrança assomou na cabeça de Isolda. O homem sobre quem Coel falava era remoto, distante, um estranho numa história e nada mais. No entanto, ela se perguntou, ao mesmo tempo, se seria um consolo ou um sofrimento lembrar a época antes de Camlann. Se havia alguma coisa no passado que ela esquecera que lhe daria coragem para enfrentar qualquer coisa que o futuro lhe trouxesse.

Pois tinha havido felicidade. Disso ela sabia. E até mesmo risos. E ela amara pelo menos alguém dentre as vozes que o vento lhe trazia agora.

"E essa", ponderou ela, "é exatamente a razão pela qual não me posso permitir recordar. Porque se eu começar a chorar de novo pelo que se perdeu só vou querer deitar na cama, sem jamais me levantar. Sem jamais consertar outro osso nem pôr atadura em outro ferimento. Ou, quanto a isso, prestar atenção a Coel agora e aprender o que possa para salvar o trono de Con".

Ela olhou para as ondas de crista espumosa. Lá havia seu eu antes de Camlann, e ela trancara aquela moça e todas as suas lembranças.

— Lorde Mark também pode ser considerado um ótimo líder. O rosto de Coel subitamente pareceu fatigado e ele comentou:

— É verdade. Embora, veja bem, houvesse uma razão — talvez até uma boa razão — para o que Modred fez. — Ele passou a mão pelo cabelo. — Logo depois que Artur conduziu suas tropas à Gália, os saxões fizeram uma aliança com os picts do norte. Os invasores irlandeses começaram a atacar não apenas ao longo dos litorais, como haviam feito antes, mas também no interior. Foi uma época de desespero: o dragão da Bretanha estava sitiado, e não havia esperança de que Artur voltasse antes de três anos, talvez até mais. Modred acreditava que a Bretanha precisava de um verdadeiro líder, não de um rei substituto, mas um rei de fato e de direito, que pudesse arregimentar os reis dos pequenos reinos e os nobres, como Artur havia feito, e expulsasse as hordas bárbaras. É possível que ele estivesse certo quanto a isso.

Coel levantou uma das mãos com cansaço e a deixou cair.

— Duvido de que Modred julgasse que sua crença fosse uma traição, pelo menos não na época. Artur deixara a Bretanha para lutar por Roma, e ele era herdeiro de Artur. O reino era um direito dele. Foi isso que ele reivindicou no salão do Conselho, e não tenho nenhuma dúvida de que ele acreditava que isso fosse legítimo.

Isolda olhou para suas mãos, ainda apoiadas nas dobras do manto, e disse:

— Nenhum homem é um mal, na sua própria opinião. Ele sempre encontra razões que justifiquem seus atos, pelo menos para si mesmo.

Coel a olhou de relance e suspirou.

— Pode ser. De qualquer maneira, Modred reivindicou a Suprema Realeza para si próprio. E houve conselheiros que concordaram em apoiá-lo e lhe juraram lealdade.

— Mark foi um deles.

Isolda viu que os lábios finos de Coel se apertaram, mas ele concordou com a cabeça e repetiu:

— É verdade, embora haja outros homens cujo caráter seja, na minha opinião, superior ao de Lorde Mark. — Fez uma pausa. — Mas os demais membros do Conselho se recusaram a aceitar Modred como Rei Supremo. — Ele a olhou de novo.

— A senhora chegou a saber o que comentavam sobre o nascimento de Modred?

— Se eu cheguei a saber? — Isolda olhou para a beira dos penhascos, e seus lábios se contraíram num sorriso breve e amargo. — Essa história é cantada por todos os harpistas do País e sussurrada em todos os lugares, desde os aposentos dos conselheiros do rei até os dos criados.

A boca de Coel se estreitou novamente, mas ele fez um gesto afirmativo com a cabeça e disse:

— É uma história feia, porém não mais feia do que o que se disse na ocasião. Os murmúrios começaram logo que ele nasceu. Morgana não quis revelar o nome do pai de seu filho, o que fez com que alguns afirmassem que ele era filho do demônio. Ou que o próprio Artur era o pai, e Modred o filho bastardo concebido de um incesto.

Coel sacudiu a cabeça.

— De qualquer modo, a verdade morreu com esses três: Artur, Morgana e Modred. Duvido que algum de nós saberá algum dia com certeza, mas houve quem fosse contrário até a que Modred fosse nomeado herdeiro de Artur em razão da força dos boatos. Talvez tenha sido por isso que Modred fez o que fez, mas não posso garantir. Mas garanto, sim, que desde a época em que eu o criei como filho, isto é, que ele era menino, Modred tinha ressentimento do mundo. Ele não expressava isso abertamente, mas o sentimento existia, estava latente.

O vento afastou o cabelo do rosto de Isolda, e quase abafou a voz de Coel.

"Está frio, muito frio. Já não consigo sentir as pernas. E agora também minhas mãos estão entorpecidas. Há uma luz reluzente em algum lugar, uma luz reluzente. E um centro palpitando de dor. Mas não consigo identificar onde estão, embora sinta o sangue se esvaindo de mim. Quando tusso, sinto também o gosto de sangue. Se eu tivesse sabido que terminaria desta maneira, teria feito o mesmo? Suponho que sim. Eu não tinha escolha, se é que se deve acreditar nas profecias de Merlin. Modred, o menino do mar. Nascido para ser a maldição do pai. Nas canções dos harpistas, a guerra é para os heróis. E os moribundos são levados por lindas donzelas, transportados em balsas pela água até as Ilhas Ocidentais. Estou deitado na lama. Não consigo levantar o rosto. Não consigo cuspir a areia imunda."

Coel continuou falando, com os olhos ainda distantes, de modo que Isolda pôde pestanejar para livrar-se das lágrimas sem que ele visse. Obviamente o vento só trouxera a ele as próprias lembranças da história que estava contando. Nenhuma voz que ela conhecesse a distância havia sido de seu pai, embora, como sempre, as palavras que ele proferia tivessem desaparecido.

— O Conselho se dividiu, e Modred declarou guerra àqueles que se opuseram ao governo dele. Artur soube o que aconteceu e voltou para casa com suas tropas. — Coel se interrompeu e deu mais um gole do cantil. — Há muitas histórias sobre Artur atualmente, mas duvido que qualquer um de nós que tenha conhecido o homem que ele era reconhecesse muita coisa nas histórias que são contadas e recontadas sobre ele.

Isolda se calou, e em seguida comentou:

— Merlin disse a mesma coisa.

— Merlin? — Pela primeira vez desde que haviam chegado ao pontal o rosto de Coel relaxou, e um sorriso verdadeiramente cordial lhe aflorou nos lábios finos. — Esse é um nome que eu havia praticamente esquecido. Ele deve estar quase tão velho quanto Matusalém... Eu gostaria de revê-lo. Ele está em Tintagel? Isolda desviou o olhar, e forçou-se a tornar sua voz inexpressiva ao responder:

— Não, ele já partiu.

Esperou que Coel lhe perguntasse aonde Merlin havia ido, mas, embora sentisse que Coel continuava a olhá-la, apenas deu mais um gole no cantil antes de recomeçar.

— Artur foi meu rei, e eu lhe tinha grande afeição, mas sabia que era um homem duro e orgulhoso. Ele não tolerava oposição, nem perdoava facilmente quando considerava que um erro havia sido cometido. E Modred... Modred era outra peça do mesmo molde. Não me admiro que algumas pessoas julgassem que eles fossem pai e filho. E, quando os dois se defrontaram como inimigos... — ele sacudiu a cabeça. — A senhora deve saber o que aconteceu.

— Uma guerra civil de nove anos — disse Isolda, após um momento. — Nove anos de guerra, durante os quais meu pai tentou formar uma aliança com Chelric, o rei saxão, mas acabou perdendo grande parte das terras a leste da Bretanha. E depois houve o ano da praga e Camlann.

— É, o ano da praga. O sinal da ira de Deus em relação ao grande traidor-rei. — Uma expressão ao mesmo tempo divertida e melancólica cintilou de leve no canto dos olhos de Coel. — Embora eu confesse ter minhas dúvidas quando alguém — seja padre ou plebeu — começa a pôr palavras na boca do Todo-Poderoso. Não sei se Deus fez o homem à Sua imagem, mas é certo que o homem retribuiu o favor.

Houve silêncio, rompido apenas pelo grito de uma gaivota. Isolda cruzou as mãos no colo e ficou meio surpresa quando falou e verificou que sua voz continuava tão firme quanto antes:

— Talvez, mas o que tem isso tudo a ver com o senhor e comigo agora?

Coel a avaliou, os olhos intensos nos dela, e disse:
— Sou um velho. Velho demais para governar o reino, muitos diriam. Não acredito nisso, mas acontece que nenhum soldado quer achar que durou mais que seu uso de qualquer tipo à sua terra. Mas isso quer dizer que poucos conselheiros do rei aceitariam minha palavra contra a de Mark, se eu lhes afirmasse que ele fez conluios com o rei saxão. Exigiriam provas, e não tenho nenhuma, pelo menos ainda não. Por isso não contei a ninguém o que soube.
— Nem mesmo ao seu filho?
— Não, nem mesmo a Huel. — O rosto de Coel empalideceu, e rugas de cansaço surgiram acima de sua boca. — Um rei em pouco tempo aprende a não confiar totalmente em ninguém, nem mesmo em seu filho de sangue. Não quando uma morte vai fazer que uma coroa seja posta na cabeça desse filho.
— Ele voltou a tampar o cantil e o recolocou no cinto. — Acredito que meu filho seja leal, mas acreditar não é o mesmo que saber sem qualquer sombra de dúvida. E existe a questão de como Constantino morreu jovem.

Isolda levantou a cabeça de súbito, e todo o seu corpo enrijeceu. Entretanto, antes que ela pudesse falar, Coel ergueu a mão e disse:

— Não, não estou perguntando o que a senhora sabe, nem como soube, mas, mesmo que eu tenha sido aliado de Artur, fui também amigo do seu pai, há anos. E, se alguma coisa me acontecer ...

Coel se interrompeu, embora os olhos de falcão permanecessem olhando firmemente para os dela.

— Se sei que um rei não pode confiar nem mesmo em um parente próximo, também sei que nenhum rei está absolutamente a salvo dos que lhe querem fazer mal. E, se alguma coisa me acontecer antes que eu consiga provar a acusação perante o Conselho, não levarei o que sei para o túmulo.

Capítulo 10

Isolda observou o cortejo de conselheiros, duques e reis dos pequenos reinos, à medida que um por um andava silenciosamente para despejar um punhado de terra na sepultura aberta.

Coel a deixou no pontal e voltou sozinho para Tintagel, alegando:

— É mais seguro para a senhora e para mim também se não formos vistos conversando sozinhos. — Ele pegou a mão da moça, fez uma reverência e depois a olhou com os olhos dourados e disse — Nós nos veremos novamente no funeral do meu Lorde e Rei.

Agora, de pé no cemitério enevoado, Isolda permitiu-se ser invadida pela voz do Padre Nenian, ressonante e segura:

"*Eu sou a ressurreição e a vida, disse-lhe o Senhor. Quem crê em mim, ainda que morra, viverá. Quem vive e crê em mim não morrerá eternamente.*"

Os olhos de Isolda fixaram-se nos caracóis de fumaça que se elevavam dos acampamentos do exército no pontal, certa mancha de cinza mais claro contra um céu escuro com nuvens baixas.

Ela havia tentado, no frio da capela feita de pedras e ali mesmo no cemitério, sentir algo de Con, algum indício de que ele continuasse vivo, como prometiam as palavras de Padre Nenian, baseadas no manuscrito sagrado. Entretanto, nada sentiu, nada que indicasse a presença de Con entre o silêncio iluminado por velas ou na neblina. Embora ela se perguntasse se a voz de Con lhe chegaria agora, como todas as demais, quando o vento soprava do oeste.

Suas roupas continuavam impregnadas do aroma de óleo ungido e de incenso da capela, e ela fechou os olhos enquanto o aroma a transportava momentaneamente para o passado. Um passado em que ela estava deitada numa neblina clara e encharcada de febre, os seios quentes e doídos vertendo leite sob os panos que as parteiras haviam aplicado, enquanto o Padre Nenian lhe passava o óleo ungido na testa, nos pés e nas palmas das mãos.

E Con tropeçando, os olhos ofuscados, o hálito fedendo a bebida, e dando-lhe uma bofetada pela primeira — e última — vez.

O cemitério era cercado por um muro baixo, construído com as mesmas pedras cinzentas da própria Tintagel. Isolda virou-se para o sul, onde, além do muro e de uma alameda de finos e brancos vidoeiros, havia um túmulo não identificado, coberto de capim e quase invisível. Eram visões e lembranças que ela perdera havia sete anos, mas a fé...

Por baixo do manto, as mãos de Isolda se apoiaram na barriga, seguindo os laços do espartilho amarrados pela criada Márcia nos seus aposentos. Isolda vira os olhos de Márcia, duros e penetrantes, analisando-a quando ela tirou a roupa da enfermaria. Tinha também observado os olhos da outra moça se revirando enquanto fazia uns cálculos referentes ao número de dias desde que Con partilhara a cama com ela pela última vez. Os dias que faltavam para ficar menstruada, se é que iria mesmo menstruar naquela lua.

"Mas talvez", ponderou Isolda, com os olhos ainda no muro do sul, "seja bom que eu não tenha sentido nada a respeito de Con, nenhuma sensação de que ele continuasse comigo. Se ele estivesse, talvez soubesse o que fiz. E duvido que ele me perdoaria, independentemente do que o Padre Nenian e o Cristo-Deus dizem sobre o Além.

O cortejo se movia lentamente. Owain de Powys. Madoc de Gwynned. O rosto de Owain estava contido e sério, os olhos de Madoc, avermelhados, como se ele tivesse realmente chorado por seu rei. Contudo, o rosto moreno e feio do rei de Gwynned parecia mais zangado do que pesaroso. Isolda refletiu que Madoc não era homem de se entregar facilmente ao sentimento, nem mesmo à dor.

Huel. Mark caminhava devagar como se o antigo ferimento lhe doesse, e mantinha abaixada a cabeça morena. Então Isolda enrijeceu e seu sangue subitamente gelou. Ela olhou rapidamente para cima e para baixo da fila de reis dos pequenos reinos e dos nobres, depois voltou a olhar o grupo, mas o vulto que procurava não estava lá.

Coel de Rhegged acabara não vindo ao funeral do seu rei.

No mesmo instante em que se deu conta disso, um toque no seu braço a fez virar-se. Reparou automaticamente no javali azul da túnica do homem, mas as primeiras palavras que ele disse eliminaram qualquer outro pensamento:

— *Milady*, a senhora pode ir comigo aos aposentos de Lorde Coel? Ele se encontra gravemente doente.

Coel estava hospedado num andar superior dos alojamentos para hóspedes de Tintagel, num cômodo comprido e estreito com tapeçarias penduradas nas paredes, e nessa hora sentiam-se o ar espesso e abafado da enfermidade, e o calor do fogo queimando na lareira. Isolda fora primeiro à sua sala de trabalho pegar a sacola de remédios, e agora, parada na porta, teve a impressão de muitas pessoas aglomeradas ao redor do grande leito entalhado, à luz turva do aposento.

Padre Nenian era uma delas, com a cabeça calva abaixada e os lábios se mexendo como se estivesse rezando em silêncio. Ao pé da cama estava o filho de Coel, Huel, rígido; o rosto magro era uma máscara retorcida de preocupação. E — Isolda enrijeceu — Mark também estava lá, de pé ao lado de Huel; uma das mãos no braço do homem mais jovem.

Isolda viu Huel endurecer quando ela entrou no recinto e a mão de Mark pressionar o braço do outro homem, mas seu olhar se concentrou no vulto deitado no leito, entre um emaranhado de lençóis encharcados de suor. Isolda achou que Coel estava menor; a forte compleição subitamente frágil, os olhos cerrados e o rosto branco como giz. Ele estava enroscado de lado, e suas mãos agarravam a beira do lençol com tanta força que os ossos mostravam o branco sob a pele retesada. Os dentes estavam cerrados e expostos, e Isolda percebeu que estava tentando emitir um grito ou um gemido.

Quase antes mesmo de se dar conta de que se havia movimentado, ela estava ao lado da cama, segurando uma das mãos fechadas do ancião. Os dedos de Coel estavam pegajosos, o palpitar do sangue no pulso tinha um ritmo febril e fragilmente inconstante, e a cabeça se contorcia com violência no travesseiro, como se estivesse tentando livrar-se da dor. Quando ela o tocou, os olhos de tom dourado se abriram e a olharam fixamente, embora sem indício de que a houvessem reconhecido.

Instintivamente, ela lhe pôs a mão na testa e murmurou:

— Calma, está tudo bem. O senhor está a salvo, Lorde Coel.

Essas palavras quase não tinham significado naquele lugar de morte iminente, mas pareceram dar alguma paz a Coel, já que seu corpo relaxou um pouco. Sempre com a mão na fronte do ancião, Isolda continuou, falando num murmúrio amenizante como fizera inúmeras vezes, sentada em leitos de enfermos como esse. E então, lentamente, o olhar de Coel se desanuviou, e seus olhos se fixaram com uma espécie de insistência desesperada no rosto de Isolda. Ela se calou e, por um demorado instante, os olhos dourados de falcão se concentraram nos dela. Os lábios de Coel se mexeram, e Isolda logo inclinou a cabeça junto da dele. Contudo, para ela — ou ele — foi tarde demais. Antes que ele conseguisse reunir força bastante para falar, um espasmo o sacudiu, seu rosto se contorceu e os olhos se cerraram.

Durante um instante ele ficou imóvel, com a respiração sendo inalada por meio de pequenos intervalos curtos e rápidos que lhe saíam dos lábios descorados e flácidos; todos os seus músculos de súbito perderam a força, misericordiosamente livres da dor.

Isolda, porém, já conhecia a morte com demasiada frequência e sabia o que viria a seguir. Ela se sentou imóvel, ainda segurando a mão fria de Coel, até ouvir um áspero estertor na garganta do enfermo, seguido por um leve e suave suspiro.

Coel de Rhegged partira.

Durante um longo momento depois que cessou o respirar de Coel, o recinto ficou totalmente silencioso. Depois, com voz baixa e trêmula, o Padre Nenian começou a orar pelo morto.

— Senhor, tende misericórdia do vosso servo, e perdoai todas as suas transgressões. Abrigai a sua alma à sombra de Vossas asas. Fazei...

Como vidro quebrado, o silêncio se dissolveu e acabou, e o aposento voltou à vida num alvoroço de movimento e som. Isolda sabia, pela proximidade, das presenças de Huel, que se atirou para o corpo do pai com um grito angustiado, da de Mark, que o conteve mais uma vez com a mão, da de Padre Nenian fazendo o sinal da cruz na testa de Coel enquanto continuava a rezar. Ela se descobriu tremendo, o sangue lhe martelava os ouvidos ao contemplar o rosto de Coel, suavizado pela morte, as maçãs do rosto encaixando-se de forma patética nas gengivas que ela comprovou estarem quase sem dentes.

Pensou: "Era um guerreiro. Um rei. Um homem honrado e orgulhoso, que foi trazido aqui para morrer desta forma".

O último olhar de Coel lhe ficou vivamente gravado na memória, no momento em que pura força de vontade forçara os olhos de Coel a se abrir, e lhe permitira ter consciência do que estava ocorrendo ainda que por um instante, e apesar da febre e da dor. Ela sabia, tão claramente como se Coel tivesse dito em voz alta, que ele havia querido que ela se lembrasse das últimas palavras que ele pronunciara quando os dois estiveram juntos no pontal:

"*Se alguma coisa me acontecer antes que eu consiga provar a acusação perante o Conselho, não levarei o que sei para o túmulo.*"

Essa lembrança a fortaleceu e clareou a névoa em ebulição diante de seu olhar, e ela observou que um homem em que não havia reparado antes — um homem rechonchudo de barba negra com mãos brancas suaves — falava em tom abafado, ligeiramente acentuado pelo medo, com Mark e Huel.

— Todos os alimentos que ele ingeria, senhores, eram provados antes que lhe tocassem os lábios. A morte deve ter sido causada pela chuva que ele apanhou hoje de manhã. Percebi que Lorde Coel estava doente e fiquei muito apreensivo...

"Esse deve ser o médico de Coel", pensou Isolda. "Embora as palavras nada provem, a não ser que seja incompetente ou tenha sido subornado por Mark para não abrir o bico."

Isolda vira o círculo de carne branca, como queimaduras de fogo, ao redor da boca de Coel, e teve certeza — tanta certeza quanto tivera quando Nest lhe contara da morte de Branwen — de que Coel havia sido envenenado por ordem de Mark, ou até pelo próprio.

Isolda olhou fixamente para o rosto do morto, os lábios queimados e escancarados como se ainda estivessem lutando para conseguir respirar. Lembrou-se de Coel levando o cantil de remédio aos lábios enquanto os dois conversavam no pontal e fazendo uma careta cada vez que engolia a infusão. Pensou então: "Se tivessem acrescentado veneno ao remédio, Coel jamais teria sabido, porque o amargor das ervas teria mascarado o gosto".

Lentamente, ela se virou e se levantou. Não tinha provas, contudo, que pudessem ser levadas aos conselheiros do rei. Da mesma forma que Coel não tivera provas da aliança de Mark com Octa de Kent.

Huel estava entre o médico e Mark. O médico ainda falava, embora Isolda duvidasse que Huel compreendesse ou sequer ouvisse as palavras. Seus olhos castanhos estavam opacos e estupefatos, e o rosto era uma máscara branca retesada.

— Milorde Huel — disse ela baixinho. — Não tenho palavras para exprimir meu pesar por sua perda.

Devagar, ainda como se mal tivesse ouvido, o rosto desolado de Huel virou-se para ela; sua expressão era totalmente vazia.

— Feito mais — disse ele, umedecendo os lábios secos. — Feito mais — repetiu. E então, de repente, algo semelhante a raiva brilhou nos olhos castanhos inexpressivos. — É fácil falar quando...

Mark, porém, impediu o rapaz de continuar, segurando-lhe o braço com força bastante para fazer Huel respirar fundo.

— Eu lhe imploro que permita que nos retiremos, *Lady* Isolda. — Sua voz estava baixa, e o tom, calmo. — Precisamos nos preparar para a reunião do Conselho hoje à noite. Embora lamentemos muito a morte de Coel, é necessário que escolhamos um rei.

Isolda teve vontade de vomitar, e precisou cerrar as mãos com força para não dar uma bofetada no rosto bonito de traços fortes à sua frente. Assentindo com a cabeça, ela disse:

— Eu lhe asseguro, Lorde Mark, que não esqueci, e estarei presente na reunião.

Isolda abaixou a cabeça e passou pela porta baixa da cela da prisão. Cyn continuava deitado na palha imunda, como uma criança adormecida, mas a moça concluiu que dessa vez o prisioneiro barbudo a esperava, porque, embora tivesse levantado a cabeça quando ela entrou, permaneceu sentado de braços cruzados no peito e as pernas estendidas à frente.

Os olhos azuis se moveram rapidamente para encará-la, numa expressão que terminou nas mãos dela, que estavam vazias, a não ser pela lamparina.

— Não trouxe comida desta vez?

— Não.

Isolda esperou, mas ele não disse mais nada; só a observou em silêncio, até que finalmente ela perguntou abruptamente:

— Por que nome devo chamá-lo?

O prisioneiro mudou de posição, mas manteve os olhos no rosto dela, e retrucou:

— Há alguma razão pra eu lhe dizer?

Isolda colocou a lamparina no chão e deu mais um passo no recinto:

— Não — respondeu ela. — Nenhuma razão. Mas também não existe razão para que você não me diga.

Ele tossiu com aspereza e, com o dorso da mão, limpou a boca e disse:

— Nifaran. Isso já chega.

— Nifaran. — Isolda conhecia o suficiente da língua saxã para reconhecer a palavra. "Essa palavra quer dizer estranho ou talvez viajante; não é um nome próprio, mas acho que não vou receber resposta melhor do que essa." — Perguntei porque tenho um bom negócio para lhe oferecer, e gostaria de tratar com alguém cujo nome eu saiba.

— Bom negócio? — Ele mudou de posição, e sua boca se apertou quando, ao fazer o movimento, as marcas das chicotadas nas costas se retesaram. — Pensei que já tínhamos passado por isso. O que é que a senhora pensa que pode me oferecer? Está pensando em me soltar? — Como Isolda não respondeu, ele acrescentou: — Não. A senhora pode ter nos dado comida, pode até ter consertado os pulsos de Cyn, mas não ia se arriscar a fazer isso.

— E você acha que eu esperaria alguma coisa melhor se caísse nas mãos dos saxões? Ou se nossos lugares aqui e agora fossem trocados?

O homem não respondeu. Seu rosto e sua voz estavam quase inexpressivos, mesmo assim Isolda de súbito se deu conta de que os dois estavam absolutamente sozinhos. Ela também percebeu a espessura das paredes, e a força das mãos apoiadas nos joelhos do homem.

Apesar da raiva dele, ela simpatizara com o prisioneiro por causa da maneira com que se dirigira a Cyn na véspera, e até agora não sentira medo dele, mas de repente compreendeu que nada sabia a respeito desse sujeito, a não ser que ele trazia a marca da escravidão no pescoço. E que tinha um monte de razões para odiá-la, porque ela era umas das pessoas que o mantinham preso ali. E que ele matara o rapaz agora deitado aos pés de ambos.

Entretanto, ela espantou a sensação de mal-estar. Se queria obter a ajuda dele, precisava acreditar que sua tendência a confiar no homem era justificada. Pelo menos observara um pesar sincero em seu rosto quando ele olhara para Cyn. E supunha que tinha havido uma espécie de honra na forma como ele tratara o rapaz.

Respirou fundo e disse, ainda mais baixo:

— Isto nada tem a ver com soltar você. Você e Cyn eram espiões, enviados para levar informações de nossa defesa ao comando saxão. Eu posso até sentir pena, e sinto mesmo, de Cyn, mas acontece que estamos em lados opostos de uma guerra. E libertar você deixaria as forças da Bretanha desguarnecidas, e poderiam sofrer um golpe mortal desfechado pelo lado a que você serve.

Nifaran a analisou; sua raiva diminuiu e foi substituída pela aparência de alguma coisa semelhante a uma avaliação, o que ela já verificara na véspera.

— E se eu lhe contar — ele finalmente disse — que a senhora estava certa quanto ao que me disse antes? Que nasci na Bretanha e não tinha lealdade com os saxões, a não ser por serviços comprados e pagos?

Isolda olhou primeiro a cicatriz no pescoço de Nifaran e depois os dedos mutilados de sua mão direita e falou:

— Você pode me dizer isso, mas existe alguma razão para eu acreditar que está falando a verdade?

O sorriso desapareceu e ele deu outro riso breve e sem graça, embora agora o som estivesse mais amargo do que zangado. Girou o corpo e respondeu:

— Nenhuma. Como a senhora com certeza está pronta pra me dizer, até um escravo pode decidir a quem ele é leal. — Fez uma pausa para beber do jarro d'água trazido por Isolda e perguntou:

— Então me diga: o que quer me oferecer?

Isolda se perguntou, por um instante, se sua avaliação do caráter dele estava correta. Ela podia pensar em outras ofertas que poderia fazer a um prisioneiro: comida, cobertores, roupas mais quentes, até mesmo um padre ao qual se confessasse, se fosse devoto de Cristo. Simplesmente precisava esperar que a escolha do acordo que resolvera oferecer a esse homem fosse a adequada:

— Um enterro decente de soldado para Cyn.

No mesmo instante a raiva reapareceu, agora gelada e inflexível.

— Quer dizer que a senhora vai me propor um acordo pelo enterro do amigo que acabei de matar?

— Não. — Isolda o encarou e disse, com voz equilibrada. — Não lhe vou propor isso. De qualquer maneira, eu faria o máximo para dar a Cyn um enterro decente, da maneira que você decidir. Mas, sabendo disso, eu lhe pediria — ela parou, e levantou um ombro: — Pode chamar de favor.

— Um favor... — Distraidamente, ele pegou uns fios de palha do chão, torceu-os num nó rápido, que girou vagarosamente entre os dados. — De que tipo?

— Uma resposta a uma pergunta — só isso.

Houve mais uma pausa enquanto o silêncio se estendeu entre eles como filamentos de vidro incandescente. E então Nifaran assentiu, de modo breve, com a cabeça. Isolda não soube dizer se continuava zangado, mas finalmente ele disse, secamente:

— Pergunte.

Isolda exalou um suspiro que estivera retendo sem perceber.
— Está certo. Minha pergunta é sobre Lorde Mark. Ele...
O que a deteve não foi qualquer movimento da parte de Nifaran, mas novamente aquela imobilidade total de respiração e corpo, que ela já vira antes. Nifaran não falou, contudo, e depois de um instante ela continuou:
— Tive informação de que Mark estava procurando fazer uma aliança com os saxões. Que ele estava trocando mensagens com Octa de Kent.

Quando falou, Isolda teve primeiro a impressão de surpresa, depois de uma ligeira redução da tensão no corpo do homem, como se tivesse esperado uma coisa completamente diferente. Então ele franziu as sobrancelhas e disse:
— E a senhora quer saber...
— Quero saber se você tem como provar se essa informação é falsa ou verdadeira.

Nifaran se calou e continuou a franzir as sobrancelhas. Em seguida, devagar, sacudiu a cabeça e disse:
— Não, eu não soube de nada, nem mesmo de um boato.
— Você teria sabido?

Ele deu de ombros:
— Talvez. Ou talvez não. Depende da capacidade dos mensageiros para evitar que fossem vistos.

Isolda concordou com a cabeça e afastou a predisposição de se sentir derrotada. Pensou então: "Era só uma possibilidade. No máximo, pequena".
— Então a senhora não tem mais nada a me dizer?

Ela achou que Nifaran fosse recusar, mas o olhar dele fixou-se no corpo de Cyn, deitado na palha aos pés de ambos. Uma sombra de alguma coisa passou pelo rosto dele, que franziu mais uma vez as sobrancelhas, e distraidamente apanhou um segundo punhado de palha e separou os fios em cordões rápidos e instintivos.

— Pode ser verdade — disse afinal. — Octa combateu uma revolta de Cewlin de Mércia e alguns dos reis dos pequenos reinados que viraram a casaca e ajudaram Cewlin quando ele pegou em armas. Isso deixou Octa numa posição mais enfraquecida do que ele gostaria. E agora sua derrota mais recente em Dimilioc... pode ser que ele tenha achado mais sensato procurar paz em vez de guerra.

Nifaran parou de falar, sempre olhando para Cyn, mas as sobrancelhas oblíquas estavam inclinadas para baixo, como se, pensou Isolda, seus pensamentos seguissem um caminho interior próprio. Então ele largou a palha impacientemente, ergueu os olhos e disse, com voz inexpressiva:

— Não tenho mais nada a lhe contar. E a senhora pode escolher se acredita em mim ou não, mas não sei nada do que Lorde Mark possa estar planejando.

— *Milordes*.

Mark se levantou e virou-se, encarando os conselheiros. Vestia a mesma túnica bordada e manto forrado de pele que usara na noite da véspera, mas acrescentara um pesado colar de ouro ao pescoço e uma faixa estreita de ouro maciço na frente, o que sinalizava que seria candidato a Rei da Cornualha. Fez uma pausa, atraindo a atenção do recinto, e esperou que cessasse o burburinho das vozes dos homens. Isolda observava e começou a sentir um calafrio lhe subir pela espinha dorsal.

Pensou então: "Coel poderia até não ter levado para o túmulo o que sabia, mas não teria feito diferença. Duvido de que exista um homem aqui que não aceitaria a palavra de Mark em vez da minha".

No pátio lá fora, os chefes dos cavalarianos discutiam com os soldados e apostavam em outra briga de cães; ela ouvia os rosnados e os latidos dos cachorros, intercalados por um ocasional uivo de dor. Isolda virou-se; o olhar percorreu todo o salão, e se perguntou se apenas ela imaginava uma alteração no comportamento do grupo naquela noite.

Ela havia permanecido durante toda a comemoração, forçando-se a comer a carne assada e o pão e a beber da taça de vinho quente aromatizado com especiarias servido por uma das criadas. Havia visto também vários dos homens a observar, com os rostos atentos e tensos, e depois olhar para o lugar vazio ao lado de Huel de Rhegged, onde Coel se havia sentado até a véspera.

— *Milordes* — prosseguiu Mark —, reunidos esta noite para prantear nosso Lorde e Rei Constantino, não podemos deixar de igualmente lamentar a perda de outro de nossos companheiros e homenagear sua memória e seu nome. Como todos já sabem, o Rei Coel faleceu.

Mais uma vez Isolda percebeu um movimento de murmúrios tristes e aborrecidos dos homens dos dois lados do salão, e de novo viu vários rostos se virarem para encará-la.

— Mas aqueles que entre nós conheceram Coel, que combateram ao seu lado e sabiam da sua dedicação à Bretanha e a seu rei, têm certeza de que ele não desejaria que nossa tristeza por sua perda embotasse o objetivo desta nossa reunião. Ontem à noite ele nos falou da necessidade de nos unirmos, de fazer com que a vitória conquistada em Dimilioc seja apenas o primeiro dos ápices que o dragão da Bretanha pode alcançar.

Essas palavras foram proferidas num grito ressonante de campo de batalha que ecoou até os caibros do teto do comprido e estreito salão. Isolda pensou: "Isso foi muito astuto da parte de Mark. Sem aparentar, ele evocara nas mentes dos presentes a batalha recentemente vencida, e lembrara àqueles acomodados nos bancos que liderara a arremetida que conquistara em Dimilioc uma vitória para a Bretanha".

Os olhos de Isolda passaram das filas de escudos pintados pendurados nas paredes para os homens ao seu redor, que apresentavam rostos preocupados e barbas reluzentes à luz das tochas. O ar estava denso com o cheiro dos homens — couro oleoso, cerveja, corpos que não foram lavados e suor —, e o salão ficou subitamente pesado, as paredes de madeira reverberavam à história tão antiga quanto as pedras de Tintagel, uma lembrança de incontáveis batalhas travadas e incontáveis homens que outrora haviam ocupado aqueles bancos morrendo sob golpes das espadas saxãs.

Isolda pensou se a batalha em Dimilioc teria terminado como terminou se Mark não fosse o homem que é. Se Mark não fosse o tipo de homem que é capaz de testemunhar a morte da vítima assassinada por ele próprio — e algumas horas depois falar em honrar o nome da vítima —, teria ele conduzido o ataque final que os levou a vencer a batalha?

Mark prosseguiu, baixando levemente a voz, enquanto os olhos escuros percorriam o recinto:

— Ontem à noite ouvimos dois pontos de vista, argumentos válidos, feitos por ambos os lados. *Milorde* Madoc de Gwynned manifestou-se contra a necessidade de a Bretanha ter um Rei Supremo.

Mark apontou com a cabeça para onde Madoc estava sentado, do outro lado do salão, e os demais presentes se viraram também para ele, quase ao mesmo tempo. Isolda havia visto quando Madoc entrou, com os olhos opacos, o rosto grosseiro e ossudo corado como se tivesse bebido vinho; ela também vira que, embora a comida à sua frente permanecesse quase intocada, ele bebeu várias vezes do chifre de bebida no seu lugar. Nesse instante ele parecia estar com dificuldade para entender o que Mark dissera, até que finalmente, com um breve sinal de cabeça, mostrou haver absorvido as palavras de Mark.

— *Milordes...*

Mark parou e mais um silêncio tenso e de expectativa pairou no salão. Isolda se enrijeceu no assento quando, com os olhos fixos no rosto de Mark, tentou prever o que ele planejara.

— Proponho — disse ele afinal — um teste com o uso de armas. Acredito que a Bretanha precise de um Rei Supremo, os senhores conhecem minha opinião. Eu agora lhes digo que estou disposto a testar minha convicção por meio de um teste com espada. — Virou-se uma vez mais até onde Madoc estava sentado no lado contrário da fogueira que ardia e perguntou em voz baixa que, não obstante, chegou a todos os cantos do salão. — Madoc de Gwynned, o senhor está disposto a fazer o mesmo?

Os dois homens se olharem por um longo momento, e então Isolda viu que Madoc olhou brevemente para os dois lados. Em seguida, lentamente, levantou a cabeça uma vez mais para olhar para Mark e respondeu com um único acenar positivo de cabeça. Mark virou-se de costas para dirigir-se ao resto do salão, mas Isolda conseguiu pelo menos perceber um lampejo breve de triunfo ou, mais do que isso, de prazer no fundo dos olhos dele, e sentiu uma pontada de gélida premonição lhe percorrer a espinha.

— *Milordes*, os senhores concordam com o teste que proponho? *Milorde* Madoc e eu defenderemos nossa opinião, e que Deus seja o juiz daquele cuja reivindicação seja confirmada pela lâmina de sua espada.

Houve uma pausa e então, como um estrondo de trovão, ouviu-se um rugido crescente de concordância vindo das filas de homens, gritos de apoio e bater nas mesas com as extremidades traseiras dos chifres de bebida. Lentamente, o olhar de Mark percorreu todo o salão e ele disse:

— Por acaso alguém se opõe ao teste? Se for o caso, que fale agora.

Ninguém se manifestou, e o salão ficou mais uma vez completamente silencioso. Mark expirou e voltou-se para Madoc, dizendo: — Então, *Milorde* Madoc, comecemos.

Madoc se levantou sem firmeza, segundo Isolda observou, como se ainda estivesse sentindo os efeitos do vinho, mas atravessou o salão com postura firme e uniforme e ficou ao lado de

Mark, esperando enquanto alguns dos outros homens — Huel e Owain de Powys entre eles — punham os bancos e as mesas para o lado, a fim de formar um espaço aberto na cabeceira do salão. Quando o espaço ficou pronto, Madoc e Mark se encararam, cada um de um lado, os rostos raivosos sob o brilho laranja das tochas enfileiradas nas paredes. Ambos os homens tinham tirado os mantos e as capas que vestiam, e Isolda reparou no rápido subir e baixar da respiração debaixo das túnicas.

Mark assentiu com a cabeça para um de seus homens, e o soldado deu um passo à frente, carregando uma presa canina de javali transformada em um anel perfeito, com as extremidades revestidas de ouro. Todas as conversas pararam quando a sentinela levantou a presa, e no silêncio um dos cães de briga lá fora emitiu um uivo longo e pesaroso. Uma onda de inquietação percorreu o recinto, e Isolda viu alguns homens fazerem o sinal da besta e cuspir para prevenir o mal, e ouviu vários resmungos de mau augúrio. Mark e Madoc apertaram-se as mãos firmemente no círculo de marfim reluzente da presa do javali, levantando os olhos e fazendo uma reverência para o antigo crânio de guerreiro na extremidade do salão.

— Juro aceitar o desfecho da luta. Que meu juramento seja tão inquebrantável quanto o marfim do javali.

E assim começaram os dois a lutar.

Mark era, talvez, o espadachim mais habilidoso, mas num combate fora do campo de batalha, a pé e não sobre um cavalo. O ato de mancar da perna direita tornava seus movimentos mais lentos e ineptos que os do outro homem. Além disso, Madoc era mais moço dez ou mais anos do que Mark.

Isolda observou que Madoc estava se cansando depressa. Mesmo antes que a troca inicial de golpes terminasse, e os combatentes se separassem para um rodear o outro, como cães cautelosos às sombras bruxuleantes lançadas pelas chamas da lareira. O rosto do homem mais jovem continuava corado, e seus olhos tinham um olhar fixo enquanto ele e Mark avançavam lentamente ao redor de um pequeno círculo, e então, num repicar de lâmina contra lâmina, aproximaram-se mais uma vez. Isolda jamais vira Mark combater. Ela julgava que ele agisse como um selvagem, cheio da alegria da batalha que ela ouvira Con descrever, mas, em vez disso, seu rosto era quase inexpressivo, a boca repuxada e os olhos quase enfadados, à medida que o confronto entre defesa e ataque prosseguia.

Madoc estava ofegante, na defensiva, ao procurar desviar-se das investidas penetrantes de Mark, semelhantes às de uma cobra. E Mark o estava impelindo lentamente para trás, onde as chamas saltitantes da lareira limitavam o espaço em que eles lutavam. Mais uma vez suas espadas se encontraram, estendidas, quando cada um dos dois lutava ferozmente para arrancar a lâmina do alcance do outro. E então, com um barulho de metal estilhaçado que ecoou no recinto, a espada de Madoc se partiu e caiu no chão, deixando-o com apenas uma extremidade rachada da lâmina, o punho cravado de joias da espada ainda agarrado na mão.

Isolda ouviu uma onda de agitação, um sibilo de respirações fortemente inaladas em todo o recinto; o movimento parecia se arrastar. Os dois homens se encararam: Madoc estava ainda imóvel, os olhos iam de Mark até sua lâmina partida, que ele continuava a segurar. Do lado de fora do salão ouviu-se mais um uivo baixo de um dos cães de guerra, reverberado instantes depois por gritos animados dos soldados que observavam a luta.

O rosto de Mark estava tão inexpressivo quanto antes, embora o peito se elevasse e o pescoço e os ombros da túnica estivessem escuros de suor. Como se agindo de forma reflexiva, Madoc deu outro passo para trás, com movimentos mais uma vez instáveis, e um lampejo de pânico nos olhos. Depois se inclinou para o lado, desequilibrou-se, tropeçou, deu meia-volta com o corpo e caiu precipitadamente nas chamas da lareira.

Madoc gritou, mas o som desapareceu num sibilo e num estalo das chamas enquanto o fedor de roupa e carne queimadas enchia o ar. Por um instante o salão ficou paralisado, congelado, como acontecera com os movimentos de Madoc. Em seguida Mark pulou para a frente, arrancou o homem do fogo, batendo nas labaredas que fustigavam a túnica e se espalhavam como fitas de cor laranja em seu cabelo.

Embora os demais presentes no salão permanecessem calados, chocados e imóveis, em todos os bancos Isolda viu os homens começarem a se agitar, e ouviu os murmúrios e os sussurros:

— É um sinal. Um sinal. O sinal chegou!

Nesse silêncio atônito, a batida da porta do salão contra a parede ecoou como um estrondo de trovão, tão alto que fez o coração de Isolda estremecer. Um homem assomou à porta, com o corpo delineado pela luz das tochas contra a noite lá fora. Usava uma armadura de batalha, túnica de couro, elmo e manto de viajante, e, quando entrou no recinto, Isolda reconheceu Rhys, um dos homens do batalhão do exército de Con enviado para perseguir os remanescentes das forças saxãs do campo de batalha.

Seu rosto e suas roupas estavam respingadas de lama e ele respirava forte, o que o fez esperar um instante antes de conseguir falar:

— *Milordes*, venho preveni-los. Nossos espiões tomaram conhecimento de que as forças saxãs estão se reunindo. A retirada foi apenas uma tática. Octa de Kent uniu forças com Cendric de Essex e também com os reis de Wessex e Deira. Eles planejam atacar a Cornualha dentro de quinze dias.

Capítulo 11

Isolda estava sentada e imóvel no duro banco de madeira, observando os homens passarem enfileirados por ela para sair do salão. A reunião noturna do Conselho terminara. Não demorara muito. Madoc, ainda inconsciente, havia sido carregado para fora do salão por três de seus chefes de cavalarianos. "Ele está inconsciente, mas não morto", pensou Isolda, olhando de relance a pele escurecida e queimada, o estrago sangrento no rosto do homem, "mas quando acordar, é bem capaz de desejar que tivesse morrido".

Depois tinha havido uma votação, e Mark era agora o Rei Supremo da Bretanha.

— *Lady* Isolda.

Isolda levantou os olhos. O cabelo de Mark estava ainda úmido de suor do combate recente, e ela reparou que ele tinha uma queimadura avermelhada no braço esquerdo de quando retirara Madoc do fogo, mas sua voz estava fria e até áspera.

— Preciso ter uma palavra com a senhora: peço-lhe que fique.

Ela esperava que ele parecesse exultante, ou pelo menos triunfante, mas seu rosto estava imóvel e sem expressão, exatamente como estivera no calor da luta. E seus olhos — Isolda sentiu um calafrio —, seus olhos estavam negros, e tão vazios como dois buracos cavados numa sepultura. Dois de seus chefes cavalarianos estavam ao seu lado, com os rostos tão inexpressivos quanto os do Lorde seu chefe. Ela pensou que seria inútil recusar. "Os soldados dele simplesmente iriam atrás de mim a ponta de faca até o lugar que Mark escolhesse."

Ela esperou em silêncio quando o último dos homens saiu do salão. Mark era rei. Embora não, pensou ela, por meio de sua perícia com armas ou mesmo de pura sorte. Lembrou-se do rosto corado e dos olhos vidrados de Madoc e deduziu que um narcótico teria causado aquilo. Na dose certa para desequilibrá-lo na luta. E provavelmente sua espada também havia sido enfraquecida antes que a pegasse. Teria sido muito fácil para um dos homens de Mark, pois todas as armas haviam sido deixadas para trás durante a vigília na noite passada.

Ela duvidava, porém, de que mesmo Mark pudesse ter previsto aquele arremesso final e precipitado nas chamas da fogueira. "Eu quase acreditei na conversa dos homens de um sinal miraculoso."

Quando a porta se fechou atrás do último conselheiro, Isolda levantou os olhos e falou:

— Diga.

Com os bancos vazios e o fogo quase reduzido a brasas incandescentes, o recinto estava incrivelmente grande, e sua voz ecoou assustadoramente no espaço vasto e sombreado.

— Desejo — disse Mark — repetir a oferta que lhe fiz ontem. Casamento e a proteção do meu nome. — Calou-se e depois acrescentou: — É uma oferta que a senhora deve considerar, para seu próprio bem, *Lady* Isolda.

Contra a vontade, Isolda se recordou do encontro de ambos na escadaria na noite da véspera, e da pressão dos dedos de Mark em sua pele nua. Agora, uma vez mais, estavam sozinhos, fora do alcance de qualquer pessoa que ela pudesse chamar para ajudá-la.

Ela se obrigou a deixar de lado o constrangimento e perguntou:

— E por que, Lorde Mark?

— Porque, como esposa do Rei Supremo, a senhora estaria a salvo. De outra forma... — Mark se calou e levantou os ombros, ressaltando os sólidos músculos por baixo da camisa manchada de suor. — A senhora esteve junto ao leito de morte de Coel, *Lady*

Isolda. Foi vista murmurando feitiços pelo médico e pelo filho dele. E, durante a reunião do Conselho ontem à noite, ouviram-na ameaçar Madoc também. Creio que poucos não acreditariam que a morte de Coel e a queda de Madoc hoje à noite tenham sido causadas pela senhora.

Isolda continuou sentada sem se mexer. Compreendia agora a mensagem que a havia convocado a Coel e os olhares hostis e cautelosos dos homens no salão naquela noite. Tampouco tinha dúvida de que algum conselheiro deixasse de acreditar naquela alegação.

— Lamento — acrescentou Mark após um instante, com a voz ainda suave — perturbá-la com essa ameaça, *Lady* Isolda.

Isolda conseguiu recuperar o fôlego e disse:

— É mesmo? Como, ao contrário do senhor, não conto mentiras, não vou agradecer por sua preocupação. — Ela fez uma pausa. — Falando claro: o senhor quer dizer que, se eu me recusar a casar com o senhor, vai fazer que eu seja acusada de bruxaria?

Mark não respondeu, mas seu olhar defrontou o dela longa e diretamente.

As pessoas condenadas por bruxaria em julgamento eram afogadas. Ou queimadas vivas.

Subitamente, Isolda pensou em ficar no cemitério e olhar para a escuridão fria e silenciosa da sepultura de Con. Pensou então: "Queria poder dizer a Mark que essa ameaça não me abala em nada".

Entretanto, prometera a Con, ao lado do caixão, que lutaria para proteger o trono dele. "E em nome dessa promessa", pensou, "preciso esperar que Merlin volte a tempo".

Foi como se Mark tivesse lido o pensamento dela, porque disse, com a voz ainda ríspida e fria:

— Pode desistir, *Lady* Isolda, da ideia de resgatar seu enviado a Camelerd. Seu mensageiro foi interceptado, e é meu prisioneiro neste momento.

Até então Isolda não tivera sentido medo, medo de verdade, mas, ao ouvir isso, seu coração disparou, e ela sentiu um súbito frio no estômago.

A moça engoliu em seco e disse, com esforço:

— O senhor está mentindo.

A boca de Mark se comprimiu num sorriso breve e descorado, e ele disse:

— Ah, estou? — Virou-se para os guardas ao lado da porta. Isolda identificou-os como Hunno e Erbin. — Tragam o prisioneiro.

O homem ficou entre Hunno e Erbin; os olhos cinzentos estavam totalmente tranquilos como sempre, sem nem sequer um indício de reconhecimento — muito menos de medo — da lâmina de faca junto a sua garganta.

— Merlin. — Os lábios de Isolda formaram a palavra, que não chegou a ser pronunciada.

O rosto de Merlin não estava machucado, e a túnica branca de druida nem sequer estava rasgada. Mesmo os homens de Mark temiam maltratar Merlin, acreditassem ou não que ele fosse um feiticeiro. Até mesmo parados, os guardas pareciam pouco à vontade, pensou Isolda. O rosto de Erbin estava tenso e salpicado de gotículas de suor. Hunno se mostrava mais desafiante do que amedrontado, mas era ele quem segurava a faca junto à garganta de Merlin, e Isolda viu que a mão dele segurava com tanta força o punho da faca que as juntas estavam salientes.

O coração de Isolda continuou acelerado, e ela se sentiu arrastando-se num pântano lodoso que a sugava. Todos os seus movimentos eram incrivelmente lentos, seu corpo se recusava a obedecer às ordens de sua mente, enquanto ela se esforçava para desviar o olhar de Merlin e virar-se para Mark mais uma vez.

— Solte-o. — Ela percebeu que sua voz tremia, mas não conseguiu mudar isso nem, no momento, importar-se com o fato. — Por favor! Ele é um homem de idade que não pode fazer mal ao senhor.

— Não pode fazer mal? — O olhar de Mark pousou em Merlin um momento, e depois se fixou em Isolda — O que a senhora faria, *Lady* Isolda, para poupar a vida dele?

Isolda ia começar a falar, mas antes de fazê-lo, um leve movimento de Merlin a fez parar, congelando-lhe as palavras na garganta. Hunno e Erbin se puseram na frente de Mark, perto o bastante para que ela encarasse o olhar de Merlin. Ele estava imóvel; o único movimento que havia nele era o farfalhar de sua túnica, provocado pela brisa que entrava pela porta. E então, embora não falasse em voz alta, Isolda ouviu as palavras ecoando no espaço vazio dentro dela tão claramente quanto quaisquer outras que lhe tivessem sido trazidas pelo vento.

"*Não sofra por mim, Isa.*" "Depois, com um indício de sorriso na voz: *Transforme a fada que tanto me encanta numa linda donzela.*"

E então ele se moveu tão rapidamente que tudo acabou antes de Isolda se dar conta do que ele havia feito. Merlin fez um movimento rápido de torção. Agindo sob reflexo, a faca de Hunno reluziu. Uma fina linha vermelha surgiu debaixo da barba, na garganta de Merlin. Então o idoso cambaleou e caiu encolhido no chão.

Quando clareou a escuridão que cobriu os olhos de Isolda, ela estava ao lado de Merlin, ajoelhada na poça de sangue que se espalhava da garganta cortada. Sua garganta queimava como se ela estivesse respirando fogo em vez de ar, e ela descobriu que estava dizendo baixinho repetidas vezes: "*Não permita que isto seja real. Não permita que ele esteja morto. Permita que eu volte apenas alguns momentos no tempo e pense em uma forma pela qual eu poderia salvar a vida dele. Dizer a Mark que farei qualquer coisa que ele peça se soltar Merlin.*"

O rosto de Merlin estava tranquilo, até as rugas da idade suavizadas pela morte, embora os olhos cinzentos agora encarassem sem ver, com um olhar opaco, e a barba e a túnica estivessem encharcadas de um tom vermelho escarlate. Hunno estava ao lado, olhando perplexo para a lâmina de sua faca manchada de sangue e para o homem que jazia a seus pés, como se mal pudesse se dar conta do que havia feito.

Isolda pensou, ainda entorpecida: "Mais uma história do mago Merlin que certamente andará de boca em boca nos salões aquecidos pelas tochas. Hunno dirá que foi enfeitiçado a matar. Como talvez tenha sido mesmo. Ou talvez Merlin apenas soubesse quais seriam os atos reflexos de um guerreiro".

Isolda olhou do rosto sem vida de Merlin para suas próprias mãos, molhadas e manchadas do sangue dele. E então, finalmente, engolindo o doído nó na garganta, ergueu a cabeça e deparou com os olhos de Mark, duros e vazios como duas gélidas bolas de aço.

Por um momento, o recinto girou a seu redor uma vez mais; ela enterrou com força as unhas na palma de uma das mãos e pensou, colérica: "Não, eu não vou desmaiar, não agora, não em frente de Mark, não aqui".

Concentrou-se em inalar um respirar, depois outro, dizendo-se que, independentemente do que ela tivesse dito ou feito, Mark jamais permitiria que Merlin vivesse. Ela se dispôs a transformar o remorso e o pesar em raiva, pelo menos por enquanto. Depois, lentamente, ergueu o rosto para enfrentar Mark mais uma vez:

— O senhor me chamou de bruxa, Lorde Mark, e, como tal, eu o amaldiçoo. — Seu peito parecia estar em chamas, dolorosamente contraído e tenso, mas sua voz era baixa e firme enquanto ela continuava, com os olhos no rosto de Mark:

— Eu o amaldiçoo por Merlin, por Branwen, por Con e por todas as outras mortes causadas pelo senhor. Eu o amaldiçoo pela água, pelo fogo, pela madeira, pela pedra. Eu o amaldiçoo também pelo mar, pela terra, pelo sol e pela lua.

Ela parou, ergueu a mão ainda manchada de sangue; os dedos estendidos apontaram para o coração de Mark e ela disse:

— E eu o amaldiçoo, Lorde Mark, pelo sangue do homem assassinado aqui esta noite, o sangue que agora mancha minha mão.

Isolda se deteve, com a mão ainda erguida, e viu um temporário lampejo de medo nos olhos de Mark. Esse lampejo desapareceu quase imediatamente, deixando o rosto forte e brutal congelado numa raiva imóvel que ela vira apenas uma ou duas vezes antes. Sabia que ele a faria pagar, mais cedo ou mais tarde, pelo que havia visto — e feito. Mas tinha valido a pena vê-lo momentaneamente amedrontado.

Maldizendo-a entre dentes, Mark virou-se e deu a volta em redor de Hunno, dizendo:

— Lixo asqueroso! Filho bastardo de uma rameira! Saia e traga o tal de Brychan até mim.

Brychan. O nome foi outro golpe que a atingiu, mas Isolda repeliu o choque. Obrigou-se a não olhar de novo para o corpo imóvel e encolhido de Merlin enquanto Hunno saía para obedecer à ordem.

Ela nem sequer considerara se Brychan seria trazido como aliado ou inimigo de Mark, mas, quando Hunno e Erbin voltaram, ela viu que o comandante da guarda de Con havia sido feito prisioneiro, como Merlin; seus braços estavam imobilizados no lado do corpo, e os guardas de Mark não tinham tido medo de Brychan como acontecera com Merlin: uma contusão arroxeada aparecia em uma das maçãs do seu rosto, e uma fina trilha de sangue lhe escorria da boca. Seus passos também estavam trôpegos e o corpo arqueado sobre costelas que Isolda achou que estivessem machucadas ou fraturadas.

Ela pensou: "Quer dizer que Brychan era realmente leal a Con! Se eu tivesse confiado nele antes, talvez...".

Isolda se deteve antes de continuar com elucubrações que já não faziam sentido. *Eram tão inúteis quanto lágrimas.*

Mesmo assim, ela ainda sentia um doído nó na garganta e precisou engolir de novo com força antes de poder perguntar:

— Que significa isso?

O rosto de Mark ainda estava rubro de raiva, mas, embora Isolda pudesse perceber a pulsação de sangue forte e rápida sob o queixo dele, o homem conseguiu controlar-se novamente e dizer:

— Lamento ter de lhe contar, *Lady* Isolda, que o comandante da guarda de seu marido foi julgado culpado de traição contra o Rei Supremo. — Os olhares dos dois se cruzaram, e ele acrescentou: — A senhora compreende?

Isolda olhou para o rosto ferido de Brychan e depois para o de Mark e respondeu:

— Sim, compreendo muito bem, Lorde Mark. Sem Brychan, os homens do exército de Con nunca ousarão revoltar-se contra seu domínio. Embora estando as forças de Con divididas como estão, metade perseguindo os saxões e apenas um número reduzido de soldados permanecendo em Tintagel atualmente, seria um suicídio para eles — e um massacre fácil para suas tropas, Lorde Mark — se eles sequer tentassem.

Ela parou e depois prosseguiu:

— O senhor deve querer muito Camelerd, a ponto de se unir em matrimônio a uma mulher conhecida como filha de um traidor e também feiticeira. Por quê? Faz parte do seu acordo com Octa de Kent?

Ela jamais duvidara da verdade da afirmação de Coel, mas o lampejo de choque que estreitou os olhos de Mark e lhe enrijeceu o queixo teria sido comprovação suficiente. Pelo canto do olho, ela viu Brychan endurecer também, agarrado pelos dois guardas, e a cabeça dar um solavanco.

— Quer dizer — disse Mark finalmente — que a senhora tem conhecimento disso...

— Sim, tenho. — Isolda parou. A raiva se materializara, temporariamente afastando o pesar e até o medo. — O senhor não conseguiu assassinar Coel na hora adequada.

Dessa vez, porém, Mark não reagiu. Ele só a observou um instante, e depois deu de ombros ligeiramente, como se pouco se importasse.

— É o que estou vendo, se bem que não tenha a menor importância, pois a senhora não tem provas do que afirma.

Uma onda de ódio quase a sufocou, e Isolda praticamente cuspiu estas palavras:

— Eu devia ter imaginado. O senhor já rompeu três juramentos de lealdade. Traiu três reis: primeiro Artur, depois meu pai, e finalmente Con. Eu devia ter esperado que o senhor trairia sua terra e seu povo também. E em troca de quê? De um lugar como governante-marionete? Como um cachorro amestrado, implorando às mesas dos saxões por umas migalhas de poder que eles lhe atirem?

— Basta! — A mão de Mark se estendeu e agarrou o pulso de Isolda, torcendo-o para prender-lhe o braço entre eles dois. Seu queixo se enrijeceu e os lábios se afinaram quando ele disse: — Ano após ano, temos lutado contra os saxões. Mandamos sempre nossos melhores soldados, que foram massacrados e abatidos. Vi incontáveis companheiros morrerem, vi meu próprio pai morrer pelas mãos do guerreiro Hengist.

A boca de Mark se contorceu, os olhos se escureceram à lembrança e Isolda achou que havia algo mais que ela não entendia direito. Entretanto, a expressão pesarosa logo desapareceu, e ele prosseguiu:

— Ele era um guerreiro dos mais corajosos que já empunharam uma espada, e teve suas entranhas espalhadas aos pés do desgraçado do saxão. Eu estava ao lado dele e jurei vingar sua morte. Contudo, quantas vidas mais devemos enfiar no bucho dos saxões antes de reconhecer que lutamos uma guerra perdida?

— Isso quer dizer que o senhor planeja um derradeiro massacre? Um sacrifício de todas as tropas bretãs que restam aqui?

— Sacrifício? Quantas vidas serão salvas se pudermos negociar a paz? Quantos homens serão poupados se reconhecermos que os saxões estão na Bretanha definitivamente, que Artur não vai voltar e que agora combatemos numa guerra que não podemos vencer?

Mark se deteve e Isolda pensou: "Nenhum homem se considera um mal, embora eu duvide de que mesmo Mark acredite inteiramente nas próprias palavras".

A voz de Mark era ferozmente firme, mas Isolda viu um lampejo no fundo de seus olhos. Alguma coisa encurralada e angustiada, como se ele tivesse posto engrenagens em movimento que agora cresciam e fugiam de seu controle. Octa de Kent, segundo o que ela ouvira falar, podia ser um perigoso aliado ou inimigo.

Ela quase teve pena, mas isso não era possível com o corpo de Merlin a seus pés, mergulhado numa poça do próprio sangue.

Os lábios de Isolda se franziram e ela disse:

— De qualquer forma, acredito que o senhor sabe como livrar-se de uma causa que, em seu julgamento, já não lhe poderá trazer nenhum benefício. Meu pai...

Mesmo revigorada pela raiva como estivera, a profundidade da reação de Mark surpreendeu Isolda. Os olhos escuros brilharam de cólera, ele ergueu uma das mãos e a golpeou com força na boca, fazendo com que sua cabeça fosse para trás:

— Cale-se! A senhora não vai mais falar dele! Eu dei tudo por seu pai. Traí um juramento de sangue que fiz a meu Rei Artur, e o fiz de bom grado. Modred era fraco, por isso foi castigado.

O rosto de Mark estava ainda corado, contorcido de fúria:

— Se a senhora tem aversão ao que sou hoje em dia, agradeça a seu pai por me fazer assim, mas aprendi uma coisa com ele, e aprendi para valer: nenhum juramento é inviolável. Podem-se romper lealdades tão facilmente quanto construí-las.

Com uma contorção raivosa, Isolda se soltou dele e perguntou, com a voz ainda sarcástica:

— Foi por isso que o senhor matou Con? Porque ele soube que o senhor continuava a trair?

— Já mandei calar a boca! — Mark voltou a bater-lhe no rosto, desta vez com mais força, o que provocou centelhas de ira nos olhos dela. — A senhora não tem de saber mais nada. — Ele sparou, com o peito arfando, e depois disse, recuperando o controle irritado: — Eu lhe fiz uma proposta, *Lady* Isolda. A senhora pode aceitá-la ou morrer. A escolha é sua.

Em redor deles o silêncio se prolongou e adensou. E Isolda, ao olhar o rosto sólido e brutal à sua frente, o corpo forte e as mãos musculosas, sentiu uma súbita vontade de vomitar ao compreender o que teria de fazer.

Ao respirar quase firmemente, fez que sua voz soasse tão fria e áspera quanto a dele e transmitisse um agradecimento remoto quando obedeceu e disse:

— Está certo. Concordo em me casar com o senhor, desde que me conceda duas condições.

Os olhos de Mark se estreitaram:

— Quais são essas condições?

— Um dos prisioneiros saxões que o senhor mantém na torre norte... morreu — concluiu Isolda, após breve hesitação. — O senhor vai providenciar que ele receba um funeral de guerreiro saxão, que seu corpo seja enviado pelo fogo ao encontro de seus deuses.

Mark escutou, com o cenho franzido, em seguida assentiu brevemente com a cabeça e perguntou:

— Assim será feito. E qual é a outra condição?

Isolda olhou de relance para Brychan, ainda preso entre Hunno e Erbin, e depois para Mark:

— O senhor vai me dar sua palavra, vai jurar, que a vida de Brychan será poupada. E vai me deixar sozinha agora para falar com ele.

Pelo canto do olho, Isolda viu Brychan se sobressaltar e abrir a boca, fazendo menção de falar; ela, porém, manteve os olhos no rosto de Mark. A expressão dele era quase impassível, mas os olhos se fixavam tão intensamente nela que Isolda sentiu gotas de suor frio lhe pinicar o pescoço, debaixo dos espessos caracóis de cabelo, e precisou esforçar-se para não desviar o olhar. Então, afinal, Mark fez mais um breve aceno com a cabeça e disse:

— Pois muito bem. A senhora tem minha palavra de que ele não vai morrer pelas minhas mãos. — Ele parou, e então um leve sorriso lhe aflorou. — Isolda voltou a ter vontade de vomitar, e percebeu que ele estava recordando o breve momento em que ela o fizera sentir medo. Ele disse: — O casamento vai se realizar amanhã. Espero que a senhora esteja preparada.

Capítulo 12

Hunno e Erbin levantaram o corpo débil entre eles e saíram; Isolda exalou um respirar num suspiro trêmulo e comprimiu as mãos contra os olhos. Sua boca latejava onde o punho de Mark atingira e sua pele ainda formigava à lembrança do acordo que acabara de fazer.

Com toda a determinação, forçou-se a eliminar qualquer pensamento sobre Mark. E sobre Con também, e o que teria a dizer sobre o que ela estava na iminência de fazer. Se devia esperar que ele visse e compreendesse a escolha que ela fora obrigada a fazer ou esperar que ele realmente tivesse desaparecido em todos os planos de existência, sem nem se importar nem pensar neste mundo.

Se ele, mesmo à custa de salvar seu país e seu trono, poderia perdoá-la por se entregar ao homem que causara sua morte.

Ainda havia no chão uma poça do sangue escarlate de Merlin.

Por um instante Isolda achou que fosse vomitar, mas Brychan pigarreou, começando a falar, e ela conseguiu aprumar-se o suficiente para olhar para ele. A pele azeitonada de Brychan estava lamacenta, e ela percebeu o esforço que custava a ele falar qualquer coisa, mas o rapaz disse:

— *Milady*, não posso deixar que a senhora...

Isolda sacudiu a cabeça para impedi-lo de continuar:

— Não, Brychan. Não há outra maneira. Você ouviu o que Mark disse: ou me caso com ele ou morro. E, se eu morrer, não restará absolutamente ninguém para se opor a ele ou evitar que entregue a Bretanha aos saxões.

Ela forçou a voz a não tremer, obrigou-se a soar segura e firme, sem nenhum traço das dúvidas que se acumulavam de todos os lados. Fez uma pausa e depois acrescentou, com os olhos fixos nos de Brychan:

— Você jamais gostou de mim, nem confiou totalmente em mim, Brychan, tenho certeza, mas precisa confiar agora, pois suponho que os homens de Mark não nos deixarão sozinhos por muito tempo.

Os lábios de Brychan se apertaram brevemente e ele disse, com esforço e ainda com rigor:

— Desculpe, *milady*. Sei que o Lorde meu rei lhe teria confiado a vida. Isso deveria ser — é — suficiente para a senhora ter minha lealdade também.

A garganta de Isolda doeu com mais uma pontada rápida de sofrimento, que ela conseguiu afastar. *"Depois você chora por Con. Despeça-se dele caso o que está para fazer corte todos os laços com ele definitivamente, mas não faça isso agora."*

— Na noite depois do combate em Dimilioc não havia guardas de plantão na barraca do meu marido. Por quê?

Em vez de responder diretamente, Brychan perguntou:

— Então é mesmo verdade, *milady*, o que a senhora falou sobre Lorde Mark? Que ele foi responsável pela morte do milorde e rei?

— É verdade.

Brychan se calou; os olhos ficaram negros de fúria e por um momento um espasmo de cólera fez o rosto tenso e sério se contorcer:

— Eu só queria ter sabido disso antes. Eu o teria matado pelo que fez.

Ele parou para ganhar fôlego, e Isolda o viu hesitar quando o movimento o atingiu nas costelas, mas ele continuou quase sem parar; o lampejo de raiva reduziu-se a um brilho frio e duro.

— Na noite depois da luta em Dimilioc eu devia ter ficado de guarda na barraca do meu Lorde e rei.

O rosto se contorceu de novo.

— E eu teria ficado lá, mas o próprio Constantino me dispensou — e ao resto de seus guardas.

— Con dispensou vocês? — repetiu Isolda. — Mas por quê?

Ao acabar de falar, porém, ela deduziu qual devia ter sido o motivo. E a expressão de Brychan reafirmou sua convicção. Ele baixou os olhos, evitando o olhar dela; o rosto dele ficou rubro.

— Tudo bem, Brychan — disse ela calmamente. — Eu sei bem como era Con.

Ao ouvir isso, Brychan levantou os olhos e disse:

— Nenhuma delas significou coisa alguma para ele, *milady*. É que... depois de uma batalha, um homem precisa...

— De uma mulher — completou Isolda. Ergueu uma das mãos e roçou o rosto, de modo cansado. — De qualquer mulher, eu sei. — Fez uma pausa, lembrando-se das próprias palavras de Con, uma expressão meio envergonhada que significava *"Desculpe"*. E depois disse para si mesmo: *"Isso faz com que você pare de pensar no que vai fazer. Por um tempo"*.

O rosto de Brychan estava inquieto:

— Mesmo assim, *milady*, eu devia ter ficado. Eu devia...

Isolda expulsou a pressão de algumas lágrimas e disse:

— Não se culpe por obedecer às ordens dele. Você não tinha razão para achar que havia perigo naquela noite, nem Con. E agora, agora é melhor discutirmos o que se pode fazer. Creio que Mark não vai deixar que fiquemos sozinhos muito tempo, independentemente do que tenha prometido.

O rosto de Brychan continuava perturbado sob as escoriações, mas ele assentiu com a cabeça.

— A senhora vai mesmo, *milady*, casar-se com Mark amanhã?

— Não consigo pensar em outra saída. Até sermos legalmente casados, Mark vai me vigiar o tempo todo, mas depois...

Isolda parou, engoliu em seco de novo e recomeçou:

— Depois do casamento, depois que estiver certo de que venceu, ele vai abrir a guarda e então poderei encontrar uma possibilidade de fugir.

Ela se deteve e depois disse:

— Por isso, Brychan, é que estipulei falar sozinha com você como uma das condições para concordar com o que Mark propôs. Você ouviu a mensagem que Rhys trouxe esta noite, e...

Ela então parou de falar, respirou fundo e relembrou vividamente o aparecimento de Rhys, de pé perante os conselheiros. O rosto e as roupas estavam salpicados de lama depois de uma cavalgada desesperada, e o peito arfava enquanto ele se esforçava para respirar. O manto... estava seco.

— *Milady*?

Isolda voltou a encarar Brychan.

— O manto... o manto de Rhys estava seco. Chovia lá fora, mas o manto dele estava seco. A entrada dele foi planejada.

— E então Rhys...

Isolda assentiu com a cabeça, e apertou os lábios ao repetir o que Coel dissera apenas horas antes de morrer:

—"Em todo exército, entre as tropas de combatentes de qualquer rei, existem aqueles cuja lealdade pode ser comprada". A história que Rhys contou pode ser verdadeira ou falsa, mas quase todas as forças de combate da Bretanha estão agora em Tintagel, reunidas em um só lugar. E, se Mark planeja traí-las, oferecê-las aos saxões, ele seria um tolo de abrir mão do elemento surpresa.

Brychan fez um sinal afirmativo com a cabeça e disse:

— A senhora quer dizer que não podemos contar com as duas semanas que Rhys informou que as tropas saxãs levariam para chegar aqui?

— Não. — Isolda se calou quanto se lembrou de outro detalhe. — Coel também me disse ter sabido que Mark estava reunindo tropas em segredo no castelo Dore. E eu apostaria qualquer coisa que essas tropas são saxãs, enviadas por Octa para esperar no castelo Dore até a invasão começar. Daí ele ataca nossas tropas por trás, enquanto o resto do exército saxão ataca pela frente.

Ela parou, arfante, tentando acalmar-se mais uma vez.

— Antes de morrer, Coel me disse que enviara seu informante — um ourives viajante, ou pelo menos é o que aparenta — ao castelo Dore para descobrir se eram verdadeiros os boatos de que tropas estavam se reunindo lá. Se eu conseguir encontrar esse homem, e se ele descobriu o que procurava, posso levá-lo aos conselheiros e alertá-los quanto aos planos de Mark. Eles não aceitariam a palavra da Bruxa-Rainha, ainda mais agora, que elegeram Mark como Rei Supremo, mas teriam de dar ouvidos a um criado de Coel ou, pelo menos, saber por si mesmos se o que ele afirmou era verdade.

Brychan abriu a boca para opor-se, mas Isolda o interrompeu:

— Sei que a probabilidade é mínima, se é que existe. E pode até ser que eu não consiga escapar da vigilância de Mark, mas acho que devo tentar. Contudo — Isolda parou novamente e encarou Brychan uma vez mais —, só vou fazer essa tentativa se você me autorizar e concordar que eu deva ir.

Isolda percebeu, pelos olhos escuros de Brychan, que ele começava a compreender, mas o rapaz disse, com firmeza:

— A senhora está dizendo, *milady*...

— Estou dizendo que, na melhor das hipóteses, os juramentos de Mark têm o mesmo valor de um tratado rascunhado na areia que sopra. Não acredito que a promessa que ele me fez esta noite ainda esteja valendo.

Ao ouvir isso, um sorriso desanimado e breve apareceu nos cantos da boca de Brychan e logo desapareceu; os lábios dele se comprimiram assustadoramente.

— Isso é verdade. E, se a senhora conseguir fugir...

Isolda fez um sinal com a cabeça e disse:

— Especialmente nesse caso. — Ela se calou e depois disse, baixinho: — A escolha é sua, Brychan. Eu não deixaria você...

Antes, porém, que ela pudesse prosseguir, Brychan a interrompeu e, com voz firme, disse:

— Como a senhora disse, *milady*, não há escolha a ser feita. A senhora deve ir; não existe outra maneira de a Bretanha não cair totalmente nas mãos saxãs. — Fez uma pausa e depois acrescentou, em outro tom: — Há alguma coisa, qualquer coisa, que eu possa fazer pela senhora, *milady*? Alguma ajuda?

Isolda pensou: "O casamento vai se realizar amanhã". Ela reviu a euforia — e algo mais — nos olhos escuros de Mark, e seu sorriso enfadonho.

Sacudiu a cabeça, como para eliminar a lembrança dos olhos:

— Não. Apenas se esforce para continuar vivo. Eu vou fazer o mesmo.

Como Isolda previra, Hunno e Erbin estavam esperando à porta do corredor quando ela e Brychan surgiram e, sem falar nem sequer trocar um olhar, eles se separaram: Erbin ficou ao lado de Isolda e Hunno amarrou os pulsos de Brychan com uma tira de couro. Era óbvio que seguiam ordens de Mark.

Isolda também viu que Erbin se postou ao lado da porta que levava a seus próprios aposentos, com as mãos para trás, os pés separados e a adaga para baixo. Pensou então: "Eu estava certa. Esse guarda só será rendido amanhã à noite, se é que será".

A aia Márcia a esperava no quarto, largada e cochilando num banquinho ao lado da lareira iluminada, e acordou quando Isolda entrou.

— Não vou precisar de você esta noite — disse Isolda secamente. — Pode ir para sua cama.

Márcia sacudiu a cabeça e sua boca se curvou num sorriso pequeno e satisfeito:

— *Milady* Nest me mandou ficar. Vou dormir ao pé de sua cama até a senhora se casar com meu Lorde e rei.

Os lábios de Isolda latejavam, e seus olhos pareciam cheios de grãos de areia, tamanho seu cansaço.
— Para que eles possam ter certeza de que eu não traga ninguém para minha cama e não possa alegar que um filho seja de Mark, ou até mesmo de Con? O guarda à minha porta devia ser suficiente para assegurar até ao Lorde Mark que não vou fugir, nem permitir que outra pessoa entre aqui. A não ser que você ache que sou uma bruxa tão poderosa que possa desaparecer e reaparecer conforme minha vontade, ou partilhar a cama com os demônios do ar...
Um olhar mal-humorado se instalou no rosto magro com marcas de catapora, e ela disse, abandonando todo disfarce de deferência ou servidão:
— Ia ser bem-feito se a senhora estivesse grávida de um filho do demônio, como sua avó, e parisse um filho como seu pai, que Deus amaldiçoe o nome dele. Eu então ia contar a eles... ia ter muito que contar aos conselheiros se a senhora tentasse fingir que a criança era do meu Lorde e rei.
— Você ia contar o que a eles?
Márcia fixou em Isolda mais um daqueles olhares astutos e vívidos, e sacudiu os cabelos escuros para trás:
— Eu ia contar a eles que meu Lorde e Rei Constantino há muitos meses não aquecia sua cama, porque estava muito ocupado na minha.
— Na sua?
Há apenas um momento, Isolda sentira quase que apenas nojo da outra moça. Nojo e tédio. Agora, porém, não conseguia ter aversão a Márcia. Nem mesmo raiva. Havia algo de deplorável nos olhos escuros da moça quando ela fez a afirmativa. Uma espécie de desesperança oca e selvagem de que acreditassem nela. Não apenas que Con tivesse partilhado sua cama, porém que ela havia sido querida por um homem, qualquer homem.

— Isso é mentira — Isolda disse, enfastiada. — Con nem sequer olharia para você. E você deve até agradecer por Nest saber disso tão bem quanto eu.

Um rubor de raiva se espalhou no rosto da outra moça, e ela perguntou, com os olhos apertados:

— Que é que a senhora quer dizer?

Isolda abriu o broche que prendia seu manto e o deixou escorregar até os ombros.

— Lembra-se de Branwen? — perguntou. — Você pensa que ela morreu de uma doença comum? Ou talvez de velhice?

Largou o manto em cima da arca ao lado da cama, depois se virou para Márcia, que a observava parecendo estar com medo pela primeira vez. Isolda assentiu com a cabeça e disse:

— É, é possível que você agora seja a favorita de Nest, mas cuidado: ela é uma aliada perigosa para se ter se um dia achar que você é mais uma ameaça do que uma amiga.

Ela viu que o olhar de Márcia hesitou, inseguro, e depois endureceu de novo:

— É claro que a senhora inventaria uma coisa dessas.

Isolda olhou para a moça, de pé com o queixo ligeiramente erguido e os ombros imóveis, e pensou: "É muito, muito mais difícil convencer uma mulher de que alguém do mesmo sexo tenha o poder de fazer mal. Mas tendo ou não pena dessa infeliz, não posso tolerar que ela passe a noite aqui".

— Está certo — disse, secamente. — Fique, se quiser.

Foi até a taça de pitonisa, ajoelhou-se para acender uma vela nas brasas da lareira e pôs a chama no centro da água.

— Que é que a senhora está fazendo?

Havia um ligeiro tom de constrangimento na voz de Márcia, mas Isolda não respondeu, nem se virou de onde estava. Ao invés disso, inclinou-se, com os olhos fixos na vela que queimava no centro da taça; o reflexo da chama se agitava e tremeluzia na superfície da água.

— Eu, amante do demônio, evoco meu Senhor. Os poderes e os demônios e os espíritos do ar — murmurou ela. — Venham até mim agora.

Atrás dela, ouviu Márcia aspirar fundo. Foi tudo que ela pôde fazer para evitar olhar em volta, mas manteve os olhos na água e respirou lenta, uniforme e profundamente. Então, devagar, levou aos lábios o jarro d'água abençoada pela lua, tomou um pequeno gole e o cuspiu deliberadamente no chão.

— Amaldiçoo o Pai. — Ela murmurou, deu um gole e cuspiu de novo. — Amaldiçoo o Filho. — Cuspiu pela terceira vez.

— E amaldiçoo o Espírito Santo.

Às suas costas, ouviu Márcia exalar outro arfar amedrontado, depois o ruído de passos apressados, e afinal a porta de seus aposentos se abrir e fechar. Isolda fechou brevemente os olhos, depois rodeou a vela com as mãos e a apagou, despejou a água da taça na bacia e a devolveu ao seu lugar. No mesmo instante Cabal, que permanecera enroscado em seu canto até então, veio fungar nas saias dela.

Isolda pôs a mão no pescoço dele. Isso provavelmente era um pecado aos olhos do Cristo-Deus. Ela pensou: "É uma grande bobagem". Merlin teria se dobrado de rir do seu recente desempenho. Pensar em Merlin, porém, trouxe de volta uma pressão gélida de desgosto — e remorso — que lhe deu um nó na garganta, e ela descansou o rosto na cabeça de Cabal.

— *Milady*.

Isolda ergueu os olhos e viu Hedda na entrada do quarto, com o rosto largo tão imperturbável como nunca, embora Isolda tenha notado um ligeiro tom ansioso em sua voz:

— Que aconteceu? Márcia disse...

Isolda engoliu e respondeu:

— Márcia falou a verdade, Hedda. Concordei em me casar com Mark. A cerimônia se realizará amanhã.

Os olhos arregalados de Hedda logo revelaram surpresa, em sua profundidade esmaecida.

— A senhora concordou?

— É a única maneira. Sente-se. — Isolda indicou um lugar ao seu lado na cama e, estremecendo, respirou demoradamente. — Vou lhe contar tudo o que aconteceu esta noite.

O pior foi recontar a morte de Merlin. A visão do rosto imóvel encanecido lhe apareceu, e Isolda precisou parar, esforçando-se para relembrar as palavras que ele havia pronunciado na véspera, em vez dos imóveis olhos azuis como o mar e da barba ensopada de sangue.

"Lembre-se disto: eu escolhi meu próprio caminho. A senhora não me impôs nada que eu não tivesse escolhido por mim mesmo."

Finalmente Isolda parou, com a mão ainda no pescoço de Cabal, grata pelo calor do enorme cão e pela "roupagem" de pelo sob seus dedos. O fogo na lareira estava se extinguindo e a claridade era apenas suficiente para dourar o cabelo e os cílios louros e a pele clara de Hedda. Ela ouviu calada e permaneceu silenciosa por longo momento, empoleirada na beira da cama; as mãos largas e competentes cruzadas no cinto do vestido grosseiro. Então, como antes, ela estendeu o braço e prendeu os dedos brevemente em redor dos de Isolda.

Isolda retribuiu o gesto carinhoso de Hedda e em seguida a deixou soltar os dedos.

— Obrigada, Hedda — disse suavemente. — Vou precisar de sua ajuda para que eu possa fugir. Vou precisar da roupa e dos sapatos de uma aia. Será que você consegue isso para mim até amanhã à noite?

Hedda se calou mais um momento e depois aquiesceu com a cabeça. E disse:

— Consigo, *milady*. Eu trago *eles* para a senhora antes do amanhecer.

— Obrigada, Hedda — repetiu Isolda, e se calou. Desde que se separara de Mark no salão do Conselho, estivera resistindo a um mal-estar gélido e angustiado, mas agora essa sensação a invadiu tão fortemente que precisou esperar um momento antes de continuar. Afinal, disse:

— Há mais uma coisa de que eu vou precisar antes de amanhã. De uma pasta, feita de mandrágora e óleo de cedro.

Hedda se levantara para movimentar as toras na lareira, mas às palavras de Isolda ficou parada; em seguida se virou; seus movimentos, contrariamente ao ritmo habitual, foram rápidos e a voz, penetrante:

— Mas isso...

— Eu sei. — Isolda fechou os olhos um instante. — Deve estar na minha destilaria, com as amostras e as ervas. Eu mesma pegaria essa pasta, mas duvido que Mark me dê oportunidade de ir a minha oficina sozinha.

Lentamente, Hedda concordou com a cabeça. Sua expressão estava imperturbável como antes, mas havia algo no olhar da moça que fez a suposição de Isolda da noite da véspera se transformar em certeza. Seus olhos se fixaram na barriga de Hedda. "Será de Con?", pensou. "Não, claro que não. Havia muitas outras moças mais bonitas — e muito mais acessíveis — do que Hedda."

Os olhos de Hedda continuavam a olhar o rosto de Isolda; seu tom pálido estava, estranhamente, mais vívido e claro.

— Compreendo, *milady*. Vou fazer o que senhora *pedia*.

Quando Hedda saiu, Isolda sentou-se num banquinho ao lado da lareira e deixou que Cabal se arrastasse à frente, para descansar a cabeça em seus joelhos. A taça de bronze da pitonisa continuava em seu lugar, perto da lareira. Mecanicamente, seus olhos fixaram-se nos padrões em redemoinho das alças de metal reluzente, as serpentes da eternidade, engolindo as caudas. Não adiantava tentar mais uma vez ver em sua profundidade. Ela talvez tenha ouvido as palavras não ditas por Merlin enquanto ele morria, mas isso acontecera por força do poder dele, e não do dela. Mesmo as maldições que lançara contra Mark tinham sido nada mais que um mero jogo de cena.

Ela se perguntou: "Como posso esperar derrotar Mark quando não consigo sequer tolerar meu próprio passado? Quando não consigo me fazer lembrar o que aconteceu, mesmo que isso possa trazer a Visão de volta?".

O temporal que havia ameaçado cair durante o dia inteiro finalmente se abateu sobre a região. Isolda ficou ouvindo o bater da chuva nos muros externos, com os dedos ainda mexendo no pelo de Cabal.

"As estrelas brilharão amanhã, independentemente do que me acontecer aqui."

Ainda assim, sua mente voltou a uma história de que ela se lembrava ter ouvido há muito tempo: a história de uma rainha forçada a se casar com o homem que conquistara o exército do seu marido e o despojara do trono. Ela se casara com ele, mas na cerimônia do matrimônio lhe oferecera uma taça envenenada, e descartara qualquer possível suspeita ao beber primeiro, escolhendo morrer para que o assassino do seu marido fosse com ela para o túmulo.

Uma revolta lúgubre percorreu Isolda em ondas, e ela pensou: "Mas eu nem tenho essa oportunidade". Contudo se deteve imóvel por um momento, depois se levantou abruptamente, atirando o xale no chão e pegando o vestido que Hedda havia limpado e dobrado. "Eu estava errada: ainda existe uma coisa a ser feita".

— Espere por mim aqui, não me demoro.

Erbin insistiu em acompanhá-la à torre do norte, mas, à vista da rejeição seca de Isolda, hesitou. Ele ainda ficava nervoso por causa dela; em todo o caminho até os aposentos da moça, tinha tomado cuidado para não enfrentar seu olhar e permanecera a distância suficiente para que nem uma dobra do manto de Isolda lhe roçasse o braço. Ele agora engoliu em seco, depois assentiu brevemente com a cabeça e colocou-se ao lado dos demais guardas.

O prisioneiro Nifaran estava adormecido — ou parecia estar — quando Isolda entrou na cela. Sua cabeça estava abaixada, apoiada nos joelhos levantados, o corpo imóvel e a respiração uniforme. Entretanto, quando a porta se fechou atrás de Isolda, a cabeça dele se ergueu com um solavanco e ficou de pé com um salto, as mãos apertadas e os olhos azuis arregalados e tão dilatados que pareciam quase negros. O movimento foi tão repentino que Isolda respirou fundo e deu um passo involuntário para trás, de modo que seus ombros se apoiaram na porta de madeira, mas Nifaran não se mexeu nem se virou para olhar onde ela estava.

O olhar dele estava rígido, a cabeça atirada para trás, e ele respirava como se tivesse corrido; o rosto e a túnica estavam molhados de suor. De suor e também de sangue. Dessa vez Isolda levara apenas uma vela, mas a luz era suficiente para ver manchas; algumas, já secas eram castanho-claras, outras estavam ainda molhadas e rubras, e se localizavam nas costas e nos ombros de sua camisa. Ela então pensou: "Eu devia ter sabido. Devia ter adivinhado que, ao conseguir que Cyn fosse enterrado, provoquei o espancamento desse homem. Os guardas enviados para levar o cadáver de Cyn devem ter ficado furiosos por terem sido obrigados a cumprir essa tarefa".

Ela provavelmente fez um leve movimento ou som, pois a cabeça de Nifaran se virou, embora os olhos dele a olhassem como se ela não estivesse lá, e seus músculos permanecessem tensos, rígidos como pedra. Então, lentamente, seu olhar clareou e ele piscou os olhos azuis, que focalizaram o rosto dela. O homem respirou, trêmulo, e seu corpo pareceu liberar parte da tensão. Ele não falou; simplesmente continuou de pé, com os olhos no rosto dela.

Afinal Isolda disse, com um gesto apontando o trecho achatado da palha onde estivera o corpo de Cyn:

— Ele teve um enterro de soldado, eu lhe dou minha palavra.

Nifaran permaneceu silencioso; a respiração gradativamente desacelerou, mas o pescoço continuou a latejar. Ele confirmou essas palavras com um breve sacolejar da cabeça e se largou, com movimentos rígidos, no chão uma vez mais, com as pernas levantadas e as costas afastadas da parede.

— Foi para isso que a senhora veio? Para me contar isso?

Ele deu mais uma das tosses secas e ásperas que ela já conhecia, e Isolda viu que hesitou e depois endureceu, resistindo, porque o movimento provocou dor em quaisquer outras lesões que ele tivesse. Ela sacudiu a cabeça e disse:

— Não.

Ela pegou no bolso lateral do manto uma estreita faca de bronze que colocara na sacola de remédios nos seus aposentos. Um lampejo de surpresa surgiu nos olhos azuis de Nifaran quando ela mostrou a faca, mas ele não se mexeu nem disse nada.

Sem tirar os olhos dos de Nifaran, Isolda se curvou e pôs a faca entre eles no chão.

— Vou deixar isto aqui. Você compreende?

Por longo momento, Nifaran a encarou e depois, afinal, perguntou:

— Por quê?

— Por que estou fazendo isso? — De repente Isolda se sentiu exausta, completamente fatigada. Aprumou-se contra a parede de pedra e disse: — Porque você conquistou o direito de sair daqui por causa de Cyn. E porque eu não permitiria que ninguém, saxão ou bretão, deixasse de ter pelo menos uma oportunidade de se libertar.

Capítulo 13

Isolda ajoelhou-se perto da bacia de rosto, tentando vomitar, sem conseguir. Estava chorando também, mas, quando se deu conta de que enfiara as unhas ferozmente nas palmas das mãos, forçou-se a parar. Era o fim. *"O fim. O fim. Mas pelo menos não deixei que ele me fizesse chorar."*

Seus dedos encontraram o novelo de lã untado com a pasta de cedro e mandrágora que Hedda lhe levara na noite anterior, e mordeu os lábios para sufocar a respiração profunda da dor interna quando ela o pegou. A lã estava úmida e pegajosa, seu estômago se contorceu; ela teve náuseas de novo e largou o novelo como se a tivesse queimado, depois mergulhou as mãos sem parar no jarro d'água de cerâmica. *"Uma vez. Mais uma vez."* Ela estava a salvo. Mark não suspeitara, nem Con. Sua respiração era rápida e irregular, e ela de repente se sentiu imunda, pegajosa por dentro e por fora, onde o corpo de Mark a tocara, como se nunca mais voltasse a ser limpa.

Isolda sustou a respiração e pensou, tempestuosamente: "Não posso. Não posso fazer isso comigo".

Se ela fizesse, a dor que havia começado a latejar dentro de si aumentaria e a tragaria por inteiro, e dela só restaria a vergonha.

Isolda fechou os olhos um momento, pegou o jarro d'água e começou a se lavar, hesitando, embora não quisesse, quando seus dedos encontraram as contusões avermelhadas. Havia sangue também. Com mãos trêmulas, esfregou tudo até sair, e depois mais uma vez derramou água em cima de si mesma. O fogo da lareira se extinguira, e ela em pouco tempo estava tremendo sob o ar gelado da noite, mas o próprio frio ajudou um pouco a eliminar a marca do corpo de Mark no seu.

Lenta e dolorosamente, Isolda ficou de pé. Primeiro vestiu a combinação de estopa e depois o vestido de lã não tingida que Hedda trouxera com a pasta. Seus dedos desajeitados apalparam primeiro os laços, e, quando algo duro a tocou no lado do corpo, ela hesitou e deu um salto, com o coração batendo rápido e forte. Era apenas Cabal, que fugira do lugar onde Nest e as outras mulheres o haviam prendido e viera esconder-se nos aposentos dela.

Isolda ficou de joelhos mais uma vez; o imponente cão choramingou e lhe lambeu o rosto, levantando uma pata para unhar as saias dela. Ela respirou demorada e tremulamente, e apoiou o rosto no pelo áspero do pescoço dele. Pensou: "Esqueça isso. Esqueça tudo".

Ela já fizera isso antes. Lenta e deliberadamente, Isolda relembrou cada lembrança do dia e depois a encarcerou atrás de uma parede: Márcia, quando entrou no seu quarto para vê-la vestir-se e paramentar-se. O Padre Nenian, que também veio a seus aposentos, com os olhos redondos ansiosos e o penacho de cabelo fino como o de bebê despenteado pelo vento. Ele disse:

— Bem sei que uma mulher deixada sem a proteção do marido tem poucas opções sobre se deve voltar a se casar, mas não vou oficiar o sacramento do matrimônio se a senhora não entrar nessa união por sua própria vontade.

Isolda se perguntara rapidamente se ousaria confiar nele, mas isso serviria apenas para também expô-lo a perigo. Ele não podia ajudá-la de forma alguma.

Como se estivesse dobrando um vestido, Isolda pôs a lembrança do rosto generoso e preocupado do Padre Nenian de lado e foi em frente. Em frente com todo o resto do dia, esboçando as lembranças e depois as afastando para bem longe. A troca de votos na capela, o estrépito das armas e o barulho de cascos lá fora, os sons dos chefes dos cavalarianos preparando-se para a guerra, o banquete no grande salão de Tintagel, rápido e apenas com o mínimo de comida, para que o tumulto da preparação para atacar pudesse prosseguir, ser despida e posta na cama por Nest e pelas outras, o mesmo que acontecera depois que se casara com o Rei Con...

As mãos de Isolda começaram a tremer, mas a moça se forçou a continuar. Deitada sob o dossel da cama grande e entalhada, ouviu a porta da câmara se abrir e sentiu a boca de Mark, fedendo a cerveja e vômito da bebedeira, comprimida sobre a sua.

"Chega!" — pensou ela, com o rosto ainda apoiado no pelo de Cabal. "Esqueça tudo".

Finalmente, ela se levantou vacilante, encontrou o manto de viagem onde Hedda o pendurara e o vestiu por cima do vestido. Estava ajoelhada para amarrar os sapatos de couro grosseiro que Hedda lhe dera com o vestido quando a porta abriu, e Hedda entrou.

A garganta de Isolda ainda estava doída e a cabeça latejava em consequência do choro, mas ela se ergueu insegura e disse:

— Hedda, você não devia estar aqui. Isso pode lhe causar problemas depois, se alguém a viu entrar. Vão deduzir que você me ajudou a fugir.

Os olhos de Hedda examinaram lentamente o corpo de Isolda, que compreendeu que a outra moça havia percebido os olhos inchados, as contusões avermelhadas nos pulsos que as mangas do vestido não esconderam. Hedda, porém, nada disse; apenas sacudiu a cabeça e estendeu um embrulho, enrolado em trapos limpos de roupa.

— Comida, *Lady*. Trouxe pra senhora. Pra senhora levar.

As lágrimas que Isolda havia combatido ameaçaram voltar, mas a moça pegou o pacote e sufocou as lágrimas furiosamente uma vez mais.

— Obrigada, Hedda. Foi gentil de sua parte. Muito gentil.
Em vez de responder, Hedda sacudiu a cabeça mais uma
vez e deu de ombros levemente.

Hesitou um instante e depois
perguntou, desviando o olhar, de modo que o rosto não ficasse
de frente para o de Isolda:

— Aonde a senhora vai, *Lady*?

Um fio da beira do embrulho estava esfiapado e Isolda o
alisou mecanicamente, torcendo-o entre os dedos. Ela podia
ter eliminado da memória o dia e a noite, mas seu sofrimento
era uma espécie de ritmo, uma pulsação ardente de dor, e ela
sentiu o quarto, as paredes e seu próprio ser começarem a se
inclinar e a desvanecer.

— Vou pegar a estrada do norte — respondeu afinal. —
Deve estar menos vigiada que o caminho ao longo do litoral.
E o ourives de Coel muito provavelmente escolheu essa rota
para ir ao castelo Dore e de lá voltar. Nesta época do ano é
a trilha mais rápida e seca. — Ela parou. — Esse homem,
viajando com ferramentas e as mercadorias que fabrica, se
destaca entre os demais viajantes. Acredito que possa interceptá-lo na estrada.

Mesmo para ela, entretanto essas palavras soaram tão
impossíveis quanto as histórias mais fantásticas, e a ideia de
abandonar seus aposentos já era suficiente para deixá-la em
pânico novamente. Com esforço, Isolda foi até a penteadeira,
onde ficavam suas joias: um colar de contas de coral, que lhe
fora dado quando criança, e outros ornamentos mais pesados
de prata e ouro. E um broche incrustado de cristal. Ela pensou: "Con me deu isso. *Quando...*".

Evitou continuar a pensar, e rapidamente juntou as peças mais simples: um pente de prata, algumas pulseiras de
bronze e um anel incrustado de cristal. Qualquer coisa mais
valiosa apenas atrairia a atenção se ela tentasse trocar por
comida ou abrigo. Amarrou as joias num dos xales dobrados

ao lado das joias e depois acrescentou uma bolsinha com moedas de cobre que sempre carregava para dar aos viajantes que vinham pedir esmolas.

— Depois da batalha de Dimilioc também haverá outros viajantes: refugiados, como os que vêm aqui. Vou ficar em relativa segurança se conseguir me juntar a um dos bandos que já estejam na estrada.

Hedda não respondeu de imediato: movimentava-se no quarto, recolhendo roupas espalhadas, endireitando almofadas e tapetes, mas Isolda achou que seus movimentos estavam estranhamente ásperos, como se estivesse distraída ou assustada. Finalmente ela se endireitou e disse, numa voz baixa que Isolda nunca a ouvira usar:

— Que os deuses guiam sua jornada, milady.

Isolda abriu a boca, mas não havia nada que pudesse oferecer à outra moça em retribuição. Convidar Hedda a acompanhá-la — para ajudá-la a escapar para a liberdade que pudesse encontrar — só serviria para arriscar a vida da moça, e o desfecho provavelmente não seria positivo. Ela precisaria deixar Hedda naquele lugar, uma escrava, para dar à luz o filho de um homem desconhecido, e essa criança também seria escrava.

Isolda cobriu a cabeça com o capuz do manto, colocou o embrulho de joias na sacola de remédios e a amarrou no cinto do vestido; depois, ao pegar de novo o embrulho de comida, disse mais uma vez a Hedda:

— Obrigada, Hedda, minha irmã.

Isolda viu um espasmo, como se fosse de dor, passar pelo rosto largo da moça, mas, antes que Hedda pudesse responder, ouviu-se uma batida rápida e premente à porta. O coração de Isolda parou, todo o seu corpo congelou e Hedda reagiu da mesma forma: os olhos descorados ficaram inexpressivos e o rosto se mostrou rígido como o de uma boneca de madeira. Ela se virou para Isolda com uma expressão interrogativa.

Isolda fechou os olhos com força um minuto e depois disse:
— Abra, por favor. — Manteve a voz baixa. — Se for Mark ou um dos homens dele, podem desconfiar de que alguma coisa está errada.

Isolda só teve tempo de tirar o manto de viagem dos ombros e jogá-lo numa pilha de roupas dobradas ao lado da cama antes que a porta abrisse. Entretanto, não era Mark nem um de seus guardas: era Márcia, com o rosto de traços rígidos emburrado, magro e ressentido.

— Que é? — perguntou Hedda acidamente. — Que você quer? Você recebeu ordem pra não vir aqui.

Com a parte de seu cérebro que ainda não estava paralisada, Isolda achou que Hedda devia estar mais assustada do que parecia, pois sua voz foi incomumente ríspida, mais ágil e dura do que o habitual. Márcia vacilou, depois ficou rubra de raiva e virou-se para Isolda:

— Perdão, *Lady*. — Sua voz, já aguda de ódio, acrescentou um toque ríspido e irônico às palavras finais. — Eu não teria perturbado a senhora esta noite, mas vi que *milorde* e Rei Mark já estava de volta no grande salão, por isso pensei...

Calou-se; o rosto brilhava de malícia, e os olhos dispostos muito juntos demoraram-se olhando a expressão de Isolda, como fizera Hedda.

Quer dizer que Mark, quando a deixou, voltou a sua farra de bêbado com seus chefes de cavalarianos... E provavelmente também com as castelãs. Uma lembrança a fez estremecer atrás da muralha recém-construída, e mais uma vez a amargura surgiu na garganta de Isolda. Verificou que seus dedos haviam rompido o fio desgastado do embrulho que ainda segurava.

— Muito bem, Márcia — disse, com esforço. — Que é que você quer?

O olhar opaco e mal-humorado de ressentimento apareceu novamente no rosto de Márcia:

— Não quero nada. Uma das mendigas que vieram pedir ajuda ontem está aí. A senhora deu ordem para deixar dormir no estábulo quem quisesse ficar uma ou duas noites.

Isolda concordou com a cabeça e confirmou:

— É isso mesmo.

— Bem, uma das mulheres, uma das que vão parir, disse que o bebê está para nascer. Ela disse que não passa desta noite e pediu sua presença. O guarda de plantão no estábulo veio me procurar. — Ela parou; seu tom era tão ressentido quanto seu rosto. — Ele me mandou lhe dar o recado de que essa mulher implorou que a senhora fosse lá, por isso estou aqui, mas quem sabe a senhora prefira esperar por Lorde Mark...

A criada se calou. Isolda não disse nada, mas seus olhos se fixaram nos da outra moça, e Márcia recuou involuntariamente, parecendo de súbito amedrontada. Com o gosto amargo de algo semelhante a um divertimento, Isolda viu a lembrança de seu desempenho com a taça de pitonisa na noite da véspera estampada no rosto da moça, então Márcia olhou para baixo e disse:

— Eu... eu lamento. Vou dizer a ela que a senhora não pode ir — resmungou.

Mas Isolda a deteve antes que se fosse e disse:

— Não, espere. O nome dessa mulher é Dera?

Márcia se mexeu e disse mal-humorada, com os olhos no chão:

— Como é que eu posso saber? Não perguntei o nome dela.

— Ela tem um sinal no rosto? Como uma mancha de vinho?

Márcia se surpreendeu e assentiu com a cabeça, de má vontade:

— É ela mesma. A mancha é num lado todo do rosto, mas o que...

Isolda a interrompeu, com um respirar forte:

— Então vá falar com ela agora e diga que vou vê-la.

O rosto de Dera estava rubro e pintalgado à luz da lanterna que Isolda levou; os olhos da mulher estavam fortemente cerrados enquanto se debatia de dor. Os refugiados haviam sido dispostos no palheiro aberto acima das baias, usadas para armazenar palha e feno, e, embora a área fosse grande, o chão já estava abarrotado e o ar denso do cheiro dos cavalos abaixo, do feno e dos corpos sem banho amontoados no espaço muito apertado. As mãos de Dera agarravam o monte inchado do abdome, e ela respirava com dificuldade pelo nariz à medida que as contrações apertavam, chegavam ao auge e depois finalmente se acalmavam.

Ao observá-la, Isolda se perguntou se deveria removê-la para um dos quartos no salão de hóspedes, mas isso precisaria da ajuda de pelo menos dois homens fortes. E não havia ninguém a quem ela pudesse pedir. Os guardas de plantão naquela noite eram soldados de Mark. O máximo que ela conseguiu fazer foi pendurar lençóis nas vigas do palheiro, isolando aquele canto do local.

Ela ouvia gritos distantes e ocasionais explosões de riso vindos do grande salão do outro lado do pátio, mas o próprio palheiro estava silencioso e quieto, sendo os únicos sons os deslocamentos e murmúrios dos que dormiam a seu redor, e às vezes o relincho suave de um dos animais no estábulo abaixo. Até então, Dera não falara nem abrira os olhos, mas agora, à proporção que as contrações passavam, suas pálpebras piscaram e se abriram, e ela lambeu os lábios.

— Tome, beba isto aqui, se puder.

Isolda levou um dos frascos que trouxera da destilaria à boca de Dera: era uma mistura de extratos das plantas solidéu e verbena, para ajudar no trabalho de parto.

Com Isolda segurando-a pelos ombros, Dera engoliu a infusão, depois olhou vagamente em redor. No mesmo instante enrijeceu, e os olhos escuros se arregalaram alarmados ao ver vazio o espaço ao seu lado.

— E Jory? — sussurrou ela. — Meu menino! Onde...

— Ele está em segurança — disse Isolda rapidamente. — Com Hedda, minha aia.

Hedda e Isolda haviam encontrado o menino agachado ao lado da mãe, com o polegar imundo na boca, o rosto triste e os olhos arregalados assustados, sem saber se a situação exigia desacato ou lágrimas. Hedda se oferecera para ficar e ajudar com o nascimento da criança, mas seu rosto, ao olhar para a mulher em trabalho de parto, ficou amedrontado e tenso de uma forma que Isolda jamais percebera nela. Poderia ser bom para a criada aprender o que pudesse sobre fazer um parto, mas Isolda achou melhor que ela não ficasse.

— Hedda o levou à cozinha para comer bolo de mel.

Dera começou a responder, mas mordeu o lábio quando outro espasmo de dor a dominou, e começou a respirar pesadamente pelo nariz. Quando a dor passou, Isolda limpou o suor da fronte da mulher com uma dobra de seu manto e perguntou:

— Há quanto tempo você está com contrações?

Dera engoliu em seco e respondeu:

— Desde o amanhecer, mas não tão fortes quanto agora. No começo eu pensei que elas iam parar, mas agora...

Ela se interrompeu com uma respiração profunda, e Isolda viu os músculos do seu abdome se juntarem e se apertarem, quando houve mais uma contração. Desta vez, Dera levantou as pernas e Isolda viu as manchas de sangue nas coxas, embora a roupa e a palha ainda estivessem secas. A bolsa d'água ainda não havia estourado.

Isolda esperou a contração passar e perguntou:

— Você me deixa examinar como está a situação?

Isolda alisou o vestido de Dera e depois lavou as mãos na bacia d'água trazida por Márcia. Sentiu a entrada do ventre, fina e suavizada, aberta mais ou menos pela metade da área necessária para a cabeça da criança passar. E sentiu, também, logo depois da entrada do ventre, a curva dura e arredondada do crânio do bebê. Estava, pelo menos, de cabeça para baixo, de frente para a coluna da mãe. Isolda pensou: "Pelo menos uma pequena misericórdia". Muito pequena.

— *Milady* — A voz de Dera fez que ela se voltasse. — A senhora acha que o bebê vai nascer de manhã?

Ela estava sem dor no momento, mas seu tom foi subitamente de pavor, como se o que ela tivesse visto no rosto de Isolda lhe tivesse causado um medo repentino.

No mesmo instante, Isolda amenizou sua expressão e disse, com calma experiente e segura:

— De manhã no máximo. Provavelmente até antes. O segundo filho quase sempre leva menos tempo para nascer, embora as contrações possam doer mais do que quando você teve Jory.

O medo diminuiu nos olhos de Dera e ela fez um sinal afirmativo com a cabeça; sua respiração se exalou num suspiro:

— De manhã? Está certo. Acho que posso aguentar até lá.

Isolda disse:

— Você acha que consegue andar um pouquinho? Isso ajudaria a trazer a cabeça da criança para baixo.

Isolda levou uma jarra de cerâmica de vinho aos lábios de Dera e secou o líquido que escorreu do queixo da mulher. Elas haviam caminhado mais ou menos uma hora, rodeando o minúsculo espaço que Isolda isolara. Dera se apoiava fortemente em Isolda, parava para arquejar e às vezes gemer quando sentia uma contração. Depois, quando as dores ficaram insuportáveis, Isolda a ajudou a deitar novamente na palha.

Hedda havia mandado para lá Gwyn, uma criada ruiva rechonchuda com dentes dianteiros tortos e olhos com espessos cílios cor de avelã, que trabalhava na cozinha. Ela já havia ajudado em partos e se ofereceu para ficar de vigília, mas Isolda lhe mandou descansar o quanto pudesse.

— Pode ser que eu precise de mais um par de mãos quando o bebê nascer — disse ela. — Até lá, você pode dormir. Eu a acordo se for necessário.

Gwyn dormia enroscada na palha a pequena distância, ao lado de uma família de quatro pessoas. E Isolda permanecia sentada, observando a mulher em trabalho de parto e ocasionalmente lhe secando a testa, contando uma série de histórias em voz baixa. Isolda não tinha certeza se Dera estava acompanhando as histórias, mas de vez em quando ela abria os olhos e sorria às palavras. Isolda prosseguiu, recordando uma época em que teria ficado contente por ter alguma coisa em que pensar além da pressão incessante da dor.

E a cadência familiar das histórias também a impedia de pensar muito.

— *Lady*?

Isolda baixou a cabeça e viu que os olhos de Dera estavam abertos.

— Estou aqui. Você quer mais vinho?

Dera balançou a cabeça negativamente; os dentes mordiscavam o lábio inferior quando ela se esforçava para respirar, e perguntou:

— *Num* é à toa que chamam isso de trabalho de parto, né?

Isolda ficou calada, quando outra lembrança — mais uma que ela não conseguia eliminar — surgiu: ela andando a noite inteira para cima e para baixo com as parteiras, parando para respirar ofegante e se dobrar de dor. Lembrou-se também das mãos da parteira em seu abdome; ela lhe dizia: *"Empurre. Empurre comigo, agora."*

Sacudiu a cabeça e limpou o rosto de Dera com um pano limpo quando houve mais uma contração. As dores estavam se prolongando, e as contrações aconteciam a intervalos menores e cada vez mais fortes.

Dera gemeu quando a dor chegou ao auge, depois voltou a se deitar, arquejando e arfando mais uma vez.

— *Num* tem dúvida de que Deus deve ser homem mesmo. Se *num* fosse ele tinha pensado mais em como nascem os bebês e *tinha* inventado um jeito melhor.

Sem querer, Isolda sorriu e disse:

— É verdade. Mesmo assim você não ia querer mudar e ter nascido homem.

Dera estava largada na palha, exaurida, mas, ao ouvir isso, levantou levemente uma sobrancelha e disse:

— A senhora é que acha. *Tem* vezes que eu era capaz de pagar pra poder mijar na estrada sem molhar a roupa.

Ela voltou a se afundar na palha e os olhos se fecharam novamente.

— Mas isso dá paciência à gente pra aguentar a maioria das *coisa* que *acontece* com a gente, e quem é mãe sabe que precisa muito disso, Deus misericordioso bem sabe.

Dera fez uma careta e se mexeu inquieta, tentando encontrar uma posição confortável na palha.

— *Tem* dias que a gente é capaz de dar um tesouro pra enfiar as *criança* de volta na barriga, só pra saber que elas ainda iam demorar um pouco pra causar problema. Mas tem outras vezes...

A boca de Dera se curvou numa fugaz repetição do sorriso que Isolda vira na véspera, e, sem abrir os olhos, a mulher levantou uma das mãos para apalpar o volume retesado do bebê na barriga.

— Outras vezes a gente olha *eles* dormindo e de repente começa a chorar que nem um bebê, mas a gente *num* sabe nem por quê.

O sorriso de Isolda esmaeceu e ela começou a falar:

— Dera...

Dera sustou a respiração bruscamente, embora, desta vez, não por causa da dor. Seus olhos arregalados brilharam, e ela olhou por cima do ombro de Isolda, com o rosto molhado de suor empalidecido. Isolda virou-se para acompanhar o olhar e também ficou imóvel.

O guarda Hunno estava na entrada do espaço isolado por cobertores, o rosto pétreo marcado por cicatrizes de batalha, os olhos sombreados e escuros à luz da lanterna. Isolda o olhou fixo um instante e pensou: "Depois eu provavelmente ficarei com medo dele. Se eu pensar sobre como e por que ele está aqui". No momento, porém, ela estava aborrecida demais para ter medo:

— Saia — disse. — Este lugar não é para um homem da sua espécie.

O olhar de Hunno não vacilou, e ele permaneceu onde estava, com os pés solidamente no lugar, cercando a porta improvisada.

— São ordens de Lorde Mark. Devo ficar a seu serviço até que a senhora possa atender *Milorde* Mark nos aposentos do rei.

Atrás dela, Dera choramingou brevemente, embora Isolda não soubesse dizer se de medo ou dor. Em seguida, porém, Isolda ouviu a mulher emitir um gemido baixo e premente, que ela reconheceu na hora.

Isolda virou-se rapidamente, bem na hora de ver o corpo de Dera se sacudir num espasmo agônico, pernas levantadas, o corpo enrolado em redor da criança no seu ventre. Um jorro repentino de fluido saiu de suas pernas e lhe encharcou o vestido e a palha no chão e fumegou no ar gelado do palheiro. Dera soltou um grito feroz e crescente; lançou uma das mãos para o alto, de palma para cima e dedos estendidos.

— Está tudo bem. — Isolda apertou com força a mão que tateava. — Sua bolsa d'água se rompeu, é só isso. O bebê está quase nascendo.

Ela esperou a contração passar, depois se voltou para Hunno e disse, com voz baixa e irada:

— Está certo. Se você vai ficar, pode nos ajudar. Passe a gordura de carneiro que está na minha sacola ali no chão. Daqui a pouco ela vai precisar empurrar, e sua passagem vai ter de ser facilitada...

"É quase engraçado", pensou Isolda, "observar o rosto de Hunno". Ao lado dela, Dera deu mais um gemido profundo e urgente; houve uma convulsão de seu corpo, ela abriu a boca e arquejou, o rosto escarlate do esforço. O guarda recuou um passo; os traços grosseiros estavam rígidos de repugnância.

Então, abruptamente, ele se virou para Isolda e disse, com voz ríspida:

— Vou ficar lá fora. Se a senhora quer desperdiçar seu tempo com o fedelho bastardo de uma meretriz, o problema é seu, mas pegue sua própria pomada: isso é trabalho de mulher, não meu.

Deu as costas e saiu, fechando a cortina. Isolda pensou: "Provavelmente, ele prefere enfrentar uma frente de batalha de saxões inimigos a assistir a uma mulher solteira dar à luz".

Entretanto, a centelha de divertimento amargo desapareceu quase na mesma hora quando ela olhou para o rosto rubro e suado de Dera. "Falta pouco" — pensou ela. — "Logo nascerá a criança, e então ela vai saber. Nem sei se agi certo em não lhe contar antes".

Isolda mergulhou o pano na jarra d'água mais uma vez, torceu-o e o pôs na testa de Dera.

— Está tudo bem — repetiu, e pegou a mão de Dera. — Empurre quando precisar. O bebê está quase nascendo.

# Capítulo 14

A criança nasceu exatamente quando o palheiro começava a clarear com os primeiros lampejos cinzentos do amanhecer. Nasceu numa precipitação de fluido castanho e sangue e um último e tenso gemido de esforço de Dera. Isolda levantou o corpinho quente, escorregadio de mucosidade e sangue, virou a criança para bater-lhe levemente nas costas com a mão e até fez respiração boca a boca para levar ar aos pulmões do bebê. Não adiantou, porém. Ela sabia disso desde o início. Durante todo o trabalho de parto, a criança ficara totalmente lassa e imóvel, com as perninhas e os bracinhos balançando, e, sob as manchas de sangue e o muco do nascimento, a pele do bebê não era nem azul nem vermelha, mas pálida como cera.

Dera esforçou-se para sentar, com os olhos arregalados e aterrorizados sob os fiapos de cabelo escuro ensopado de suor. Ela já dera à luz antes. Sabia o que significava não ter ouvido um choro. Os olhos de Dera foram do rosto de Isolda para a forma minúscula e imóvel do bebê, e ela deu um gemido lastimoso.

Isolda soltou a placenta, comprimida no abdome de Dera, para expelir o que restava de sangue. Limpou o rosto da mulher, passou-lhe o xale de lã sobre os ombros e levou mais um frasco aos lábios dela. Desta vez era uma combinação de visco e mirica, para ajudar a estancar o sangramento e impedir a hemorragia, que poderia acabar matando Dera. Durante todo esse processo, Dera se manteve deitada, imóvel, os olhos parados e opacos.

Isolda levantou a criança de novo. Foi como pegar uma flor ou um filhote de passarinho. As articulações de pernas e braços eram tão leves e frágeis quanto os ossos de um pardal, debaixo da pele quase transparente. Com o mesmo cuidado vagaroso, Isolda limpou o sangue e o muco do corpinho, depois enfaixou bem o bebê, como se estivesse vivo e chorando pelo calor do ventre da mãe, como qualquer recém-nascido.

Dera continuava sem falar nem se mexer, mas, quando Isolda fez o movimento de deitar a criança nos seios dela, a mulher deu um safanão violento e virou o rosto para os cobertores. Mesmo assim, Isolda suavemente a obrigou a tomar o pacotinho entre os braços, dizendo:

— Pegue-a. Você vai se arrepender depois se não fizer isso.

A princípio Dera continuou a desviar o rosto e a apertar os lábios, mas depois, lentamente, virou a cabeça para olhar para a criança. Os olhos do bebê estavam fechados, os parcos restolhos de cílios escuros contra as faces cor de cera e a boquinha curvada como um arco. Devagar, quase sem querer, Dera levantou a mão e alisou os fiapos de cabelo úmido no pequeno crânio arredondado.

— Eu *tava* certa — ela disse. — Era uma menina.

E então sua voz se interrompeu, o rosto se contorceu e um grande e trêmulo soluço lhe saiu da garganta.

Isolda a segurou enquanto os soluços a sacudiam violentamente. Finalmente, Dera parou de chorar e ficou deitada de olhos fechados, respirando em sorvos ainda lacrimejantes e fungando.

— Talvez... talvez seja melhor assim. — Sua voz estava insegura, mas a mulher levantou a mão livre para esfregar furiosamente o nariz que pingava e os olhos inchados. — *Num* sei como eu ia me arranjar com dois fedelhos, morando na estrada como a gente mora.

Isolda ficou calada um instante e depois disse:

— Se você quiser, posso lhe dar um remédio para dormir.

Sem dizer palavra, Dera assentiu com a cabeça e Isolda tirou da sacola um frasquinho de xarope de papoula. Esperou até Dera engolir a dose e voltar a deitar-se na palha.

— Quando você tiver leite, daqui a um ou dois dias, amamente seu menininho. Ele ainda é pequeno o bastante para sugar, e isso vai ajudar a afastar a febre pós-parto.

Os olhos de Dera estavam fechados, mas, ao ouvir essas palavras, ela olhou para Isolda, engoliu em seco e concordou com a cabeça de modo apático. Isolda se calou um instante, de olhos no pequeno pacote nos braços de Dera, e então disse:

— Quando você puder, pense sobre sua dor. Ela nunca desaparecerá, mas preste atenção a ela; depois de um tempo ela diminui e você pode continuar a viver.

— Gwyn.

Isolda debruçou-se sobre a moça adormecida e a tocou levemente no braço.

Quase nenhum dos outros andarilhos no palheiro sequer olhou quando Isolda afastou a tela de cobertores e foi despertar a ajudante de cozinha. Isolda pensou: "É em ocasiões como esta que os homens e as mulheres ficam cada vez mais sozinhos. Estão exaustos ou preocupam-se excessivamente com os próprios problemas para dedicar um pensamento a qualquer outra pessoa; temerosos de até mesmo olhar para alguém em necessidade, com medo de serem chamados para ajudar".

Gwyn sentou-se sobressaltada, piscando, os olhos ofuscados e inchados de sono, o cabelo negro desgrenhado e cheio de palha. Seu olhar focalizou Dera deitada com a criança a seu lado; um pano lhe cobria o rosto minúsculo.

Gwyn absorveu a respiração e perguntou:

— O bebê está morto, *milady*?

Isolda aquiesceu com a cabeça e confirmou:

— Está. Agora fale com o Padre Nenian que a criança precisa ser enterrada. — Calou-se e disse: — Diga-lhe que o bebê nasceu vivo, e que eu o batizei com o frasco de água benta que ele me deu para usar em ocasiões assim.

Gwyn olhou devagar para o corpinho coberto e depois para Isolda; franziu a testa e Isolda percebeu a sombra de dúvida hesitante nos olhos cor de avelã.

— O bebê deve ter morrido logo que nasceu, porque eu nem ouvi ele chorar... Isolda fez que sim com a cabeça e afirmou calmamente:

— Você estava dormindo profundamente. O bebê... — Isolda vacilou um instante — sangrou até a morte quando cortei o cordão umbilical, mas você pode contar ao Padre Nenian que a criança foi batizada como um verdadeiro cristão, em nome do Pai, do Filho e do Espírito Santo. Ele não precisa recear enterrá-la no cemitério.

Quando Gwyn saiu, Isolda voltou para o lado de Dera e afundou na palha. Os olhos da mulher estavam fechados e as pálpebras se enrugaram à luz vacilante da lanterna; os lábios continuavam ensanguentados, porque ela os havia mordido durante as contrações. Isolda desconhecia se ela se importaria se a criança fosse enterrada com outros cristãos, mas a mentira era válida, se lhe servisse de consolo.

Isolda esfregou os músculos nodosos da nuca e fechou os olhos. A história que contou sobre a morte da criança significava que haveria mais um dilúvio de boatos, mais uma história da magia negra da Bruxa-Rainha a ser sussurrada nos aposentos dos criados. Mas, por enquanto, ela só se importava com a dor da exaustão à medida que seu corpo relaxava, com a certeza de que, pelo menos por enquanto, não precisava se mexer.

Pensou que Dera estava dormindo, mas, quando Isolda olhou, deparou-se com os olhos da outra mulher em cima dela, olhos estupefatos mas cientes.

— A dor está tão grande que você não consegue dormir? — Isolda perguntou.

A cabeça de Dera se mexeu e negou debilmente:

— Não, *num tá* muito grande, não. — Ela se calou por um instante; os olhos escuros vagaram indiferentes pelo teto de madeira, depois se fixaram em Isolda. — Ele era um homem bom, seu marido, o rei — disse de repente. — Fiquei triste quando me disseram que ele tinha sido morto.

As palavras pegaram Isolda de surpresa, ela assentiu com a cabeça e disse:

— Obrigada.

— Ele era generoso também. Não que ele me *procurou* alguma vez para ter prazer — acrescentou depressa. — A senhora *num* precisa se preocupar com isso.

Isolda inclinou-se e alisou o cobertor, dobrando-o mais junto dos ombros de Dera.

— Eu não me importaria.

A língua de Dera tocou um dos cortes no lábio. — Mas *tão* dizendo que a senhora se casou de novo agora, *Lady*. Com Lorde Mark.

Isolda observou a dança das sombras nas paredes do palheiro.

— É verdade.

Dera engoliu e disse:

— Então, tome cuidado, *Lady*. — Suas palavras saíram ligeiramente atrapalhadas, em razão do sonífero e do cansaço.

— Esse sujeito não presta.

Um arrepio se espalhou pelo corpo de Isolda e formou um nó rígido em seu peito:

— Você conhece Lorde Mark?

— Ele me pagou por uma semana de serviços *tem* um tempo. No começo eu *num* conseguia acreditar na minha sorte. A gente costuma ter sorte de receber por uma hora, *num tô* nem falando de uma noite, mas...

Dera sacudiu a cabeça.

— Eu fugi dele no segundo dia. Ele ia me matar se me pegasse, e muita gente no exército *num* ia nem se importar de cuspir no corpo de mais uma prostituta morta, quanto mais *impedir* ele de cortar minha garganta, mas...

— Ela se interrompeu e apalpou desajeitada a gola do vestido. Quando desfez os laços, deixou de lado a lã ainda úmida de suor e expôs um seio:

— Está vendo isto?

A luz vacilante mostrou um par de cicatrizes em forma de cruz, uma em cima da outra, na pele macia e pálida.

— Mas eu tive sorte. Depois uma das outras *menina* me contou o que acontece quando ele *num* consegue controlar uma mulher.

Seus olhos começaram a perder o foco, e quando ela voltou a falar a voz estava sonolenta, distante e quase despreocupada:

— Uma vez eu vi um garanhão. Mancava de uma perna e *num* conseguia montar nas *égua*, por isso ele fazia as maiores *maldade* com elas: mordia os pescoços delas até elas sangrarem.

Dera parou de novo; uma breve sombra lhe franziu a testa com o esforço de continuar a falar; os olhos estavam quase se fechando.

— *Tem* homens que machucam a mulher porque nasceram grossos e *num* sabem ser *diferente*. E tem homens que machucam a mulher porque *tão* sem mulher faz semanas. E também tem homens que machucam a mulher só pelo prazer de ver se *pode* fazer a mulher chorar. Esse Lorde Mark é um deles.

Isolda esperou a respiração da mulher se aprofundar e ficar mais lenta, baixou a cabeça e apoiou a testa nas mãos, lutando contra o medo que começou a percorrê-la em ondas. Pensou então: "De certa forma, foi um ato piedoso eu ter sido convocada para ficar ao lado de Dera". A premência imediata da tarefa que a aguardava e o ritmo dos procedimentos conhecidos tinham evitado, na maior parte, que pensasse em outra coisa. Mas agora...

Como se viesse de muito longe, Isolda ouviu na sussurrante imobilidade o eco de suas próprias palavras, ditas a Mark há menos de três dias:

"Experimente. Juro pela alma do meu marido que atravesso meu coração com uma faca antes de me casar com o senhor ou com qualquer outro homem."

A ponta da cicatriz em forma de cruz ainda era visível acima do decote do vestido de Dera, subindo e descendo com o ritmo estável de sua respiração. Para baixo e para cima. Para cima e para baixo.

Isolda deu-se conta de que estava esfregando a mão na boca repetidas vezes. "Preste atenção a sua dor", havia dito a Dera. Aprendera isso há quatro anos, deitada na cama, com a pele ardendo, pressionada e queimando de febre, enquanto o Padre Nenian murmurava suas orações e a ungia com seus santos óleos.

Mas agora era diferente. Naquela ocasião, ela se sentira dolorosamente vazia como uma concha pulsante. Agora se sentia como vidro estilhaçado, e por mais que tentasse não conseguia reunir os cacos.

"E Hunno", pensou, "está esperando lá em baixo. Esperando para me levar de volta..."

O vento do lado de fora deve ter mudado, pois a voz chegou de repente, bloqueando tudo o mais dos ouvidos de Isolda:

"Já ouvi damas falarem do parto, mas não sabia que seria assim. O meu deve ter sido mais difícil do que a maioria, com toda a certeza. A princípio eu chorei, mas agora estou cansada demais para lágrimas. Eu não me importaria de morrer. As mulheres morrem muito de parto. Por que não eu também?

Acontece mais uma contração, e eu me agarro à mão de Morgana e a ouço gemer constrangida quando meus dedos agarram os dela.

— *Ajude-me* — *peço.* — *Por favor, faça que isso pare.*

Ela limpa meu rosto e leva um copo de vinho a minha boca. Vejo que está combatendo a impaciência, embora sinta pena de mim, tenho certeza.

— *Já vai terminar. Você está quase conseguindo.*

Mais uma contração me atinge e imediatamente alguma coisa estoura dentro de mim, e há um jorro de água quente em minhas coxas. Alguém está gritando; suponho que deva ser eu.

Meu corpo está dilacerado, explodindo como fogo, e estou berrando... berrando. E então uma coisa quente, sólida e viscosa ressvala em minhas pernas. E afinal, como uma bênção, a dor desaparece.

A voz de Morgana vem de muito longe:

— Você tem uma filha. É uma menina.

Lentamente abro os olhos. Com mãos rápidas e experientes, Morgana está desembaraçando o bebê do cordão umbilical, levantado-o e dando-lhe um tapinha nas costas. O rostinho dela é vermelho, os olhos estão cerrados, e a boca aberta emite um choro raivoso enquanto movimenta os pulsos minúsculos. Morgana a coloca em meu peito.

Uma criança. Uma filha. Minha filha, mas ela não parece ser minha. Olho para ela e... não sinto absolutamente nada.

Rezei para ter um filho todos os dia, desde que tinha catorze anos e fui enviada por meu pai para me casar com o Rei Artur. Rezei de joelhos para lhe dar um herdeiro. Partilhei sua cama e fingi desconhecer que ele dormia com todas as mulheres bonitas, com todas as aias que lhe sorriam. E agora...

— Você às vezes tem a impressão, Morgana, de que nosso Deus é cruel?

— Tenho. — A voz de Morgana soou dura, sem expressão. — Tenho, sim.

O bebê finalmente para de chorar e abre os olhos. São grandes e azul-acinzentados, como o mar. Contemplo o rostinho. Minha filha. Minha e de Modred.

— Isolda. O nome dela é Isolda. — Então levanto uma das mãos e a passo no redemoinho de cabelo escuro no crânio do bebê. — Pobrezinha!"

Por um instante após a voz desaparecer, Isolda ficou imóvel; o eco da voz de sua mãe ainda lhe soava nos ouvidos. "Estranho", pensou, "que eu saiba que a voz era dela". Guinevere se apressara em se tornar freira quase logo depois que Isolda nasceu. Ela, pelo menos, não podia ter participado das lembranças que Isolda travou. Isolda inalou o hálito, preparando-se para se movimentar.

Então parou, quando seus olhos viram a porta do alçapão no chão de madeira do palheiro. Era usado pelos cavalariços para levar para os cavalos lá embaixo a palha que pegavam com a forquilha.

Isolda ficou na entrada dos fundos do estábulo, esfregando a unha que quebrou quando puxou para abrir a porta do alçapão. Machucou um ombro quando caiu na palha abaixo, mas estava agora na porta que levava à sala de brassagem[18] e ao galpão do armeiro. Raciocinou então que essas áreas seriam seguras e ficariam desertas por várias horas.

Abriu facilmente a porta, então ficou gelada e o coração se acelerou ao ver um homem sentado num barril virado para cima em frente ao telheiro do armeiro, de costas para onde ela estava. Isolda prendeu a respiração, sem ousar se mexer, mas o ranger das dobradiças da porta foi suficiente para fazê-lo virar-se.

Ector, o armeiro, praguejou violentamente; as espessas sobrancelhas grisalhas se uniram ao reconhecer Isolda:

— Pelas chagas do Senhor! Você não tem nada melhor para fazer do que vir me perseguir logo quando consegui me livrar de seu....

O alívio que Isolda sentiu foi tão intenso que ela ficou com vontade de vomitar. Esforçando-se muito, porém, eliminou todo traço de alívio ou medo do rosto e se determinou a fazer com que sua voz se mostrasse firme e calma.

— Como é que o senhor chegou até aqui? Não devia nem ter saído da cama, muito menos ficar no frio desse jeito.

O ancião usava apenas calções de couro até o joelho e desgastados pelo tempo e uma túnica surrada. Não parecia, porém, sentir frio, apesar de a temperatura ser gelada o bastante para provocar arrepios nos braços de Isolda.

---

18 Na fabricação de cerveja, o processo de misturar a água e o malte, sob a ação do calor. (N.T.)

— Como? — Ector apontou com a cabeça uma muleta de madeira no chão a seus pés. — Andando. — Pensei que pudesse ter um pouco de sossego depois de ouvir cem homens gemendo e roncando e peidando a noite inteira enquanto dormem. Eu devia saber que estava bom demais para durar.

Isolda engoliu em seco e disse:

— É melhor eu dar uma olhada no seu pé. Para ver como está indo o ferimento.

Ector fez cara feia e resmungou irritado, mas não resistiu quando Isolda ajoelhou-se nos paralelepípedos à sua frente e começou a desamarrar as ataduras no pé dele, com mãos que ela continuava a sentir ligeiramente adormecidas.

— A aparência está melhor — disse ela após um instante. — Como é que o senhor se sente?

— Como é que eu me sinto? — Ector bufou violentamente de novo. — Ainda estou com um buracão sujo no pé, não estou? Para não falar do reumatismo, porque fico deitado todos os dias num chão frio de pedra, e da vontade que tenho de vomitar toda vez que penso nessas larvas imundas que você botou no meu pé. Não que eu tenha muito o que vomitar, depois de uma semana comendo a lavagem para porcos que chamam de comida lá na sua enfermaria.

Isolda começou a repor as ataduras. Suas mãos estavam gradativamente se firmando, e sua voz, quando ela olhou de soslaio para Ector, estava quase normal.

— Afora isso, o senhor se sente bem?

Houve um breve silêncio e então, pela segunda vez desde que ela o conhecia, um lampejo de humor relutante surgiu nos olhos escuros e reumosos de Ector. Um lado da sua boca se contorceu e ele respondeu:

— Claro que sim. Afora isso, estou prontinho para lutar contra o exército saxão, com um braço preso às costas.

Ele se interrompeu quando rápidas passadas de botas ecoaram nas pedras da passagem atrás de Isolda. Ela sentiu calor, depois frio. Não havia tempo para tentar escapar. Nem para trocar mais uma palavra com Ector, embora duvidasse de que isso serviria para alguma coisa. Foi por puro instinto que ela abaixou a cabeça atrás de Ector e se enfiou no galpão do armeiro; foi mesmo só por instinto, e não por ter esperança de que poderia deixar de ser descoberta. Se o homem se aproximando fosse Hunno, Ector lhe diria onde ela estava, pois não tinha razão para não dizer, e todas as razões para ficar do lado de Mark e seus guardas.

O interior do galpão era escuro; nas paredes estavam pendurados martelos e lâminas de afiar do ofício de Ector, e o braseiro central estava silencioso e frio. Isolda ficou perto da entrada e ouviu a voz do homem lá fora.

— Temos ordens do milorde Rei Mark para encontrar *Lady* Isolda. O senhor viu algum sinal dela por aqui?

Não era Hunno, e sim outro guarda. Hunno deve ter notado a ausência dela e alertado alguns dos seus companheiros. O silêncio antes da resposta de Ector pareceu uma eternidade. Isolda esperou e ficou estranhamente surpresa, agora que chegara o momento de ser descoberta, por não sentir medo. Se estava sentindo alguma coisa, era raiva de que tudo que fizera de nada adiantara.

Através de uma nesga nas paredes de toscas ripas de madeira do telheiro, ela viu Ector virar ligeiramente a cabeça, franzir o cenho e esfregar uma orelha com uma das manoplas calejadas antes de finalmente dizer:

— *Lady* Isolda? — repetiu. Lentamente, sacudiu a cabeça e disse: — Não vi nenhum sinal dela, nem de mais ninguém, até você aparecer.

— Tem certeza? Você não viu ninguém?

Ector resmungou, e os ombros magros se mexeram de modo irritado.

— Da última vez que testei, não estava cego. Ninguém passou por aqui. De qualquer jeito, o que é que *Lady* Isolda ia estar fazendo por aqui a esta hora do dia?

O guarda não respondeu; em vez disso, perguntou, com um tom de súbita desconfiança na voz:

— E o que é que você está fazendo aqui a esta hora?

Ector resfolegou, e Isolda visualizou a boca estreita se contorcendo de mau humor:

— Você acha que me nomearam armeiro do rei porque sei assobiar? Há muito que fazer com essa nova ameaça dos saxões de que estão falando. Eu vim aqui para trabalhar. O que vou fazer, se você me deixar em paz.

Quando o barulho em seus ouvidos diminuiu, Isolda continuou comprimida contra a parede externa do telheiro, e Ector surgiu de pé na porta, sua compleição curvada e forte delineada ao fundo da luz esmaecida da manhã.

— Você pode sair agora. Ele foi embora.

Lentamente, Isolda o seguiu para fora do galpão. Ector se apoiava pesadamente na muleta de madeira, saltando para que o pé machucado não tocasse o chão e praguejando baixinho quando o dedão ou o calcanhar roçava os paralelepípedos. Resmungando mais uma vez, ele se abaixou para se sentar no barril, cruzou os braços no peito, inclinou a cabeça levemente para trás e estendeu o pé contundido. A reação começou a ser absorvida e, a princípio, Isolda não conseguiu falar. Logo, porém, respirou fundo e encarou o olhar sombrio de Ector.

— Obrigada — disse ela baixinho.

Ector ficou calado por um longo momento, os olhos fixos nos dela. Seu rosto, à luz cinza do amanhecer, parecia uma imagem esculpida em uma das pedras desgastadas representando deuses do piso da charneca. Finalmente ele sacudiu a cabeça e disse:

— Espero, moça, que faça bom proveito da chance que acabei de lhe dar.

Livro II

Capítulo 15

Foi a chama trêmula da luz que a acordou. A luz e a mão pesada e rígida do homem, apertada sobre sua boca. A mão era áspera, cheirava a cebolas, sujeira e suor, e o estômago de Isolda se comprimiu em pânico mesmo antes de ela abrir os olhos, mesmo antes que a lembrança a fizesse recapitular plenamente por que deveria ter medo. Instintivamente, ela torceu o corpo, esforçando-se para se livrar do homem: chutou, defendeu-se com violência, mas verificou que não conseguia se mexer. Suas mãos e pés estavam amarrados, presos com alguma coisa dura e rígida que lhe cortava a pele.

Com a mão ainda em cima da boca de Isolda, seu captor a mantinha ao alcance das mãos, de modo que ela lhe viu o rosto pela primeira vez, e, estranhamente, seu primeiro pensamento foi quase de um alívio estonteante: *não era Mark*. Nem nenhum dos soldados de Mark. Esse homem era louro, forte, alto e inequivocamente saxão. Não parecia hostil. Os olhos azul-claros, orlados por cílios espessos e pálidos sob o brilho da fogueira do acampamento atrás dele, pareciam curiosos e, estranhamente, um pouco nervosos, nada mais. Os olhos de Isolda fixaram a fogueira e ela viu que havia outro vulto agachado ao lado do círculo de fogo. Era um menino de dez, talvez onze anos, cujo cabelo negro e compleição pequena e forte caracterizavam um bretão, da mesma forma que o corpo de seu companheiro o identificava como saxão.

O olhar de Isolda foi do menino para o homem, esforçando-se para acalmar os frenéticos batimentos de seu coração, à medida que voltavam as lembranças das várias horas decorridas.

Primeiro, de pé no pequeno pátio em Tintagel, ainda entorpecida e estupefata com a atitude de Ector. Depois, quando Ector disse, mais uma vez carrancudo e mal-humorado: "Se você vai ficar aí parada, posso muito bem gritar e chamar o guarda de volta". Depois, quando ela cautelosamente caminhou até um portão encimado por uma abóbada, de onde pôde olhar para o grande pátio. Finalmente, quando tirou o capuz do manto e se juntou despercebida a uma multidão de refugiados que saíam em tumulto do estábulo para pegar a estrada mais uma vez.

Sentiu uma fisgada na nuca quando passou pelos portões e saiu de Tintagel sob os olhos dos guardas de Mark, mas ninguém a deteve, nem sequer se deu ao trabalho de lhe dirigir mais do que um olhar de relance. E assim ela escapou. Primeiro como parte do grupo, depois sozinha, seguindo a trilha que levava para longe de Tintagel, atravessando o pontal coberto de capim e finalmente chegando à charneca estéril varrida pelo vento.

Afinal, quase ao pôr do sol, encontrou um agrupamento de árvores crescendo no abrigo de uma antiga pedreira com pedregulhos esmagados. Os ramos das árvores estavam desfolhados nessa época do ano, mas pelo menos ofereciam certa proteção e um refúgio contra o vento cortante. Ela se envolveu no manto e adormeceu quase na mesma hora, cansada demais para tentar se alimentar com um pouco da comida que trouxera.

Ainda era noite. O céu estava negro, sem um traço sequer da aurora; as estrelas e a lua crescente esmaecidamente prateada ainda reluziam.

O homem que a segurava resmungou brevemente sem nada dizer, sacolejou a cabeça e a esse som o menino se levantou de onde estava agachado perto do fogo ardente e veio à frente. Ele era magro e pequeno, o peito frágil, quase côncavo, debaixo de uma túnica suja que fora costurada com o que parecia peles de coelho e couro cru. O rosto dele também era magro, esperto e de traços bem-definidos; os ossos proeminentes sob a pele bronzeada de sol, os olhos escuros movimentando-se rapidamente de um lado para outro, como se estivessem sentindo perigo no ar. Eles reluziram em cima de Isolda num olhar rápido e astuto antes de se aproximar do homem.

O saxão gesticulou com uma das mãos; a outra continuou apertando a boca de Isolda, e o menino mexeu afirmativamente a cabeça. Virou-se para Isolda, olhando-lhe rapidamente o rosto antes de piscar e desviar o olhar.

— Ele disse que tira a mão se a senhora prometer não gritar.

Ele ergueu uma das mãos para coçar a cabeça, e Isolda viu que seu couro cabeludo estava coberto por crostas de feridas; tufos de cabelo escuro fino cresciam em trechos irregulares entre as crostas.

Isolda aquiesceu com a cabeça, numa promessa muito fácil de fazer, pois não havia ninguém por perto para ouvi-la se gritasse. Exceto se alguns dos guardas de Mark continuassem perseguindo-a na estrada e estivessem próximos.

O saxão retirou a mão e ao mesmo tempo a deslocou sem qualquer esforço, para que se acomodasse no chão perto da fogueira. Desastradamente, Isolda levantou as mãos amarradas para afastar dos olhos os cabelos emaranhados, depois olhou para o homem e o menino, tentando avaliar se seria mais seguro ficar calada ou falar. O homem fez outro gesto. Suas mãos eram grandes, as palmas calejadas e rudes pelo trabalho, as unhas sujas e quebradas, mesmo assim seus movimentos eram rápidos e estranhamente graciosos agora que estava com as mãos livres. O menino observava, e, após um instante, fez um sinal afirmativo com a cabeça e se virou de novo para Isolda:

— Ele disse que a senhora não precisa ter medo. Ele não quer lhe fazer mal, só quer sua ajuda.

— Minha ajuda... — repetiu Isolda. Sua garganta estava seca após o longo dia de caminhada nas estradas de terra, e sua voz soou um pouco rouca. Ela mudou de posição e analisou o homem saxão. Sua roupa, assim como a do garoto, havia sido costurada com peles: ele usava calções de couro até o joelho, uma túnica de couro malfeita e um manto de algo que parecia pele de lobo, o pelo prateado desbotado e sujo do uso. Usava também no pescoço um dente amarelado e pontudo — "deve ser de lobo", pensou Isolda, "ou de cachorro" — furado e preso numa tira de couro. Isso significava que não era um soldado, embora ela já tivesse deduzido. Certa vez vira um mendigo surdo que usava as mãos para falar, mais ou menos como esse homem, que a observava com olhos azuis estranhamente ansiosos.

Isolda tomou fôlego, forçando-se a controlar o choque e o medo até poder falar com calma cautelosa. Virou-se então para o menino e disse:

— Pergunte a ele por que me amarrou desta maneira se quer minha ajuda.

O menino levantou uma das mãos e coçou a cabeça novamente:

— A senhora mesma pode perguntar a ele. Ele não é surdo. É que tiraram a língua dele. — Os olhos do garoto se movimentaram rapidamente para o lado e para trás e ele acrescentou: — Isso deixou *ele meio*..., mas ele consegue ouvir igual à senhora e a mim.

— Isso o deixou...

Isolda olhou chocada para o imponente saxão e viu o que não vira antes. Debaixo de fios de cabelo louro liso e fino, presos para trás com uma tira estreita de couro, seu rosto era largo e forte, com traços de ossos pesados e um queixo saliente e firme. Era um rosto orgulhoso e impressionante, ou melhor, devia ter sido. Observando bem, Isolda reparou que os olhos azuis tinham uma expressão ligeiramente vazia e vaga. Ela pensou então: "Como se a alma atrás deles houvesse passado por algo insuportável e houvesse batido em retirada, de volta a um lugar sagrado e seguro".

O homem voltou a gesticular, com os olhos ainda ansiosos fixos em Isolda.

— Ele está dizendo que a senhora não ia dar ouvidos a ele se ele só tivesse acordado a senhora e lhe pedido ajuda. Ele precisou amarrar pra senhora não fugir.

O medo de Isolda tinha praticamente desaparecido e ela concordou com a cabeça, devagar, e se dirigiu ao saxão pela primeira vez:

— Ele está certo, mas não vou mais fugir. Pode me desamarrar e me dizer o que o senhor quer.

O homenzarrão hesitou um momento, depois se inclinou e se ajoelhou meio sem jeito aos pés dela. As manoplas calejadas desastradas tateavam os nós do cordão que a prendia, sem qualquer traço da graciosidade que ele demonstrara ao fazer gestos para se expressar. Quando ficou livre, Isolda esfregou as mãos e os pés e os estendeu até o reluzir do fogo, vacilando sem querer quando o movimento e o calor trouxeram de volta as sensações, e também a dor.

O saxão tocou-lhe o braço, oferecendo-lhe um odre com vinho pela metade, que Isolda pegou, ofegante, quando o vinho, aguado, azedo e com gosto de bode, lhe tocou a garganta ressecada. Ela fez um esforço para engolir, devolveu o odre e limpou a boca.

— Obrigada — disse, e voltou a perguntar: — Diga-me, que ajuda o senhor deseja de mim?

— Precisamos de uma curandeira, e ele ouviu dizer que a senhora é ótima.

O medo voltou a percorrer-lhe o corpo, comprimindo-lhe todos os nervos. Se ela estivesse menos cansada e menos aturdida pela falta de sono e pela dor prolongada, teria impedido que ele prosseguisse falando, mas agora as palavras já haviam sido proferidas e ela não tinha mais o que fazer.

— Como é que vocês sabem quem sou?

— Já vimos a senhora andar a cavalo com o rei. — O menino se calou, esperando que o saxão terminasse, depois disse: — *Tem* patrulhas, soldados nas estradas procurando a senhora, mas ele disse que não vamos entregar a senhora se concordar em nos ajudar.

Soldados, guardas de Mark. Isolda já sabia que eles a procurariam e que tinham ordens de levá-la de volta a Tintagel, mas, de qualquer forma, sentiu o corpo frio, apesar do calor do fogo. Sem mostrar receio, respondeu:

— Está certo, concordo.

O homenzarrão a analisou um instante, de cenho franzido, e fez outro breve sinal.

— A senhora dá sua palavra? — perguntou o garoto.

Isolda concordou com a cabeça, mais firmemente:

— Está bem, eu dou minha palavra.

O saxão se calou mais uma vez, e então seu rosto se abriu num sorriso lento, e ele fez que sim com a cabeça. Levantou-se, fez mais uma série breve de gestos para o menino, depois se virou e foi embora; seus passos silenciaram quando ele ultrapassou o círculo da luz da fogueira.

— Que foi que ele disse? — perguntou Isolda ao menino.

O garoto estava a pequena distância, manuseando ociosamente uma faca já muito usada pendurada no cinto e, de vez em quando, olhando de relance para Isolda, meio desconfiado, meio curioso. À pergunta, ele deu mais um olhar furtivo; os olhos escuros mal a encararam, depois se desviaram. Ele resmungou:

— Ele disse que vai ver se não *tem* nenhuma patrulha por perto.

— Então devemos apagar a fogueira?

O menino sacudiu a cabeça e, continuando sem olhar para ela, disse:

— Não. Aposto que não tem ninguém por aqui. De noite o terreno é muito difícil para os cavalos.

Isolda fez um aceno positivo com a cabeça. O ar da noite estava gelado, o vento soprava forte e ela tremia; estendeu então as mãos para perto da fogueira e tentou pensar. Estava certa — quase certa — de que não tinha motivo, pelo menos por enquanto, para temer o saxão ou o menino, mas não sabia ainda quanto poderia confiar neles. Mark certamente daria uma bela recompensa a quem a levasse de volta.

A ideia de comer a fez sentir-se levemente nauseada, mas de qualquer maneira abriu a sacola presa ao cinto do vestido e retirou o pacote de comida, obrigando-se a comer um pouco dos bolos de mel que Hedda havia embrulhado. Isso parecia ter acontecido há uma vida. Como esperava, o menino, após observá-la por alguns instantes, sentou-se ao seu lado. Estava a pouco mais de um braço de distância, mas os olhos se fixaram no embrulho de comida no colo da moça com um olhar que Isolda já tinha visto em incontáveis rostos dos homens e mulheres que iam a Tintagel pedir ajuda. Finalmente ele perguntou:

— A senhora tem mais disso aí?

Isolda engoliu um pedaço de bolo e confirmou com a cabeça:

— Tenho, tenho muito. Posso lhe dar um pouco, se você responder a umas perguntas.

O menino lhe deu mais um olhar desconfiado e de esguelha, mas acabou perguntando:

— Que é que a senhora quer saber?

— Para começar, seu nome. O seu e o do homem.

O menino franziu as sobrancelhas e coçou distraidamente uma crosta de ferida no dorso de uma das mãos. Suas mãos estavam rachadas e avermelhadas de frio, os pulsos finos e frágeis pareciam-se com os menores galhos secos das árvores acima.

— O meu é Bran — disse ele afinal. — E o dele é Hereric.

Ele estendeu a mão, esperançoso, e Isolda tirou da sacola um dos bolos menores.

— Só isso? — Bran olhou para a palma da mão, esquecendo-se temporariamente da prudência. — Só uma porcaria de um bolo?

Isolda deu de ombros e disse:

— Um é melhor do que nenhum, que é o que você tinha antes. E você só respondeu a uma pergunta.

Bran a olhou com uma expressão interesseira, depois, após um momento, pôs o bolo na boca e, ainda mastigando, perguntou:

— A senhora quer perguntar mais coisas?

Isolda fez que sim com a cabeça. Embora fosse muito jovem, seu rosto não tinha a suavidade que ela já vira em outras crianças da mesma idade. Ele tinha maçãs do rosto salientes e inclinadas, e debaixo do monte de cabelo maltratado seus traços tinham uma aparência embrutecida, a boca apresentava uma ruga de cautela e desconfiança. Os olhos, escuros sob sobrancelhas retas escuras, também eram embrutecidos, com a expressão tensa e vigilante de um cavalo ou de um cachorro maltratado.

Isolda também reparou no largo círculo de pele, mais claro do que no resto, em redor do pescoço magro. Era a marca deixada por um colarinho de ferro, preso durante a vida inteira naqueles que os saxões compravam e vendiam como escravos. O desse menino devia ter sido usado pelo menos durante o verão, ou a pele estaria bronzeada de modo uniforme. Isso quer dizer que ele fora escravo uma época. Ou ainda era?

— Você pertence a Hereric, então?

— Pertencer? — Um rubor de raiva coloriu as faces lívidas; Bran deu um solavanco com a cabeça, e os olhos fixaram-se diretamente nos dela pela primeira vez. — Eu *num* pertenço a ninguém. Agora não.

— Desculpe.

A débil compleição do menino ficou retesada de ressentimento, e, como uma espécie de oferenda de paz, Isolda lhe entregou mais um bolo. Bran hesitou, mas depois deu de ombros e aceitou a oferta, mordendo e engolindo o bolo quase todo antes de falar de novo, com voz menos cautelosa, embora abafada pelo bocado de comida.

— Eu fui... de Wucsfrea, um dos soldados do rei Octa, mas ele foi morto no combate perto de Glevum, então eu fugi.

— No combate perto de Glevum — repetiu Isolda. — Mas isso foi no último inverno, nos meses mais frios do ano. Como é que você não morreu de fome estando sozinho?

Bran pôs o último pedaço de bolo na boca e se acomodou mais confortavelmente, cruzando as pernas. Deu de ombros de novo e disse, indiferente:

— *Tem* muita carne num campo de batalha. Às vezes apodrecendo, mas o frio costuma conservar a carne fresca. Você só precisa pegar *ela* antes dos lobos.

— Apodrecendo...

Isolda esforçou-se para afastar a imagem da criança agindo como abutre no campo de batalha, arrancando carne dos ossos de homens quase enterrados. Os próprios soldados já não se importavam. "E isso é, provavelmente", pensou, "o maior bem que pode resultar de uma dessas malditas guerras: haver comida suficiente para manter vivo um escravo fugitivo".

Ela se calou um instante, e depois perguntou:

— E quem precisa de uma curandeira? Você ou Hereric?

— Nenhum dos dois. — Preguiçosamente, Bran chutou uma das toras da fogueira, provocando um chuveiro de centelhas. — É o Tristão que precisa.

A voz dela se alterou ligeiramente quando ele pronunciou esse nome, e Isolda perguntou:

— Tristão? E quem é ele?

Uma cortina pareceu cair sobre o rosto do menino, deixando-o duro e cauteloso mais uma vez. Ele balançou a cabeça para disfarçar e respondeu:

— É uma pessoa que conhecemos. Ele está com Kian, não longe daqui.

Fez uma pausa, e Isolda percebeu no seu olhar a prudência lutando contra a vontade de dizer mais. O menino hesitou um instante e acrescentou, com um toque de orgulho:

— Eu sabia que Tristão ia precisar de nós, por isso trouxe *eles* aqui, Hereric e Kian. Eu que encontrei e trouxe *eles* aqui. A gente ia atrás de Tristão, se ele mesmo *num* tivesse vindo primeiro.

Isolda pensou: "Há várias perguntas que eu poderia fazer se quisesse esclarecer a verdade sob a explicação confusa de Bran, mas não tenho certeza de poder persuadir o guri a me contar muito mais". Por isso, após um instante, Isolda meteu a mão na sacola e retirou uma fatia grossa de carneiro, que manteve na palma da mão virada para cima, mas não fez nenhuma menção de oferecê-la ao menino.

— E depois que eu prestar meus serviços de curandeira a Tristão? Que vai acontecer?

Os olhos de Bran miravam a carne, mas ao ouvir a pergunta ele olhou devagar para Isolda. Hesitou um momento, mas depois desviou o olhar e se mexeu, constrangido:

— Não sei.

Continuou a observá-la, contudo, pelo canto dos olhos; a luz da fogueira reluzia astutamente nos brancos visíveis sob as fendas das pálpebras, e Isolda perguntou-se se sabia mais do que disse. Ela então pensou que não podia confiar nem no homem nem no menino. Não com segurança.

A sacola de remédios de Isolda estava no chão entre os dois, e no silêncio que se seguiu Bran estendeu uma das mãos, ociosamente passando os dedos pelos cordões de couro, e disse:

— Dizem que a senhora é uma bruxa.

Isolda fez que sim com a cabeça; os olhos fixavam as chamas agitadas.

— É verdade — respondeu. — Eu sei que dizem isso.

Bran também transferiu o olhar para o fogo, e estendeu as pernas, como se para evitar olhá-la de novo; em seguida perguntou:

— É verdade? A senhora pode desejar mal a alguém e fazer com que ele acabe sofrendo?

Isolda levantou ligeiramente um ombro e respondeu:
— Não sei, mas você vai descobrir se não devolver a bolsinha de moedas de cobre à minha sacola.

A cabeça do garoto deu um solavanco uma vez mais, e ele enrijeceu, como se estivesse pronto para fugir. Depois, lentamente, seus músculos relaxaram e pela primeira vez a expressão dura e cautelosa desapareceu-lhe dos olhos, o que o fez subitamente mais jovem do que ela achara. Teria nove, talvez dez anos, não mais do que isso. Deu um risinho cínico, mostrando vários dentes tortos.

— A senhora é boa mesmo, hein? Eu pensei que a senhora *num tava* vendo. Seus olhos devem ser iguais aos de um falcão.

Involuntariamente, Isolda também sorriu, e estendeu a fatia de carneiro para o menino. Bran tirou a bolsinha de moedas da parte superior da túnica, jogou-a de volta na sacola e aceitou a comida. Arrancou um naco da carne com os dentes, mastigou-o e depois afavelmente ofereceu parte da fatia grossa a Isolda. Isso foi um gesto de amizade, e Isolda se obrigou a dar uma mordida antes de devolver o carneiro. Bran o pegou, tirou mais um naco e mastigou antes de perguntar, com a boca ainda quase cheia:

— Conhece alguma charada?

A pergunta foi tão inesperada que Isolda ergueu os olhos, surpresa, e respondeu:

— Algumas.

Bran fez um aceno com a cabeça e disse
— A gente às vezes, de noite, conta charadas. Hereric e eu, e às vezes Tristão também. Ajuda a ...

Ele se deteve e disparou um olhar rápido e constrangedor para a escuridão que os rodeava antes de se virar novamente para Isolda:

— Ajuda a passar o tempo. Conhece esta? — Engoliu o resto da carne, lambeu a gordura dos dedos e franziu a testa, relembrando: — Estou dentro de um lugar branco como a neve.

Não tenho nenhum verde das ervas. Sou mais alto do que uma casa, mas menor do que um rato.

As charadas que Isolda conhecia lhe foram ensinadas por Merlin. Ele costumava contá-las às vezes junto com as histórias que cantava no salão de banquetes, em uma de suas raras visitas à corte. Isolda ainda ouvia o eco da sua voz, dolorosamente claro no silêncio vazio da noite, e a cadência alegre do acentuado sotaque galês. *"Que é mais negra do que um corvo? A morte. Que é mais veloz do que o vento? O pensamento. Que é mais afiado que uma espada? A compreensão."*

— Uma noz numa árvore?

Bran fez que sim com a cabeça:

— Isso mesmo. — Mexeu os ombros, fazendo pouco caso: — Essa é fácil.

Isolda levantou o olhar para o céu noturno. Ainda não havia sinal do amanhecer, mas a lua começava a desaparecer no horizonte.

— Quanto tempo você acha que Hereric vai demorar? — perguntou ela.

Bran mudou de posição e deu de ombros:

— Agora falta pouco tempo, só se ele acabou encontrando uns guardas, mas eles *num iam* conseguir pegar ele. É simples, como... Kian diz que pode ter fogo na lareira, mas poucas vezes tem alguém em casa. Hereric é esperto, e se encontrar uma patrulha, ele se esconde. — Ele se calou, depois perguntou: — A senhora sabe mais charadas?

Ao falar, contudo, sua cabeça se virou, examinando mais uma vez a charneca escura, e Isolda se perguntou se ele realmente estava tão despreocupado sobre seu companheiro quanto fingia estar. Ela vira um vagabundo saxão, talvez um soldado desertor ou um escravo fugitivo, enforcado numa encruzilhada, os olhos sem visão bicados pelos pássaros e o corpo abandonado para apodrecer.

— Provavelmente.
Ela pensou: "Merlin", e sentiu uma dor rápida e surda, "nunca repetirá uma charada, que eu me lembre. Parecia que ele as tirava de um estoque infindável".

Isolda estremeceu, lembrando-se também das histórias que ele contava da lavadeira num vau, certa mulher letal fantasmagórica que aparecia nos cruzamentos dos rios, lavando a roupa manchada de sangue, que era um presságio da morte. Ou dos lagos assombrados por espíritos que exigiam a cada sete anos o pagamento de um animal ou pássaro para não tirar a vida de alguém.

Ela pensou um instante e depois propôs a seguinte charada:
— Milhares armazenam ouro dentro desta casa, mas nenhum homem a construiu. Incontáveis lanças vigiam essa casa, mas nenhum homem a protege. Você sabe o que é?

Bran balançou a cabeça, com a fronte já enrugada. Pegou o graveto solto de uma das árvores e olhou mal-humorado para o chão, espetando o solo coberto de capim enquanto pensava. Isolda recostou-se para pensar também; seus olhos vasculhando a escuridão que os rodeava. Fosse quem fosse Hereric, ele temia ser capturado pelos guardas de Mark; embora isso talvez fosse apenas por causa de seu local de nascimento. Um saxão solitário se arriscava a, no mínimo, ser preso, e muito pior ainda se fosse capturado atrás das linhas bretãs.

— Já sei! — exclamou Bran subitamente, desfazendo as rugas na testa. — É uma colmeia. É isso que...

Ele parou de falar e o corpo ficou imóvel de repente quando, de algum lugar, ouviu-se um grito penetrante e selvagem. Isolda também endureceu, mas depois relaxou, porque ao grito seguiu-se um bater rápido de asas e um guincho pequeno e agudo.

— É uma coruja, ratos caçadores ou arganazes — disse ela. — Só isso.

— Eu sei disso — afirmou Bran rapidamente. — Eu não estava com medo.

Mas um momento depois, quando o uivo contínuo de um lobo rompeu o silêncio da noite, ele falou, como se tivesse lido parte dos pensamentos de Isolda:

— Uma vez eu ouvi Kian cantar uma canção. Era sobre um homem selvagem que levava cães de caça pelo céu. Ele caçava almas para transportar para a terra dos mortos.

Com essa, eram três vezes que ele falou o nome, e desta vez Isolda perguntou:

— Kian? Quem é ele?

Bran deu de ombros e respondeu:

— É um de nós. Ele agora está com Tristão. — Franziu a testa e mordeu o lábio inferior. — Tristão diz que não existe caça selvagem, e que os mortos estão apenas mortos e pronto. Tem uma outra canção que Kian canta, é sobre um homem que atravessa um campo de batalha e ouve os fantasmas dos homens que morreram ali e continuam gritando e lutando. — Ele parou e deu de ombros mais uma vez. — Mas eu estava no campo de batalha depois do combate perto de Glevum e nunca ouvi nada disso, por isso acho que Tristão está certo.

De qualquer maneira, porém, quando o uivo do lobo ecoou na charneca de novo, o menino se aproximou de Isolda e arqueou os ombros magros.

O rosto fino e esperto de Bran e sua compleição franzina não podiam ser mais diferentes do menino alto e vigoroso que Con foi. Mesmo assim, uma rápida visão de Con apareceu diante dos olhos de Isolda. Con, aos doze anos e apavorado — embora tentasse esconder isso desesperadamente —, de pé nos aposentos dela enquanto a deixava dar pontos no corte de sua testa.

— Você sabe alguma história, Bran? — perguntou Isolda.

— História? — Os olhos de Bran continuavam observando o panorama ensombreado da charneca além do círculo da fogueira, e ele falou como se só tivesse escutado uma parte. Depois se virou e acenou com a cabeça, subitamente interessado. — Kian às vezes conta histórias à noite, depois das canções. Tem uma que ele contou sobre um lugar que não fica longe daqui. Um lago na charneca. E dizem — Bran franziu a testa, esforçando-se para relembrar —, dizem que, depois da grande batalha de Camlann, Artur ficou lá deitado, morrendo por causa de um ferimento de espada.

A voz de Bran, embora áspera e inculta, havia inconscientemente adotado a cadência de uma canção de harpista, e ele prosseguiu:

— E ele deu essa espada maravilhosa para seu amigo mais leal, Bedwyr, e implorou que ele jogasse *ela* no lago. E por três vezes Bedwyr contou ao rei que tinha jogado a espada fora, como ele havia pedido, mas mentiu nas três vezes. Na quarta vez ele acabou mesmo jogando a espada, e ela caiu no centro do lago. E um braço branco surgiu da água e pegou a espada. E atirou *ela* debaixo da superfície do lago, e...

Bran se interrompeu de repente e, olhando para Isolda, disse, com a voz reassumindo o tom habitual:

— A senhora conhece essa história?

Isolda olhou para a escuridão e viu a forma sombreada de uma rocha no espinhaço de um monte de terra próximo. Ela achou que tinha quase a forma de um cão de caça agachado.

— Não — disse finalmente —, não conheço. — O fogo nublou-lhe brevemente os olhos e ela olhou para o menino. — Mas posso lhe contar uma outra. Você conhece a história da sereia Morveren?

Bran sacudiu a cabeça negativamente.

— Então, vamos lá. — Isolda fechou mais o manto ao redor do corpo e começou. — Isso aconteceu há muito, muito tempo, num lugar perto daqui, um lugar chamado Zennor, onde o mar é o começo e o fim das pessoas que moram lá, onde os dias são marcados pelas marés altas e baixas, e os meses e anos pela migração dos arenques.

Fez uma pausa. Bran atirou o graveto no fogo, depois bocejou, aproximou-se um pouquinho mais e disse:

— Kian é um ótimo contador de histórias, mas a sua voz também é boa de ouvir. Quero dizer, para uma moça. — Ele a olhou de relance e depois desviou o olhar e acrescentou, com despreocupação proposital: — É bonitinha.

Isolda achou essas palavras estranhamente comoventes, e agradeceu, com voz séria:

— Obrigada.

Tirou o último bolo de mel da sacola, quebrou-o em duas partes e deu uma das metades a Bran. Mordeu sua metade do bolo, depois continuou a contar a história da sereia Morveren, filha de Llyr, o rei que governou a terra debaixo do mar. Contou como Morveren se apaixonou pela voz de um homem mortal quando ele entoou uma canção sobre seu trabalho, e violou as leis de seu povo, cobrindo a cauda com um vestido incrustado de pérolas, jade, coral marinho e outras joias do oceano para se aventurar na terra.

Isolda fez uma pausa. Bran bocejou de novo e esfregou os olhos, mas levantou a vista logo que Isolda parou, e perguntou:

— E o que aconteceu?

— Durante quase um ano, Morveren se arriscou a subir na terra para ouvir o homem mortal — o nome dele era Talan — cantar quando ele se sentava perto da lareira na casa da mãe, amarrando linhas de pesca e consertando as redes. Mas certa noite o canto de Talan foi tão encantador que Morveren não pôde conter um suspiro. Apenas um pequeno suspiro, mais suave do que o sussurro de uma onda, mas foi o bastante para Talan ouvir, e olhou pela janela de onde estava sentado ao lado da lareira e viu a sereia. Foi imediatamente conquistado e se apaixonou por ela. Porque essas coisas acontecem, sabe?

A história continuou, de como Talan prometeu ir com Morveren para a terra debaixo do mar, de como seus parentes o haviam perseguido, tentando fazer que ele permanecesse em terra. E de como Morveren atirou as joias e pérolas do vestido para que os perseguidores parassem e cavassem a areia à procura das pedras preciosas, o que permitiu que a sereia e o pescador ficassem livres.

— E Talan e Morveren nunca mais foram vistos. Foram viver na terra de Llyr, em castelos de areia dourados construídos sob as ondas. Mas o povo de Zennor ouviu Talan, pois ele cantava para Morveren dia e noite, canções de amor e canções de ninar para os filhos que ela deu à luz. E canções do mar, suaves e altas se o dia estava bonito, profundas e baixas se Llyr precisasse fazer as águas ferverem.

Isolda parou e, ao olhar para o menino, viu que ele havia adormecido. Estava enroscado de lado, com uma das mãos fechada com força debaixo do rosto, a outra solta no chão, a boca aberta e relaxada e a respiração em pequenos roncos pelo nariz.

Ela o observou um instante e lembrou-se de um rosto que ela quase nunca se permitia imaginar, nem conseguia fazê-lo desaparecer totalmente. Um rosto minúsculo que parecia com ela e Con, com uma penugem macia de cabelo castanho dourado e cílios grandes como leques sobre a face pálida como cera.

Ela também se lembrou de quando acordava nas vigílias noturnas mais escuras, com uma dor não identificada, o tipo de dor que aparecia sem aviso nas últimas semanas e significava que o nascimento estava se aproximando. Pensou nos partos que assistira, com mulheres berrando e se contorcendo como se seus corpos estivessem sendo despedaçados em dois. As mais fracas desistiam e morriam com o bebê ainda por nascer.

A criança dentro dela se agitou, e ela apoiou a mão no lugar perto das costelas onde um pezinho minúsculo chutava com força surpreendente; os dedos milagrosamente perceptíveis debaixo de sua própria pele. Mesmo quase na hora do parto ela não conseguira identificar se o bebê seria menino ou menina, embora falasse muito com ele, simplesmente como seu bebê. Seu próprio bebê. E ficara quase amedrontada porque já amava tanto essa criança que lhe faltava o ar.

"*Logo você vai poder chutar ao ar livre, sob o céu. Iremos juntos até o pontal para escutar o vento e o mar. Não vou desistir antes de você poder ver o céu por si mesmo, bebê, prometo.*"

E então ela se virava para cima, desajeitadamente, por causa do volume da criança, e começava a murmurar as primeiras palavras de uma das antigas histórias que se contavam ao pé da lareira, do tipo que ela estava contando a Bran.

Isolda desviou o olhar para o céu escuro, depois voltou a olhar para as formas adormecidas de Bran. Ela já havia chorado todas as lágrimas que podia pela mininha que parou de chutar uma noite antes de começar a primeira contração do parto, e que já nascera morta. Mas de qualquer maneira era inútil, e até perigoso, permitir-se lembrar da criança agora.

— E assim — concluiu baixinho a história —, de acordo com as canções de Talan, os pescadores de Zennor sabiam quando era seguro pescar e quando era sensato ficar abrigado em casa.

Quando terminou de falar, o ruído de um passo atrás dela a fez virar-se e ver que Hereric estava de volta. O homenzarrão adiantou-se e se sentou de pernas cruzadas dentro do círculo da fogueira, sorrindo para Isolda. Ele lhe deu uma série de sinais — mais lentamente do que antes — e aquiesceu com a cabeça para tranquilizá-la.

Sem Bran para traduzir, Isolda não podia ter certeza do que ele queria dizer, mas achou que estivesse dizendo que estavam em segurança, que ele não vira ninguém de fora do País. Hereric procurou minuciosamente numa espécie de mochila que estava no chão, de lá tirou um par de peles de carneiro sujas, e entregou-o à Isolda.

Ele se virou para espalhar a própria pele de carneiro ao lado das brasas remanescentes do fogo, quando o uivo do lobo soou novamente na charneca. No mesmo instante, Hereric se movimentou, e a mão pegou inconscientemente a presa pendurada em seu pescoço. Isolda viu os dedos grandes e sujos de terra se mexerem com rapidez e nervosismo na superfície amarelada quando ele se virou para examinar a charneca. Fosse lá o que tivesse visto, ele se acalmou e se deitou na cama improvisada. Adormeceu imediatamente, enrolado na pele de carneiro e deixando a cabeça inclinar-se para trás, as mãos cruzadas protegendo o amuleto, ao peito, e as pernas estiradas no chão.

Isolda estendeu a própria pele de carneiro e também se deitou, fazendo o braço de travesseiro. "Se quisesse", pensou, "poderia fugir agora". Com o homem e o menino dormindo e suas mãos e pés livres, ela poderia escapar facilmente e estar longe dali antes de clarear o suficiente para eles a procurarem.

O chão debaixo dela era duro e estava coalhado de gravetos e pedrinhas, e Isolda mudou de posição, observando as brasas da fogueira se apagarem. Acontece que ela dera sua palavra de que não fugiria, e além disso...

"Além disso", pensou ela, "eles precisam de uma curandeira". E, de certa forma, era um consolo ter um dos fragmentos despedaçados de si mesma ao qual ela pudesse se agarrar por um tempo.

Capítulo 16

Isolda estendeu a mão para se equilibrar quando escolhia o caminho cuidadosamente pelo declive rochoso em direção ao mar. Finalmente conseguira dormir, mas acordara logo que clareou, gelada e doída, com todos os músculos doloridos pela noite passada no chão duro, e com uma enxaqueca latejando atrás das orelhas. Bran e Hereric já estavam acordados, e os três começaram a caminhar quase imediatamente depois de um desjejum de peixe defumado e queijo mais vinho aguado e azedo, mantendo-se no interior áspero da extensão de terra pantanosa, e evitando as estradas principais.

Encontraram alguns viajantes, um menino apascentando cabras, um funileiro empurrando suas mercadorias numa carroça de madeira, e passaram por alguns povoados pelo caminho, onde colunas de fumaça se erguiam dos tetos e vacas mugiam satisfeitas nos campos. O interior, porém, continuava devastado pelo recente combate, e a maioria das fazendas por que passaram estava deserta ou incendiada, pilhada e saqueada pelos saxões quando fizeram o ataque final. "Algum dia, talvez", pensou Isolda, "as famílias que fugiram voltariam para cultivar os campos e desenterrar os bens que enterraram debaixo da terra, mas ainda não".

Estava quase anoitecendo; o sol mergulhava no oeste numa labareda de vermelho ardente, as sombras do crepúsculo se reuniam à medida que baixavam em direção ao que Isolda conseguiu ver que era uma pequena caverna à margem da praia lá embaixo. Sendo uma das incontáveis enseadas características do litoral da Cornualha, essa era pequena demais, rasa demais ou longe demais do povoado para ser usada pelos pescadores.

Bran correu na frente, escorregando e deslizando pela encosta rochosa e irregular, mas Hereric virou-se para ela e fez um sinal. Isolda supôs que quisesse dizer: "Estamos quase chegando". Seguiu Hereric ao fundo da trilha e viu que estavam numa praia cheia de calhaus de uma pequena baía, onde um regato estreito se lançava, íngreme, a outro canal de um declive rochoso ao encontro do mar. Um quebra-mar estreito de pedras se salientava das águas da praia e servia de molhe de desembarque para uma pequena embarcação pintada, com as velas colhidas, a proa batendo suavemente nas ondas que marulhavam de forma constante.

Perto dali surgiu Bran, de uma cortina de pele de cabra pendurada num trecho do penhasco, cobrindo o que devia ser a entrada da caverna.

— Venham logo — chamou ele. — Já disse a eles que vocês *tão* aqui.

A abertura da caverna era tão baixa que Hereric precisou abaixar a cabeça ao entrar, e ao segui-lo Isolda verificou que se encontravam numa câmara comprida e estreita entalhada nas pedras em volta; as paredes se afunilavam num teto apenas um pouco mais alto do que a cabeça de um homem. Um junco queimando na gordura de que são feitas as velas lançava uma luz turva e tremulante, e o ar era frio, úmido e fumarento, e cheirava a maresia.

Dois homens estavam sentados no chão; um com a metade do corpo deitado para os fundos da caverna no que parecia uma pilha áspera de peles, na sombra, de modo que Isolda só pôde ver seu contorno quando ele se endireitou, assustado com a entrada deles. O segundo homem estava sentado num banquinho tosco de madeira ao lado do companheiro, mas, quando Isolda e Hereric entraram na caverna, ele também se endireitou e depois se levantou.

— Kian, esta é a curandeira. — Bran começou a dizer.

Kian pôs uma das mãos brevemente no ombro do garoto, para sinalizar que havia entendido o que ele disse, mas o deteve antes que prosseguisse. Isolda viu que era um homem mais velho. Devia ter mais de cinquenta anos, peito largo, pernas atarracadas e um espesso emaranhado de cabelo grisalho mal cortado. O rosto quadrado tinha ossos duramente definidos, lábios finos e inflexíveis e olhos negros e encovados sob grossas sobrancelhas; o olho direito era levemente entortado para baixo por uma cicatriz feia e enrugada que ia da têmpora ao queixo. Seu olhar estava enraivecido; as sobrancelhas se juntaram num enrugar colérico, e ele olhou de relance para Isolda antes de se voltar para Hereric e dizer:

— Você deve estar louco de trazer uma mulher aqui! Curandeira ou não, ela...

Ele então parou de repente, virou-se e olhou mais uma vez para Isolda. Ela viu choque e depois identificação nos olhos escuros encovados e compreendeu que também ele a reconhecera. O rosto dele ficou sombrio, e, antes que ela pudesse reagir, mesmo antes que ela tivesse tempo de ver o que ele pretendia, ele a agarrou pelo braço e a arrastou à frente, para o círculo lançado pela chama da luz.

— Você! — A voz dele era um sibilo furioso. — Já não basta você armar ciladas para o rei com suas feitiçarias imundas? Agora vem atrás de um pobre idiota apatetado como o Hereric?

Isolda pensou num relance que ele fosse bater nela, mas, antes que ele pudesse levantar a mão, Hereric emitiu um grito selvagem metade humano, metade quase animal, e pôs a mão no braço de Kian.

Kian se desvencilhou dele com apenas um olhar de soslaio e disse:

— Não tente me impedir. Ela enfeitiçou você, seu pobre idiota. Exatamente como a avó dela, quando pegou Artur em

suas armadilhas. — Seu queixo enrijeceu e ele disse, com os olhos escuros furiosos em cima de Isolda: — São mulheres como você que trazem o mal ao mundo. Ygraine, Guinevere, Morgana. Mulheres como você que estão na base de todas as traições, desgraças e guerras. E agora você vem aqui...
Isolda cerrou as mãos. De certa forma, era um alívio sentir raiva pura lhe inundando as veias, após tantas horas de sentir apenas vergonha, exaustão e medo.

— Isso é mentira.

Kian apertou o braço dela com mais força.

— Que foi que você disse?

— Eu disse que isso é mentira.

Se tivesse parado para pensar, Isolda sabia que ficaria com medo. Com medo do lugar, do bando de estranhos e do homem cujas unhas negras estavam dolorosamente enfiadas em seu braço. Por enquanto, porém, continuava furiosa demais para pensar nisso.

— Os homens podem lutar em seu próprio benefício, ou para se vingar ou pelas próprias ideias estúpidas de honra e orgulho, mas nenhuma guerra na história jamais foi causada pelo amor de uma mulher. Qualquer pessoa que atribua a culpa da batalha de Camlann a uma mulher, seja ela Ygraine, Guinevere, Morgana ou a própria deusa, é um covarde tão grande quanto os que inventaram as histórias.

Ela se calou. Uma expressão de cólera fez o rosto de Kian estremecer, e ele estreitou os olhos. Pegou-a com um solavanco para aproximá-la dele e a mão livre tocou no cabo da faca que usava no cinto. Quando voltou a falar, a voz estava muito suave:

— Você é o diabo em forma de mulher. Vou decepar sua garganta por causa do que disse.

O rosto marcado pela cicatriz estava determinado, e seus olhos...

Isolda sentiu um arrepio lhe percorrer a espinha. Certa vez vira os olhos de um javali ferido quando caçava com seu rei Con. O animal, cujo ombro havia sido atravessado por uma lança, estava ensanguentado, mas não ferido mortalmente, e, agitando o solo com os cascos, havia arremetido contra ele, com os olhinhos reluzindo com uma espécie de ira insana e incandescente.

Os olhos de Kian estavam iguaizinhos.

Mas antes que Kian levantasse a faca, o segundo homem, o que continuava deitado à sombra no fundo da caverna, falou:

— Chega!

Sobre o ombro de Kian, Isolda o viu arrastar-se lentamente para se levantar, como se o esforço para se mover lhe custasse a maior parte da força que lhe restava. "Esse deve ser Tristão, o homem que precisa da destreza de uma curandeira."

— Não seja idiota, Kian.

Entretanto, Kian não se mexeu, nem reagiu às palavras do outro homem, assim como não reagira ao grito de protesto de Hereric. Seus olhos, côncavos e inexpressivos por causa da luz tremulante da vela, permaneciam fixos em Isolda, com os lábios recuados, mostrando uma fileira de dentes quebrados e gengivas vazias e inchadas.

— Vou cortar todinha sua garganta imunda de bruxa!

— Ora, pelo amor de Deus!

Mancando dolorosamente, arrastando os pés pouco atrás, Tristão apareceu, movimentando-se com rapidez apesar do óbvio esforço que lhe custava, e deu um safanão em Kian, afastando-o de Isolda.

— Solte-a. Solte-a, estou mandando. Agora veja.

Estendeu o braço e, antes que Isolda pudesse reagir, agarrou-lhe a mão esquerda e empurrou a manga do vestido dela para trás, expondo a marca de nascença em forma de coração que ela levava no interior do pulso.

— Se ela é uma bruxa, e esta é uma verdadeira marca do Satanás, não vai sangrar.

Com um rápido movimento, ele pegou a própria faca e a passou na marca da pele morena. Sob o brilho enfumaçado da chama de gordura da vela, uma linha suave e gotejada de vermelho surgiu no rastro da lâmina.

— Está vendo? É sangue. — Balançou a cabeça e disse, com repugnância. — Francamente, Kian!

Isolda continuava inerte, atônita não pelo medo, nem mesmo pela dor, pois o corte fora apenas um arranhão. Estava contemplando as mãos de Tristão: eram grandes, bem formadas, com os pulsos musculosos de um espadachim, mas na mão direita dois dedos estavam torcidos, como se os ossos tivessem sido esmagados sem jamais haverem sido recompostos adequadamente; as primeiras juntas dos dedos médio e indicador já não existiam.

Lentamente ela ergueu os olhos para o rosto dele. Tristão se barbeara desde que o vira pela última vez na cela da prisão em Tintagel, mas era ele, sem dúvida alguma, o homem que ela havia conhecido como Nifaran.

Se ele havia sentido algo parecido com choque ao vê-la, tinha tido tempo para se recuperar antes de ter vindo à frente, e agora, quando os olhos azuis se defrontaram com os dela, Isolda não pôde ver neles nenhum traço do que ele estivesse pensando ao encontrá-la naquele lugar.

Kian se mexeu constrangido e depois disse, devagar:

— Está certo. Talvez você tenha razão. Talvez. Mas, bruxa ou não, ela não pode ficar aqui. Escute: ontem, na estrada, disseram que os homens de Mark estavam caçando essa aí em tudo que era lugar. E oferecendo uma bela recompensa a quem levasse *eles* aonde ela estivesse. E se...

Ele se interrompeu quando Hereric soltou mais um de seus estranhos gritos meio animalescos, e se acercou do imponente saxão.

— Qual é o problema, homem? O que é desta vez?

Hereric hesitou ao ouvir o tom do outro homem, depois começou a fazer alguns sinais incertos, mas, antes de continuar, Isolda engoliu em seco e voltou a falar:

— Ele está tentando dizer a vocês que me deu sua palavra de que não me fariam mal se eu viesse com ele para cá. Ele jurou que me livraria dos guardas de Mark.

— A palavra dele? — repetiu Kian. — Hereric lhe deu a palavra dele? — Sua voz era áspera, mas quase sem expressão. Então, deliberadamente, ele escarrou e cuspiu aos pés de Isolda.

— É isto o que eu acho de uma promessa feita a você.

Levantou uma das mãos, apontando para a fieira de cicatrizes em seu rosto; sua voz ficou mais áspera com a raiva revivida.

— Você está vendo isto? Esta é a marca da traição de seu pai que eu carrego. — Fez uma pausa para recuperar o fôlego; seu peito arfava; prosseguiu então, praticamente cuspindo cada palavra. — Eu já fui soldado. Um dos homens de Agravaine. Quando Agravaine escolheu seguir seu maldito pai na batalha, moça, ao invés de Artur, milorde e rei, fiz o juramento de morte de acompanhar milorde, de lutar do lado do traidor e perder tudo com Agravaine e com o resto dos idiotas que acreditaram que Modred seria um rei melhor.

Isolda olhou para Kian e depois para o homem que conhecera como Nifaran, e voltou a olhar Kian.

— Quer dizer que agora você também decidiu ser um traidor? Trair a Bretanha e receber dinheiro dos reis saxões?

— Mulher desprezível, língua de cobra! — O queixo de Kian se agitou e uma das mãos nodosas e fortes voltou a agarrar o cabo da faca. — Se eu não achasse que você vale alguma coisa viva...

— Kian!

"Nifaran..." Isolda se deteve. "Não, o verdadeiro nome dele é Tristão", pensou.

A cabeça de Kian fez um movimento brusco e ele olhou colericamente para o homem mais jovem. A voz de Tristão havia sido ríspida, mas quando olhou para Kian sua expressão relaxou e os cantos da boca se contorceram ligeiramente.

— Por Deus, Kian, não se contenha, diga-nos realmente o que você acha dela.

Isolda percebeu que ele agira corretamente; o verdadeiro momento de perigo passara. O rosto de Kian continuava rígido de raiva, mas ele relaxou a mão que segurava o cabo da faca e emitiu algo entre um grunhido e um suspiro. Tristão aquiesceu com a cabeça e disse:

— Pois bem, agora, deixe-nos a sós, Kian. E vocês também, Hereric e Bran. Quero falar com ela sozinho.

— Mas Tris...

— Já mandei sair.

Isolda viu Kian abrir a boca e fechá-la de novo. Depois, sem dizer palavra, virou nos calcanhares e foi embora, balançando a cortina de peles na abertura da caverna. Hereric hesitou por um momento; as sobrancelhas cerradas se franziram. Depois se virou para sair e pôs uma das mãos no ombro de Bran, que se afastou e olhou para Isolda de relance. Até esse breve olhar foi suficiente para mostrar que a expressão desconfiada e cautelosa voltara a seus olhos, e, mesmo com medo, Isolda sentiu uma pontada surpreendentemente aguda de perda — de solidão, quase — que o pouco de confiança que ela conseguira obter junto ao menino desaparecera.

Bran voltou a olhar brevemente e disse, baixando a voz:

— Se ela vai tentar armar uma cilada pra você como Kian disse, vai ver que é melhor a gente ficar.

Tristão levantou uma sobrancelha e perguntou:

— Você acha que sou tão fraco que não consigo me defender de uma moça? E ela nem é bruxa...

O rosto pequeno e esperto de Bran se transformou num instante e fez uma expressão que foi, na opinião de Isolda, uma das mais adoráveis que ela já vira em qualquer pessoa, adulta ou criança.

— Claro que não, mas você disse... — Bran se aprumou. — Você disse que o primeiro dever de um combatente era proteger o chefe. E que, se ele não fizesse isso, não valeria nem o suor de um burro de carga.

Por um instante, rugas de divertimento apareceram nos cantos dos olhos de Tristão, depois ele deu um tapinha num dos ombros ossudos do garoto e disse:

— Muito bem, você aprendeu a lição. Sei que você vai me proteger se for necessário, mas não se preocupe comigo, pode ir.

O latejar penetrante atrás dos olhos de Isolda voltou, e ela se sentiu ligeiramente tonta com o ar enfumaçado da caverna, por isso esperou que Tristão começasse a falar, esforçando-se no silêncio que se seguiu à partida de Bran, para utilizar alguns fragmentos nela existentes para o que teria de enfrentar agora. Contudo, quando Tristão finalmente falou, suas palavras a pegaram desprevenida:

— Lamento o que aconteceu.

Isolda olhou para o corte no braço, a trilha de sangue na marca rosada de nascença já desbotada numa linha gotejada e escurecida. Ela ouviu, no silêncio que ecoava na caverna, o sibilar do sussurro de Mark em seu ouvido:

"Se o que dizem é verdade, você deve ser capaz de fazer meu saco murchar e definhar por ousar ir aonde o diabo já foi. Agora temos tempo, não é mesmo, de ver se você é realmente uma bruxa."

A parede da obliteração não deve ter sido construída com altura suficiente. Ou talvez porque houvesse muitos dias a serem esquecidos, muitas lembranças a serem postas de lado. Isolda respirou irregularmente e ergueu os olhos para os de Tristão. Sem a barba, o rosto dele era magro, o queixo, quadrado, e a boca, ampla e flexível.

Ela disse, com voz fria e áspera:

— Lamenta o quê? Se se refere ao corte, vai cicatrizar. Se lamenta o que seu companheiro Kian disse, já ouvi coisas piores, e de homens ainda piores do que ele.

Tristão esfregou cautelosamente uma das mãos no queixo, e Isolda viu que sua túnica estava manchada, numa das mangas, do que parecia sangue seco.

— Eu me referi ao que Kian disse. Também lamento o corte, mas achei que você o preferisse a ficar de pés e mãos atados e ser atirada no oceano para se afogar. — Fez uma pausa e acrescentou: — Ele a teria matado sem pestanejar.

Isolda sentiu uma onda fria percorrê-la de novo e analisou o homem à sua frente, tentando julgar se poderia confiar nele. Seu rosto era mais rígido do que o de Hereric, mas a moça lembrou-se novamente de que havia simpatizado com ele, apesar de sua hostilidade, na cela da prisão em Tintagel. Lembrou-se, também, da maneira como Bran olhara para ele. Qualquer homem capaz de inspirar uma dedicação como aquela não podia ser inteiramente corrupto.

Isolda soltou a respiração. Era evidente que Bran confiava em Tristão, mas isso não significava que ela podia ter a mesma opinião. Sentiu uma dor surpreendentemente forte, semelhante a remorso.

Ficaria muito satisfeita em poder confiar em alguém, em acreditar na honra de um homem o suficiente para achar que ele não lhe faria mal, em confiar em alguém além de si mesma.

Isolda olhou de novo para o arranhão no pulso e perguntou de repente:

— Como você sabia que a marca de nascença estava aqui?

Tristão se calou um instante, depois se jogou de novo em cima da pilha de peles e exalou um suspiro breve e involuntário:

— Eu a vi quando você estava endireitando os pulsos de Cyn.

Isolda fez um lento aceno positivo com a cabeça e perguntou:

— E seu verdadeiro nome é Tristão?

Ele ergueu os olhos azuis para ela, numa expressão que ela não conseguiu interpretar, e hesitou antes de finalmente responder:

— Esse é o nome com que nasci.

— E você está planejando fazer o que Kian disse? Entregar-me aos guardas de Mark para receber o resgate?

Tristão mudou de posição, apoiou os braços nos joelhos levantados e perguntou em seguida, observando-a:

— Existe alguma razão para que não eu não faça isso?

— Se eu não lhe tivesse dado a faca, você ainda seria prisioneiro em Tintagel. Foi graças a ela que você fugiu, não foi? Você não poderia se libertar se estivesse desarmado.

Tristão olhou para ela com expressão apática e disse:

— Sinceramente... — Isolda viu seu queixo enrijecer. — Está certo. Eu devia lhe ser eternamente grato por me conceder o privilégio de cortar a própria garganta, porque não me diga que você esperava que eu usasse a faca de qualquer outra maneira. Eu devia ser grato a você por decidir conceder-me uma pequena mostra de piedade logo depois que matei Cyn.

Ele se deteve, mas em seguida elevou a voz e disse, com súbita violência:

— Por Deus, Isa...

Ele parou de repente, cerrou o queixo e respirou de modo irregular, mas, antes de Isolda poder falar, ele prosseguiu:

— Existe uma razão para você não me ter dado a faca um dia antes? Cyn estaria aqui, vivo, em vez de estar debaixo de uma pilha de cinzas, com os guardas de Mark urinando em cima dele.

Isolda tentou recuperar a raiva excitante que sentiu ao confrontar Kian, mas visualizou, nos rolos de fumaça que se erguiam para o teto da caverna, uma pilha de cinzas ardentes do lado de fora do portão de Tintagel.

— Foi você que escolheu a hora e o dia da morte de Cyn — disse ela afinal —, e não eu.

Tristão permaneceu calado por um longo momento, depois respirou com força e disse:

— É verdade. — Lentamente, a raiva desapareceu-lhe do rosto, deixando-o mais uma vez cauteloso e subitamente

esgotado. — E não, não estou planejando entregá-la a Mark para receber o resgate.
— Não?
— Não. Primeiramente, acredite você ou não, eu não pediria a Hereric para não cumprir sua palavra. Depois — ele parou e deu uma risadinha —, depois, imagino a cara de Mark se eu o abordasse para chegar a um acordo sobre seu resgate. Eu estaria de volta àquela maldita prisão antes de poder dizer duas palavras.

Isolda pensou: "Pelo menos nisso eu posso acreditar".

Tristão continuou a observá-la e perguntou de repente:
— Quer me contar por que os guardas de Mark estão atrás de você?

Isolda não respondeu e, depois de um instante, ele deu de ombros.
— Como queira. Acho que não faz a mínima diferença.

Ele mudou de posição, depois respirou fundo, e sua boca se contorceu num breve espasmo de dor. Isolda, ao reparar nisso, sentiu mais uma vez uma breve sensação de aperto do que parecia ser uma Premonição, mas, quando tentou alcançá-la, ela se desfez e desapareceu.

— Hereric disse que você está precisando de uma curandeira.

Tristão hesitou, mas balançou a cabeça.
— Não, não é nada sério. Hereric fica apavorado ao ver sangue, é só isso.

Ele se reclinou para trás, cambaleou quando seu ombro encostou na parede rochosa, e Isolda se lembrou das marcas de chicotadas que ainda cobriam as costas dele. Como se lesse o pensamento dela, Tristão sacudiu o ombro e disse:
— Parece pior do que é, embora eu já não aguente mais sentar reto e dormir de bruços.

Os olhos de Isolda foram da mancha de sangue seco na manga da túnica de Tristão até o rosto dele. E pensou: "Não é um rosto fácil de interpretar". Mas mesmo à luz parca e enfumaçada ela podia ver as rugas de dor nos cantos da boca e a maneira pela qual ele mantinha a perna esquerda esticada rigidamente, imóvel, contra o piso de pedra da caverna.

"Mesmo sem a Premonição", pensou, "eu teria de ser cega e nada esperta para não reconhecer mentiras".

— Sua perna está quebrada?

Tristão arfou, impaciente:

— Eu já lhe disse...

Mas Isolda o interrompeu antes que ele terminasse de falar:

— Hereric me fez uma promessa, mas eu também fiz uma a ele: a de que eu ajudaria você no que pudesse.

Tristão começou a falar, mas a moça ficou de joelhos ao lado dele e passou as mãos ligeiramente na perna machucada, tateando, suavemente, à procura de um osso quebrado. Ela acabou se sentando com os braços cruzados e disse:

— Você tem razão. O osso não está quebrado, só muito machucado. Receio que eu possa fazer alguma coisa além de lhe recomendar que se mantenha afastado dele ao máximo.

Isolda se endireitou e recuou. Tinha sido mais difícil do que ela esperara ter de se aproximar de um homem, qualquer homem. De tocá-lo e sentir o cheiro de suor almiscarado na sua pele. Sentiu náusea, e precisou engolir em seco antes de perguntar:

— Se você não vai querer o resgate que Mark vai pagar por mim, nem precisa de mim como curandeira, estou livre para ir embora?

Houve mais um silêncio, mais demorado do que o primeiro, enquanto Tristão a observava, de cenho franzido, como se estivesse avaliando as opções. Depois, afinal, respondeu:

— Não.

Isolda endureceu e perguntou:

— Não???

Tristão tirou a faca do cinto e passou o polegar da mão contundida ao longo da lâmina; as cicatrizes nos dedos tortos eram esbranquiçadas e salientes sob a luz cor de fumaça.

— Não posso deixar que vá embora, pelo menos não por enquanto. Olhe — ele olhou de relance para ela —, você já viu o barco lá fora, mas não podemos velejar enquanto o vento do oeste estiver assim, porque seríamos trazidos de volta à costa. Por isso, até o vento mudar de direção, vamos ter de ficar aqui.

Isolda esforçou-se para controlar a voz e disse:

— Pode ser, mas por que isso tem a ver com você me manter aqui também?

Os olhos de Tristão continuavam na lâmina da faca:

— Por quê? Bem... — ele resmungou, levantou o olhar e passou a mão pelo cabelo. — Eu disse que não ia querer o resgate que Mark vai pagar por você, mas os guardas também devem estar me procurando. Se nos encontrarem aqui, vou precisar de alguma coisa com que barganhar. Alguma coisa que eu possa oferecer a Mark para que ele nos solte.

Por um momento, Isolda não sentiu nada, absolutamente nada, mas depois um ímpeto de sentimento a atingiu com intensidade quase assustadora e tão esmagador que foi preciso um instante para que ela pudesse identificá-lo: raiva.

Antes que se pudesse conter ela disse, quase engasgando com as palavras:

— Seu traidor maldito, desprezível, bastardo e covarde! — Ela parou. — E se eu me recusar a ficar? Ou você pretende me amarrar como fez Hereric? Manter-me atada até poder me usar em sua negociação covarde?

O rosto de Tristão não demonstrou raiva nem surpresa. Em vez disso, ele esfregou uma das mãos na nuca e disse, no mesmo tom insípido:

— Duvido que seja preciso amarrá-la. Mesmo que você fugisse, não iria longe, porque Hereric ou Kian a traria de volta.

Eles conhecem esta região muito bem, e podem percorrer a área muito mais depressa e melhor do que você.

Isolda apertou as mãos e disse, raivosamente:

— Está certo, que assim seja. — Esconda-se atrás da saia de uma mulher, pois não tem coragem de enfrentar sozinho os guardas de Mark.

Tristão a observou por algum tempo e disse:

— Se existem deuses, eles devem estar rolando de rir agora.

— O que... — Isolda começou a dizer, mas ele a interrompeu:

— Deixe para lá. — Sacudiu a cabeça, como para desanuviá-la, e levantou suavemente a voz: — Hereric.

O brutamontes devia estar ao lado da abertura da caverna, porque levantou a cortina de peles imediatamente e entrou.

Tristão falou na língua saxônica, de modo que Isolda só conseguiu entender *grosso modo* o significado das palavras, mas achou que estava dizendo a Hereric que a levasse para fora, providenciasse comida e um lugar para ela dormir e a mantivesse sob estrita vigilância.

Hereric fez um sinal afirmativo com a cabeça e tocou no braço de Isolda. Por um instante, Isolda ficou parada, com os olhos em Tristão, depois se virou rapidamente e permitiu que Hereric a guiasse mais uma vez até a abertura da caverna. O sol estava quase posto, e o céu estava se transformando de azul celeste para cinza escuro, as sombras se estendendo na praia cheia de cascalhos. A penetrante brisa marinha estava salgada e fresca, e Isolda respirou fundo, tentando firmar-se, mas ainda assustada com o ímpeto raivoso que a percorrera. E não fora só de raiva; também sentira uma espécie de traição furiosa.

Pensou: "Não tenho ideia de por que me senti traída. Eu não podia ter esperado coisa melhor desses homens".

Levantou a mão para esfregar as têmporas latejantes, depois ergueu o olhar quando Hereric soltou um de seus grunhidos estranhos e quase animalescos. De cenho franzido, ele indicou os pulsos dela, e por um instante Isolda achou que Tristão tivesse mandado que ele amarrasse suas mãos de novo, mas Bran, que surgiu subitamente ao lado do homenzarrão, traduziu os gestos:

— Ele diz que lamenta ter precisado amarrar a senhora, e espera que isso não tenha machucado muito.

Isolda olhou para as marcas de carne machucada em redor dos pulsos. As contusões roxas estavam sobrepostas pelas marcas avermelhadas do atrito da corda que Hereric usara. Lentamente, ela sacudiu a cabeça e levantou os olhos para se deparar com o olhar de Hereric:

— Não — disse ela. — Você não me machucou. As escoriações não são culpa sua.

A fogueira foi feita numa extremidade vertical da praia, num lugar onde os penhascos sobressaíam e ofereciam um abrigo natural contra o vento. Havia uma panela de ferro pendurada por uma vareta rachada sobre as chamas, e Kian estava sentado à beira da fogueira. Segurava no colo uma harpa toscamente construída e estava cantando uma das canções de Macsen Wledig, herói que recrutara um exército de bretões e conquistara Roma em época há muito esmaecida pela neblina do tempo. A voz de Kian era rude, entorpecida pela idade e pela aspereza de anos de batalha, mas tinha um tom estranho e assustador, bem adequado aos arredores: à praia vazia formada por cascalhos, o céu cheio de estrelas, o oceano logo abaixo; seu latejar constante era um contraponto à canção.

Kian não levantou o olhar quando, a um gesto de Hereric, Isolda se sentou num lugar em frente ao dele, do outro lado da fogueira, nem sequer interrompeu a canção. Mas Isolda percebeu que ele enrijeceu, o rosto ficou severo, e ela sabia que, apesar de ele obedecer às ordens de Tristão, continuava inconformado com a presença dela.

Isolda esfregou as mãos nos braços, apreciando o calor do fogo, e aceitou a tigela de ensopadinho que Hereric lhe passou. O coelho estava duro, fibroso, e o ensopadinho tinha pouco mais do que a própria carne e um punhado de cebolas, mas a moça estava com fome bastante para comer tudo, e mergulhou na comida o naco de pão integral que acompanhava a refeição.

Quando Bran acabou de molhar o pão no ensopado, virou-se para ela e falou:

— Eu não lhe disse que Kian era um ótimo contador de histórias? — Kian parou de cantar, e Bran olhou para ele através da fogueira. — Conte a história de Ambrósio e Vortigern, Kian.

Kian levantou os olhos da harpa. O rosto com cicatrizes que parecia ter sido entalhado estava tão soturno quanto antes, e ele nem respondeu a Bran, mas logo depois se inclinou para a harpa e começou a canção de Ambrósio, traído quando criança e conduzido ao exílio pelo traiçoeiro Vortigern, e mais tarde, quando homem, tudo suportou e venceu.

Ao redor deles, o crepúsculo estava começando. Era nessa hora que os *selkies* chegavam nadando do oceano, tiravam as peles e se transformavam em homens lindos. E, se uma mortal se apaixonasse por um *selkie* e quisesse que ele retornasse, precisava ir à costa e derramar sete lágrimas no mar.

A voz veio com uma lufada de vento tão repentina que Isolda enrijeceu. Era mais uma vez a voz de Morgana, vinda de algum lugar além do sol que se punha.

"*Um homem está ao meu lado. Um homem feio e arqueado, com um ombro torto, uma perna manca, vestido de túnica branca e manto de couro de boi de um druida de nascença.*

— Você sabe tão bem quanto eu que a Bretanha desaparecerá se isso continuar, Morgana. A ferida infeccionada está lá. Não posso evitar examiná-la, da mesma forma que você não consegue deixar de passar a língua num dente que dói para verificar se ele continua doendo.

— E você veio para agir como sabujo do rei?
As sobrancelhas de Merlin se levantaram, e ele disse:
— Isso que disse não foi digno de você, Morgana.
Soltei a respiração e disse:
— Não me culpe, meu amigo. Às vezes me pergunto se consigo controlar o poder que tenho. Ou se ele é que me controla, conduzindo-me segundo sua vontade.
Merlin calou-se e me observou:
— Essa é uma desculpa muito conveniente: culpar o destino, e não a nós mesmos.
— Olhe só quem fala! Logo você, que previu o destino de meu filho quando ele nasceu e afirmou que destruiria o próprio pai?
A mágoa continua, talvez atenuada pelos anos, mas ainda amarga como fel no fundo de minha garganta.
— Você pode dizer a meu irmão Artur que ele só está colhendo o que semeou."

Quando a voz desapareceu, Isolda se deu conta de que Bran, falando a seu lado, mantinha o olhar em Kian enquanto o idoso continuava a história.

— Tristão está me ensinando a lutar espada — disse ele, em voz baixa. — Por enquanto só com paus, mas ele disse que logo vai me deixar experimentar com uma espada de verdade.

Parou um instante e depois disparou um de seus olhares rápidos de esguelha para Isolda; as sobrancelhas se uniram e se franziram, e ele comentou:

— Então quer dizer que você não é mesmo uma bruxa...

Isolda estava em silêncio, observando as labaredas dançantes da fogueira se agitarem rumo ao céu que escurecia. A fogueira deve ter sido feita com madeira flutuante; lançavam-se línguas azuis e verdes entre os tons amarelos e laranja. Ela pensou: "Se Kian pudesse saber o que eu escuto no vento, acharia que sou mesmo uma feiticeira, mesmo que sangre a marca em meu braço".

— Não — respondeu ela —, eu não sou mesmo uma bruxa.
Bran ficou calado, ruminando; depois deu de ombros e disse:
— Bem, acho que você pode ficar com este bracelete de novo.

Ele estendeu a mão, de palma para cima, e Isolda viu que ele estava oferecendo uma das pulseiras de bronze que ela trouxera de Tintagel.

Isolda pegou o objeto e disse, devagar:
— Obrigada, mas por quê?
— Ora... — Bran franziu o cenho impetuosamente para o chão, escavando a areia com um pé. — Porque a senhora conhece umas boas charadas. — Virou-se abruptamente para Hereric, sentado a seu lado: — Hereric, você já ouviu esta que vou dizer agora? Como é mesmo que é? — Ele parou, o cenho franzido para tentar se lembrar. — Milhares...

Isolda permitiu que sua mente vagasse, cansada demais para pensar. Estava quase cochilando quando se deu conta de repente de que Kian havia parado de cantar e estava atento; a cabeça virava para cá e para lá como um cão de caça, farejando o ar para sentir o perigo.

— Bran! — Sua voz foi um comando baixo e lacônico, e ele não se virou ao falar, mas continuou examinando a praia escurecida em redor e os penhascos acima. — Vá dizer a Tristão que temos problemas. Já.

Bran se calou tão logo Kian disse seu nome, e movimentou-se na mesma hora para obedecer: levantou-se desajeitadamente e correu na direção da abertura da caverna. Ao lado de Isolda, Hereric sacou a faca do cinto com uma das mãos, enquanto a outra pegou a clava a seus pés. Kian continuou com sua canção sobre como o traiçoeiro Vortigern cedeu as terras de Ceint ao guerreiro Hengist para assegurar a mão de sua linda filha Rowenna. Isolda viu, contudo, que ele também sacou a faca, e que seus olhos nunca deixavam de examinar os penhascos, mesmo enquanto seus lábios cantavam as palavras.

Ela se sentou, apurou os ouvidos, e então ouviu o que Kian deve ter ouvido: um som mais alto do que a canção e o ruído característico de um cavalo correndo.

Kian e Hereric trocaram um olhar. Kian sacudiu a cabeça e interrompeu seu canto para dizer, brevemente:

— Ninguém traz cavalos para cá; é muito arriscado por causa da inclinação do penhasco. Se alguém quiser vir aqui, tem de ser a pé.

Pareceu a Isolda que os momentos de espera se estenderam insuportavelmente enquanto eles três — ela, Kian e Hereric — permaneceram sentados. Os dois homens agarraram o cabo de suas espadas, então ela ouviu um grito sem palavras vindo de cima; os homens arremeteram urrando e berrando, descendo a trilha do penhasco que levava à praia.

Capítulo 17

O luar cobria de prata os cabos das espadas e lanças brandidas pelos homens, mas seus corpos eram a princípio apenas vazios ensombreados, uma escuridão mais profunda contra os tons cinza-negros do penhasco. Então eles se aproximaram, e Isolda viu que usavam as túnicas de couro e os elmos de soldados, e que o escudo que o primeiro homem carregava estava ornado com o penacho do javali azul da Cornualha. Eram guardas de Mark. Quatro deles.

Isolda só teve tempo de perceber isso antes que Bran de repente estivesse do seu lado mais uma vez, puxando-a freneticamente pelo braço.

— Venha comigo. Tristão mandou que eu tire você daqui.

Enquanto falava, ele a afastava da fogueira, em direção a uma fenda rasa no penhasco atrás deles. Isolda ficou com as costas contra a rocha, junto às de Bran. Hereric e Kian se levantaram e permaneceram firmes, preparados para o ataque, de olhos nos vultos que se aproximavam agitadamente deles, vindos da areia. Então, dentre as sombras, Tristão surgiu ao lado deles, armado, como Kian, com uma faca e uma espada, uma armadura de escamas de couro apressadamente vestida sobre calções e uma túnica.

Isolda viu que Kian o olhou breve e incredulamente, e abriu a boca como se fosse protestar, mas não houve tempo. Os guardas de Mark pararam alguns passos à frente, e por um demorado momento os dois grupos de homens permaneceram imóveis, olhando-se fixamente na grande extensão de areia ao ar livre. E então, gritando, Kian atacou.

Como se o grito tivesse acionado certa mola fortemente enrolada, os guardas de Mark também atacaram, e imediatamente a praia se transformou num pesadelo de movimentos atabalhoados e frenéticos, com homens grunhindo, brandindo espadas e lanças, acutilando uns aos outros com espadas e lanças, e lâminas de facas reluzindo com perversidade. Kian pegou uma lança e se defendia de dois soldados; a boca numa ruga feroz e irada, enquanto Hereric usava com destreza a pesada clava contra um terceiro homem.

Isolda já não via o quarto homem, mas de repente ele apareceu saindo da escuridão à frente deles, com a espada em riste. Não havia tempo de fazer nada, nem mesmo de gritar. Isolda puxou Bran fortemente para o seu lado com um braço, enquanto levantou o outro instintivamente para proteger o rosto da lâmina cortante.

Ela sentiu a ponta da espada acutilar-lhe a parte interna do pulso, nele abrindo um corte doloroso, mas, quando o homem a atacou, Tristão surgiu de súbito às costas dele, agarrou-o pelo ombro e o fez girar. O guarda atacou novamente, e Tristão, dessa vez, ergueu a própria arma para bloquear o golpe. Em seguida ele e o guarda travaram uma luta furiosa, com os músculos tensos e os peitos arfantes enquanto se esquivavam das arremetidas e se contorciam, bloqueavam e cortavam com suas lâminas.

Tristão era capaz de vencer o adversário. O guarda tinha compleição mais forte, mas Tristão esgrimia melhor; seus golpes era mais rápidos, e mais astutos ao abrir a defesa do outro homem. Contudo, Tristão estava ficando cansado; mesmo à luz da fogueira, Isolda percebeu isso claramente. O rosto dele estava molhado de suor, e mesmo assim ele protegia a perna lesionada, o que lhe desequilibrava os movimentos e os tornava mais lentos que os do guarda.

Além de brandir uma espada na mão direita, ele combatia com uma adaga do lado esquerdo, não a faca dada a ele por

Isolda, mas uma arma mais potente, com cabo entalhado de osso e lâmina comprida e letal. A faca servia para proteger seu lado mais vulnerável e apoiar os golpes da espada. Não obstante, Isolda achou que o braço com que brandia a espada deve também ter se ferido quando ele fugiu. À medida que a luta continuava, os movimentos de Tristão foram ficaram mais lerdos, e a boca se comprimia toda vez que empunhava a pesada lâmina.

Então aconteceu. Primeiro o guarda golpeou a mão esquerda de Tristão, o que o fez soltar a adaga e o deixou armado apenas com a espada. Depois ele chutou a perna machucada de Tristão, que cambaleou, momentaneamente desequilibrado. Ele girou e se recuperou quase no mesmo instante, mas para voltar a ficar de pé precisou baixar a espada. Isolda, ao observar a cena, com todos os músculos retesados, viu que o guarda levantou a espada para golpear Tristão.

Ela agiu sem hesitar, sem se deter, sem nem mesmo raciocinar.

— Bran, dê-me sua faca.

Atônito, o menino a olhou boquiaberto; seu rosto era um oval descorado e amedrontado à sombra do refúgio dos dois. A própria Isolda arrancou-lhe a faca do cinto, virou-se para onde Tristão continuava a enfrentar o guarda e arremessou a faca, que era pequena, mais adequada para cortar carne ou retirar os intestinos de peixes do que para lutar. Ela não podia esperar que o instrumento perfurasse a resistente túnica de couro do soldado, por isso mirou a mão que segurava a espada. A faca atingiu o pulso do guarda; foi um golpe ligeiro, mas suficiente. O homem deu um grito agudo e assustado e virou a cabeça para ver de onde a faca fora atirada: ele então ficou imóvel olhando para Isolda; o rosto era uma máscara congelada.

O soldado se recuperou um momento depois, mas esse momento foi bastante para Tristão recuperar o equilíbrio. Seu peito continuava a arfar, e ele continuava sem uma adaga, mas conseguiu erguer a espada, aparar um golpe do outro homem e depois girar para prosseguir com a dança em círculos enquanto os dois avançavam lentamente um contra o outro, com as lâminas se entrelaçando, buscando uma brecha.

    O guarda estava perdendo a paciência; Isolda viu que os golpes estavam mais frenéticos, e ele se baseava na pura força bruta e não na sutileza nem na perícia. Antes do ataque furioso, Tristão recuou um passo, e seu oponente ergueu a espada, berrou colérico e atacou de novo. Tristão desviou bem na hora, e Isolda viu que o golpe que visou o coração dele atingiu-lhe de raspão o ombro, abrindo um buraco na túnica. Então ela sentiu que Bran se afastou.

    O coração de Isolda se acelerou, apavorado, mas era tarde demais para que ela o detivesse ou sequer tentasse chamá-lo de volta. O menino correu pela areia e se atirou contra o adversário de Tristão, chutando, mordendo, praguejando, batendo os braços frágeis nas costas fortes do guarda. Tristão continuava desequilibrado, com sangue escorrendo do corte no ombro, e, antes que se pudesse mover, o outro homem se virou e fustigou automaticamente para enfrentar o ataque de Bran. A espada reluziu e Isolda viu o rosto de Bran se alterar ao olhar, perplexo, para onde o sangue começou a jorrar do ferimento num lado de seu corpo.

    Por um instante Bran cambaleou; o sangue lhe escorria entre os dedos da mão comprimida no ferimento; o rosto pequeno e magro continuava com a expressão atônita. Então, lentamente, seus joelhos se dobraram e ele caiu encolhido no chão, com o rosto contorcido. Isolda correu até ele, ignorando o combate a sua volta.

    Tristão conseguiu recuperar a adaga e estava mais uma vez lutando contra o atacante de Bran. A faca estava em sua mão esquerda e a espada na direita, circundando, empurrando, levantando a arma para defender-se dos golpes selvagens do outro homem. Quando Isolda caiu de joelhos ao lado de Bran, conseguiu ver, pelos cantos dos olhos, que Hereric matara um dos outros homens e agora, com um estridente berro de raiva, atacava outro soldado, girando a pesada clava de madeira num arco furioso acima da cabeça. E que Kian estava empenhado num combate com o guarda que restava. Ela mal reparou neles, porém, e mal ouvia o choque das espadas ou o resmungar e o forte arfar dos homens, enquanto se movimentavam para frente e para trás na areia empedrada.

Bran jazia numa pilha enroscada, olhos ainda fechados, e o sangue ainda fluindo do ferimento no lado do corpo, empapando a túnica de pele de coelho e formando poças no chão. Seu rosto, entre riscas de terra e cinzas, estava pálido, e a respiração lhe saía pelos lábios em ruídos forçados. Rapidamente, Isolda meteu a mão debaixo da saia e encontrou a beira da combinação. A estopa se rasgou facilmente e, com um puxão, ela rasgou uma tira do tecido da bainha e a comprimiu contra o lado de Bran. Quase no mesmo instante o pano ficou encharcado de sangue.

Ela ergueu os olhos e viu que dois dos soldados restantes estavam agora deitados na areia, ela não sabia se mortos ou inconscientes. Tristão lutava agora contra o único soldado ainda de pé. O combate os levara mais para perto do fogo, e ela viu que o homem alto e muito musculoso era mais jovem do que os outros; sua boca era bem carnuda e macia, e o vigor da juventude ainda estava presente na superfície de seu rosto. Seu nariz parecia quebrado, escorria sangue das narinas para o queixo e a túnica de couro que ele vestia. Ele olhou de relance para seus companheiros caídos e para Tristão, que ainda o encarava com a adaga e a espada, depois para Hereric e Kian, que começavam a avançar contra ele. Por um momento, Isolda pensou que o guarda os enfrentaria. Permaneceu com os pés separados, o suor lhe escorrendo no cenho debaixo do capacete de couro, preparado para o ataque. Então vacilou, virou-se e, um minuto depois, correu pela praia rumo à trilha que levava ao cume dos penhascos.

Kian e Tristão trocaram um olhar e então, como se uma ordem tivesse sido dada ou uma decisão tomada, Kian se atirou atrás do fugitivo, com a espada pronta. Desapareceu, como fizera o guarda, nas sombras dos penhascos, e Tristão se voltou, aproximou-se de Isolda e olhou para o menino.

— É muito grave?

O silêncio após o fim do combate era quase chocante, e o som do vento e das ondas ficou de repente artificialmente alto. Isolda olhou para Tristão, depois para Hereric, e disse baixinho:

— É grave. Lamento muito.

Ela soube, desde que ouviu o som áspero e feio da respiração de Bran, que ele não sobreviveria. Seus olhos fechados já estavam sombrios e afundados nas órbitas, os lábios descoloridos, e, quando ela lhe apalpou o pescoço em busca de pulsação, já estava extremamente rápido, leve e irregular.

— Quanto tempo mais? — perguntou Tristão.

Isolda tomou uma das mãos pequenas e ossudas de Bran entre as suas. Homens — e meninos — morrem de fora para dentro, e a vida escoa de seus corpos primeiro pelos pés e mãos, depois pelas pernas e braços, e finalmente os batimentos cardíacos cessam. A mão que ela pegou estava gélida, e os dedos pareciam um montinho de gravetos secos.

— Talvez uma hora, não mais que isso.

Hereric soltou um grito angustiado, parecendo ele mesmo uma criança ferida. Isolda levantou os olhos para ele e repetiu:

— Lamento muito, mas ele não vai sofrer. Duvido até que acorde.

Mas, enquanto ela dizia isso, as pálpebras do menino se agitaram e depois se abriram devagar. Seu olhar, opaco e fora de foco, fitou-a, depois a Hereric, depois se desviou; o rosto magro se contorceu de dor.

— Dói... dói. — As palavras terminaram numa lamúria. Isolda sentiu uma raiva impotente, mesmo enquanto apertava mais a mãozinha que segurava, e punha a outra mão na testa do menino. Pensou, então: "Isto é injusto. Um deus generoso teria permitido que ele se livrasse disso, ao invés de convocá-lo de volta à consciência agora, à dor e ao medo". Embora ela nunca tivesse ajudado uma criança morta em consequência de ferimentos de batalhas, havia permanecido sentada assim ao lado de incontáveis homens.

— Eu sei — sussurrou ela —, eu sei que dói, mas você é corajoso.

Duvidava que Bran houvesse compreendido suas palavras; os olhos dele continuavam vidrados de dor, embotados e entorpecidos. Mas ele poderia sentir consolo no tom de voz de Isolda. Ela continuou, segurando a mão dele e com a outra mão acariciando-lhe a testa.

— Você é corajoso. Corajoso como Macsen Wledig. Corajoso como Ambrósio.

Bran se mexeu ligeiramente; os olhos olharam lentamente mais uma vez para os que o rodeavam. Dessa vez, quando seu olhar fixou-se em Tristão, outro espasmo lhe franziu a testa, e seu olhar se aguçou numa percepção vacilante:

— Tristão, eu... eu vou morrer?

A voz dele era um sussurro soprado, e, ao falar, o sangue lhe borbulhou nos lábios. Suavemente, Isolda o limpou com uma dobra do pano que comprimia contra o ferimento. Temeu, por um instante, que Tristão respondesse algo superficial ou contasse uma mentira piedosa.

Tristão, porém, encarou o olhar do menino sem hesitar, ficou de joelhos na areia ao lado dele e disse, pondo a mão no ombro de Bran:

— Você vai morrer como herói, Bran. Você vai direto para o Valhala, como acontece com todos os heróis.

Mas outro espasmo — Isolda achou que, dessa vez, fosse de medo — passou pelo rosto do menino, e seus olhos se arregalaram de pânico:

— Mas você disse — ele respirou profundamente —, você disse que... os caçadores... no céu... você disse que os mortos...

Tristão o interrompeu com um aperto suave de mão:

— Eu sei o que eu disse — ele falou firmemente —, mas só me referi aos mortos que não são enviados pelo fogo até os deuses. Os heróis que morrem em batalha viajam até o castelo de Valhala, onde se banqueteiam com javali e cerveja. E passam os dias treinando para combater as bestas do submundo. Você deve ter ouvido essas histórias. Confia em mim?

A cabeça de Bran se moveu ligeiramente, aquiescendo.

— Então me escute, Bran. — Tristão manteve o olhar no do menino. — Você sabe que não minto. Vamos fazer uma fogueira para você, que vai levá-lo direto para o Valhala, que é o lugar para onde mandam todos os guerreiros que morrem corajosamente. Você não precisa temer. Garanto que vai viver para sempre, e se tornará um lutador tão poderoso quanto o próprio Artur. Acredita em mim?

Os olhos de Bran, arregalados e dilatados, concentraram-se mais uma vez no rosto de Tristão, então a respiração falhou e sua cabeça se mexeu com um rápido e débil sinal da cabeça. Isolda viu o terror lhe desaparecer do rosto, e sentiu o corpinho frágil descansar em seus braços. Então, com esforço doloroso, Bran deu as costas para Tristão e se fixou em Isolda mais uma vez.

A garganta magra se contraiu. A voz dele saiu mais fraca e quase inaudível, de modo que ela só conseguiu distinguir as palavras sobre o barulho do vento e do mar.

— Voz... bonita... conta? Por favor?

Isolda viu Tristão se assustar levemente, e seus olhos a olharem rapidamente, mas não disse nada. Isolda controlou a respiração entrecortada e o nó alojado no peito. Roçou ligeiramente o rosto de Bran com a mão livre, e a boca do menino tremeu um pouco, mas ele não emitiu qualquer som, nem mesmo outro gemido de dor. Isolda pensou: "Igualzinho a Con, há tantos anos... Apavorado, mas esforçando-se para ser corajoso".

— Está bem — concordou com doçura. Ela também já havia feito isso muitas vezes. Apertou a mão de Bran e disse: — Vou lhe contar mais uma história, a história de um grande herói; na verdade, ele tem o mesmo nome que você. Esta é a história de Bran, o Abençoado, Rei da Bretanha.

Bran continuava observando-a e sorriu um pouco ao ouvir isso, antes que suas pálpebras baixassem e finalmente se fechassem.

Isolda respirou fundo e começou:

— Bran, o Abençoado, era Rei da ilha da Bretanha, um guerreiro poderoso e rei poderoso, corajoso e também justo. Uma tarde ele e seus soldados estavam contemplando o mar, e viram treze naus se aproximando nas ondas.

" 'Estou vendo naus lá no mar' — disse o rei —, 'vindo direto em nossa direção, e velozmente. Digam aos homens para se armar e descobrir o que esse pessoal veio buscar em nosso litoral'."

Isolda se calou. Os olhos de Bran se abriram, fecharam-se rapidamente, abriram-se de novo e depois se fecharam mais uma vez. Isolda já percebia o tom cinza da morte começando a penetrar no rosto dele, embora a fogueira para cozinhar em redor da qual eles se haviam sentado no que agora parecia uma eternidade estivesse começando a se apagar, deixando apenas a luz da lua e das estrelas para ela ver.

A história era uma das antigas lendas, uma narrativa comprida que divagava sobre batalhas perdidas, de alianças de casamento rompidas e feitas. De pássaros falantes e de um caldeirão mágico e de lanças mergulhadas em veneno. Afinal, o Rei Bran foi fatalmente ferido na batalha contra o rei irlandês Matholwch.

— A maioria dos combatentes da Irlanda havia morrido na guerra — disse Isolda. — E apenas sete dos soldados do Rei

Bran haviam sobrevivido. Eles se reuniram em redor do leito de morte do seu rei moribundo, enquanto as lágrimas lhes escorriam pelos rostos como chuva. E o Rei Bran falou com eles todos.

Isolda fez outra pausa. Os olhos do menino Bran estavam fechados, sua respiração era frágil e difícil, e ela viu que bolhas de sangue se haviam formado nos lábios dele novamente. Apertou suavemente a mão dele, e julgou haver sentido que os dedos dele retribuíram brevemente, mas a pressão foi tão débil que talvez fosse sua vontade que o tivesse imaginado.

— "Não sofram por mim", disse o rei. "Embora meu corpo fique aqui na Irlanda, onde estabeleci minha vida, levem minha cabeça de volta para a Bretanha. Carreguem-na com vocês para Londres e a enterrem no Monte Branco, de frente para a Gália."

Um leve som fez Isolda levantar os olhos. Tristão continuava ajoelhado ao lado de Bran, e Hereric, ajoelhado junto à cabeça do menino, como antes. Ela viu que Kian retornara e viera ficar ao lado deles; seu rosto marcado por cicatrizes era uma máscara dura e sem remorsos à luz do fogo que se apagava. Ele não falou, e, após um momento, ela continuou, contando que os homens do Rei Bran encontraram, no caminho de volta a Londres, um magnífico salão de banquetes onde descansaram, e, encantados com a canção de um bando de pássaros mágicos, esqueceram todas as desgraças mortais, o sofrimento por seu rei e até sua saudade de casa.

Ela não sabia dizer se Bran continuava a escutá-la. Ele ainda respirava, mas o subir e descer do peito era muito pequeno, quase imperceptível, e, quando apertou a mão do menino, os dedos estavam frios e inanimados, e ela não pôde nem sequer imaginar que eles reagiriam à pressão dos dedos dela.

— Eles permaneceram no salão de banquetes por oito longos anos, mas o tempo passou tão veloz e alegremente que para eles pareceram apenas alguns curtos dias. Um dia, porém, um dos sete soldados abiu uma porta no salão, e lá, a distância, ficava a Cornualha. Imediatamente, cada um dos sete sentiu o peso da sua perda e do sofrimento por todos aqueles que haviam perecido na Irlanda. E, mais do que tudo, eles sofreram por seu rei. Portanto, só lhes restava partir para Londres, para enterrar a cabeça do Rei Bran, como ele havia pedido.

Isolda se calou. O vento vindo da água tirou-lhe o cabelo do rosto. Ela sentiu o corpinho leve e magro que segurava estremecer ligeiramente; o respirar sibilando dolorosamente na garganta de Bran. Ela engoliu em seco mais uma vez, e inclinou-se para beijar a fronte do menino, agora fria como as mãos dele, e pegajosas.

— Finalmente eles chegaram ao Monte Branco, e lá enterraram a cabeça do rei, como Bran pedira, mas o poder do Rei Bran era tão grande que até hoje ele protege a terra da Bretanha competentemente. E, desde que sua cabeça continue enterrada no Monte Branco, sem que nada a perturbe, as terras da Bretanha continuarão a salvo, protegidas por Bran, o Abençoado, Rei da Bretanha.

Quando Isolda disse as últimas palavras, os olhos de Bran se abriram. Por um instante seu olhar se encontrou com o de Isolda, e ela percebeu que ele sorriu uma vez mais. Então suas pálpebras se fecharam, mais um estremecimento sacudiu-lhe o corpo e Isolda entendeu que estava segurando uma casca vazia, nada mais.

A princípio ninguém se mexeu. Depois, Tristão se debruçou para a frente e suavemente cruzou os braços do menino no peito inanimado. Isolda sentiu certa mão apoiar-se pesadamente em seu ombro, e, ao virar a cabeça, viu Hereric atrás de si.

O homenzarrão chorava tão aberta e despudoradamente quanto uma criança; lágrimas lhe escorriam no rosto largo, e Isolda desejou, por um instante, também conseguir chorar. O nó de gelo continuava alojado em sua garganta, mas seus olhos ardiam e estavam secos quando olhou para o rosto de Bran, a boca macia e os cílios que lhe ornavam os olhos, e os trechos irregulares de cabelo. Ele sobrevivera à escravidão, sobrevivera a um inverno de lobos que lutavam por cadáveres putrefatos de batalha, mas acabara morrendo ali, nos braços dela.

— Desculpe — disse ela. — Eu não devia ter concordado em vir aqui com vocês. Eu sabia que era perigoso por causa dos guardas de Mark.

Ao seu lado, Tristão ia começar a falar, mas se deteve e virou-se para Kian. Isolda, ao observá-lo, teve a impressão de que ele estava com raiva, embora rigidamente controlada:

— E o outro soldado?

Kian sacudiu a cabeça; seu rosto era lúgubre sob o pálido luar:

— Escapou. Num cavalo que estava no alto dos penhascos. Não havia como alcançá-lo a pé.

Kian parou e apontou com a cabeça para os corpos dos outros guardas que continuavam espelhados na praia, a pequena distância.

— Esses aí estão mortos, eu verifiquei.

Tristão assentiu com a cabeça e emitiu um sopro entre os dentes. Depois disse:

— Mas esse que fugiu vai voltar quando conseguir reforço.

— Olhou de relance para o céu. — Duvido que se arrisquem a atacar de novo antes do amanhecer, mas até lá nós já devemos ter saído daqui. Hereric — virou-se para o homenzarrão e pôs-lhe uma das mãos no ombro. — É melhor você pegar o maior número de toras que conseguir. — Torceu a boca e continuou: — Vamos pelo menos dar a Bran sua fogueira, antes de irmos embora.

Hereric passou um punho manchado de sangue nos olhos, deixando uma trilha escarlate ressecada nas maçãs do rosto e no cenho. Depois fez que sim com a cabeça e saiu de modo atrapalhado. Seu respirar ainda estava entrecortado por soluços, mas ele se dirigiu à praia com o corpo curvado, a cabeça baixa, examinando a areia em busca de pedaços de madeira flutuante. Kian o observou por um instante, depois contemplou o corpo de Bran, franzindo as sobrancelhas.

— Pensei que o pessoal de Bran fosse cristão, quero dizer, o pessoal com quem ele vivia antes de ser feito escravo. Nunca soube que ele acreditava nos deuses saxões, Valhala, nem nas batalhas do submundo.

Tristão deu de ombros. Limpou na túnica a lâmina da faca que ainda segurava e a pôs de volta no cinto:

— Ou era isso ou eu ia ter de dizer a ele que ia passar a eternidade com Jesus no céu, cantando e tocando harpa. — Ele torceu rapidamente a boca e perguntou: — Se você tivesse dez anos, qual dessas hipóteses ia preferir?

Kian concordou com a cabeça, e Isolda percebeu que os traços duros do seu rosto se suavizaram quando contemplou o corpinho frágil nos braços dela.

— Bem, de qualquer jeito, isso consolou o garoto — disse bruscamente. — Ele morreu feliz.

Tristão acompanhou o olhar dele e ficou calado; seu rosto se endureceu de raiva uma vez mais.

— Morreu mesmo. — Levantou os olhos para Isolda e perguntou: — Será que agora pode nos dizer por que Mark mandou os guardas atrás de você?

Isolda estudou o rosto dele, mostrado por uma nesga de luz e sombra pela luz da fogueira de cozinhar além e pelo luar acima e perguntou finalmente:

— Por que eu deveria lhe contar?

— Por quê? — Um músculo latejou no queixo de Tristão, e a fúria que ela sentira nele antes escapou-lhe do controle. — Jesus, Maria, José! Acabamos de ser atacados e Bran morreu. Tenho direito de saber por que razão.

Isolda nem conseguiu verbalizar uma resposta raivosa. Como ele mesmo dissera, Tristão a mantivera lá, planejando usá-la como objeto de barganha, se necessário, mas o ímpeto assustador de traição que ela sentira desapareceu, deixando apenas uma exaustão doída e melancólica. Ela suavemente mudou de lugar o corpo de Bran, sentindo os ossos agudos e pontudos de suas omoplatas a comprimir através das dobras de seu vestido.

Depois, com a mão livre, tirou dos olhos o cabelo soprado pelo vento e disse melancolicamente:

— Está bem, vou contar tudo.

Tristão a ouviu em silêncio, e, quando ela terminou, disse apenas:

— Isso explica por que Mark está tão ansioso para pôr as mãos em você. Se você conseguir comprovar o que pretende, ele será dilacerado pelos demais nobres e reis dos pequenos países. — Calou-se por um instante, franzindo as sobrancelhas na areia de cascalhos, e quando falou parecia que conversar consigo mesmo: — Mas não entendo como poderiam saber que você estava conosco.

Kian também escutava em silêncio, mas nesse instante pigarreou e falou pela primeira vez:

— Talvez não tenha sido por ela que eles vieram. — Ele falou meio contra a vontade, como se relutasse em admitir que a culpa do ataque poderia não ser de Isolda: — Eles podiam estar atrás de você, Tris. Você fugiu na mesma época da moça, e Mark pode ter mandado os guardas procurarem você também. Eles pensavam que você fosse saxão, segundo o que você contou, por isso deviam estar fazendo perguntas sobre um saxão, certo?

Kian pausou e esfregou a cicatriz com o polegar:

— Bem, Hereric é saxão, isso é bastante claro; só lhe falta ter a palavra "saxão" estampada na testa. E, se alguém viu Hereric na estrada e pôs um guarda atrás dele, seria um bando de homens muito mais burros do que os soldados de Mark para não conseguir encontrá-lo aqui — que os deuses o abençoem e todos os pobres — ele parou — ... e todos que têm o mesmo problema que ele. — Kian sacudiu a cabeça. — É capaz de ele ter deixado uma trilha tão óbvia quanto a de um rebanho num campo nevado.

Capítulo 18

Isolda contemplava as labaredas verdes e azuis dançarem e tocarem de leve a forma pequena e imóvel no interior da fogueira. Era uma fogueira pequena, porque Hereric só conseguira reunir uma pilha reduzida de madeira flutuante. Mas era suficiente. A figura no centro reluzia em tons laranja, delineada pelas labaredas.

Hereric, com as lágrimas ainda escorrendo pelo rosto largo, carregara o corpo de Bran para a pira, observara Tristão ajoelhar-se para acender as chamas e depois se afastara, com olhos avermelhados e inexpressivos, para contemplar o fogo fazer seu trabalho.

Tristão concentrara o olhar nas labaredas em silêncio, mas agora se virou para Hereric e Kian e disse:

— É melhor irmos embora.

Kian, de pé a seu lado, resmungou sua concordância:

— Suponho que vamos usar o barco, não?

Os olhos de Tristão contemplaram mais uma vez a fogueira, depois ele desviou o olhar, com o rosto magro determinado, e disse:

— Você e Hereric vão agora, e passem rapidamente pelo cume do penhasco e pela estrada. Certifiquem-se de que a situação está tranquila, depois prepararemos o barco para partir.

Kian assentiu com a cabeça. Mas Hereric pareceu não ouvir: continuava de olhar fixo na pira de Bran; seus braços pendiam lassos ao lado do corpo, e o sangue resultante da briga continuava a gotejar do canto da boca.

Isolda ouviu Tristão soltar um suspiro e, ainda mancando, aproximou-se de Hereric, pondo uma das mãos no ombro do homenzarrão.

— Oferecemos a Bran uma despedida de que qualquer guerreiro se orgulharia. Não há mais nada que possamos fazer por ele agora.

Lentamente, a cabeça de Hereric virou-se para Tristão, com o olhar ligeiramente desanuviado, e ele piscou para o outro homem.

Tristão fez um aceno afirmativo com a cabeça e disse:

— Você é um bom sujeito. Agora, vá com Kian. Quero ter certeza de que não vamos ser atacados novamente antes de começarmos a carregar o barco. Eu mesmo iria, mas com esta perna acho que não conseguiria chegar nem à metade do penhasco. — Olhou para o cinto de Hereric e perguntou: — Que aconteceu com sua faca? — Falou então, quando o homem começou a fazer sinais atrapalhados: — Não, não se preocupe, fique com a minha.

Isolda ficou calada quando os dois homens desapareceram na escuridão ao redor. A pequena pira fora bem-feita: quando as chamas se extinguissem, o corpinho dentro delas seria apenas cinzas e ossos calcinados. Os olhos dela ardiam da fumaça, e só quando levantou uma das mãos para esfregá-los percebeu que tremia da cabeça aos pés.

Fechou o manto e se virou para Tristão:

— Agora que você sabe que eu posso trazer mais perigo, estou livre para ir embora?

Tristão não respondeu imediatamente. À luz alaranjada do fogo, Isolda viu que ele tinha um machucado escuro em cima de um olho, e um corte estreito na extensão do queixo do mesmo lado. Finalmente ele perguntou:

— E se eu a soltasse? Para onde iria?

Isolda o avaliou e perguntou:

— Existe alguma razão para eu lhe contar?

Tristão deu de ombros e replicou:

— E existe alguma para você não me contar?

Isolda levantou de novo uma das mãos para esfregar dos olhos a ardência da fumaça da fogueira. Ela se deu conta de que continuava muito cansada para discutir, por isso disse:

— Vou tentar encontrar o ourives Ulfin, de quem falei, o que era empregado de Coel, e que está a par do acordo de Mark com os saxões.

As sobrancelhas enviesadas de Tristão se ergueram:

— Sozinha?

— De que outro jeito?

— Como... — Tristão se deteve. — Quer dizer que você vai sozinha? — Ele fez uma careta. — Certo. Se por um acaso encontrar algum lobo no caminho, não se esqueça de cutucá-lo no olho com um pau bem pontudo, viu? Você teria tanta possibilidade de sobreviver quanto uma...

Ele se interrompeu abruptamente, porque acima deles ouviu-se um grito, seguido por um berro frenético.

Tristão praguejou baixinho e começou a subir a trilha com mais rapidez do que Isolda acreditava que seus ferimentos permitiriam. Ela o seguiu, escalando a inclinação rochosa na esteira de Tristão. Com os pulmões ardendo e o coração acelerado pela subida, ela alcançou o cume da ladeira e viu Tristão. De pé a alguns passos de distância, olhando fixo para o corpo dobrado do homem que jazia no cerrado logo à frente.

Kian estava começando a se sentar, gemendo um pouco e agarrando a cabeça, quando Tristão chegou até ele. O rosto cheio de cicatrizes do idoso estava horripilante; os lábios descorados, repuxados numa careta de dor, os olhos desfocados e entreabertos. Quando Tristão lhe segurou o braço, porém, ele sacudiu a cabeça, gemeu mais uma vez e depois se esforçou para se levantar.

— Tristão — falou de modo confuso, entre respirações entrecortadas —, Eles nos atacaram... saídos do nada. Dois deles. Eu... não estava olhando. Eles me pegaram — fez uma careta —, eles me pegaram antes de eu poder apanhar minha espada.

Os traços da boca de Tristão se estreitaram.
— E quanto a Hereric?
— Foi embora... com eles... a cavalo. — O rosto de Kian se contorceu novamente. — Consegui ver isso antes de cair.

Tristão praguejou violentamente de novo e, quando Kian se encolheu, balançou a cabeça e disse:
— Eu não estava culpando você. Levaram Hereric a cavalo, não é?

Kian concordou com a cabeça:
— Eles seguiram a galope.
— Seguiram a estrada?
— Não pude ver em que direção. Foram para o leste.

Kian apontou para a ampla extensão de terra plana que se estendia a partir dos penhascos à beira do oceano.

Tristão soltou a respiração e disse:
— Então, é inútil segui-los. A esta altura já devem estar longe, e no escuro, em solo áspero e seco não conseguiríamos seguir sua pista. — Ficou silencioso e franziu a testa na direção apontada por Kian. — Você tem alguma ideia sobre quem eram eles?

Isolda poderia ter ido embora, escapulido na escuridão e estar longe antes que qualquer um dos dois homens percebesse. Ficou de pé num trecho de sombra lançada por uma pedra grande e arredondada no cume da trilha pela qual haviam subido, e, se Tristão sabia que ela o havia seguido desde a praia, esquecera-se inteiramente de sua presença agora. Kian nem sequer sabia que ela estava lá. Isolda não sabia por que permanecia, mas de qualquer forma ficou calada, de costas para o lado áspero da pedra, observando os dois homens.

Kian balançou a cabeça:
— Não consegui vê-los direito para dizer de que cor eram. Sei que lutavam bem, disso tenho certeza; e tinham bons cavalos. Sumiram daqui tão depressa quanto o vento.

Tristão fez outro sinal positivo com a cabeça, apertando a boca:
— Então é provável que sejam homens de Mark. Devem ter levado Hereric para se vingar de mim. Maldita falta de sorte! Kian franziu o cenho e disse:
— Fico surpreso de ele se importar, isto é, Mark. Se a garota falou a verdade e ele está planejando...
— Mark detesta perder. — Tristão interrompeu Kian antes que terminasse a frase, e sua vos ficou ríspida. — E um prisioneiro que foge, seja quem for, é uma derrota.

Tristão se calou um instante, depois se esforçou para se animar, porque sacudiu a cabeça e se dirigiu ao homem:
— Você está muito machucado? Consegue ficar de pé?
Kian mudou de posição e apertou os lábios para reter um gemido de dor, e concordou com a cabeça:
— Acho que sim. Só preciso que você me ajude, certo?
Ele estava suando e com a respiração arfante quanto Tristão o levantou, e cambaleou um instante; uma das mãos se apoiou no braço de Tristão, mas Kian conseguiu recuperar o equilíbrio e afinal endireitou os ombros:
— Agora está tudo bem.
Mesmo à luz da lua, Isolda viu que sua têmpora estava inchada, a carne escurecida e hostil e o sangue gotejando. Kian limpou o sangue com a manga da túnica, depois tomou fôlego e perguntou:
— Então iremos atrás de Hereric de manhã?
Mais uma vez Tristão esperou um pouco antes de responder, e Isolda percebeu um lampejo de indecisão em seu rosto, mas em seguida ele se decidiu:
— Não. — Kian abriu a boca para protestar, mas Tristão o deteve com um gesto: — Não — repetiu —, eu vou.
Kian estava flexionando os músculos cautelosamente para ver se havia outros ferimentos, mas ao ouvir isso todo o seu corpo enrijeceu bruscamente.

— Quero que você pegue o barco. — Tristão continuou. — Não vai conseguir conduzi-lo em mar aberto sozinho, mas pode ir ao longo da costa, acompanhando as correntes ao máximo.

Uma ruga saliente que se aprofundou surgiu entre as sobrancelhas de Kian; marcas de raiva apareceram também nos cantos da boca.

— Você quer me manter fora da batalha, como se eu fosse um menino inexperiente ou uma donzela chorona? Quando foi por culpa minha que capturaram Hereric? Se eu estivesse mais alerta...

— Pare. — A voz de Tristão foi ríspida, mas ele pôs uma das mãos no braço do outro homem. — Como acha que me sinto, camarada? Se fui eu que o mandei vir aqui? E quando sei que provavelmente eles o confundiram comigo?

Kian o olhou fixamente por um longo momento, com o rosto impávido, depois piscou, comprimiu os lábios e absorveu o movimento dos músculos da garganta.

— Entendo.

Soltou a respiração lentamente, pegou a fivela do cinto de couro que segurava a espada, desafivelou-a, tirou a espada com bainha e tudo e a ofereceu a Tristão, com o braço estendido, rígido como pedra.

— Então fique com minha espada, se acha que estou muito velho e já não sirvo para brandi-la.

Tristão exalou um respirar exasperado e disse:

— Acho que você é tão duro quanto uma velha bota de couro, e tão teimoso quanto um jumento. — Apertou brevemente o ombro de Kian e largou a mão. — Fique com sua espada, seu velho tolo. Não foi por isso que eu disse que iria atrás de Hereric sozinho.

O rosto de Kian continuava rígido, mas ele soltou devagar a mão que segurava o cinto da espada e perguntou:

— Então por quê?

Isolda, observando de seu esconderijo, achou que Tristão pareceu subitamente cansado, como se mais um peso tivesse sido acrescido a uma carga já difícil de suportar. Ele mudou de posição para tentar diminuir a tensão da perna contundida. "Não é pra menos", a moça pensou. Mesmo sem estar machucada, ela tivera dificuldade para escalar a trilha do penhasco.

Tristão passou a mão pelo cabelo e respondeu:

— Porque sou eu que os homens de Mark estão perseguindo. Eles não saberiam dizer se você é o Rei Artur ou o próprio Cristo. Eu me meti a andar sozinho por aí como espião, e fui capturado. Se isso não tivesse acontecido, Bran ainda estaria vivo e Hereric não estaria seja lá em que lugar esteja agora.

Quando Kian falou, sua voz estava mais calma, sem o traço de raiva de antes, mas Isolda percebeu que sua expressão era tão implacável quanto antes. "Esse aí", pensou ela, "não é homem de abandonar suas obrigações facilmente. Nem poderia ser de outro jeito, pois lutou ao lado de meu pai em Camlann".

— Pode ser, mas não me lembro de ter feito juramento de obedecer às suas ordens. Eu mando em mim mesmo. E, se eu escolher ir com você atrás de Hereric, eu irei.

Tristão ia começar a falar, mas em vez disso respirou fundo e disse:

— Você está certo. Não tenho como mandar que me deixe ir sozinho. — Ele parou e defrontou o olhar do outro. — Mas posso lhe pedir.

Fez-se silêncio. Kian mudou de posição, cruzou os braços no peito e, estreitando os olhos, perguntou:

— E você está me pedindo?

Tristão inclinou a cabeça, numa aquiescência silenciosa.

Kian olhou para Tristão inquisitivamente; a boca continuou comprimida numa ruga severa e uniforme. Finalmente, repetiu a pergunta:

— Por quê?

— Para dar um exemplo, prefiro que você me faça o favor de não ser morto por minha causa. Para dar outro...
— Sim?
— Para dar outro exemplo, como nossa maré de sorte não está lá essas coisas, deixar o barco aqui é o mesmo que pedir que ele seja destruído ou roubado. E já vou estar velho quando puder comprar outro.

Kian ficou calado por um demorado momento; o rosto cheio de cicatrizes se mantinha tão soturno quanto antes. Em seguida, os ombros rígidos relaxaram, ele deu um riso estridente e falou:
— Está certo. Vou de barco.

O rosto de Tristão também se tranquilizou. Manteve o tom uniforme, mas Isolda percebeu que ele se esforçou para não demonstrar nenhum sinal de um grande alívio, e se perguntou o que estaria planejando para necessitar que Kian se fosse.
— Ótimo. Vá para o barco agora. Navegue pelo litoral na maior extensão possível, depois volte para cá. Se tudo correr bem, eu me reunirei a você daqui a quatro... não, melhor, daqui a cinco dias. Com sorte, vou trazer Hereric comigo.
— Combinado; daqui a cinco dias.

Isolda os viu cruzar os pulsos brevemente, e percebeu nas expressões dos dois homens que muita coisa deixou de ser dita nessa separação. Então Kian dirigiu-se à trilha que levava para baixo, contraindo-se à medida que os movimentos faziam sua cabeça estremecer, mas movimentando-se com rapidez e quase silenciosamente no terreno irregular. Isolda conteve a respiração, mas ele nem sequer relanceou para sua direção, e ela permaneceu onde estava, sem ser vista.

Tristão continuava onde Kian o deixou. Suas costas estavam parcialmente viradas para ela, e ela se perguntou se devia manter-se quieta ou se deveria tentar escapar quando ele falou, embora sem virar a cabeça:
— Você agora já pode sair daí.

Todos os músculos de Isolda se retesaram, e o coração disparou, mas não havia razão para adiar. Ele estava apenas poucos passos distante; algumas passadas rápidas e ele mesmo poderia retirá-la do abrigo na sombra. Ela deu um passo à frente e disse:
— Então você sabia que eu estava lá?

Ele então se virou para ela e deu de ombros; seu rosto era um trabalho de retalhos de luz e sombra, como os homens do Outro Mundo de algumas das histórias antigas.

— Eu não estaria vivo até hoje se não percebesse quando alguém estivesse me seguindo logo atrás de mim, ou esperando perto de onde eu estivesse.

— Ainda assim, você não disse nada até agora...

Mesmo ao luar ela percebeu que a boca do homem se contorceu levemente mais uma vez.

— Bem, eu não poderia ser responsável pela reação de Kian se você saísse de repente da escuridão logo quando ele estava se recuperando de um golpe na cabeça. Existe limite para o número de vezes numa noite em que posso impedir que ele lhe corte a garganta...

O sorriso esmaeceu, mostrando o rosto frio e exausto uma vez mais.

— Mas quero lhe dizer uma coisa. — Ele apontou para uma rocha próxima: —Sente-se.

Isolda hesitou, olhando-o cautelosamente, e ele arfou impaciente:

— Ora, pelo amor de Deus! Veja — ele estendeu as mãos. — Mesmo que eu quisesse machucá-la, estou desarmado; dei minha faca a Hereric, lembra-se? Pronto... — Ele recuou alguns passos. — Vou ficar pelo menos a três passos de distância. Você pode se levantar e escapulir se eu me aproximar. Combinado?

Isolda achou que era um gesto realmente sem significado prático. Se fugisse no escuro, enfrentando solo áspero e desconhecido, ela não iria longe. Mesmo assim, ela foi se sentar devagar na rocha indicada por Tristão.

— Combinado — disse. — Mas eu não estaria viva até hoje se confiasse em estranhos, muito menos em quem me manteve refém por pelo menos duas horas.

Sentou-se, apertando o manto que a cobria, e virou-se para ele, curiosa:

— Qual é seu plano para trazer Hereric de volta, e sozinho?

Tristão se abaixou cuidadosamente numa pedra em frente a ela e a pequena distância; fez uma careta ligeira, como se o esforço lhe incomodasse os ferimentos. Acomodou-se, apoiando os cotovelos nos joelhos, e disse:

— É sobre isso que quero falar com você. Não tenho nenhuma esperança de libertar Hereric sozinho. Vou precisar de ajuda. De sua ajuda.

Por um instante, Isolda olhou para ele inexpressivamente, depois respirou fundo:

— Minha ajuda — repetiu.

Os olhos azuis de Tristão se fixaram atentamente nos dela:

— Estou lhe oferecendo um acordo — justo. Você quer encontrar o tal ourives de que falou, certo?

Ainda cautelosa, Isolda concordou com a cabeça.

— O castelo Dore fica no litoral sul. E o homem que você procura saiu de Tintagel a pé há menos de uma semana. No máximo ele está começando a viagem de volta, se é que chegou mesmo ao castelo Dore.

Tristão fez uma pausa, e Isolda novamente assentiu com a cabeça.

— Sim, mas o que...

Tristão a deteve:

— Certo. Existe uma trilha, quase desconhecida, no outro lado da charneca. Você pode usá-la para chegar ao castelo Dore na metade do tempo da estrada principal. E me ajudar a libertar Hereric. Em troca, eu lhe indico o caminho mais curto, protejo-a para que encontre o tal ourives; posso protegê-la durante todo o caminho até que chegue a salvo ao castelo Dore, se for preciso.

— Você pode me informar por que devo desejar que você seja meu acompanhante? Ou por que preciso de sua proteção?

Tristão levantou as sobrancelhas inclinadas e perguntou:

— Quer se arriscar sozinha a deparar com um grupo de guardas de Mark? Depois do que fez com o guarda que matou Bran, o tal que fugiu?

— O que eu fiz... — Isolda franziu as sobrancelhas. — Você se refere à faca que atirei nele?

Tristão mudou de posição na pedra e riu brevemente.

— Faca? Quando ele voltar a seus companheiros ... — Ele se deteve. — Por Deus, Isa, se pegarem você, só vai haver um problema: será que se arriscarão a ter os genitais atrofiados por uma maldição e a violentarão antes de a arrastarem até Mark.

Isolda sentiu uma tonteira percorrê-la, e uma névoa fria e latejante surgir ante seus olhos. De algum lugar fora da neblina fria, ouviu Tristão dizer:

— Foi um arremesso de mestre. Onde é que você aprendeu... E ele parou de falar.

Isolda esfregou o rosto e respondeu:

— Onde aprendi a atirar facas? Não sei. Suponho que quando era garota.

Ela estava se esforçando para inalar e exalar, mas sentiu os olhos de Tristão nela, curiosos e atentos. Entretanto, ele só disse:

— De qualquer modo, não posso esperar deter sozinho os guardas de Mark, por isso vai ter de ser por um acordo. Você em troca dele.

Isolda levantou a cabeça e o encarou:

— O que foi que você...

Tristão levantou a mão e disse:

— Não vai ser de verdade. Só vai ter de parecer assim para os homens de Mark: que eles vão ficar com você como prisioneira em vez de Hereric. Só vamos precisar nos arriscar a que pensem que você vale mais para Mark do que um saxão desgarrado. Mas suponho que vão achar que sim.

Isolda voltou a respirar normalmente, concordou com a cabeça, levantou ligeiramente as sobrancelhas e disse:

— Eu também acho.

Tristão pareceu não ouvir. Com o corpo ainda inclinado ligeiramente para a frente, ele cerrou o cenho e olhou para as mãos cruzadas:

— Os homens que levaram Hereric não me conhecem, ou não teriam levado Hereric em meu lugar. Portanto, vou poder fazer um acordo com eles sem que percebam que sou o prisioneiro que receberam ordens de encontrar. Eles só vão saber que faço parte de uma quadrilha de homens sem chefe, um bando que por acaso capturou a Bruxa-Rainha e a está oferecendo numa troca justa por um de seus companheiros.

Ele fez uma pausa, com o cenho ainda enrugado.

— Eu lhe dou minha palavra de que você não vai ser levada pelos guardas de Mark, e que vai encontrar o ourives. — Levantou a cabeça e seus olhos voltaram a encontrar os dela. — Se em troca você fingir que é a prisioneira a ser trocada por Hereric.

As mãos de Isolda estavam ainda pegajosas, mas a tonteira desaparecera. Lentamente, ela sacudiu a cabeça e disse:

— Se Hereric tem "saxão" estampado na testa, você deve achar que eu tenho a palavra "idiota" estampada na minha. Há pouco mais de duas horas você me disse que pretendia me usar como moeda de troca se os guardas de Mark nos encontrassem aqui, e agora espera que eu aceite sua palavra de que não vai fazer exatamente isso como forma de libertar Hereric? Prefiro eu mesma ir direto a Tintagel e me entregar como prisioneira de Mark.

O queixo de Tristão endureceu e os olhos se estreitaram:

— Você acha que eu... — começou, mas se interrompeu — Você não acredita que eu vá manter nosso acordo? Tudo bem, vou lhe dar uma prova.

Num movimento violento, ele ficou de pé e tirou uma faca da bota. Isolda pensou automaticamente: "Outra faca, e ele me disse que estava desarmado".

Ele atravessou a distância entre os dois em duas curtas passadas e atirou a arma, primeiro o cabo, na mão de Isolda:

— Pegue — disse, com raiva. — Se eu romper nosso trato e deixar que você fique ao alcance dos guardas de Mark, ou mesmo a deixar sozinha antes de você encontrar o tal ourives, pode cortar minha garganta. Ou até fazer isso agora, se preferir. Vou facilitar para você.

Com um puxão rápido e furioso, ele rasgou o decote da túnica e levantou a cabeça, expondo a garganta, o rosto lívido e contorcido de cólera:

— Vá em frente. Se acha que eu a trairia, esta é sua oportunidade de fazer que eu nunca tenha essa possibilidade.

Isolda reparou na palpitante pulsação do sangue em seu pescoço, o rápido subir e baixar do peito quando respirava, e recuou involuntariamente, ao mesmo tempo apavorada e surpresa com a força de sua raiva. Os dedos dela se fecharam automaticamente ao redor da adaga; sentiu o cabo de osso entalhado frio e macio nas mãos.

Ela disse então, com súbita certeza:

— Foi por isso que você mandou Kian embora... para me pedir ajuda.

O maxilar de Tristão continuou inflexível, mas ele assentiu brevemente com a cabeça:

— Eu tampouco poderia me responsabilizar pelo que ele diria se eu lhe contasse que precisaríamos pedir sua ajuda, Isolda, para resgatar Hereric. — Sua boca relaxou ligeiramente, numa rápida contração de sorriso. — Especialmente se você se recusasse. Como eu disse, há limite para o número de vezes que eu posso impedi-los de retalhar sua garganta.

— E se eu me recusar agora?

Tristão tirou a mão do decote da túnica e baixou os ombros de repente, como se estivesse subitamente cansado.

— Se você se recusar pode ir embora agora mesmo, se escolher essa opção.

Ele deve ter visto a incredulidade no rosto dela, pois soltou mais um respirar exasperado e disse:

— Nos últimos dois dias, fui chicoteado, espancado, esfaqueado e cortado com uma espada. Você acha que tenho a menor disposição de sair a pé em sua perseguição em campo aberto se tentar fugir? — Ela sacudiu a cabeça: — Estou falando sério. Se você se recusar a me ajudar, está livre para seguir seu caminho. Esqueça de que viu qualquer um de nós alguma vez.

— E o que você vai fazer?

— Eu? — Tristão deu de ombros mais uma vez; os olhos azuis subitamente ficaram insípidos e severos. — Vou ver o que posso fazer por Hereric sozinho, que mais há para fazer?

Isolda, ao observar o rosto dele, constatou que acreditava nesse homem. Ele pode ter mentido sobre estar desarmado, mas agora falava a verdade. Ela se perguntou brevemente se era habitual encontrar esse tipo de honra em um participante de um bando de mercenários e homens sem chefe. Segundo seu conhecimento, isso podia ser raro ou comum, e de repente ela se deu conta de que conhecia muito pouco do País, embora tivesse sido Rainha Suprema durante sete anos.

Tristão iria atrás de Hereric sem pestanejar. Ela achou isso admirável, embora a vontade dele quase certamente significasse jogar fora sua vida junto com a de Hereric. Sozinho contra os guardas de Mark não teria a menor chance, como ele mesmo dissera.

Ela contemplou a curva do oceano iluminado pelo luar além da beira do penhasco à sua direita e perguntou:
— Afinal de contas, quem é Hereric?
— Você quer saber o que ele era, antes que o conheci? — Deu de ombros. — Não sei. Acho que um escravo fugido. Ele nunca disse nada.

Ele se calou, e Isolda lembrou-se do rosto de Hereric, de seu sorriso largo e esparramado quando ela concordou em acompanhá-lo até o lugar onde estava agora. Hereric, de olhos arregalados de pânico, agarrando o amuleto de dente perfurado no peito. Deve ter sido o seu grito que eles haviam ouvido. Ela nem se deu conta de que havia tomado uma decisão, mas disse:
— Tudo bem. Concordo em ajudar.

Capítulo 19

Isolda estava sentada numa pedra coberta de líquen, escutando os gorjeios suaves que vinham da vegetação em redor, e observando uma faixa cor-de-rosa que surgia ao leste do horizonte enquanto o dia nascia sobre a charneca. Os dois haviam seguido o regato que saía da praia e acampado perto da beira d'água para passar a noite; agora Tristão estava sentado na margem forrada de samambaias, barbeando-se com a faca.

Isolda esfregou os olhos, sentindo-se muito confusa e lerda de exaustão. Ela cochilara uma ou duas vezes, deitada na pele de carneiro que Tristão lhe dera à guisa de manta, mas não ousara dormir profundamente. Ela havia, por causa de Hereric, concordado com a proposta de Tristão e talvez — segundo pensou — por sua própria causa.

A ideia de deparar sozinha com os guardas de Mark ainda lhe provocava um arrepio na boca do estômago, mas continuava sem confiar inteiramente no homem que agora estava a pequena distância, com o rosto virado para o mar. Afinal de contas, não havia nada que o impedisse de roubar as moedas e as joias que ela ainda tinha e abandoná-la naquele lugar. Ou simplesmente amarrá-la como Hereric fizera e entregá-la a Mark ou aos soldados dele.

Tristão tirou a túnica para lavar, e Isolda viu que havia uma contusão escura nas costelas e outra quase na extensão toda do braço direito, amarelada nas beiras. Ele amarrou uma atadura provisória de pano no corte de espada recebido na noite anterior, mas as marcas das chicotadas ainda eram visíveis em suas costas, algumas delas fortes e vermelhas e outras com uma crosta preta à luz berrante da manhã.

Sempre que acordara durante a noite, vira Tristão sentado ereto, mãos cruzadas nos joelhos levantados e olhando fixo para a escuridão. Agora, vendo os ferimentos dele mais nitidamente, perguntou-se se ele teria conseguido nem que fosse um pouco. Todos os movimentos dele deviam ser dolorosos, embora seu rosto mal o demonstrasse. Ela achou que ele devia ter cultivado um autocontrole férreo.

Isolda chegou a pensar em se oferecer para examinar as contusões dele, mas não havia quase nada que pudesse fazer por ele naquele lugar além do que ele próprio já fizera. O ar matinal estava frio, e Isolda viu sua pele arrepiada nos braços antes de pegar a túnica e vesti-la pela cabeça. Esperou que ele voltasse e remexesse nas sacolas de viagem e perguntou:

— Qual seu plano para encontrar Hereric e os homens de Mark?

Tristão tirou da sacola uma espécie de pão integral. Isolda duvidou que ele tivesse dormido mais do que ela. Os olhos dele estavam avermelhados sob uma lesão feia em cima da sobrancelha, e, toda vez que ela o olhara de relance na noite da véspera, ela estava encostado de qualquer jeito numa pedra, braços cruzados no peito, olhos nas brasas ardentes da fogueira.

Ele partiu a forma do pão em duas partes e entregou uma a Isolda antes de responder, engolindo sua metade em mordidas rápidas e eficientes:

— Não há muitos lugares para onde eles poderiam ter levado Hereric. Iriam para Tintagel ou para o castelo Dore. Duvido que tenham cavalgado uma grande distância ontem à noite. Com sorte, devem ter acampado não longe daqui, e podemos alcançá-los antes de irem embora.

Engoliu o último pedaço de pão e disse:

— Você pode comer, enquanto eu exploro por aí um pouco e vejo se consigo encontrar o caminho que percorreram. Isso nos vai dizer com certeza para onde se dirigiram.

Isolda concordou com a cabeça e deu uma mordida em sua metade do pão. A manga de seu vestido havia recuado, e Tristão franziu o cenho ao ver, na pele exposta do braço dela, o corte provocado pela espada do guarda.

— É melhor você amarrar isso aí. Tome...

Ele pegou outra tira de pano na sacola e se inclinou para pegar o braço dela.

— Não! — Involuntariamente, Isolda hesitou e tirou o braço antes que ele a tocasse. — Não — repetiu, desta vez mais firme. — Deixe que eu cuido disso. O corte não é profundo.

Antes de Tristão responder, ela se levantou e se ajoelhou ao lado do regato borbulhante: com a mão, pegou um pouco d'água, que derramou no corte, e depois usou as duas mãos para também lavar o rosto. A água estava gelada e a fez arfar e tremer, mas a firmou o bastante para ela poder rasgar um pedaço da bainha da anágua e amarrá-lo no braço.

Ela pensou então: "Fico imaginando se algum dia vou ser capaz de voltar a tocar num homem sem sentir as mãos de Mark, nem o odor do suor dele em minha pele".

Ergueu uma das mãos e percebeu que havia lágrimas em seu rosto. Furiosamente, secou-as. Fechou os olhos e depois, lenta e deliberadamente, acabou de se lavar, tirando a terra e o sangue das mãos e do rosto de novo. Penteou o cabelo com os dedos, fez uma trança grossa, e, quando se voltou para o local onde haviam acampado, Tristão já partia.

— Alguém a cavalo passou por aqui, sem dúvida. — Tristão estava de joelhos para examinar um pequeno arbusto, manuseando um galho quebrado e um pequeno pedaço de terra com folhas esmagadas de um lado. — Está vendo? — Apontou para a marca dos cascos de um cavalo, meio indistinta nas beiras, mas ainda bem visível. — Não é possível saber se essa marca foi feita pelos homens que levaram

Hereric, mas o cavalo é de raça, tem uma bonita curva nos cascos, e bom porte.

Quando ele voltou ao local do acampamento, informou que seguira trilhas que iam em direção ao leste, e os dois partiram quase imediatamente, atravessando o litoral e percorrendo a grande extensão de terra devastada que constituía a charneca principal da Cornualha. Essa área do País era praticamente estéril, e abrigava apenas alguns criadores de ovinos e rebanhos de cabras, e até então os dois não haviam encontrado ninguém durante o percurso passando por mamoas[19] de lajes tombadas e outeiros[20] cobertos de espinheiros.

Era o meio da tarde, e o sol estava alto quando Tristão parou, assobiando desafinado e baixinho.

— Certo, lindo animal. — Os olhos percorreram o solo à frente, à procura de mais marcas dos cascos do cavalo. — Para que direção você se dirigia, hein?

Havia uma pequena extensão de vermelho, escuro e úmido, no ombro de sua túnica, mas ele não demonstrou se o ferimento de espada reaberto lhe estava causando dor. Há quatro anos, quando Isolda começou a cuidar dos soldados feridos em batalha, um soldado da infantaria chegou à enfermaria sofrendo de geladura[21] nas mãos e nos pés; a carne estava pútrida, e ele perdera um dedo da mão e dois dos pés.

Mas o homem — Gavin era o seu nome — simpatizou com Isolda e conversou muito com ela durante o tempo em que passou sob seus cuidados. Ele informou que sua tropa havia sido apanhada em meio a uma nevasca enquanto ele e os companheiros voltavam de uma batalha. Ele retrocedeu para ajudar um amigo, um homem com um corte de espada na perna, e na

---

19 Túmulos coletivos cobertos de pedras. (N.T.)
20 Afloramentos rochosos naturais usados como altares. (N.T.)
21 Tumefação da pele provocada por muito frio, e acompanhada de intenso prurido e queimação. (N.T.)

neve intensa eles acabaram se separando do resto da tropa e perderam o caminho. Gavin caminhou três dias e três noites pela neve que caía sem parar e chegava até a cintura, em alguns lugares, carregando o companheiro nas costas.

Antes que alcançassem o abrigo da cabana de um lavrador onde imploraram ajuda, foram atacados por um lobo. Um caçador solitário, separado da alcateia pela tempestade, como acontecera com eles. Gavin, sem possibilidade de empunhar a espada, quebrou o pescoço da fera com as próprias mãos. Ele e o companheiro sobreviveram, e foram levados à enfermaria de Isolda para serem tratados. Ele riu quando Isolda limpou os machucados profundos deixados em seu antebraço pelos dentes e patas do lobo, e a moça perguntou como conseguira matar o animal, debilitado como estava.

— Vou lhe contar — disse ele, resmungando um pouco à medida que ela limpava os cortes. — Passei o tempo que caminhei na neve pensando na refeição que ia comer quando conseguíssemos nos livrar da neve. Pensei no pernil de porco que ia cortar para comer, e no tamanho do chifre de beber cerveja que ia tragar de um só gole. E, quando finalmente chegamos ao abrigo, comi até quase estourar a pança e depois dormi quase dois dias. Mas, quando o lobo nos atacou, saltou em cima de mim sabe-se lá de onde, bem... — Sacudiu a cabeça. — Não importa se você está com fome, cansado ou morrendo de frio, você faz o que precisa ser feito, e pronto.

Isolda ouvira incontáveis histórias semelhantes a essa. Homens que fugiram durante horas mesmo com tornozelos fraturados. Ou que lutaram batalhas com costelas ou braços quebrados. Isolda pensou que o mesmo estava acontecendo com Tristão. Mais cedo ou mais tarde, as reservas de força que o mantinham se esgotariam, mas por enquanto um ligeiro endurecimento de sua postura e as pálpebras avermelhadas eram os únicos sinais de cansaço.

Ele tirou lama dos calções amarrados abaixo do joelho e virou-se para ir embora:

— Tudo bem, vamos adiante. Não temos muito a fazer, exceto continuar a seguir as pistas que pudermos encontrar...

Ele se interrompeu; sua atenção estava concentrada em algo a distância. Isolda acompanhou o olhar dele, mas passou-se um momento antes que ela também visse o que era: uma cabana, com as paredes e o telhado construídos das pedras desgastadas da charneca, de modo que à primeira olhada parecia apenas mais uma mamoa ou outeiro.

A cabana ficava na base de uma suave proeminência de terra na qual se erguia um dos círculos de monólitos de pedra que os Antigos haviam construído para um objetivo há muito perdido e que agora, mudo e quase sempre arruinado, salpicava a charneca. Uma pequena mula castanha estava pastando num cercadinho atrás da cabana. Enquanto um pequeno jardim murado tinha sido construído num lado, as filas de terra sulcada cobertas de grama e plantadas para o outono, as folhas das plantas restantes murchando e começando a cair. Quando se aproximaram, Isolda viu que um homem estava debruçado numa videira enegrecida que subia pelo muro afastado. Ao ouvi-los chegar, ele se aprumou.

Isolda achou que teria entre quarenta e cinco e cinquenta anos, e, apesar do hábito negro e sombrio de monge ou padre que usava, parecia mais um soldado que um homem santo. Seu corpo era atarracado e forte, os braços musculosos debaixo das mangas arregaçadas da túnica. Sob uma cabeça com cabelo castanho resistente, o rosto também era embotado e quadrado, com uma mandíbula beligerante e um nariz que fora um dia quebrado, embora o efeito fosse amenizado por um par de olhos castanhos solícitos.

Seus olhos os encararam, avaliando-os com suavidade, e Isolda percebeu que absorviam o rosto machucado e o braço sangrento de Tristão, e também seu próprio vestido manchado de sangue e cabelo desgrenhado. Ele então falou, com voz lenta e grave:

— Bom dia, amigos. Parece que vocês tiveram problemas.

Ele pausou, como se para pedir uma explicação, mas Isolda achou que também fosse um convite, não uma exigência. Havia uma curiosidade extremamente gentil no olhar castanho atencioso, nenhum medo ou surpresa.

Tristão assentiu com a cabeça e disse:

— É verdade.

— Sei... — A resposta foi suficiente, pois ele nada mais perguntou, apenas enfiou o podão que estava usando numa bainha tosca no cinto e perguntou: — Em que posso ajudá-los?

Mais uma vez, foi Tristão que respondeu:

— Estamos procurando um grupo de homens a cavalo, que deve ter passado por aqui ontem bem tarde da noite ou hoje de manhã cedinho. Será que o senhor os viu?

Os olhos castanhos observadores se fixaram neles de novo, e mais uma vez Isolda teve a sensação de estar sendo avaliada por alguma espécie de balanço interno. Então o homem tomou uma decisão, porque concordou com a cabeça e limpou as mãos na túnica de lã.

— É melhor vocês entrarem. Meu nome é Columba. Irmão Columba. Tenho pouco aqui, mas posso oferecer-lhes pelo menos alguma coisa para beber, enquanto conversamos. — Apontou para um banco baixo de pedra encostado no muro ao sul do pequeno jardim. — Fiquem à vontade; já lhes trago um copo de vinho.

Entrou na cabana e voltou logo depois com uma jarra de barro e dois copos de cerâmica rústica. Serviu um líquido claro, marrom-amarelado, em cada um dos copos, entregou um a Tristão e o outro a Isolda, fazendo um sinal positivo quando Isolda lhe agradeceu.

— Hidromel. Tenho algumas colmeias na montanha; ocasionalmente consigo persuadir as abelhas a partilhar um pouco do produto de seu trabalho e faço uma infusão que dá para encher um ou dois jarros.

Isolda virou-se para contemplar o morro atrás da cabana, fixando os olhos nas colmeias redondas que ele indicou e no círculo de monólitos, cujas formas quadradas salientes se destacavam contra o céu. O Irmão Columba percebeu o olhar dela e disse, como se lhe estivesse lendo os pensamentos:

— Você deve estar pensando que este é um local estranho para um irmão cristão estabelecer sua habitação isolada. Mas é que as pedras e eu chegamos a um consenso. — Olhou para o círculo de pedras com um ar semelhante a afeição. — Elas estão aqui há muito mais tempo do que eu. Tempo suficiente para não ter má vontade com um arrivista como eu em relação a um espaço para viver e cultivar o que for necessário para minha alimentação. — Fez um sinal com a cabeça, os olhos ainda fixos nas pedras, o olhar distante, a cabeça erguida, como se estivesse prestando atenção. — Nós nos fazemos companhia, e damos muito valor a isso, porque aqui na charneca qualquer companhia é bem-vinda. Mas...

Ele se deteve e virou-se para eles, prosaico mais uma vez:

— Vocês me perguntaram se vi um grupo de homens a cavalo, não?

Tristão arfou ao se sentar no banco de pedra ao lado de Isolda, e ficou largado, muito à vontade, com os olhos fechados. Às palavras do Irmão Columba, porém, levantou-se com um esforço visível:

— O senhor os viu, então?

O Irmão Columba o olhou atentamente de novo, e quando falou não respondeu à pergunta:

— Desculpe, amigo, mas você parece que estaria melhor descansando do que procurando cavaleiros por aqui.

Tristão olhou de relance para o homem e deu um sorriso amargo.

— Nem vou discutir isso com o senhor. — O sorriso se desvaneceu, e ele largou o copo de hidromel. — Infelizmente, porém, não podemos nos dar ao luxo de nos atrasarmos.

Isolda rapidamente se perguntou se o Irmão Columba pediria alguma outra explicação, mas este só fez que sim com a cabeça, como se a resposta de Tristão já lhe tivesse fornecido todas as informações de que precisava.

— Então é melhor eu lhe contar o que sei para que você possa continuar sua jornada. — Fez uma pausa. — Você permite que eu cuide desse ferimento em seu ombro enquanto conversamos? Ele está obviamente lhe causando dor, e sou um herborista. Não vai demorar.

Tristão hesitou e fez menção de sacudir a cabeça, mas mudou de ideia e sorriu amargamente de novo:

— Está certo. Não vou discutir com o senhor sobre isso tampouco. Se o senhor pode me curar, aceito com meus agradecimentos.

O Irmão Columba também sorriu e disse:

— Bem, curar, não. Cristo pode ter curado os leprosos, mas receio que meus poderes sejam muito mais limitados que os Dele. Como, é claro, devem ter visto, sou apenas um humilde pecador. Entretanto, acredito que possa amenizar o problema antes de vocês partirem.

O corte de espada no ombro de Tristão estava feio e vermelho à luz da manhã; a carne ao redor, inflamada e inchada. A atadura que o Irmão Columba retirou estava ensopada de sangue, e deixou marcas fortes na pele. O Irmão Columba sacudiu a cabeça ao ver o ferimento e tirou a tampa da garrafa que trouxera da cabana, derramando um pouco de líquido esverdeado num pedaço de pano e comprimindo-o na ferida.

— Receio que isso vá arder um pouco.
Tristão absorveu a respiração e gritou:
— Malditas desgraçadas chagas de Cristo! — Cerrou o maxilar e acrescentou: — Perdão, Irmão.
Rugas de divertimento surgiram nos cantos dos olhos do Irmão Columba, mas ele apenas disse, com voz suave:
— Perdão concedido.
Ele continuou a limpar o ferimento, enquanto Isolda, ao observá-lo, sentiu uma pontada de remorso, aguda como uma lâmina. Hereric a trouxera a Tristão, e havia pedido sua ajuda como curandeira. "Quanto tempo faz", ela se perguntou, "desde que deixei de tratar de alguém, homem ou mulher, bretão ou saxão, doente ou ferido? E desta vez nem sequer me ofereci para ajudar. Como se...".

" — *Você está machucado, não está?*
Ele sacudiu a cabeça e tentou afastar a cabeça das pequeninas mãos que lhe agarravam o braço, apertando os olhos fechados:
— *Estou ótimo.*
Ela disse uma palavra que fez seus olhos se abrirem:
— *Não minta, Tris. Não para mim.*
Ele soltou a respiração e disse:
— *Nem sei por que me dou ao trabalho.*
— *Nem eu. Você sabe que sempre descubro a verdade.*
Isso fez que ele desse um pequeno sorriso, e deixasse que ela o pressionasse para se sentar no banquinho de madeira. Os grandes olhos cinzentos de Isolda se encheram de lágrimas ao ver as fortes contusões arroxeadas em suas costas, mas depois atirou os braços em volta dele, num de seus gestos rápidos e impulsivos, e o abraçou com força.
— *Não se preocupe. Quando eu for* Lady de Cammelerd, *farei de você... chefe do estábulo real.*
Mesmo sem querer, ele riu, e deu um puxão na trança de cabelo negro.
— *Pra você ficar me amolando pra te levar pra cavalgar todos os dias?*

— Moça? — Isolda voltou à realidade e verificou que o Irmão Columba tinha se afastado de Tristão e a observava com olhos ansiosos, as sobrancelhas franzidas no cenho largo e de ossos grandes.

— Moça, tudo bem? Talvez eu devesse tê-la convidado para descansar lá dentro. Conheço algumas senhoras que à vista de sangue... — se interrompeu ele.

A voz havia sido, mais uma vez, diferente das vozes do passado. Desta feita, fora mais próxima, parecendo novamente invocar uma canção de *selkies* no espaço escurecido de sua mente. Ela sentia que lembranças a pressionavam como reação. Esforçando-se, lutando para voltar, como furiosas correntezas prestes a romper uma frágil barragem.

Isolda balançou a cabeça e disse:

— Não, eu estou bem. Tenho experiência com ferimentos. Um pé na frente do outro. Olhe para a frente, não para trás.

Ela apanhou a garrafa que o Irmão Columba colocara no banco e aspirou o conteúdo; o odor forte e adstringente clareou o que lhe restava de névoa na vista, e disse, ainda tentando reter a pressão insistente de épocas esquecidas:

— Vinagre, alecrim e... verbena?

O Irmão Columba concordou com a cabeça.

— Constatei que combate infecções. — Ele a olhou vivamente sob as sobrancelhas. — Quer dizer que a senhora também entende de ervas, não é?

Isolda sentiu uma ferroada de súbita intranquilidade na espinha. Tristão e ela estavam a cerca de meio dia de viagem de Tintagel, em algum lugar do coração da charneca central da Cornualha. Ela não tinha ideia se as histórias sobre a Bruxa-Rainha haviam se espalhado até esse local remoto, mas a identificação só traria perigo para o Irmão Columba e ela mesma. Voltou a tampar a garrafa e disse, afastando-se:

— Um pouco.

Sentiu sobre si o olhar do Irmão Columba mais um instante, mas ele fez um aceno com a cabeça, foi até Tristão e esfregou a pomada untuosa amarela no ferimento.

— Bem, como eu estava dizendo — ele prosseguiu, e Isolda percebeu que ela devia ter perdido parte do que acontecera antes —, como eu estava dizendo, não vi os cavaleiros, por isso não posso garantir se era o mesmo grupo que você procura. Tudo que lhe posso dizer é que pouco antes do amanhecer ouvi cavalos vindo por este caminho.

Tristão o olhou vivamente e perguntou:
— Mas eles não chegaram a parar aqui, não é?
O Irmão Columba sacudiu a cabeça:
— Receio que também não saiba informá-lo. — Pegou um pano limpo e começou a enrolá-lo, à guisa de atadura, no ombro e no antebraço de Tristão. — Os invasores ou as gangues sem chefe não podem esperar — com razão — encontrar muito que roubar da cela de um eremita, mas... — novamente rugas de humor se reuniram em redor dos seus olhos — receio que eu, embora lamentando, não acredite na disposição desses homens para dar ouvidos à razão. Por isso, quando os invasores passam por aqui, criei o hábito de, bem, demovê-los da tentação, por assim dizer, e escapulir para a charneca. — Ele sorriu mais largamente: — Como disse, não acredito nesses seres humanos, mas minha atitude poupa os ladrões de cometerem o pecado de causar dano físico a um homem de Deus, e me poupa do pecado de revidar. Por isso, quero crer que as balanças estejam mais ou menos equilibradas.

Isolda olhou para os ombros largos e vigorosos, para os braços musculosos, para o maxilar forte e beligerante e para o nariz que parecia deformado por golpes. Pensou: "Ele pode ser um homem de Deus agora, mas já teve outra ocupação totalmente diferente. Algo que lhe ensinou sobre cortes de espada e tratamento de feridas".

O Irmão Columba terminou de passar a atadura no ombro de Tristão e começou redobrar cuidadosamente as tiras extras de pano antes de enfiá-las numa das mangas de seu hábito.

— Vocês devem estar vendo que pouco tenho a oferecer em matéria de ajuda, mas sei que os invasores, sejam quem forem, vieram da mesma direção de vocês. — Apontou o caminho.

Tristão mexeu o ombro, testando as ataduras, depois enfiou o braço novamente na túnica e voltou a amarrar os laços no pescoço.

— Qualquer informação que conseguirmos ajudará. — Ele se levantou. — Obrigado, Irmão. — Tocou na atadura do ombro e disse: — E também por isto.

O Irmão Columba rejeitou os agradecimentos e se ergueu, olhando para Tristão e Isolda:

— Se houver mais alguma coisa que eu possa fazer por vocês, lembrem-se de que podem me encontrar aqui.

Quando se afastaram, Isolda olhou de relance para trás e viu que o monge voltara a se ajoelhar ao pé da videira. A última coisa que ela viu antes de se virar para a frente foi o Irmão Columba tirando o podão da bainha e recomeçar a eliminar cuidadosamente os galhos e folhas mortas.

— O que ele nos disse pode ser útil? — perguntou Isolda quando escalaram o promontório atrás da cabana do Irmão Columba e atingiram o cume, na presença maciça e extensa dos monólitos.

Tristão deu de ombros e protegeu os olhos com uma das mãos enquanto examinava o panorama cinzento que se espalhava lá em baixo.

— Pelo menos sabemos que, se os homens que o Irmão Columba ouviu passar são os mesmos, estavam indo a galope quase ao amanhecer, o que quer dizer que galoparam sem parar a noite inteira. Precisariam, por isso, descansar os cavalos antes de ir muito adiante, e é bem possível que os encontremos.

Ele parou, com cenho franzido, o rosto meio virado para o outro lado, de modo que Isolda pôde ver mais uma vez a cicatriz oval na lateral do pescoço.

Ela achou que era provável que todos eles houvessem sido escravos em um determinado período. Tristão, Hereric e Bran. Todos menos Kian haviam sido escravos. E de alguma forma se haviam reunido para ganhar a vida lutando ao lado de quem lhes pagasse mais.

Isolda observou Tristão se inclinar, cheirar brevemente uma folha esmagada e soltá-la, e se perguntou de novo de onde ele teria vindo. Sua voz, que agora se dirigia a ela em inglês, tinha um ligeiro sotaque, embora isso pudesse ser causado pelos anos em que viveu entre os saxões.

Entretanto, ela não esqueceu a maneira como ele combatera o guarda na noite anterior. Isolda assistira a um número suficiente de treinos de esgrima e boxe entre Con e seus homens para saber que, embora debilitado e contundido como estava, qualquer um menos hábil com uma espada teria sido inevitavelmente morto. "Ele foi treinado como lutador", pensou ela. Depois, sabe-se lá como, foi capturado e marcado a ferro quente como escravo.

— Venha. — Tristão olhou para o sol, que começava a desaparecer a oeste. — Vamos caminhar até o pôr do sol, depois acamparemos para passar a noite, se até lá não os encontrarmos.

Capítulo 20

Isolda acordou sobressaltada, com o coração acelerado, embora não soubesse por quê. Comprimiu os olhos com as mãos, mas, antes que pudesse se livrar do resto do sonho, foi agarrada fortemente. Algo frio e pontudo lhe apertou dolorosamente a garganta, e uma voz ríspida sussurrou-lhe no ouvido.

Foi tão parecido com a ocasião em que foi despertada por Hereric que, por um instante, Isolda achou que talvez ainda estivesse sonhando. Mas a voz dessa vez era de Tristão, e a linguagem ela não reconheceu, pois as palavras eram estranhas e guturais. Então a lâmina da faca penetrou uma vez mais em sua pele e ela soube que não era sonho. Ele a estava prendendo, e qualquer tentativa que ela fizesse para lutar faria a faca penetrar mais profundamente em sua garganta.

De repente ele a soltou e deu um pulo para trás, de modo que ela pôde se levantar atabalhoadamente e encará-lo. As nuvens haviam desaparecido, e o luar estava reluzente e vívido. Ela viu Tristão, agachado contra o muro de pedras às suas costas, com a faca em punho. Seu rosto estava suado e congelado numa expressão de horror ou dor desesperada, mas ele não a olhou. Os olhos azuis se fixavam sem ver à frente, sem piscar nem observar nada. Com um arrepio súbito, pensou que ele não estivesse acordado, e sim sonhando.

Ela se debateu para se ver livre do que lhe restava de sono; debateu-se, como já havia feito uma vez, para lembrar-se do que acontecera antes de adormecer. Os dois haviam caminhado durante horas antes de chegar finalmente àquele lugar, onde o vento e o clima haviam escavado um pequeno refúgio aos pés de um morro matizado de granito. Ela havia tentado ficar acordada, mas fora vencida pelo sono. O mesmo deve ter ocorrido com Tristão. Ele caminhara tanto quanto ela naquele dia, além disso lutara contra o guarda de Mark. E praticamente não dormira nas duas últimas noites.

Tristão ainda estava com a faca, mas, se Isolda tentasse acordá-lo subitamente, não havia como saber o que ele faria. Ela já vira homens na enfermaria agir dessa maneira quando eram tomados por um pesadelo de batalha; ela os vira atacar súbita e violentamente antes de estarem plenamente despertos.

Isolda umedeceu os lábios e disse:

— Tristão...

Sua voz era um murmúrio, quase inaudível acima do som do vento que sibilava nas protuberâncias de pedra do abrigo acima de suas cabeças. Tristão não se mexeu, nem sequer olhou na direção dela. A garganta de Isolda estava seca; ela engoliu e tentou de novo.

— Tristão...

Dessa vez ele virou a cabeça levemente, e os olhos perplexos e brilhantes olhavam para além dela. Isolda se determinou a falar num sussurro suave, como tantas vezes fizera ao acordar um homem doente.

— Está tudo bem. Solte a faca. Está tudo bem.

A expressão de Tristão não mudou, mas Isolda percebeu que os músculos de seus ombros relaxaram ligeiramente. Devagar, com infinito cuidado, ela começou a se arrastar no chão até chegar a ele, sempre falando bem baixinho. Finalmente, ficou à distância de um braço de Tristão. Ele não se mexia. Ainda agachado, em postura de combate, encostado no muro de pedra, ele segurava a faca como se fosse atacar, mas não voltou a falar nem gritar.

Muito lentamente, Isolda estendeu uma das mãos para tocar na dele. Quando seus dedos o tocaram, o braço do homem deu um puxão e o coração de Isolda saltou em resposta, mas então ele voltou a se acalmar, e quando ela lhe tirou a faca da mão não resistiu. Sustando a respiração, ela se afastou dele e pôs a arma no chão, a pouca distância. Respirou aliviada e levantou uma das mãos para tirar o cabelo emaranhado do rosto quando Tristão deu um grito entrecortado e sem palavras, com um salto. Instintivamente, Isolda pulou para trás, mão comprimindo a boca para não gritar também, assustada. Tristão ficou abruptamente imóvel, os olhos continuavam a contemplar sem ver algo além dele. Isolda ficou rígida. A não ser que ele se mexesse, não conseguiria alcançá-la, e só repararia nela se de alguma forma chamasse sua atenção.

Então, com o rosto ainda como se tivesse uma máscara violeta e rígida, os lábios de Tristão se mexeram:

— Santo Deus, mate-me agora.

As palavras foram um mero sussurro, pronunciadas como se lhe fossem arrancadas do peito:

— Mate-me agora, ou faça que eu consiga suportar isso.

Isolda pensou de novo: "Ele não consegue me alcançar. Se eu ficar imóvel, nem vai saber que estou aqui". Não podia imaginar o que Tristão estava sonhando para lhe causar aquela expressão violenta e vazia. Ou que o fazia rezar para pedir a morte. Seu pescoço estava arqueado para trás, os músculos da garganta salientes como cordas, e, à luz da lua, Isolda viu que sua testa reluzia de suor e os olhos estavam tão dilatados que pareciam quase negros.

Em Tintagel ela nunca teria deixado um homem sozinho nas profundezas de um pesadelo desses.

Lentamente, passo a passo, ela começou a avançar mais uma vez, até poder tocar o braço de Tristão. Sentiu os músculos se contraírem ao seu toque, e então seu próprio braço foi agarrado e torcido dolorosamente quando Tristão a arrastou para si. Seu coração deu um pulo forte contra as costelas, mas a moça sorveu a respiração e disse as primeiras palavras que lhe vieram aos lábios:

— Esta é a história de Trevelyan, o único homem que escapou quando Lyonesse submergiu no oceano.

Pensou então: "A sorte é que essa história é tão familiar que mal preciso me concentrar nas palavras". Seu coração continuava a bater acelerado, e sua atenção estava fixa no agarrão de Tristão em seu braço, e na faca, ainda no chão, a alguns passos de distância. Se ele quisesse, poderia quebrar-lhe o pulso ao mero torcer das mãos, mas, à medida que continuou a contar a história, sentiu os músculos de Tristão relaxarem ligeiramente, e prosseguiu murmurando suave e tranquilamente, narrando o conto da terra antiga que desaparecera sob as ondas.

Isolda fez uma pausa e inclinou a cabeça para trás para ver o rosto de Tristão. Ele ainda a segurava com força; os dedos lhe penetravam a carne dolorosamente, mas a moça achou que parte da dureza desaparecera de seus olhos. Quando ela parou de falar, o ritmo da respiração de Tristão mudou novamente. Ele a fitou; os olhos azuis focalizaram devagar o rosto dela, e ele sacudiu a cabeça como se para ver tudo claro.

— O que...

Tristão se deteve de súbito; um músculo se contraiu no canto da boca. Continuava a segurá-la pelo pulso, mas nesse instante a soltou tão repentinamente que Isolda deu um passo para trás. Em seguida, meio que se virou, e ficou de frente para o declive de pedra às suas costas. Ficou lá, imóvel, respirando forte, até que o subir e descer do peito diminuiu e se firmou.

— Que aconteceu?

Sua voz estava quase normal, mas ele não se virou. Isolda notou que os músculos de seu pescoço continuavam rígidos.

— Você teve um pesadelo — disse Isolda. — Você...

Sua mão tocou involuntariamente a garganta, onde a lâmina da face de Tristão havia deixado uma trilha de sangue seco.

Achou que ele não tivesse visto, mas, quando ele se virou, seu olhar moveu-se rapidamente dela para a faca, que jazia no lugar onde fora deixada.

— Entendo.

Sua voz e aparência estavam inexpressivas quando seu olhar percorreu lentamente o rosto de Isolda e a marca na garganta; os olhos insípidos como pedras azuis.

Imediatamente Isolda sentiu o peso da própria exaustão. Sentou-se subitamente na pilha de peles que usara como leito e perguntou:

— Isso já aconteceu antes?

Tristão também escorregou para acomodar-se no chão e começou a se encostar na pedra, mas praguejou quando os ombros machucados tocaram o muro de granito. Os ângulos do rosto ficaram prateados à luz da lua; as sobrancelhas oblíquas se uniram e se enrugaram. Isolda não esperava que estivesse disposto a se explicar, mas se surpreendeu quando ele respondeu tristemente, após um momento:

— Já, mas faz tempo.

Continuava a respirar profundamente, e, inclinando a cabeça para trás, olhou para o céu noturno:

— Kian ficou apavorado algum tempo atrás, quando tentei cortar sua garganta enquanto estávamos de plantão tarde da noite, mesmo ele sendo capaz de se defender bem. — Esfregou a mão no queixo e deu um riso breve: — O infeliz quase quebrou meu pulso para tirar a faca de mim.

Isolda ficou calada e depois, repentinamente, e pela terceira vez desde que o conhecera, a mesma sensação estranha e enervante a percorreu. Como se já tivesse vivido — ou sonhado — tudo aquilo. Não era a volta da Previsão, mas a fez sentir-se de novo ligeiramente nauseada, com uma dor que latejava nas têmporas, como se realmente quisesse invocar a Previsão.

— Se eu lhe fizer uma pergunta — disse ela — você me dará uma resposta verdadeira?

Ela viu que as sobrancelhas de Tristão voltaram a se unir.
— Mais um favor?
— Eu atirei a faca no guarda lá na praia.
— Certo.
Isolda esperou, mas Tristão não disse mais nada.
— Há mais uma coisinha.
Tocou na marca deixada pela faca de Tristão em sua garganta. Tristão não se mexeu. Seu rosto ficou impassível, os olhos, firmes e sérios, mas subitamente Isolda percebeu, assustada, como acontecera antes, que os dois estavam inteiramente sozinhos, e lembrou-se da força das mãos que há alguns momentos seguravam aquela faca. Nesse instante Tristão expirou, e o momento passou. Ele esfregou o espaço entre os olhos e disse:
— Tudo bem. Pergunte.
— Quem é você?
Tristão soltou a mão e voltou os olhos para ela:
— Isso não é pergunta que se faça. O que você diria se eu lhe fizesse a mesma pergunta?
— O que eu diria? — Uma breve sensação de coisas se quebrando surgiu no peito de Isolda, e ela estremeceu. — Você então me diria o que estava sonhando?
Tristão levantou um dos ombros e ficou meio de lado mais uma vez; os olhos observaram a charneca escurecida que se estendia além da moça.
— Com o que eu estava sonhando? Acho que com o passado.
— Isso é que não é resposta que se dê.
Tristão ficou sentado, imóvel, por um instante. Seus olhos se fixaram brevemente nela e depois se desviaram, e Isolda achou que dessa vez ia mesmo se recusar a responder, mas então ele disse, com voz inexpressiva:
— Fui enviado para uma mina de rochas sedimentárias, um acampamento de escravos. Provavelmente estava sonhando com isso, como costuma acontecer. Rastejando num túnel

imundo no escuro e esperando que se esgotasse o ar ou que as pedras acima de mim cedessem. Isso ou...

Olhou de relance, involuntariamente, para a mão esquerda mutilada e calou-se de repente, apertando a boca para não dizer mais nada.

Depois de um momento, Isolda perguntou:
— Como você escapou?
— Do acampamento de mineração? — Tristão continuou a olhar para a escuridão. — Matei um guarda e fugi. — Deu mais um risinho, dessa vez, melancólico. — Estávamos no inverno. A nevasca atingia a altura de minha cabeça. Pensei que tinha sido a última besteira que eu havia feito. — Pausou, ficou em silêncio olhando para algo além de Isolda. — Foi quando conheci Hereric. Também quase morto e congelado.
— Isso foi há quanto tempo?
Tristão franziu a testa e disse:
— Há uns quatro anos. Não, cinco. — Ergueu um ombro. — De qualquer modo, ele tem estado comigo desde então.
— Mas você não o levou quando foi para Cewlin?
— Hereric? Não, claro que não. — Pegou na sacola de viagem um cantil de chifre para cerveja e tirou a tampa com os dentes.
— Mas ele teve sorte. Com os guardas de Mark, ele teria tanta chance de sobreviver quanto uma minhoca num galinheiro.

Tristão ofereceu primeiro o cantil a Isolda, mas a moça recusou com a cabeça. Esperou que ele desse um gole e perguntou:
— O que você estava fazendo quando foi capturado?

Tristão abaixou o cantil e a olhou vivamente sob as sobrancelhas:
— Você faz uma porção de perguntas ao mesmo tempo.

Isolda não respondeu, e Tristão se calou um instante, como se estivesse discutindo consigo próprio, em seguida se decidiu:
— Acho que não há razão para você não saber. Tudo acabou. Cewlin de Mércia me ofereceu dinheiro para lhe trans-

mitir o que eu pudesse descobrir sobre a defesa do exército bretão. Eu já fizera esse tipo de serviço para ele antes.

— E Cyn?

Uma sombra passou pelo olhar de Tristão:

— Cyn era soldado de Cewlin. Ele me acompanhava para garantir que eu não... — a boca se curvou ironicamente — ... que eu não me perdesse no caminho de volta.

Isolda fez um sinal de positivo com a cabeça. Quer dizer então que ele dissera a verdade na cela em Tintagel quando afirmou que apenas um pagamento por serviços prestados o ligava ao rei saxão.

— Será que Cendric vai mandar alguém mais atrás de você, já que não voltou?

Tristão tomou mais um gole de cerveja e sacudiu a cabeça:

— Acho que não. Ele só me pagou metade do combinado; a outra metade eu só receberia quando voltasse. Desperdiçar alguns de seus combatentes para tentar me achar seria o mesmo que trocar seis por meia dúzia. Além disso... — ele se interrompeu, e uma ruga surgiu entre as sobrancelhas.

— Sim?

Tristão sorriu, sem humor.

— Se o que você me contou for verdade, Cendric não verá nenhuma utilidade para qualquer informação que eu lhe possa oferecer agora. — Voltou a franzir as sobrancelhas. — Ele não devia saber da aliança com Mark quando fez o acordo comigo.

— Ou talvez a aliança ainda não tivesse sido feita...

— É possível. — Tristão ficou em silêncio, com as sobrancelhas ainda franzidas, depois prosseguiu, quase falando para si mesmo: — Não entendo como pode ser verdade o que você disse sobre uma força de invasão saxã unida. Sei bem o que Octa e Cendric pensam um do outro, e diria que prefeririam lutar vendados num campo de batalha, com uma agulha de costura como espada. Ainda assim — ele se interrompeu e sacudiu a cabeça — não faz mal. Não importa o que eu penso disso tudo. Fez uma pausa para beber mais um trago do cantil, e, com o dorso da mão, limpou a boca.

— Sorte minha que Bran tenha conseguido fugir e chegar a Hereric e Kian quando o guarda me prendeu com Cyn.

Isolda o fitou, surpresa:

— Quer dizer que você estava com Bran?

Os olhos de Tristão estavam distantes, e ele respondeu sem olhar para Isolda, falando mais para si mesmo do que para ela:

— Bran sempre participava de serviços assim. Ele podia passar despercebido quase em qualquer lugar, entrava e saía de um acampamento militar sem problema. E era especialista em roubar comida, se a caça fosse escassa. Era capaz de surrupiar uma ou duas galinhas, um queijo inteirinho ou qualquer coisa que quisesse de uma propriedade e escapulir antes que alguém sequer se desse conta.

Tristão fez uma pausa, sorriu e disse:

— Uma vez ele roubou um presunto inteiro! Nossa, nunca vou esquecer quando Bran chegou ao acampamento arrastando o presunto, que devia ter o mesmo peso que ele. O garoto esperou que o cortássemos em pedaços e começou a comê-lo antes de nos contar onde o havia conseguido: havia arrastado o presunto de um covil de cães selvagens, e só Deus sabe onde o haviam conseguido. Cyn e eu estávamos sentados ainda com carne na boca, e Bran nos disse que o presunto não tinha *muito* cocô de cachorro, e que ele havia conseguido limpar a maior parte dos excrementos. — Sacudiu a cabeça e voltou a rir. — Pensei que Cyn fosse vomitar nas botas o que estava mastigando, mas ele terminou de comer tudo. Ele gostava de Bran.

Tristão se interrompeu, e o sorriso esmaeceu subitamente; seus olhos focalizaram algo distante. Isolda imaginou que estivesse visualizando as duas piras funerárias, uma para Bran e outra para Cyn, e se perguntou se responderia a muito mais perguntas antes de que se lembrasse de reerguer suas barreiras.

— E quanto a Mark? — indagou Isolda. — Com base no que você disse a Kian ontem à noite, deduzi que já conhecia Mark antes ou, pelo menos, soubesse alguma coisa sobre ele.

Ao ouvir isso, Tristão a olhou vivamente, e Isolda logo percebeu que a distância entre eles de repente aumentou muito em relação a um momento atrás. Contudo ele disse, sem mudar de tom:

— Não existe odre de vinho grande o suficiente para que eu possa beber tudo o que sei — e acho — de Mark.

Parou de falar mais uma vez, e a analisou por um instante, mais uma vez com um olhar profundamente analítico:

— Você já tem suas respostas. Posso fazer uma pergunta em troca?

Isolda franziu a testa e perguntou:

— Você quer me fazer uma pergunta?

Sempre de olho em Isolda, Tristão passou a mão na atadura do ombro, como se o ferimento o estivesse incomodando, e perguntou:

— O que você quis dizer quando, duas noites atrás, falou que achava que tinha aprendido a atirar facas quando era mais jovem? Não tem certeza?

Isolda levantou as sobrancelhas, surpresa:

— Sua pergunta é essa?

Tristão deu de ombros:

— Não diga se não quiser. Você não me prometeu responder.

Isolda voltou a franzir as sobrancelhas, mas a pressão assustadora da lembrança que sentira um momento antes desapareceu. Haveria perigo em responder? Ela examinou a mente, mas não encontrou nada. Havia seu eu de antes e seu eu depois de Camlann; os dois estavam separados por um muro consolador e familiar.

— Não tem problema — disse ela lentamente. — Tudo bem, não me importo.

Talvez tenha sido o cansaço que lhe soltou a língua. Ela não devia estar dormindo há mais de uma hora quando Tristão a acordou com a faca, e não dormira nada na véspera. Ou talvez tenha sido a sensação de isolamento, a escuridão que os cercava, a hora tardia. Ou talvez seu medo do que haveria à frente, fazendo-a compreender por que os soldados costumavam ficar acordados conversando na véspera de uma batalha.

Nunca tocara no assunto antes, mas de qualquer forma, descobriu-se falando, quase antes de se dar conta:

— Você tem pelo menos a minha idade, suficiente para se lembrar da época da praga. Mais ou menos quando aconteceu Camlann. A doença atacou a fortaleza de meu pai. Não... — ela parou — não havia tempo nem para prantear todos os que morreram. Todos os dias morria alguém. Criados, aias, crianças e... minha avó também.

Ela se deteve; os olhos fitaram a sombra de uma trepadeira rastejante que já subia pelo muro de granito às costas de Tristão, o caule prateado à luz das estrelas.

— Então aconteceu a batalha de Camlann, e meu pai também foi morto. Eu estava com treze anos e foi decidido que me casaria com o herdeiro Con. — Deu de ombros. — Suponho que tenha sido uma boa solução. A filha de Modred e o herdeiro de Artur. Isso uniria as duas facções.

Isolda se interrompeu de novo. Algo havia estremecido e agitado além da muralha negra de sua mente, mas se acalmou e ela prosseguiu, depois de um momento.

— Morrer por causa da praga é... uma morte sofrida, mas não é a pior. Já vi muitas outras mortes tão horríveis quanto as da praga, e é muito duro.

Fez uma pausa. A quietude da noite pareceu, quase na mesma hora, uma coisa viva, e a charneca escurecida parecia uma presença tangível, esperando.

— Eu sonhava com eles, minha avó, meu pai e todos os outros. Sonhava toda noite que estavam vivos. Acordava e me lembrava, e voltava a chorar por causa deles. Con tinha um ano a menos do que eu, ele acabara de fazer doze anos quando foi coroado. Estava apavorado com tudo aquilo, mas tentava desesperadamente disfarçar. Fazer jus à posição de Rei Supremo, do herdeiro escolhido pelo grande Artur, mas ele não tinha ninguém, só eu.

Ela piscou quando a imagem de Con, menino de doze anos, surgiu em sua sua mente mais uma vez. Sentado no trono de rei, vestido com trajes de arminho e portando a espada de Artur que lhe fora dada. Engoliu em seco e continuou:

— Existe uma história antiga, a história de Oisin e Tir na *nOg* — Terra da Juventude Eterna. De como Niamh do Cabelo Dourado, filha do Rei Tir na *nOg*, apaixonou-se por Oisin, filho do guerreiro Fin. E de como ela o levou para a Terra da Juventude Eterna.

Isolda pausou para recordar as palavras da antiga história, que passou a declamar:

Encantadora é a terra além de todos os sonhos,
Mais linda do que seus olhos jamais viram.
Lá há frutas nas árvores o ano inteiro,
E durante o ano inteiro as flores florescem.
Quem lá reside não conhece dor nem doença,
A morte e a decadência nunca mais dele se aproximam.

Parou e inclinou levemente a cabeça.

— Reza a história que Oisin foi feliz na Terra da Juventude Eterna, como marido de Niamh do Cabelo Dourado, enquanto não se lembrou da vida que deixara para trás. Um dia, porém, ele se lembrou e não conseguiu tolerar a saudade do pai, de seus parentes e de sua casa. Por isso implorou a Niamh que lhe permitisse voltar apenas por algum tempo; ela concordou, e ele retornou a casa.

Isolda olhou para o céu da noite.

— Ele cavalgou um corcel branco que se movimentava por mar, terra e céu como se esses elementos fossem todos iguais, mas, quando Oisin chegou de volta a sua terra natal, descobriu que cem anos se haviam passado, e todos aqueles a quem amava estavam mortos, e ele mesmo era um homem alquebrado e velho.

Isolda se deteve. Sentiu que o vento do lado de fora do nicho que lhes servia de abrigo aumentava, e uma umidade fria penetrava no ar. Provavelmente choveria de manhã.

— Depois que Con e eu fomos coroados havia muito a fazer: reconstruir o exército, restaurar as patrulhas nas fronteiras saxônicas, negociar alianças com os duques e os reis dos pequenos reinos. Con não tinha idade suficiente para compreender tudo, e eu não podia ajudá-lo — nem à Bretanha —, porque ainda estava de luto por todos os que haviam morrido. Por isso decidi esquecer — como Oisin deveria ter se esquecido, se tivesse querido continuar feliz com Niamh, o tempo que havia passado.

Ela se interrompeu, com os olhos ainda nas estrelas descoradas.

— A princípio foi difícil, mas agora... não sei se conseguiria me lembrar, nem que tentasse.

Houve um momento de silêncio, e, enquanto durou, as palavras de Isolda pairaram no ar. Tristão mudou de posição e perguntou:

— Você já parou para pensar que, mesmo que encontre o tal ourives e ele tenha prova da traição de Mark, você pode vir a fracassar no que se propôs a fazer? E que pode não conseguir convencer ninguém dos planos de Mark, pelo menos, a tempo de impedi-lo de entregar a Bretanha de bandeja para os saxões?

— Claro que já pensei nisso! Mas não faz diferença.

— Embora você seja chamada de Bruxa-Rainha?

O ar da noite estava frio, e Isolda cruzou as mãos debaixo do manto.

— Mas isso não é culpa da Bretanha. Se Mark e seus aliados vencerem, milhares morrerão. Milhares de fazendeiros, roceiros e pastores de gado que provavelmente nem ouviram falar de Mark ou de Octa... ou de Isolda, filha de Modred.

O vento soprou as nuvens que passaram pela face da lua, escurecendo-a demais e impedindo que Isolda visse nitidamente o rosto de Tristão. Ele era apenas um contorno ensombreado contra as pedras, nada mais. Entretanto, ela conseguia sentir que ele a olhava. Após um instante, Tristão perguntou:

— E se você morrer por isso?

Isolda deu de ombros e respondeu:

— As estrelas brilharão amanhã da mesma forma.

O silêncio se estendeu por mais tempo dessa vez, e Isolda estremeceu, sentindo o conhecido puxão de lembrança que essas palavras sempre traziam. Dessa vez, contudo, talvez por causa dos assuntos que ela abordara pela primeira vez em sete anos, sentiu um movimento impetuoso de desolação, grande, vazio e soturno como a charneca em redor. Talvez fosse mais seguro — pensou ela — congelar as ocasiões em que havia rido largamente ou em que ouvira uma voz que amava e que não fora trazida pelo vento. Seria mais seguro não recordar a menina que um dia achou que contaria histórias junto da fogueira para os próprios filhos. Porque a criatura que ela era fora jamais faria isso.

Estava mais segura, porém igualmente mais solitária.

Quando levantou os olhos, Tristão a observava com uma expressão que ela não conseguiu decifrar. Então ele desviou o olhar e disse:

— O dia foi muito difícil, e amanhã com certeza será mais difícil ainda. É melhor você descansar o que puder.

Ele deve ter percebido a hesitação de Isolda, porque riu brevemente e disse:

— Não se preocupe. Tome. — Inclinou-se para pegar a faca e a jogou aos pés de Isolda. — Não vou dormir de novo, mas de qualquer maneira você pode ficar encarregada desta faca.

— Fez uma pausa, depois acrescentou, quase como se estivesse lendo os pensamentos dela: — Pode confiar em mim. Já lhe dei minha palavra de que vou cuidar para que se livre dos guardas de Mark. — Ele se deteve. Ainda estava muito escuro para ver-lhe o rosto, mas Isolda percebeu seu sorriso enfraquecido.

— E, afora qualquer outra coisa, minha irmã mais nova me tiraria a pele se eu quebrasse uma promessa que fiz.

Isolda ficou tão surpresa que parou antes de pegar a faca e o olhou de novo, forçando os olhos para enxergar na escuridão:

— Você tem uma irmã?

Tristão ficou um instante calado e depois respondeu:

— Com essa, foram sete perguntas que você me fez, e eu só lhe fiz uma. Mas a resposta é sim. De certa forma. Há muito tempo atrás.

Quando Isolda acordou, Tristão desaparecera, e ela estava cercada de ahomens armados e usando elmos; todos carregavam um escudo com o emblema da Cornualha. Eram homens de Mark.

Isolda sentou-se reta, com todos os músculos duros depois da noite no chão frio e áspero. Por um instante não sentiu nada, absolutamente nada, mas depois, tão de repente quanto antes, a raiva se apoderou dela, como vinho servido num chifre. Foi tão forte que por um momento o mundo girou a seu redor e manchas vívidas surgiram ante seus olhos, o sangue lhe bramindo nos ouvidos.

Lentamente, o mundo se estabilizou, e sua visão clareou. Estava certa quanto à chuva. Uma neblina fria soprava, umedecendo as túnicas de couro e os elmos dos soldados. Não sabia o nome de nenhum deles, embora reconhecesse um pelo nariz quebrado e contundido, e rosto destruído, como o homem que fugira da praia havia duas noites.

Todos a olhavam fixamente, como se não soubessem o que fazer em seguida. Isolda lentamente se ajeitou no chão; a raiva continuava a sibilar-lhe nas veias.

Tristão havia ido embora para fazer o sórdido acordo enquanto ela dormia. Esse pensamento renovou a cólera que ela sentia: Tristão nem sequer havia tido a coragem de traí-la cara a cara.

Os homens continuavam a observá-la: ela viu que eram cinco, de pé no meio-círculo perto da entrada do refúgio onde ela estivera. Então um deles — um homem baixo e de forte compleição, com a barba suja, lamacenta, e olhos descorados e pálidos, deu um passo à frente.

— Levante-se. — Sua voz era ríspida. — Você vem conosco. Agora.

Ela então pensou: "Tristão deve ter conseguido. Deve ter me trocado por Hereric sem revelar que ele era o próprio prisioneiro saxão que procuravam". Isolda se ergueu. O sentimento de raiva continuou a devastá-la em violentos ímpetos contra suas costelas, e ela nem sequer parou para pensar antes de falar:

— Muito bem — disse ela. — Mas primeiro vamos falar do homem que mandou vocês aqui para me encontrar.

O homem forte estava indo em sua direção, mas, ao ouvi-la falar, parou, e os olhos insípidos se estreitaram:

— Homem? Que homem?

— Ele é o prisioneiro que vocês receberam ordens de prender, o saxão que fugiu de Tintagel. Mark vai recompensá-los regiamente pela captura dele. Ainda deve estar por aqui, pois estava ferido. Não pode ter ido longe.

Durante um longo momento, o guarda barbudo a olhou fixamente, como se estivesse julgando se ela estava dizendo a verdade ou não. Depois virou-se para os homens às suas costas e grunhiu:

— Gorlan! Mael! Vão procurá-lo.

O homem barbudo — que devia ser o líder — observou os dois soldados partirem, e suas costas ficaram momentaneamente afastadas de Isolda. Ela mudou de posição, e ao fazê-lo sua mão roçou em algo duro. Deu-se conta de que era o cabo da faca que lhe fora atirada por Tristão na noite anterior, escondida pela saia do vestido.

Esforçando-se para livrar-se da força da maré, ela controlou a raiva e tentou pensar, os olhos fixos nos três homens que ficaram. Eram muitos para que ela tivesse possibilidade de escapar. Ainda assim, se conseguisse pegar a faca escondida no cinto, estaria pelo menos armada.

— Está certo. Venha logo.

O homem barbudo virou-se novamente para ela e falou com áspera impaciência. Além de ser o líder, era o mais velho do grupo, e teria uns dez ou quinze anos mais do que os outros, que estavam ao redor dos quarenta anos.

Rapidamente, Isolda agarrou a faca através do tecido da saia e se levantou, segurando-a apertado nas dobras do tecido. Puxou o manto de viagem por cima do corpo e então, assim protegida, deslizou a faca para cima até livrá-la do tecido e conseguir agarrá-la. Quase a deixou cair, e seu coração se acelerou quando o pequeno osso do cabo lhe escorregou na palma úmida de suor. Mas finalmente pegou a faca e conseguiu enfiá-la no cinto, sem que nenhum dos homens visse.

No momento seguinte, porém, achou que esse esforço seria em vão, porque o líder do grupo virou-se para os dois soldados que restaram e disse, secamente:

— Segurem-na. Vou revistá-la. Ela pode estar armada.

As mãos do homem barbudo eram fortes, cobertas de pelo negro e espesso até os pulsos, e as unhas eram compridas e cheias de terra. A ideia de ter essas mãos em cima dela, mexendo em seu corpo...

Ela ergueu os olhos e se defrontou com os olhos do soldado. O que viu neles foi o suficiente para gelar, ao lembrar-se do que Tristão dissera na praia, há "milênios". E o que o chefe fizer o resto dos soldados certamente vai copiar. Como lobos abatendo uma ovelha depois que o líder da alcateia pula na garganta do animal.

Mas, como lobos, se o líder da alcateia se ferisse ou estivesse assustado, o resto poderia virar as costas e fugir.

Num ímpeto, seus olhos analisaram o guarda mais idoso, observando as juntas das articulações, a ligeira rigidez de sua postura quando avançou para ela, que se posicionou ereta.

— Pare.

A palavra foi dita tão secamente como gelo se quebrando, e o soldado barbudo recuou acentuadamente, a princípio assustado, depois colérico.

Isolda respirou lentamente, esperando, como nunca antes, que seu palpite estivesse certo. Disse então:

— Toque em mim e vai pagar com dor. Suas juntas doem, não doem, quando está chuvoso e úmido como hoje? A umidade penetra em seus ossos de tal forma que há dias em que você mal consegue empunhar a espada ou levantar um braço acima da cabeça.

Deteve-se. O homem respirou fundo e a olhou fixamente; uma centelha de medo começou a surgir no fundo dos olhos pálidos e insípidos, embora lutasse, no momento, com a descrença. Os homens às suas costas, os mais jovens, começavam a parecer amedrontados também, trocando de posição e resmungando constrangidos entre si. Isolda enfrentou o olhar do primeiro homem sem vacilar.

— Toque em mim — repetiu ela. — Ponha um só dedo em mim e eu o farei contorce-se no chão como uma minhoca. Seus ossos vão se transformar em fogo dentro de você, e suas juntas vão inchar e estalar como gordura num porco sendo assado.

— Parou, com os olhos ainda fixos nos do soldado barbudo, e baixou a voz. — Toque em mim — disse, muito suavemente — e farei que você deseje nunca ter nascido.

Livro III

Capítulo 21

O ar da cela da prisão era tão úmido e fétido quanto antes; o fedor da sujeira, do mofo e da decadência foi suficiente para acumular-se no fundo da garganta de Isolda e dificultar-lhe a respiração. Alguma coisa guinchou e fez barulho na palha aos seus pés. Também estava frio, e ela se abraçou com força, para tentar parar de tremer.

Não comera nem bebera, seu estômago estava oco, a cabeça leve e a garganta dolorosamente seca. Mas haviam deixado uma lamparina num pires, um pavio boiando num pequeno prato com óleo, e a pouca luz que ela oferecia era suficiente para mostrar-lhe as paredes úmidas ao redor e o piso sujo.

Isolda espiou o local onde escondeu a faca, enterrada sob uma pilha de palha imunda e cheia de terra. Amedrontou bastante o soldado que a capturara para que não a revistasse, mas não podia garantir que os próximos homens que fosse enfrentar seriam afugentados tão facilmente.

Ela pensou: "E mais cedo ou mais tarde...".

Como se esse pensamento o houvesse invocado, os ferrolhos foram destrancados, a porta se abriu e Isolda ficou imóvel, subitamente gelada e exausta, suja e dolorida, como se houvesse usado todas as suas partículas de coragem quando enfrentou os guardas.

Mark não disse nada, mas caminhou lentamente até ela, passo a passo. O peito de Isolda de repente se comprimiu, a boca ressecou e ela precisou fechar as mãos com força e lutar com toda a sua determinação para não recuar, nem se encostar na parede distante. Afinal, os dois ficaram frente a frente.

Mark usava a túnica escarlate de arminho do Rei Supremo, com uma larga tira de ouro ao redor da testa. Os olhos escuros se fixaram nos dela e então, ainda sem dizer nenhuma palavra, ele ergueu umas das mãos e a esbofeteou violentamente.

A dor a atingiu com força e sua visão escureceu, mas Isolda não perdeu a consciência. Ele bateu nela de novo e a atirou no chão. Isolda sentiu as mãos dele apalpando-a e rasgando selvagemente o corpete de seu vestido. Ela pensou então: *"Vai acontecer de novo, mas desta vez não vou conseguir suportar sem gritar".*

Isolda cerrou os dentes, com os olhos ainda fechados, mas nada aconteceu. Então ela sentiu Mark chutá-la furiosamente na barriga, rolou e quase gritou de dor. Abriu os olhos, viu e compreendeu.

O golpe lhe tirou o fôlego, e, enquanto lutava por ar, retendo lágrimas involuntárias, pareceu ouvir a voz de Dera, lenta e drogada com a infusão de ópio, como acontecera há três noites. *"Conheço uma garota que riu dele, e ele usou uma faca aquecida no fogo."*

Mark a atacou novamente com um golpe selvagem na cabeça que fez que sua visão ficasse turva mais uma vez. Voltou a ranger os dentes, preparando-se para outro golpe, sabendo que não havia absolutamente nada que o impedisse de tratá-la daquela maneira. Então...

Uma lembrança não solicitada surgiu na cabeça de Isolda: Mark, o hálito fedendo a cerveja e a vômito de bêbado, com as mãos tateando no escuro, e arfando um nome: *Modred*.

Com um esforço que a deixou tonta e ofegante, Isolda se aprumou. Sua barriga ainda estava oca, a garganta obstruída de medo, mas a moça olhou para Mark e disse, com dificuldade:

— Continue a me bater... se isso faz você se sentir... mais homem. Eu vou adorar... contar a seus guardas... o que provocou esses golpes.

O rosto de Mark enrubesceu, depois subitamente descorou e ficou lívido de fúria. Grunhindo de cólera sem nada dizer, agarrou Isolda com uma das mãos, com a outra pegou um punhado de palha imunda do chão e selvagemente enfiou a sujeira na boca da moça.

Isolda engasgou e teve vontade de vomitar no momento em que um guarda apareceu à porta da cela.

— *Milorde*, acaba de chegar um mensageiro a cavalo para o senhor. Diz que é urgente e não pode esperar.

Por um longo momento Mark não se moveu, continuando a olhar fixamente para Isolda, com a respiração ainda ofegante e rápida. Então largou o braço de Isolda e recuou, com o queixo cerrado.

— Você acha que eu me rebaixaria a me sujar com seu corpo? No que me diz respeito, você pode ficar aqui e apodrecer, até enfrentar julgamento por bruxaria. — Mark se calou, os lábios se contorcendo num sorriso breve e lacônico.

— As audiências começam amanhã de manhã, no salão do Conselho do Rei.

Isolda se afundou na palha, encostou a cabeça na parede fria, úmida e escorregadia e fechou os olhos. Seu lábio sangrava, e ela sentiu que o machucado no rosto estava inchado. Os músculos da barriga continuavam a arder, e suas costelas pareciam estar em fogo, embora ela achasse que nenhuma, pelo menos, estivesse quebrada. A dor piorava quando tentava encher os pulmões de ar completamente, por isso ficou sentada sem se mexer, tentando manter a respiração superficial e leve.

Pensou nas palavras de Mark: "Julgamento por bruxaria. Era a mesma coisa que ter deixado Mark me espancar até a morte".

Abriu os olhos e olhou para a lamparina bruxuleante no pires. Naquela cela subterrânea sem janela, ela não tinha como saber a hora nem calcular a passagem do tempo, a não ser pelo óleo que queimava, mas provavelmente dali a pouco tempo amanheceria. Dali a poucas horas, portanto, ela seria julgada, condenada e morta. A pedradas. Ou queimada. Ela não tinha nehuma dúvida sobre o objetivo do julgamento. Seria apenas uma justificativa para Mark assassiná-la, nada mais do que isso.

Isolda observou uma espiral de fumaça se erguer, pairar e depois se dissolver no ar frio e úmido. Ela sentiu... nada, nada absolutamente. Estremeceu. Estava assustadoramente paralisada.

Deve ter cochilado ligeiramente, pois, quando ouviu novamente o som dos ferrolhos, levantou a cabeça de repente e gelou de medo. Se Mark estivesse de volta...

Mas não foi Mark quem apareceu na entrada. O coração de Isolda começou a bater descompassado, ela fechou os olhos e repetiu estas palavras, tentando acalmar-se: *Não é Mark*.

— Padre Nenian!

O religioso estava hesitante na entrada, mas depois se adiantou, piscando à medida que os olhos se adaptavam ao escuro. Seu rosto, sob o penacho de cabelo fino como o de um bebê, mostrava aflição.

— *Lady* Isolda, não tenho palavras para expressar meu desgosto em vê-la aqui. Vê-la...

Ele se interrompeu. Com esforço, Isolda uniu as beiradas rasgadas do vestido. Suas contusões haviam enrijecido, a boca inchada lhe causava dor ao falar, mas se levantou para receber o padre e disse:

— O senhor não devia estar aqui, padre. Se é verdade que vou ser julgada por feitiçaria, há perigo para quem for visto falando comigo.

O Padre Nenian hesitou. Ele segurava um pão envolto num pano e uma jarra de vinho bem junto do corpo e se lembrou deles nesse instante, pois os colocou no chão antes de dizer:

— Julguei, *Lady* Isolda, que a senhora talvez quisesse consolo da confissão antes... antes de amanhã.

— O consolo da confissão? — repetiu Isolda. Sua boca se contorceu. — O senhor quer dizer que, caso eu deseje confessar ser uma bruxa, pode me dar a absolvição antes que eu seja queimada numa fogueira?

O Padre Nenian recuou levemente ao perceber o tom de voz da moça, depois disse, baixinho:

— Jamais pensei que a senhora fosse uma bruxa, *Lady* Isolda, nem a chamei disso.

— Desculpe, padre. — O esforço para se mexer estendeu as costelas contundidas, e Isolda absorveu um respirar forte, mas tocou a mão do sacerdote. — Desculpe — repetiu suavemente. — Sei que o senhor nunca fez isso, embora sempre me tenha perguntado por que não.

Os olhos do Padre Nenian fixaram-se nos dela; seu olhar era claro e brilhante como a água de uma fonte.

— Fui entregue à Igreja aos cinco anos, e criado por padres e homens santos. Pouco sei dos males do mundo, mas sei das bondades. — Deteve-se e depois disse, simplesmente: — Vejo bondade na senhora, *Lady* Isolda.

Por um momento os olhos de Isolda arderam com lágrimas inesperadas, e, quando conseguiu falar, disse:

— Obrigada, padre. E obrigada também pela comida.

Ela ergueu a jarra de vinho e tomou um gole; o líquido fresco lhe fez bem à garganta ressecada.

O Padre Nenian rejeitou os agradecimentos com as mãos; o rosto continuava ansioso:

— Só desejava, *milady*, poder fazer algo mais pela senhora.

Isolda se perguntou brevemente se devia contar ao Padre Nenian a traição de Mark. Será que ele poderia convencer os demais conselheiros do rei de que o Rei Supremo havia formado uma aliança com o rei saxão de Kent? Era bem mais provável que dissessem que ele havia sido enfeitiçado pela Bruxa-Rainha. Ou que Mark simplesmente mandasse matá-lo.

Portanto, sacudiu a cabeça e disse:

— O senhor é um homem bom, e o povo daqui vai precisar de homens bons nos dias que estão por vir. Não jogue fora sua vida junto com a minha.

O Padre Nenian ficou calado e depois disse, meio hesitante:

— Se a senhora desejar o rito da confissão, *Lady* Isolda...

Isolda balançou a cabeça e repetiu:

— Não, mas lhe agradeço novamente. O senhor foi muito gentil em ter vindo.

Capítulo 22

Mark estava de pé num meio estrado construído na cabeceira do salão em frente à entrada acortinada que levava ao pátio do lado de fora. Ainda usava a tira de ouro na testa, o manto forrado de arminho estava jogado para trás dos ombros, e os braços, meio levantados. Sua voz ecoou rispidamente no salão silencioso e atento.

— Estamos reunidos aqui hoje para analisar a acusação de bruxaria e feitiçaria contra *Lady* Isolda.

As palavras pareceram chegar a Isolda através de uma névoa sufocada. O vazio, o embotamento assustador, continuava presente. Mas, à medida que Mark falava, ela disse a si mesma que, se fosse capaz de sentir qualquer coisa, teria sentido uma espécie de satisfação selvagem ao vê-lo evitar seu olhar e manter o rosto firmemente desviado do canto onde a haviam colocado.

O salão do Conselho do Rei estava gelado à luz cinza da manhã, e a grande lareira central permanecia apagada. Os bancos estavam apinhados como antes, e os rostos igualmente tensos e vigilantes como quando Isolda entrara naquele mesmo salão. "Nem uma semana se passou" — pensou ela. Parecia toda uma vida.

Quando o Padre Nenian foi embora, ela não havia voltado a dormir, e estava portanto acordada e preparada quando o guarda entrou para trazê-la para esse salão. Não lhe tinham permitido que se lavasse, e ela podia sentir o cheiro da célula da prisão embrenhado no vestido e no cabelo emaranhado. A contusão no rosto doía, e as costelas ainda latejavam fortemente a cada respiração, mas Isolda se forçou a ficar ereta e a olhar as filas de duques e reis dos pequenos reinos, a maioria deles cercada por grupos de seus soldados.

Owain de Powys estava sentado à direita de Mark, perto da cabeceira do salão; o rosto pálido e bonito estava tão tranquilo como sempre, embora as sobrancelhas finamente arqueadas se franzissem levemente. A seu lado, Huel, filho de Coel, parecia cansado, os olhos inchados por falta de sono, ou talvez pela bebida. Sua boca estava contraída numa expressão furiosa, e ele olhava fixamente para Isolda, com o pescoço rígido e o corpo retesado como uma lança.

Embaixo das camadas de entorpecimento e fadiga, Isolda também sentia uma espécie de irrealidade estonteante, como se fosse acordar a qualquer momento e perceber que tudo fora apenas um pesadelo. Levou um minuto para notar que Mark voltara a falar.

— A primeira testemunha a depor sobre a veracidade da acusação é Márcia, aia de *Lady* Isolda.

Ele afundou numa cadeira de carvalho pesadamente entalhado que Con costumava usar nas sessões do Conselho. Houve uma ligeira agitação nos fundos do salão, e Isolda viu Márcia se levantar. Por um momento, seu olhar fixou-se em Isolda, e o rosto magro de traços fortes mostrou uma expressão de ódio ardente. Então ela se levantou precipitadamente e encarou as demais pessoas no salão.

Isolda pensou: "Claro que só podia ser Márcia. Ela teria feito de tudo na ansiedade para depor. E ainda fiz o favor de pôr todas as armas de que ela precisava direto em suas mãos".

De fato, o depoimento da aia foi o que Isolda esperava. Ela contou da taça de pitonisa que Isolda mantinha em seus aposentos, com seus símbolos negros e amuletos pagãos. E, com a voz cheia de malícia, os pequenos olhos acesos, contou como, na noite da véspera de seu casamento com Mark, *Lady* Isolda consultara a hidromancia, amaldiçoara tudo que era sagrado e invocara Satanás como seu mestre e senhor.

Entretanto, Márcia não pôde resistir a "contar seu conto e aumentar um ponto". Quando acabou de falar da invocação, baixou a voz, e os olhos percorreram as fileiras de homens atentos.

— E eu... eu vi que ele apareceu. Abri a porta quando ela pensou que eu já tinha ido embora, e vi quando o Ser das Trevas chegou e lhe deu um abraço asqueroso. Senti um arrepio no ar; ele deixou cheiro de enxofre ao passar, e ouvi seus pés divididos em dois fazer barulho no chão de pedra.

Ao ouvir isso, várias pessoas que escutavam nas fileiras de bancos arfaram, e houve um burburinho de resmungos e agitação coléricos mesmo depois que Márcia terminou o testemunho e voltou a seu lugar no fundo do salão. Isolda sentiu a mesma fome de derramamento de sangue que sentira uma vez no salão, embora dessa vez a fome de morte fosse dirigida a ela.

Mark levantou-se uma vez mais, com o rosto impassível, embora sua boca estivesse contraída de satisfação:

— A próxima testemunha que vou chamar para a análise dos conselheiros do rei é Lorde Huel, que testemunhou comigo como, por meio de suas artes malditas, *Lady* Isolda assassinou, de maneira vil, seu pai, o Rei Coel.

Com os olhos coléricos e vermelhos ainda fixos em Isolda, Huel se levantou e encarou o salão, mas nada falou. Após um momento, Mark disse:

— *Milorde* Huel?

Isolda viu a garganta de Huel se contrair quando ele engoliu e depois assentiu fortemente com a cabeça:

— É verdade. Ela fez isso mesmo.

Mark fez um movimento rápido e impaciente com uma das mãos, e a máscara séria de seu rosto se quebrou por um instante, quando um espasmo de irritação lhe franziu a testa. Ambos os movimentos foram instantaneamente controlados, embora seu tom de voz denotasse certa irritação ao perguntar:

— Por favor, pode nos contar o que viu?

A mente de Isolda recomeçou a divagar. Talvez fosse a sede e a fome que fizessem sua cabeça leve, estranhamente desligada do resto do corpo. Ou talvez ela simplesmente tivesse superado o medo. Mal ouviu a resposta de Huel, seu depoimento de como vira Isolda pegar a mão de seu pai e sussurrar-lhe feitiços baixinho. Então pensou: "O rosto de Huel é tão parecido com o de Coel e, ao mesmo tempo, tão diferente! Ele tem coragem e determinação, mas nada da inteligência nem da criatividade do pai. Nem, a propósito, a generosidade de Coel".

Ainda se sentindo muito longe dali, Isolda ouviu um burburinho e comentários quando Huel desceu do estrado, e viu vários dos homens a encararem viva e furiosamente. Em nenhum dos rostos ela percebeu uma sombra de incerteza ou dúvida. Pensou: "Eles me condenaram há muito tempo, desde o momento em que fui coroada. Essa cena já havia sido escrita, e o veredicto foi decidido há sete anos".

Mesmo assim, não sentiu nada, e a cólera daqueles homens mal a tocava. Era como se continuasse prisioneira, encurralada numa neblina entorpecida, ou numa torre de vidro, como o Rei Fisher[22] nas histórias antigas.

Mark chamou outras testemunhas. Aias para contar sobre os feitiços que Isolda lançava ao colher ervas quando a lua era cheia. De como Isolda encantou Cabal, o cão de caça do rei, e fez com que ficasse seu amigo, um corpo possuído pelo mestre, o Demônio. Isolda pensou: "Con teria enfiado todos os dentes da testemunha goela abaixo, mulher ou não". Depois — Isolda sentiu um certo divertimento amargo — os guardas que a capturaram e a levaram para lá disseram que ela ameaçara seu líder de ser amaldiçoado e padecer de dor para sempre.

Mark fez uma pausa:

— Junto com ela, chamo *Lady* Nest, que se encarregava dessa mulher que aí está. Uma criatura desmazelada e uma meretriz. E tão culpada de feitiçaria quanto a própria *Lady* Isolda.

---

22 O último dos reis de uma linhagem que mantinha o Santo Graal. Ferido nas pernas e na virilha, ele era incapaz de locomover-se por conta própria. Essa impotência afetava a fertilidade da terra, e só lhe restava pescar próximo ao seu castelo Corbenic. (N.T.)

O coração de Isolda se contraiu. O rosto grosseiro e de traços brutos estava tão rosado de satisfação que ela mal conseguia disfarçar. A menina Gwyn estava perto de Nest, parecendo amedrontada. E, com o braço preso por Nest, estava Dera, a pele pálida sob a marca de cor vinho na maçã do rosto; toda a animação lhe desaparecera do rosto lasso e lívido.

Por um momento, os olhos de Dera encontraram os de Isolda, mas seu olhar também estava opaco, e Isolda percebeu que a outra mulher lhe dirigiu somente exaustão e medo. Dera desviou o rosto quase imediatamente, e, quando seus olhos recaíram em Mark, esperando na cabeceira do salão, Isolda viu que ela instintivamente recuou. Só um puxão violento de Nest fez que ela caminhasse o que faltava para chegar ao estrado, no espaço aberto à frente do salão.

Abruptamente, as névoas frias e entorpecedoras se desvaneceram, e as paredes de vidro em redor de Isolda racharam e se quebraram. Ela girou no lugar, cercando Mark e falando pela primeira vez desde que fora trazida para o salão.

— Você...

Ela parou, mãos fechadas com força, lutando para respirar, incapaz de pensar num adjetivo suficientemente desprezível.

Uma onda de raiva rubra coloriu a garganta de Mark quando seus olhos se encontraram com os dela, e Isolda viu que as mãos dele, com as juntas brancas, agarraram os braços entalhados da cadeira.

— Fique calada!

Isolda respirou fundo e perguntou:

— Quer dizer que não tenho direito de me defender no meu próprio julgamento?

Os olhos de Mark se estreitaram, e marcas lhe contorceram a boca.

— Se você acha... — ele começou a dizer.

Antes, porém, que ele terminasse a frase, Owain de Powys o interrompeu, levantando uma das mãos e pedindo silêncio.

— Não.

Virou-se para Isolda e por um longo momento os luminosos olhos verdes de longos cílios se fixaram nos dela, mas, antes que Isolda pudesse identificar a expressão desse olhar, ou se perguntar por que Owain de repente falou a seu favor, encarou Mark e disse:

— Em nome da verdade, *Lady* Isolda deve ter permissão para falar. Proponho que deixemos que a menina — e *Lady* Nest — digam o que têm a dizer, e que depois também demos a *Lady* Isolda a oportunidade de dizer o que quiser.

Isolda ficou meio surpresa ao ouvir um murmúrio de concordância do resto do salão. Esperava que os conselheiros ficassem do lado de Mark, mas tinha pouca atenção a dar a Owain ou a qualquer dos outros homens presentes. Sua atenção estava concentrada em Dera, segura por Nest e olhando fixamente para Mark. Isolda achou, com uma ferroada na espinha, que ela parecia um pássaro hipnotizado por uma serpente, e a viu levar a mão ao peito e os dedos tocarem a cicatriz em forma de cruz, escondida pelo vestido.

Isolda ouviu igualmente pouco do depoimento de Gwyn, da mesma forma que ouvira o das outras testemunhas. Instigada por Nest, a menina gaguejou um relato do nascimento do bebê de Dera. De como desconfiara de que Isolda havia mentido sobre a morte da criança. De como tentara armar uma cilada para que o Padre Nenian enterrasse uma criança pagã em solo bento.

Então a própria Nest falou. Usava um vestido ricamente tingido de amarelo vivo, pontilhado de pérolas, e o áspero cabelo negro estava preso por uma rede também matizada de pérolas de fios amarelo-dourados. Com um rápido safanão, forçou Dera a circular para encarar os que estavam no salão e disse:

— Os senhores podem ver a nítida marca da bruxa no rosto da mulher. E os soldados da tropa a conhecem como uma pessoa que tenta atrair e enredar os homens corretos. Com a ajuda da Bruxa-Rainha, ela matou a própria filha. Deve ter sido gerada pelo demônio. E...

Continuou a falar, mas Isolda não prestou atenção. Com as mãos cerradas nas dobras do vestido, ela esperou Nest terminar, respirou fundo, deu alguns passos à frente e enfrentou o salão.

O recinto ficou abruptamente silencioso, e Isolda percorreu com o olhar as filas de rostos hostis e olhos atentos antes de começar:

— Todos os senhores aqui nasceram de uma mulher. Uma mulher que se esforçou muito para trazê-los ao mundo, da mesma forma que Dera, a mulher diante dos senhores, passou pelas dores do parto para dar à luz sua filha, há cinco noites. — Deteve-se. Sua voz tremia ligeiramente, mas Isolda conseguiu firmá-la e prosseguiu; os olhos mais uma vez percorreram para cima e para baixo os bancos que se estendiam ao longo das paredes.

— E, se qualquer um dos senhores, qualquer homem aqui, acha mesmo que Dera intencionalmente matou sua filha recém-nascida, então os senhores envergonham as mulheres que os geraram, pariram e lhes deram vida.

Ela parou. Mais uma agitação e burburinho varreram o salão, embora de alguma forma os murmúrios fossem diferentes. Pela primeira vez Isolda observou uma ligeira intranquilidade misturada à tensão evidente da multidão, e também achou que alguns dos rostos atentos pareciam, pela primeira vez, levemente indecisos. Mark deve ter percebido o mesmo, porque se levantou, silenciando quem sussurrava e pondo fim à agitação.

— Trago agora a sua presença Madoc de Gwynned. Ele, dentre todos, tem boa razão para conhecer o poder da arte de sedução da rainha. — Virou-se mais uma vez para Isolda; os olhos negros e gélidos como uma pedra no inverno. — A meretriz do demônio abriu as pernas para Satã. Em troca, ele lhe concedeu o poder de rebaixar e destruir os homens honrados.

Houve um breve silêncio de expectativa e então, passando pela porta acortinada à cabeceira do salão, entrou o próprio Madoc de Gwynned. Mesmo enquanto recuperava o fôlego, ao vê-lo Isolda pensou, com mais um calafrio a lhe percorrer o corpo, que essa jogada final fora de mestre, realizada com a mesma premeditação e perícia que levara Mark a vencer inúmeras batalhas, e agora conquistara para ele o trono de Rei Supremo. As queimaduras no rosto e nas mãos de Madoc estavam longe de cicatrizar. Ele já não tinha cílios nem sobrancelhas, o cabelo na testa estava chamuscado e a pele do rosto, vermelha e irritada, estava empolada e inchada. Os ferimentos lhe entortavam os traços, fazendo seu rosto parecer um simulacro de cabeça humana, um modelo desajeitado de barro feito por uma criança. Isolda sentiu as ondas de choque que contagiaram todos no salão quando os olhos de Madoc, reluzindo soturnamente e mal visíveis nas cavidades de carne cobertas de bolhas e gotejando, passaram impetuosamente pelas fileiras de seus companheiros reis dos pequenos reinos. Ele então falou; a voz estava falha e áspera, pouco mais do que um sussurro, mas foi ouvida em todos os cantos do salão silencioso.

— *Milordes*. Todos os senhores viram como, neste mesmo salão, a filha do traidor — a Bruxa-Rainha — ameaçou-me por acusá-la de ser o que é. — Ele parou e atirou a cabeça para trás, de modo que a pálida luz da manhã refletiu plenamente no rosto horrendo, cheio de cicatrizes. — Olhem para mim. Olhem o que ela fez para se vingar. E então — mais uma vez os olhos escuros e inchados percorreram o salão —, então, quando os senhores viram bem no que me transformei, desafio qualquer homem neste recinto a me encarar e dizer que ela não é culpada da acusação de feitiçaria e artes mágicas.

Houve uma explosão de sons, que começou como uma onda de murmúrios irados e depois se transformou em gritos. Todos os olhos no salão se viraram para ela, e Isolda viu vários homens se levantarem dos assentos agitados, mexendo as mãos e segurando os cabos de facões e espadas como lobos prestes a atacar uma presa.

Mesmo em meio a essa situação, a boca de Isolda se contorceu à ironia da coisa: que Mark pudesse, com uma só mão, atribuir os ferimentos devastadores de Madoc como um sinal de Deus de que ele, Mark, deveria ser coroado Rei Supremo, e com a outra mão afirmar que esses mesmos danos fossem prova de que ela, como prostituta de Satã, fosse capaz de castigar quem lhe provocasse a ira ou ameaçasse lhe fazer mal.

Madoc de Gwynned levantou os braços pedindo silêncio, e o salão ficou subitamente imóvel, com os homens sem se mexer, meio sentados, meio de pé. No silêncio, a voz de Madoc soou áspera e quebradiça como folhas de outono; suas palavras eram mais potentes e mais arrebatadoras do que um grito.

— Proponho que a desgraçada meretriz arda na fogueira. Que ela arda e chegue a seu mestre em labaredas, como as que causou em mim.

O rosto de Dera empalideceu mais, e um brilho de suor apareceu-lhe na testa. A maioria das mulheres, cinco dias após ter dado à luz, ainda estaria de cama, e, se ela fosse condenada agora, seria atirada numa cela junto com Isolda para aguardar a sentença que fosse decidida nesse salão. E voltaria a ficar à mercê de Mark.

Isolda desviou o rosto lentamente de Dera e encarou o olhar intenso de Mark, que lhe deu um nó no estômago. Pensou: "Por que não fiquei calada?".

Só lhe restava um caminho a seguir, uma escolha a ser feita. Ela se obrigou a não desviar do olhar de Mark e disse:

— Solte Dera e eu confessarei aquilo de que me acusa.

Capítulo 23

O julgamento terminou ainda em menos tempo do que quando o Conselho indicou Mark para rei. Dera ao menos foi solta, com a imposição de sair de Tintagel no mesmo dia. Ela deixou o salão e, antes de sair, deu um último e rápido olhar para Isolda, que esta interpretou como alívio, gratidão ou medo pelo destino da própria Isolda. A Bruxa-Rainha foi sentenciada à morte na fogueira no amanhecer do dia seguinte.

Mesmo depois que o veredicto foi anunciado, os reis dos pequenos reinos e seus soldados continuaram a resmungar baixa e raivosamente; alguns até se agitaram e quiseram partir para cima de Isolda, mas foram rechaçados pelos homens de Mark, que levantaram lanças e escudos. Durante isso tudo, Isolda permaneceu imóvel e calada, tentando dar-se plenamente conta de que sua vida chegaria mesmo ao fim no dia seguinte. E pensou: "Não há possibilidade de fugir de novo. *Acabou. Mark venceu*".

Ela viu Owain de Powys virar-se para Mark e falar, embora os gritos e os murmúrios coléricos da multidão abafassem suas palavras. Mark aquiesceu com a cabeça abruptamente, e Owain abriu caminho entre a multidão até o lado de Isolda.

— *Lady* Isolda. — Ele praticamente delineou um arco, à guisa de reverência, e disse: — Eu me ofereci para levá-la de volta à... — Ele se deteve e prosseguiu: — Eu me ofereci para tirá-la deste lugar — concluiu suavemente.

Mas pouco antes de alcançarem a entrada do salão, Madoc de Gwynned os interceptou e se manteve imóvel, até que os soldados que caminhavam à frente de Owain se detiveram, inseguros. Os olhos de Madoc fixaram-se nos de Isolda, e seu queixo se contraiu, estendendo a pele maltratada e cheia de bolhas.

— Se eu pudesse escolher — disse, com uma voz que parecia metal se atritando contra uma pedra —, você morreria de morte ainda mais cruel.

Isolda já enfrentara ódio e medo incontáveis vezes nesses sete anos. Ela mesma, em certas ocasiões, sentira raiva, e em outras, medo. Agora, porém, ao encarar o olhar negro e violento de Madoc e ver nitidamente a extensão das queimaduras, imediatamente sentiu nada mais que piedade. Piedade e uma sensação de desperdício também.

Ela disse, tranquilamente:

— Sei que seus ferimentos devem estar lhe causando muita dor, por isso vou perdoar o que acabou de dizer. Talvez quando você estiver curado se lembre de sua luta com Mark, e seja capaz de diferenciar feitiçaria de narcóticos.

E se afastou.

Owain ficou calado até chegarem ao bloco de celas uma vez mais. Só então, quando abriram a porta da cela de Isolda, ele se virou para os soldados e disse:

— Deixem-nos a sós.

Os homens inclinaram a cabeça em obediência e retiraram-se para o final do corredor, longe do alcance da voz mas não da vista, e Owain virou-se para Isolda:

— Lamento, *milady*, ter de devolvê-la a um lugar como este.

Isolda o olhou, sem saber qual teria sido sua intenção ao acompanhá-la até a cela, ou em mantê-la a salvo dos colegas conselheiros. Com a liberação de Dera, contudo, o entorpecimento, a indiferença vazia se instalaram nela mais uma vez, e ela constatou que já não se importava muito com nada.

Deu de ombros e disse:

— Isso não quer dizer nada. Minha estada aqui será curta; vou ser liberada permanentemente amanhã.

Os olhos castanho-esverdeados de Owain estavam fixos nos dela, e Isolda, por força do hábito mais do que por qualquer outra coisa, tentou automaticamente interpretar o que estava por trás desse olhar. Ela achou que havia uma espécie de análise especulativa nos olhos de Owain, como se ele estivesse tentando resolver se devia sorrir ou ficar sério e compenetrado. Finalmente ele disse, com voz ainda baixa:
— Uma liberação — de outro tipo — pode ser obtida, *milady*.
— Obtida? — repetiu Isolda.
Owain voltou a ficar calado por um momento antes de responder. Ele usava uma túnica de fina lã tingida de azul; a borda e as mangas eram salpicadas de fios de prata, e a adaga no cinto era incrustada de granadas[23] e pérolas minúsculas. Ele roçou lentamente o cabo ornado da adaga e disse:
— Eu admirava muito seu marido, *Lady* Isolda. *Milorde* Rei Constantino.
Isolda levantou ligeiramente as sobrancelhas:
— É mesmo?
Owain ficou meio desconcertado, mas respondeu, ainda pegando a faca incrustada:
— É verdade. Eu o admirava e amava também. Não consigo deixar de pensar que ele sentiria grande tristeza se pudesse vê-la neste lugar.
Mesmo com a névoa entorpecedora, Isolda sentiu uma pontada da antiga dor, que tanto a atormentava. Apertou as mãos e pensou: "Não. Nunca me perdoaria se derramasse lágrimas à frente desse homem, sejam lá quais forem suas intenções".
Owain prosseguiu:
— Portanto, como homem leal a Constantino, acho que é meu dever oferecer a sua viúva a ajuda que, tenho certeza, *milorde* rei teria desejado.

---

23 Minerais vermelho-castanhos. (N.T.)

Isolda olhou para a minúscula e nojenta cela da prisão, para as paredes úmidas e as pilhas de palha imunda. Pareceu-lhe ouvir a voz de Mark, dias trás, dizendo quase exatamente essas mesmas palavras, oferecendo-lhe a mesma proteção em nome da lealdade a Con, e a fúria que isso provocou nela. Isso parecia ter ocorrido há muito tempo, mas Isolda começou a sentir uma impaciência irritante com a presença de Owain, e uma vontade devastadora de ficar sozinha.

Ela se virou e olhou diretamente para o rosto magro e de beleza clássica de Owain, e falou:

— Lorde Owain, vou morrer de manhã. Neste momento, tenho muito pouca paciência para escutar uma sequência de ambições, expressas como lealdade e boa vontade. Se o senhor tem algo a me dizer, diga logo.

Ela observou um lampejo de irritação no olhar de Owain e uma leve contração dos cantos da boca agradável e bem-feita. O homem ficou de pé, baixou os ombros e disse:

— Acho que a senhora é injusta comigo, *Lady* Isolda, mas vou ser bem direto, conforme seu desejo. — Fez uma pausa; os olhos esverdeados estavam meio velados, e ele voltou a tocar no cabo da adaga. — Os conselheiros do rei a condenaram a morrer, *Lady* Isolda, porque têm medo. Têm medo do que uma mulher com o poder da feitiçaria poderia fazer, mas eu...

Owain concentrou o olhar nos olhos dela e sorriu. Aproximou-se dela, debruçando-se levemente para a frente, e ela reparou pela primeira vez que os dentes dele eram meio pontudos, e o sorriso, predatório e astucioso.

— Eu, *Lady* Isolda, não teria medo.

Ele se calou, como se esperasse uma resposta, mas, como Isolda não disse nada, continuou:

— Uma mulher com conhecimento de feitiçaria pode ser muito valiosa para um homem. Pode-se saber quem entre seus adeptos é leal e quem possivelmente o trairia. Saber de antemão todos os detalhes do que seu inimigo planeja. — Seu maxilar se enrijeceu. — E cortar-lhe a garganta e matar seus soldados antes mesmo que ele saiba que está sendo atacado.

Owain parou de novo e pareceu voltar à realidade; os olhos perderam a expressão interior e se focalizaram mais uma vez em Isolda:

— Especialmente se, além de esposa, ela também fosse Rainha Suprema.

Isolda contemplou o rosto refinado, quase delicado, do homem a seu lado. Ele sorria, mas seus traços adquiriram de repente uma expressão desagradável e dura. Ela pensou: "É verdade que eu lhe pedi que fosse objetivo, mas me pergunto se ele realmente espera que eu fique lisonjeada ou satisfeita com o que ele falou".

Owain continuou a falar, agora mais depressa; o rosto mostrava ansiedade e os olhos esverdeados brilhavam.

— O que proponho, *Lady* Isolda, é um acordo, um acordo vantajoso para nós dois. Ajude-me a me apoderar do lugar de Mark como Rei Supremo, e eu não só lhe salvarei a vida como também lhe permitirei voltar à posição de Rainha Suprema.

Sob as camadas de torpor e fadiga, Isolda esforçou-se para raciocinar. Depois de tudo o que aconteceu desde que fugira de Tintagel — depois de ser capturado por Hereric e Bran, de ver Bran ser morto pelo guarda de Mark, de dormir na charneca com Tristão debaixo das estrelas —, o mundo de traição e de manobras para alcançar o poder que cercava a majestade suprema era estranhamente irreal. Para ganhar tempo, perguntou:

— E se eu recusar?

— Recusar? — O olhar de Owain se estreitou ligeiramente, e um tom ríspido superou o anterior, leve e agradável. — Morrer na fogueira é um fim desagradável, *Lady* Isolda. — Ele então parou, e sorriu de novo, mostrando a fileira de dentes pontudos. Estendeu uma das mãos e passou as pontas dos dedos levemente na extensão do braço dela. — Mas tenho certeza de que a senhora não vai recusar. Acredito que seja mais inteligente do que isso.

Isolda inclinou lentamente a cabeça, resistindo à compulsão de dar uma safanão para se livrar do toque desse homem. Não tinha medo de Owain. Ele era fraco depravado, mas Isolda duvidava que tivesse coragem de lhe fazer algum mal físico. Entretanto, essa era a oportunidade que tinha, se escolhesse essa opção, de contar a ele o que sabia sobre a traição de Mark. Ela abriu a boca para falar, mas se deteve. Não sabia o que a levou a fazer isso, exceto que foi um pequeno constrangimento nos modos de Owain, uma cautela nos olhos castanho-esverdeados, como se houvesse algo que ele estivesse tentando esconder, mesmo enquanto se esforçava para conquistar a solidariedade e a confiança dela. Talvez estivesse disposto a persuadir os outros reis de pequenos reinos a condenar Mark como traidor. Ou poderia, pensou ela, simplesmente tomar suas próprias providências com os saxões, no lugar de Mark. Seus escrúpulos — e sua ambição — superam o nível dos de Mark.

Em voz alta, ela perguntou:

— E como o senhor faria para derrubar Mark? Como diz que casaria comigo em lugar de Mark, suponho que deva querê-lo morto, não apenas destronado.

Tentou fazer a voz parecer neutra, mas uma aresta de ansiedade deve ter transparecido, pois os olhos de Owain se estreitaram mais uma vez, e a boca suave ficou mais delgada

— Não me diga, *Lady* Isolda, que a senhora não se alegraria ao ver Mark morto a seus pés...

Isolda pensou: "Será que eu me alegraria mesmo?". Ela estremeceu subitamente, com frio.

Owain continuou a falar veementemente, com as mãos fechadas às costas. Não podia ser muito mais do que meio-dia, mas naquele corredor subterrâneo era o mesmo que se fosse noite. Tochas acesas queimavam em intervalos ao longo das paredes, ensombreando o rosto esculpido de Owain e lhe encovando os olhos.

— Como já disse, o assunto pode ser providenciado. Os conselheiros do rei já entraram em conflito com Mark. Como a senhora sabe, foi decidido que, em vista da ameaça de invasão saxônica, nossas tropas seriam espalhadas ao longo dos fortes na fronteira da Cornualha para confrontar os atacantes. Ocorre que Mark está agora insistindo para que concentremos todas as nossas forças aqui em Tintagel, e esperemos para nos movimentar até saber mais sobre o local que os saxões planejam atacar primeiro. Ele cavalgou com um batalhão numa expedição de reconhecimento, procurando obter informações sobre a movimentação das tropas saxônicas. Isso quer dizer que o resto dos conselheiros do rei e das tropas ainda situadas aqui...

Isolda não tomou conhecimento de mais nada que Owain disse. Surgiu uma luz de compreensão súbita que a cegou. Lembrou-se da descrença de Tristão numa força unida de invasão saxônica, e que ele dissera que Octa preferiria aliar-se a seus colegas reis do que a cães raivosos. "É claro!", pensou ela. "Eu devia ter percebido a verdade desde o começo. Duvidei, na ocasião da mensagem que Rhys trouxe aos conselheiros, na noite em que Mark foi eleito Rei Supremo. Eu devia ter entendido que não havia nenhum ataque unido planejado. A história foi apenas uma artimanha para manter os conselheiros e seus soldados aqui. A aliança de Mark deve ser apenas com Octa, ninguém mais."

Owain continuava a falar, e Isolda interrompeu seus pensamentos de repente e prestou atenção ao que ele acabava de dizer:

— Mark me nomeou líder das tropas situadas aqui em Tintagel, em lugar do homem que o Rei Constantino escolheu para comandante-chefe. E eu...

Isolda o interrompeu antes que pudesse prosseguir:

— Quer dizer que o senhor foi nomeado comandante no lugar de Brychan?
— Brychan? — Uma ligeira ruga surgiu entre as sobrancelhas de Owain. — Sim, acho que esse era o nome do sujeito. Mas não se importe com ele; já não tem nenhuma relevância.
— Fez um gesto breve de recusa. — O que importa é que agora tenho o controle da tropa do rei que permanece aqui.

Ele parou e deu um passo em direção a ela; sua voz voltou a ficar suave, e os olhos esverdeados, claros e calorosos.

— Mark nada sabe sobre como manter uma esposa satisfeita, mas eu... — levantou uma das mãos e contornou levemente, com um dedo, a linha das maçãs do rosto de Isolda até seu queixo. — Eu lhe satisfaria, *Lady* Isolda, e a apreciaria tanto quanto *milorde* Constantino deve ter feito.

Talvez tenha sido a menção a Con, ou o toque sutil e insinuante, ou a rejeição despreocupada a Brychan, mas de repente Isolda teve um ataque de raiva e afastou violentamente a mão de Owain.

— Eu lhe agradeço, Lorde Owain, pela oferta, mas duvido que o senhor conseguisse substituir Con à altura fosse no trono ou em qualquer outro lugar. E meu quinhão de traições e mentiras já alcançou o auge.

Ela pensou: "É provável que esta seja a primeira vez que ele é rejeitado por uma mulher. A primeira vez que seu charme despretensioso deixa de lhe conseguir o que ele queria". Por um momento, o rosto de Owain ficou inexpressivo, mas em seguida uma onda de rubor irado lhe subiu da gola ornada da túnica e seu rosto ficou escarlate de raiva.

— A senhora... —começou. Suas mãos se fecharam, e por um instante Isolda achou que se havia equivocado ao julgá-lo e que ele ia, mesmo, golpeá-la, mas então ele parou; os olhos de repente olharam para além de Isolda e se concentraram em algo na extremidade do corredor. Isolda também se virou e ficou gelada.

Ele mal se aguentava em pé. A cabeça de Tristão pendia lassa até o peito, e seus braços estavam estendidos dolorosamente entre os soldados que o seguravam de cada lado. Sua túnica havia sido rasgada pela metade. E o ferimento em seu ombro devia ter reaberto, pois a manga estava saturada, molhada e vermelha. Debaixo do tecido rasgado, o peito e o que Isolda pôde ver do rosto estavam salpicados de contusões escuras.

Arrastando Tristão entre eles, os dois soldados se aproximaram, e Isolda viu, com um calafrio e torpor, que não faziam parte da guarda de Mark, e sim de Con. Fizeram gestos rápidos de obediência a Owain, então o mais velho deles, um homem moreno de cabelo ralo e compleição frágil, disse:

— *Milorde*, este é o saxão, o prisioneiro que fugiu faz quatro noites.

Por um momento Owain ficou calado; o rosto continuou rubro e os olhos, escuros de raiva. Então, subitamente, ele agarrou o braço de Isolda e a empurrou com tanta força que ele passou pela porta da cela e quase caiu no chão.

Owain grunhiu:

— Tranquem-no com a Bruxa-Rainha. Ele pode morrer com ela amanhã.

Capítulo 24

Isolda olhou fixamente para o corpo imóvel de Tristão. A lamparina no pires iluminava precariamente a cela, mas era o suficiente para mostrar que os ferimentos dele eram muito mais sérios do que ela pensara. A boca estava inchada, ensanguentada e dilacerada, e um olho estava inchado e roxo, com a pálpebra também manchada de sangue. O tecido rasgado da túnica estava aberto na garganta, mostrando uma sobreposição de ferimentos arroxeados, cada um do tamanho da mão de Isolda.

Isolda, ao olhar as feridas, pensou: "Eu falhei. Mark ainda é o Rei Supremo. Haverá uma invasão. Eu amanhã vou morrer queimada. E agora... Tristão também vai morrer".

Como se o pensamento de alguma forma tivesse chegado a ele, embora inconsciente, Tristão se agitou levemente; uma breve careta de dor contorceu seu rosto, embora os olhos permanecessem fechados.

Isolda sentiu o peso do remorso tomar conta de seu peito como uma pedra, e pensou: "Como pude fazer isso? Como? Eu devia ter sabido o que aconteceria quando mandei os soldados atrás dele. Eu disse a eles quem ele era".

Relembrou a sensação furiosa que se apossara dela, mas a lembrança pareceu impossivelmente distante, e tão assustadoramente incompreensível como se pertencesse a outra vida.

Ela confiara em Tristão, — com um pé atrás, mas ainda assim confiara. Sentira uma espécie de estranha aliança de confiança entre eles, na noite em que acamparam na charneca e Tristão falou em Cyn e Bran. Mas fazer o que ela fizera...

"Eu devo ter enlouquecido", pensou. "Seja lá o que ele tenha feito, que ele me tenha traído, eu não queria ser a pessoa que o condenaria à morte." Mas fora exatamente isso o que fizera.

Tristão se agitou de novo, dessa vez emitindo um gemido fraco. Isolda caiu de joelhos ao lado dele, tomou fôlego e começou a avaliar seus ferimentos. Foi mais fácil do que ela esperava, mais fácil do que quando ela tateara a perna dele à procura de ossos quebrados na caverna do litoral, o que agora parecia ter sido há uma vida inteira. E ter as mãos ocupadas ajudava — um pouco — a evitar que pensasse em outra coisa.

Embora ela pouco pudesse fazer por ele onde estavam, ainda mais sem sua sacola de remédios e pomadas. De qualquer maneira, não fazia muito sentido tratar dos ferimentos de um homem sentenciado a morrer no dia seguinte. Ainda assim, ela comprimiu levemente as costelas de Tristão, depois flexionou suavemente os dedos das mãos e as articulações dos braços. Pelo que sentiu, não havia ossos quebrados, embora o resto do corpo fosse um mapa virtual de dor. Ela continuou, e passou delicadamente os dedos no crânio do homem, à procura de inchações ou fraturas.

Mesmo quando reparou no nódulo duro de carne inchada atrás da orelha de Tristão — causado, achou, por uma clava ou talvez pelo dedo de um pé calçando bota —, rememorou a cena com Owain e se censurou por perder a calma com ele: "Eu devia ter fingido que estava pelo menos considerando sua proposta, ter encontrado uma forma de sair deste lugar".

Se o que ela suspeitava fosse verdade e a ameaça saxônica viesse apenas de Octa, embora ele estivesse agindo em aliança com Mark...

Nesse caso — pensou ela — nossas forças podem ter uma probabilidade de vencer a batalha, se forem alertadas com antecedência.

Isolda voltou a se sentar, e olhou fixamente para as mãos fechadas. Se alertado com antecedência, o exército reunido em Tintagel poderia ser capaz de rechaçar outro ataque saxão; ela, porém, não tinha como informar aos conselheiros a traição de Mark nem curar as feridas de Tristão... Nem voltar no tempo e desdizer as palavras que o haviam levado para lá.

Um leve som ou movimento de Tristão fez que ela o olhasse, e visse que a pálpebra que não estava roxa tremeu e se abriu. O olho machucado estava inchado e não podia ser aberto, mas o visível se dirigia para a frente, com a expressão inflexível e amedrontada que Isolda já conhecia. Então, de repente, a expressão desapareceu, e o olhar azul ficou nítido, concentrado no rosto dela.

Durante um longo momento o olhar de Isolda encontrou o dele, e ela se perguntou o que se poderiam dizer agora, e se ele sabia que ela era a culpada por ter sido capturado. E pela gravidade do espancamento que recebera dos guardas de Mark.

Afinal, quando o silêncio estava longo demais, Isolda disse:

— Você tem sorte. Acho que suas costelas não estão quebradas, só muito machucadas.

Tristão levantou um pouco a cabeça, mas ao ouvir isso afundou novamente na palha imunda, com o olho mais fechado. Estava quase imóvel, mesmo assim Isolda percebeu que lutava para recuperar o controle.

— Eu tenho sorte — repetiu ele, com a voz ligeiramente rouca. — Certo. Se eu estivesse com uma ou duas costelas quebradas, ia começar a ter muita pena de mim mesmo.

O olho que não estava roxo abriu, e o olhar percorreu a cela sem janelas.

— Minha nossa! — exclamou e sacudiu a cabeça. — Até a maldita cela é a mesma.

O olhar voltou-se para Isolda, que ele observou calado um instante. Depois disse:

— Foi um desempenho e tanto o seu entre os guardas de Mark lá na charneca. Pensei que aquele que precisou cavalgar contigo ia cair do cavalo tentando se afastar de você.

Isolda estava tirando os fiapos de palha da saia do vestido, mas ao ouvir isso parou e olhou vivamente para ele:

— Você viu aquilo???

Tristão sacudiu brevemente a cabeça e assentiu.

— Eu estava no bosque na montanha, bem acima de você.

Isolda esperou, mas ele não disse mais nada. Nenhuma explicação, nenhuma justificativa para o que acontecera. Tampouco houve qualquer recriminação colérica pelo fato de ela ter posto os guardas atrás dele, porque ele devia saber, já que assistira à confrontação dela com os guardas.

Finalmente Isolda perguntou, quebrando o tenso silêncio que se instalou entre eles mais uma vez:

— Hereric está solto?

Os ombros de Tristão se mexeram ligeiramente e ele respondeu, sem encará-la:

— Pelo que sei...

Isolda esperou de novo, mas novamente ele ficou calado, com o olhar fixo nas pedras acima da cabeça deles. Ela sentiu uma breve centelha da antiga raiva:

— Isso é tudo o que tem para me dizer?

— Não, mas qualquer outra coisa seria um desperdício de fôlego.

Isolda franziu as sobrancelhas e perguntou:

— Que é que você quer dizer?

— Não importa. — Tristão continuou deitado, imóvel, para reunir forças, e depois, com outro gemido meio contido, forçou-se a sentar, e levantou os joelhos. Seu único olho "bom", insípido e duro, fixou os dela: — Além disso, acho que estamos empatados, concorda?

Mais uma vez, Isolda sentiu um enjoo vazio apoderar-se de si. Teria sido covardia desviar o olhar, mas não havia nada que pudesse lhe dizer, por isso ficou calada, fitando o olho dele.

Depois de longo momento, Tristão aquiesceu com a cabeça e disse:
— Está certo. É melhor pensarmos em como vamos sair daqui.
Isolda o encarou e repetiu:
— Sair daqui???
— É, sair daqui. — A voz de Tristão beirou a impaciência. — Não tenho a menor intenção de ficar sentado aqui de mãos cruzadas, esperando para ser morto. Se vou morrer, prefiro que seja ao tentar fugir. — Sua boca se contorceu num sorriso apertado e amargo. — No mínimo vai ser uma morte mais rápida do que a que eles planejaram.
Isolda concordou.
— Mas como...
Tristão deu de ombros mais uma vez:
— Suponho que da mesma forma de antes. Vai ser fácil, porque agora somos dois, embora desta vez eu precise tentar sem a faca.
O olhar de Isolda foi do rosto machucado para o corte de espada no braço dele, e de lá para as contusões arroxeadas no peito e na garganta. Como ele poderia esperar dominar um guarda, ou andar mais de dez passos, sem cair...
"Mas, como ele diz, não importa", pensou. "É melhor morrer tentando fugir do que esperar aqui como carneiros a serem abatidos". Lentamente, ela disse:
— Eu tenho uma faca, a que você me deu.

Isolda ficou imóvel no centro da cela. Concordaram em esperar até que a noite caísse, ou o máximo que pudessem, de acordo com a lamparina que queimava, e a chama brilhara e finalmente se apagara havia apenas alguns momentos, logo depois que ela acordara Tristão de seu sono profundo e exausto. Agora a escuridão úmida e fria do aposento obstruía a garganta de Isolda e lhe comprimia os olhos, e o último diálogo que manteve com Tristão lhe ecoou nos ouvidos.

— Grite — ele lhe disse. — O mais alto que possa.

— Você fez isso da primeira vez?

— Eu berrei alto o bastante para os guardas abrirem a porta e verificarem o que estava errado.

Agora, olhando fixo mas sem ver na direção da porta da cela, Isolda repetiu mentalmente o que — eles esperavam — aconteceria. Ao ouvi-la gritar, os guardas abririam a porta, embora provavelmente um deles ficasse no corredor enquanto seu colega entrasse na cela para investigar. Então Tristão, ao lado da porta, saltaria em cima dele.

— Nós ainda vamos precisar enfrentar o outro guarda — Tristão havia dito —, mas ele pensa que estamos desarmados, então vamos ter pelo menos uma oportunidade de sair daqui. Ele se deteve. As palavras seguintes foram ditas baixinho, mas Isolda conseguira ouvi-las.

— Embora, se Deus soubesse o que vamos fazer depois, eu gostaria que Ele nos dissesse logo.

Ele não precisaria listar as maneiras pelas quais o plano poderia dar errado. Isolda podia entendê-los sozinha. E se os guardas acabassem não abrindo a porta? E se o guarda não entrasse totalmente na cela? E se Tristão não conseguisse dominá-lo? E, mesmo que conseguissem sair da cela, ainda estariam encurralados nos muros de Tintagel.

Isolda parou de pensar e respirou lenta e profundamente. Seu grito soou no silêncio da noite como o grito de um pássaro, alto e desordenado. Nada aconteceu, e ela gritou mais algumas vezes, até finalmente ouvir o som da tranca sendo levantada do outro lado da porta. Isolda ficou momentaneamente ofuscada pelo súbito reluzir de luz, e, durante o que pareceu uma eternidade, ficou sem ação, observando o guarda a apenas alguns passos de distância, espreitando minuciosamente sob a escuridão da cela. Depois, finalmente, o soldado deu um passo cauteloso para a frente e entrou na cela.

Isolda mal teve tempo de ver o que aconteceu em seguida. Como um raio, Tristão saiu do canto e golpeou violentamente a nuca do guarda, que desmoronou de joelhos com um grito assustado. Tristão o golpeou novamente com o cabo da faca. Ele se dobrou no chão com um gemido baixo, e Tristão se aprumou, com a faca preparada, para enfrentar o segundo guarda, que chegou à porta ao ouvir o grito do companheiro e estava de pé no portal, com a arma em punho.

Houve mais um desses momentos aparentemente infinitos, quando o tempo parece não passar. Depois, com um movimento rápido, Tristão se inclinou, apanhou do chão um punhado de palha e o jogou no rosto do guarda. Temporariamente cego, tossindo e se engasgando nos fios da palha e da terra, as mãos do homem foram instintivamente até o rosto, tentando limpar a sujeira dos olhos.

O segundo golpe de Tristão atingiu-lhe a boca do estômago. Ele ficou sem respiração, emitiu um gemido áspero, dobrou o corpo, ainda tossindo, e Tristão voltou a golpeá-lo, agora na nuca, exatamente como fizera com o primeiro. O segundo guarda também caiu, e Tristão virou-se para onde estava Isolda, congelada de medo, pegou-a pelo braço e a empurrou na sua frente para o corredor.

Quando chegaram à passagem do lado de fora, Tristão fez uma pausa, tempo suficiente para fechar a porta e colocar os ferrolhos no lugar, trancando os homens lá dentro.

— Venha. Depressa, antes que apareça alguém.

Chegaram ao final da passagem e subiram, dois de cada vez, os degraus de pedra que levavam ao pátio. Mas quando alcançaram a entrada para a torre, Tristão parou no corredor e se virou novamente para Isolda:

— Você conhece o traçado deste lugar melhor do que eu. — Sua voz era um sussurro quase inaudível: — Qual é o caminho mais rápido até a saída?

Os pulmões de Isolda ardiam e as contusões nas costelas latejavam dolorosamente e sem parar:

— O portão principal é logo ali na frente. — Ela fez um gesto para a escuridão negra como tinta além da porta. — Mas certamente deve estar vigiada por guardas, especialmente agora. Resta então a entrada a oeste, que dá para a trilha do penhasco até o mar. Também é provável que esteja vigiada, mas é um local mais isolado e não haverá tantos soldados lá.

Tristão concordou com a cabeça e houve um instante de silêncio enquanto ele examinava o pátio externo. Isolda disse então, com voz também inaudível:

— Você não matou aqueles dois guardas lá na cela.

Tristão não se virou. Seu corpo continuou rígido, alerta e preparado para uma ação ou luta instantânea, mas afinal ele disse, com um ligeiro movimento de cabeça:

— Os pobres diabos só estavam cumprindo seu dever.

Ele fez uma pausa e disse:

— Além disso, cadáveres denunciariam nossa fuga da mesma forma que corpos com vida. E, se não estivermos bem longe quando acordarem e soarem o alarme, é porque já vamos estar mortos.

Com Isolda conduzindo, seguiram um caminho que passava pelos prédios e galpões de armazenamento, mantendo-se na parte mais escura das sombras e longe das tochas que queimavam em intervalos ao longo das paredes. A neblina chegou vinda do mar, cobrindo a luz da lua e das estrelas, e a noite estava úmida e muito escura. O ar cortante tinha cheiro de sal do mar. Os dois estavam ao alcance da vista do muro externo, envolto em névoa do castelo, quando Isolda ouviu um grito de algum lugar atrás deles e ficou gelada de medo, com a respiração entalada na garganta.

Três soldados, vultos indistintos e meio obscurecidos pela neblina, avançavam devagar até eles, empunhando lanças. Pelo canto do olho, Isolda viu Tristão olhar dos soldados para o muro externo e a passagem em arcada, agora apenas visível, como se estivesse avaliando a distância.

Isolda pensou: "Ele vai correr; ele sabe — devia saber — que pode correr mais depressa do que eles, se estiver sozinho, se me deixar para trás". Esperou que Tristão fugisse, que corresse até o muro do castelo, mas ele, em vez disso, virou a cabeça e seus olhos — um lampejo descoberto de luz no rosto ensombreado — encontraram os de Isolda:
— Corra! Saia daqui!
Ela só conseguiu olhar fixamente e ele disse, furioso:
— Um de nós pode escapar. Agora vá. Rume para o sul. Existe um caminho ao longo da costa. Você vai estar a salvo assim, as patrulhas nunca vão lá. — Como Isolda continuou parada olhando para ele, congelada, ele repetiu: — Corra, estou lhe dizendo!

Desta vez ele não esperou resposta. Em vez de voltar para a muralha externa, sacou a faca e deu o bote nos três soldados, brandindo a arma violentamente contra o mais próximo deles.

Por um instante, Isolda continuou parada, entorpecida, mas depois se virou e correu.

Atrás dela vinham os sons do combate selvagem: o barulho de metal contra metal, resmungos e pancadas abafadas; esforçou-se ao máximo para não olhar para trás. À frente via a abóbada de pedras do portão lateral que levava ao mar, iluminado por um par idêntico de tochas; os círculos de chamas reluzentes amarelo-alaranjadas contra a neblina em turbilhão. Abaixo havia dois soldados de sentinela, um em cada lado da entrada, mas eles também haviam ouvido a luta que se desenrolava naquele local. Enrijeceram, trocaram poucas palavras e começaram a correr na direção dela.

Isolda recuou e se comprimiu contra o muro externo; o coração batia surdo, as pedras do muro formavam bolhas úmidas, frias e escorregadias contra as palmas de suas mãos. Entretanto, nenhum dos dois homens sequer olhou para onde ela estava.

Isolda arriscou um último olhar para trás, forçando os olhos na escuridão misturada com neblina, mas não conseguiu ver nada, só as formas vagas e cambaleantes dos lutadores. Não havia como identificá-los. Não era possível dizer se Tristão continuava lutando ou se já fora capturado ou morto.

Ainda assim, durante vários batimentos cardíacos, Isolda permaneceu imóvel, com as mãos fechadas dos dois lados da cintura, respirando rápida e irregularmente, tentando obrigar-se a ir embora, mas incapaz de se mexer.

"O que ele fez será desperdiçado se eu parar ou tentar voltar. Não posso fazer nada por ele. Não assim, sozinha."

Ela começou a andar quando uma pressão fria e úmida contra sua mão a fez gelar; o estômago se contraiu de medo, então ela quase desfaleceu:

— Cabal! — murmurou.

Mesmo à luz mortiça lançada pelas tochas às suas costas, pôde ver que o cachorro estava mais magro do que há alguns dias, quando ela acudira Dera e o deixara para trás em seus aposentos. Os ossos do ombro do cão se salientavam no pelo malhado. Isolda se ajoelhou, estendeu a mão e Cabal a farejou, depois enterrou o focinho em seu rosto e choramingou baixinho.

Isolda sentou-se e contemplou inexpressivamente o cachorro. Pensou: "Não posso levá-lo comigo".

Contudo, tampouco podia abandoná-lo, pois ele morreria de fome, ou algo pior lhe aconteceria, lembrando-se do depoimento no julgamento. Um dos homens de Mark — ou uma das aias de Nest — poderia perfeitamente bajular o rei e matar o cão da Bruxa-Rainha, possuído pelo demônio.

Cabal gemeu mais uma vez, e se deslocou ansiosamente de um lado para outro; os olhos escuros inocentes fixos no rosto de Isolda. Ela se aprumou, engoliu em seco e disse:

— Cabal, venha comigo. Isso, meu cão lindo. Quietinho.

Isolda esforçou-se para sair do esquecimento do sono e ficou um momento, desorientada, antes que a memória voltasse. Sentou-se, afastou os fios de cabelo emaranhado dos olhos e se debruçou, apoiando a cabeça nos joelho. Encontrara o pequeno barco a remo que os pescadores de Tintagel guardavam para trazer a pesca do mar, e conseguira remar até o promontório, Cabal "grudado" nela na proa. Suas mãos tinham bolhas, e o tecido do manto e do vestido estava duro e rasgado com o borrifar de água salgada que a atingia pelos lados do barco. Ao menos, porém, as roupas agora estavam secas, por causa do caminho que ela percorrera desde que jogara o barco à deriva e bracejara até a terra.

Caminhara a noite inteira pela trilha estreita que corria ao longo do promontório, como Tristão dissera. Não ousara permitir-se parar para pensar no que o homem fizera ou por quê. Mas seguira a rota recomendada por ele, correndo sempre que podia, e só diminuindo o ritmo quando as pernas começavam a se sentir pesadas de cansaço. Não encontrara nenhuma patrulha, só um cachorro vira-lata perdido, nos arredores de um dos vilarejos de pesca por que passara, mas que foi logo embora, o rabo entre as pernas, quando Cabal rosnara.

Por último, tinha sido por puro instinto de sobrevivência que continuara a andar, pondo um pé à frente do outro. Instinto e a pressão da cabeça de Cabal entre suas pernas ou palmas quando ele choramingava e a empurrava toda vez que paravam. Finalmente, quando a primeira luz rosada do amanhecer surgiu a leste, ela encontrara um abrigo onde um arbusto raquítico de ervas marinhas secas crescia entre as pedras, e enrolou-se para deitar ao lado de Cabal, adormecendo quase instantaneamente.

Mesmo agora, sua cabeça flutuava quando ela se sentou, e lágrimas de pura exaustão pressionavam atrás dos olhos. Ela, porém, não deixou que se derramassem, temendo não conseguir parar de chorar. Sonhou — um pesadelo de infindáveis passagens estreitas e paredes sufocantes, de modo que, quando o silêncio matinal foi rompido pelo grito persistente e agônico de um homem, ela olhou em redor, muito confusa, perguntando-se fora apenas parte do pesadelo. Mas o grito se repetiu, um grito áspero de terror ou dor além da pedra proeminente de pedras soltas que ocultavam a costa e a impediam de vê-la.

Num segundo Isolda se levantou e pôs a mão no pescoço eriçado de Cabal, para mantê-lo a seu lado.

O sol estava começando a se pôr, transformando a extensão de oceano cinzento às suas costas em vermelho-sangue; ela devia ter dormido o dia inteiro. Lentamente, embora segurando firme a coleira de Cabal, Isolda rodeou a proteção de pedra e parou de repente. Hereric jazia deitado de barriga para baixo, a pouca distância, e Kian estava em cima dele, prendendo-o.

Kian levantou a vista, e os olhos côncavos reluziram arregalados de choque, depois se estreitaram ao reconhecer Isolda.

— Você! — A voz dele foi quase um rosnado. — Que está fazendo aqui? E onde está Tristão?

Ainda entorpecida de sono e com o choque do encontro, Isolda disse, tolamente:

— Ele está em Tintagel, como prisioneiro.

— Quê?? — Kian a olhou fixo por um instante e depois, de repente, agarrou os ombros de Isolda, forçando-a a encará-lo. Como Isolda não disse nada, ele a sacudiu, o rosto soturno. — Quero saber! Agora, entendeu?

O rosto cheio de cicatrizes estava perto o bastante para Isolda enxergar os pelos no queixo mal barbeado, e sentir o cheiro dos dentes podres que os lábios mostravam.

A seu lado, Cabal rosnou baixo, mas barulhento. Isolda disse, automaticamente:

— Calado, Cabal. Está tudo bem.

Ela apertou os olhos para fechá-los, tentando pensar. Obviamente, não podia esperar livrar-se de Kian sem lhe dizer o que acontecera em Tintagel. "A história toda", pensou. Sabia instintivamente que Kian era inteligente o bastante para perceber qualquer meia-verdade ou mentira.

Além disso, havia Hereric, deitado atrás de Kian no chão; o peito largo arfando, os olhos arregalados, fixos e vidrados, concentrados no céu que escurecia. Estava claramente contundido, ou doente.

— Se você me soltar — disse Isolda — eu lhe conto.

Kian escutou em silêncio, com a expressão imóvel de uma máscara empedernida, os olhos duros e a boca obstinada. Quando Isolda terminou, contudo, Hereric deu mais um daqueles gritos ásperos e terríveis e esforçou-se para ficar de joelhos, tentando levantar-se. No mesmo instante, Kian girou e o jogou no chão, agarrando os ombros de Hereric e o prendendo à terra mais uma vez.

A expressão de Hereric mudou; o rosto estava convulsionado de súbito terror. Os olhos se arregalaram e os lábios se contorceram em mais um grito lancinante, de modo que Isolda pôde ver rapidamente a boca mutilada internamente. Ele se sentou reto mais uma vez e atacou Kian violentamente, de tal forma que este quase foi atirado ao chão em seu esforço para contê-lo.

Isolda foi até eles e, ao ouvi-la se aproximar, Kian olhou de relance, com o rosto ainda irado e obstinado:

— Afaste-se, saia daqui.

Isolda o ignorou, e ficou de joelhos no outro lado de Hereric. Ela agora pôde pensar mais claramente, e as últimas palavras de Tristão lhe ecoaram na cabeça.

"Rume para o sul. Existe um caminho ao longo da costa. Você vai estar a salvo assim; as patrulhas nunca vão lá."

Não podia, porém, ser apenas por acaso que, seguindo a rota ensinada por Tristão, ela acabara encontrando Kian e Hereric. Tristão, que sabia que Hereric estava ferido. Que devia ter planejado que ela encontrasse os outros dois homens, E mesmo, exceto pela expressão de súplica nos olhos de Hereric, o grande peso do que Tristão fizera a ela comprimiu um pouquinho menos quando ela estendeu o braço e pegou a mão de Hereric.

Isolda olhou de novo para Kian e perguntou:

— Há quanto tempo ele está assim?

Kian ficou calado, mas afinal respondeu, secamente:

— Começou ontem à noite. Está com febre e tem um corte de espada do lado do corpo que é grave. — Quando Isolda se inclinou para tocar a fronte de Hereric, Kian gritou: — Eu já disse para se afastar! Você pensa que eu vou...

Outro grito de Hereric o interrompeu, forçando Kian mais uma vez a se virar e a lutar para manter o homem preso ao chão. Quando o paroxismo passou e Hereric voltou a ficar deitado, imóvel, Kian arfava, a fronte salpicada de suor, mas virou-se para Isolda e disse, os dentes cerrados e as palavras intercaladas e lentas:

— Afaste-se... agora. Pensa que vou deixar que o mate?

Isolda não se mexeu e disse:

— Não. Eu penso que você vai ficar de lado e deixar que eu trate do ferimento dele. Porque, a não ser que seja tratado — e logo —, você vai vê-lo gritar assim durante horas, talvez dias, até finalmente morrer.

Ela se aproximou de novo de Hereric, depois conteve um grito quando Kian lhe agarrou o pulso mais uma vez:

— Já mandei não tocar nele — rosnou. — Não vou deixar que nos submeta a suas feitiçarias.

Isolda teve um acesso de raiva. Virou-se para olhar Kian mais uma vez e disse, entre dentes:

— Não me provoque. Nunca roubei a alma de um homem nem amaldiçoei sua virilidade, mas, se disser mais uma palavra para me impedir de ajudar Hereric, posso ficar tentada a experimentar.

O rosto de Kian ficou literalmente lívido, e por um longo momento Isolda não teve certeza se ele a atacaria ou lhe cortaria a garganta, como ameaçara certa vez. Entretanto, para surpresa de Isolda, ele baixou os olhos e os dedos afrouxaram a pressão no braço dela:

— Então o que você acha que devemos fazer?

Isolda respirou demoradamente e se virou para Hereric, pondo a mão em sua testa e em seu pescoço. E ambos os lugares a pele ardia e estava tão seca quanto um pergaminho.

— Devemos primeiro arranjar um abrigo para ele. Existe algum por aqui?

Kian se calou mais uma vez, depois respondeu, com voz rouca:

— O barco.

Indicou a praia com a cabeça, e Isolda viu que o pequeno barco a vela pintado estava ancorado a pequena distância. Kian, seguindo instruções de Tristão, deve ter velejado ao redor da costa desde o lugar onde ela o vira primeiro, e terminara ali.

— Você consegue carregá-lo por essa distância?

Kian não respondeu, mas pôs as mãos debaixo dos ombros de Hereric, levantou-o, e, ao vê-lo se contorcer, Isolda pegou os pés do homenzarrão. Ela esperava um protesto furioso de Kian, mas ele apenas resmungou e continuou, a boca apertada e os ombros rigidamente postos.

O camarote do barco era um aposento pequeno, quadrado e sem janelas, que cheirava fortemente a sal e peixe. Cestas de provisões, carne seca e jarras de cerveja ficavam encostadas numa parede. Kian baixou Hereric com um barulho surdo numa pilha de peles no canto, o que causou um débil gemido de Hereric antes de ele sucumbir, de olhos fechados, ao que pareceu inconsciência.

Cabal estava ao lado de Isolda, choramingando e deslocando o peso de um lado para outro, mas, a um gesto de Isolda, deitou-se no chão com a cabeça apoiada nas patas. Isolda limpou o suor da testa e examinou o minúsculo recinto, agora escurecido pela aproximação da noite.

— Você tem uma lanterna?

Kian demorou a responder, o rosto soturno; depois apontou com o queixo para a figura deitada de barriga para baixo na cama dura.

— Por quê?

Isolda não fingiu que havia entendido errado. Virou-se, olhou para o rosto lívido de Hereric e suavemente enrolou nele um cobertor de lã. Se mencionasse Tristão — chegou até a pensar nele —, não ajudaria Hereric.

— Porque nunca na vida abandonei um doente ou um ferido, e não vou começar agora.

Kian não respondeu, mas a analisou em silêncio por mais um longo momento. Depois, abruptamente, remexeu nas cestas, delas tirou uma lanterna e a colocou ao lado de Isolda.

O ferimento de espada tinha mesmo, como dissera Kian, penetrado fundo no saxão. Um corte realmente grave e profundo, e a pele a seu redor tinha uma crosta de sangue escurecido, inflamado e salpicado de agourentas marcas vermelhas. Isolda mordeu o lábio e se voltou para Kian:

— Pegue um pouco de água do mar. Vou usá-la para lavar o corte.

Kian franziu a testa, numa expressão que Isolda não conseguiu identificar no rosto desgastado e cheio de cicatrizes, então ele falou pela primeira vez desde que ela tirara o curativo desajeitado do lado de Hereric:

— Já vi isso ser feito algumas vezes. Em ferimentos de batalha.

Isolda concordou com a cabeça e disse:

— Alho seria melhor, mas, como estou sem remédios, a água do mar vai ter de servir. E você vai precisar segurá-lo de novo. O sal vai ajudar a limpar o ferimento, mas vai doer muito.

Pareceu a Isolda que aquela noite durou uma eternidade, um pesadelo de luz que tremeluzia e os gritos ásperos e abrasadores, no qual ela tratou do homem ferido com mãos que ficaram quase entorpecidas de cansaço. Repetidas vezes ela banhou a ferida do lado de Hereric, rangendo os dentes quando ele se agitava e gritava ao toque da água salgada na pele arrebentada. Muitas vezes ela já precisara causar dor quando tratava de lesões ou ferimentos, mas ter de causar dor a Hereric era pior. Era como se estivesse torturando uma criança.

Quase ao amanhecer, ela se recostou após limpar mais uma vez a ferida que exudava. Hereric estava cada vez mais exausto, e já não gritava: gemia e às vezes choramingava lamentavelmente como um cão machucado; os olhos descorados se fixavam numa súplica muda no rosto de Isolda. As mãos dela tremiam quando tirava um cacho de cabelo da testa, e o suor formava gotículas em suas costas, grudando a vestido de lã à pele.

Ela levantou os olhos e viu que Kian a observava, quebrando um silêncio entre eles que durara várias horas: — Não se preocupe, moça. — A voz dele era brusca, mas ela achou que a expressão lúgubre da boca se suavizara lentamente. — Deixe que Hereric grite e choramingue à vontade. Pode continuar com o serviço.

Isolda respirou forte e fez um sinal positivo com a cabeça: — É melhor trocarmos as ataduras de novo. Estão quase secas. Num esforço para baixar a febre, ela deixara Hereric vestido apenas com uma espécie de tanga, e o envolvera em trapos ensopados de água fria, também retirada da maré. Ele tremia alguns momentos depois que os panos estavam molhados, mas até então sua pele permanecia ardente e seca, e a febre não cedia. No início ele conseguira tomar uns goles de cerveja de um cantil que Kian lhe oferecera, mas agora, mergulhado em profunda inconsciência, o líquido gotejava inutilmente do queixo quando Isolda levava o copo aos lábios rachados.

Eles acabaram de enrolar os panos molhados ao redor dele, e o corpo de Hereric se sacudiu em mais um acesso violento de estremecimento. Então, pela primeira vez desde que havia sido levado para o barco, seus olhos se abriram vacilantes e se fixaram no rosto de Isolda, sua mão se estendeu e apertou desesperado o pulso dela.

Isolda ficou gelada. Por um instante, viu-se de volta na grande cama entalhada em Tintagel. A mão em seu pulso era a de Mark, mas os olhos de Hereric a olhavam implorando. Permaneceu rígida, absolutamente imóvel, forçando-se a respirar para reduzir os batimentos frenéticos do coração até que a lembrança desapareceu, assim como o surgimento súbito de terror misturado com raiva impotente. Pensou então: "É tão mais fácil nas histórias... Nelas, a narrativa termina para sempre, mas na vida...".

Na vida, restava-lhe uma história que parecia se repetir dentro dela, incessantemente, dia após dia.

Hereric continuava a tremer, os dentes batiam uns contra os outros, mas levantou uma das mãos e fez uma série de débeis sinais, com os olhos sempre em Isolda. Sem querer quebrar o momento de contato consciente, Isolda também manteve os olhos nele e tomou na sua a outra mão do homenzarrão. Sem se virar, perguntou a Kian:

— Que foi que ele disse?

Kian pigarreou antes de responder:

— Está pedindo que você lhe conte uma história, como fazia com Bran.

Isolda contemplou os olhos machucados e côncavos de Hereric e visualizou os rostos de todos os que vira morrer nas mãos de Mark: Con... Merlin... Bran. Fechou os olhos com força, e os fragmentos lampejantes de lembrança estremeceram e concentraram-se numa visão de Merlin. Dos olhos azuis da cor do mar do ancião, olhando para ela do alto de uma barba branca encharcada de sangue.

" — Essa á resposta dela? De que estou colhendo o que plantei? Observo o rei andar para cima e para baixo no aposento, girar, virar-se e andar para cima e para baixo de novo; a saia da túnica forrada de arminho se agita atrás dele. As marcas dos anos — e das batalhas — são nítidas. O queixo está mais duro, e existe uma rede de veias sob a pele agora envelhecida.

Não obstante, ele não parece muito diferente do menino que eu vi corado, há quase vinte anos.

— Isso é um reivindicação assim tão injusta? — perguntou.

O rosto de Artur se contorce:

— Talvez não. — Ele dá um riso aborrecido. — Afinal de contas, talvez eu devesse ter prestado mais atenção à tagarelice dos padres. Lembro-me de que eles diziam algo sobre os pecados dos pais.

Ele então se aproxima de mim, com os olhos subitamente estreitados.

— Você viu isso, Merlin? Você me disse que a morte era gerada por ações como as praticadas por mim.

Minhas sobrancelhas se levantam e digo:

— Pensei que você não tivesse fé na Premonição.

— E não tenho. Não tinha, mas...

O Rei Artur se detém, e um lampejo colérico lhe assoma a rosto:

— Maldito seja você, Merlin! Responda logo à pergunta!

Suspiro.

— Talvez eu tenha mesmo tido uma premonição, mas só o senhor pode alterar o que vai acontecer deste momento em diante.

O rosto de Artur se agita de novo.

— Você espera que eu ceda? Que o Rei Supremo da Bretanha seja feito de corno?

De repente me sinto cansado, cansado e velho. Os músculos da panturrilha de minha perna manca doem como resultado da longa caminhada e do frio do inverno.

O que está dentro de um homem será seu destino? Ou seu destino é escrito pelo que ele tem dentro de si?

— Não, não espero isso."

Um tremor percorre Isolda. A voz de Merlin, ela nunca o ouvira falar antes. Será que isso quereria dizer que ele continuava a viver além do vento ocidental? Ou apenas que também estava morto, e desaparecera junto com todos os demais? A mão de Hereric estava ainda agarrando o pulso dela, a pele quente e seca na sua. Mesmo assim, ela continuava a sentir os minúsculos fragmentos de pânico agitando-lhe o sangue, menores agora, mas ainda presentes. Pensou em Tristão, aprisionado em Tintagel. Ou morto. Os guardas que enfrentara para que ela pudesse fugir não tinham qualquer razão para mantê-lo vivo. Ela pensou também que o Irmão Columba ofereceria a Tristão a cura que ela não conseguira proporcionar-lhe.

"Não" — disse ela a si mesma, furiosa. — "Você não vai deixar que Mark acabe também com essa vida".

Ela pegou o rosto de Hereric entre as mãos e o olhou fixamente.

— Hereric, escute o que vou dizer. Você não vai morrer, entendeu? Você não vai morrer.

Atrás dela, Kian emitiu um som sem palavras, como se fosse de protesto, mas ela o ignorou e continuou. Seus dedos comprimiram as têmporas de Hereric, e seus olhos se fixaram no olhar azul descorado do homenzarrão, e sua voz foi veemente:

— Você não vai morrer porque eu não vou deixar. Compreende?

Os olhos de Hereric, embaçados pela febre, a olharam inexpressivamente, mas Isolda se esforçou e manteve o olhar intenso nele, recusando-se a deixar que qualquer dúvida — ou medo — a horripilasse de novo. Por um longo momento, tudo ficou silencioso. E então Hereric emitiu um suspiro estremecedor, e a cabeça se mexeu brevemente, assentindo, na pilha de peles.

Isolda respirou fundo e soltou as mãos, e tirou suavemente o cabelo da testa da Hereric.

— Ótimo! — exclamou, e tomou uma das mãos dele nas suas. — Agora vou lhe contar uma história.

Ficou calada um instante, ouvindo o eco indistinto e distante da voz carregada pelo vento, depois começou:

— Esta é a história de Merlin, a quem os homens chamam de Mago. Merlin, que profetizava para os reis e colocou o próprio Rei Artur no trono.

A boca de Hereric se curvou num arremedo de seu sorriso habitual, lento e amplo, e Isolda mais uma vez lhe limpou a testa com um pano, começando a história:

— Há muito tempo, Vortigern, que na ocasião era Rei Supremo da Bretanha, quis construir uma torre na Fortaleza de Ambrósio[24]. Contudo, embora a cada dia os homens de Vortigern empilhassem pedras para construir as paredes da torre, no dia seguinte encontravam as pedras amontoadas no chão. Os mágicos do Rei Vortigern lhe disseram que a torre só ficaria de pé se seus alicerces fossem borrifados pelo sangue de uma criança nascida sem pai.

Isolda fez uma pausa. As pálpebras de Hereric estavam fechadas, e, apesar da garantia de vida veemente que ela lhe dera há poucos minutos, um arrepio a percorreu ao observar o peito do homenzarrão subir e baixar. A respiração dele estava leve e superficial, com uma pausa entre cada respirar inalado, como se o corpo dele tentasse decidir a cada vez se permaneceria vivo ou se não resistiria.

Entretanto, ela prosseguiu, contando como os homens de Vortigern haviam encontrado Merlin, gerado, como afirmava sua mãe, por um espírito do ar. E de como o menino Merlin salvara a própria vida ao provar a Vortigern que as paredes da fortaleza eram abaladas pelas batalhas de dois dragões na terra abaixo, um branco, outro vermelho.

As palavras quase pareciam sair por si mesmas, através da névoa mesclada de sua própria fadiga e da fumaça quente

---

24 Outeiro rochoso e arborizado em Gwynned, noroeste de Gales. Tem cerca de 76m de altura. (N.T.)

da lamparina, que penetrava na quietude do camarote e se espiralava como as divisões de uma concha, como elos numa corrente dourada.

— Enquanto o rei e seus conselheiros assistiam, o dragão branco atacou com presas e terríveis patas, de modo que todos pensaram que o dragão vermelho devia certamente ser morto, mas ele se levantou, mais uma vez apavorante. E, quando a batalha terminou, o dragão branco jazia morto junto às patas do dragão vermelho. E assim, Merlin disse ao rei, o futuro estava profetizado. Os saxões poderiam dominar a Bretanha durante certo período, mas no final o dragão vermelho da Bretanha seria vitorioso.

A história continuou. A garganta de Isolda se ressecou, e a certa hora Kian, sem nada dizer, entregou-lhe um copo de vinho, do qual ela tomou apenas um gole e o deixou de lado. Ela contou todas as histórias que ouvira de Merlin, o mago. Contou sobre Uther Pendragon e *Lady* Ygraine. Do teste da espada a que Merlin fez Artur se submeter, e pelo qual ele se tornara o Rei Supremo da Bretanha.

Finalmente, Isolda se calou. O camarote estava quieto, o barco balançava suavemente, indo e vindo com as ondas que se projetavam. Ela ficou silenciosa ao se lembrar de como, ao observar Merlin se afastar dela na capela de Tintagel, sentira-se no crepúsculo de uma era.

Invente...

Os olhos de Hereric continuavam fechados, e o rosto mostrava uma expressão inocente e distante que mandou uma sensação revigorante à espinha de Isolda, como se tivesse começado a voltar à vida. Ela engoliu em seco.

— E finalmente chegou uma época — disse ela — em que o trabalho de Merlin no mundo estava concluído, e assim uma fada qualquer o levou embora. Ela era...

A voz de Isolda titubeou. E engoliu em seco de novo.

— Ela era linda. Tão linda quanto a primavera. Tão linda quanto o amanhecer. Poderia ter escolhido qualquer homem para ser seu marido, mas escolheu Merlin, o sábio, para morar com ela no âmago dos montes cavernosos. E há quem diga...
Fez uma pausa.
— Há quem diga que o período de encantamento e magia na Bretanha tinha chegado ao fim, mas Merlin continua a morar nos montes cavernosos, numa terra de cristal, prata e ouro. E ainda toca harpa, e canta suas canções. E aqueles que prestarem atenção continuam a poder ouvi-lo no som do mar e do vento.
Isolda parou e fechou os olhos; as palavras finas pairaram no ar. Perdeu todo o sentido de tempo ao falar, e agora as próprias paredes do camarote a seu redor lhe pareciam irreais, deslocadas e estranhas, como se tivesse atravessado parte do caminho com Hereric por qualquer trilha que o espírito dele tivesse conduzido ao rumar para os reinados do outro lado. Tudo estava silencioso, exceto pelo som áspero da respiração forçada do enfermo e o marulhar das ondas, e ela apertou a mão de Hereric como se com seu toque pudesse mantê-lo presente, recuperá-lo para a vida.
Um momento — ou talvez uma hora depois — Kian lhe tocou o braço e disse:
— Ele agora vai ficar bem.
Isolda piscou.
— Ele vai ficar bem — repetiu Kian.
Lentamente, Isolda levantou-se. Suas pernas estavam duras e entorpecidas pelas horas ajoelhada ao lado da cama, mas, quando se debruçou sobre Hereric, verificou que Kian estava certo. A respiração estava profunda e uniforme, e havia um reluzir de suor no cenho espesso. A febre cedera.
Isolda cambaleou levemente, e teria caído se a mão de Kian não se tivesse estirado para ampará-la pelo braço. A voz dele continuava rouca, mas firmou Isolda e a pôs de pé antes de retirar a mão.

— É melhor você descansar um pouco. Posso ficar sentado aqui, caso ele acorde.

Isolda hesitou, mas Kian pegou um banquinho tosco de madeira e o colocou ao lado da pilha de peles onde Hereric estava deitado, e ele mesmo já estava se ajeitando.

— Vá logo. — Ele sinalizou veementemente com a cabeça para Isolda e depois, desviando o olhar, acrescentou, com voz ainda áspera: — Fez um bom trabalho esta noite.

Do lado de fora, no convés, ela viu que Cabal havia feito uma espécie de ninho para ele com uma pilha de velas esfarrapadas, e Isolda se deitou a seu lado, puxando para cobrir os dois uma dobra do tecido áspero e duro de sal. O amanhecer estava irrompendo, o céu a leste adquiria tons cinzentos. Todos os músculos de Isolda latejavam de exaustão, mas de qualquer forma ela ficou deitada um momento, escutando as ondas marulharem contra a proa, e contemplando as estrelas desaparecerem.

"As estrelas continuarão a brilhar amanhã."

Voltou a pensar se Tristão a havia mandado tomar esse caminho para encontrar Hereric e Kian.

Um ditado que certa vez ouvira o Padre Nenian ler voltou-lhe à mente: *"Olho por olho, dente por dente."*

E vida por vida? Salvar a vida de Hereric expiaria o que ela fizera a Tristão?

Capítulo 25

Isolda acordou e, por um momento, ficou desorientada antes de se lembrar onde estava. Fosse o que tivesse sonhado, havia desaparecido, embora parecesse pairar fora de alcance. Enquanto pairava, ela sentiu algo se agitar, uma vez mais, atrás da muralha de ocultação de sua mente.

Isolda se sentou de repente, pressionou as mãos contra os olhos e estremeceu violentamente. Depois, quando desapareceram os últimos vestígios, foi até o camarote e olhou para dentro. Hereric continuava deitado na pilha de peles, e Kian ao lado. Ambos dormiam. A cabeça de Hereric estava levemente inclinada para trás, enquanto Kian estava sentado com o queixo afundado no peito, disperso no sono de profunda exaustão física.

Logo que Isolda deu um passo em sua direção, porém, os olhos do ancião se abriram de súbito e ele se sentou ereto, com a faca pronta para atacar. Ao ver Isolda, relaxou e recolocou a faca no cinto.

— Hábito de soldado — disse, e com a cabeça indicou a faca. — Também aprendi a dormir levemente. O último a acordar geralmente é o primeiro a morrer.

— Hereric está bem?

— Parece que sim. Não abriu os olhos nem se mexeu desde que você saiu daqui. E a temperatura dele baixou.

Isolda aproximou-se e pôs a mão na testa do homenzarrão, depois fez um sinal positivo com a cabeça.

— Você está certo. A febre foi embora.

Kian fez que sim com a cabeça e acrescentou:

— Dei-lhe também um gole de cerveja, há pouco tempo. — Levantou-se com um resmungo, arqueando-se e esticando as costas, então sacudiu a cabeça. — Devo estar ficando velho. Nunca antes tive tanta dificuldade para permanecer acordado como sentinela de plantão.

Fez uma pausa e disse, com o mesmo constrangimento brusco da noite anterior:

— Venha comer alguma coisa. Você deve estar faminta.

Isolda ia começar a dizer que não estava com fome, mas verificou que isso não era verdade. Estava mais do que faminta. Sua barriga estava retesada e oca pela falta de alimento. Ela hesitou, olhou para o rosto adormecido de Hereric, os traços grosseiros parecendo aliviados pela luz do sol que agora entrava enviesada pela porta do camarote, mas havia pouco que pudesse fazer por ele agora. Do que o corpo dele mais precisava era de descanso e do simples poder curador do sono.

— Está bem — disse ela. — Obrigada.

Suspendendo as saias, Isolda caminhou na água para lavar o rosto e as mãos num minúsculo riacho que percorria a praia e se fundia com o mar. Esfregou o sangue das mãos, penteou-se e refez a trança do cabelo. Quando voltou, Kian espalhara pão e peixe frito, queijo branco seco e cerveja no convés. Cabal estava a seu lado, e Kian falava com o cachorro em voz baixa; Cabal respondia fungando suavemente e ocasionalmente abanava a cauda. Kian levantou os olhos quando Isolda veio sentar-se ao seu lado contra o parapeito.

— Bom cachorro esse aí. É um cão de caça?

Isolda aquiesceu com a cabeça:

— Era o cão de caça de meu marido, e também cão de guerra. Por isso tem cicatrizes nas costas.

O olhar de Kian fixou-se no pelo harmoniosamente musculoso e examinou as linhas cruzadas que marcavam os

cortes cicatrizados das espadas saxônicas, depois levantou os olhos e disse:
— Ouvi dizer que o rei seu marido era também excelente combatente, e que era ótimo cavaleiro.

Isolda estendeu a mão a Cabal, que imediatamente foi sentar-se ao seu lado e comprimiu o focinho molhado na palma da mão da moça.

— É verdade.

Comeram sem falar; os únicos sons eram a batida firme das ondas, o lamento do vento e o roer satisfeito de Cabal num osso. Quando Kian terminou, inclinou-se para trás, remexendo para achar a faca no cinto, pegou um pequeno pedaço de madeira flutuante e começou a entalhá-lo com a ponta da lâmina. Isolda percebeu que era a figura esculpida de um pássaro com o pescoço arqueado e as asas estendidas, pronto para voar.

— É uma gaivota?

Kian assentiu com a cabeça. Com a ponta da faca, começou a fazer uma série de minúsculas lascas, criando o efeito de penas ao longo das asas estendidas.

— Na verdade eu não suporto essas malditas criaturas. Fazem um barulho dos diabos com seus gritos, e também estão sempre soltando seus excrementos no barco. De qualquer modo — deu de ombros —, a madeira pareceu querer assumir essa forma.

— Está muito bom o seu trabalho — disse Isolda.

Kian deu de ombros novamente.

— Peguei esse hábito em campanha. Ficava à toa muitas horas, entre as marchas e as batalhas.

— Você ficou muito tempo no exército?

Kian se calou, franziu a testa ao olhar para a pequena escultura e tirou mais uma lasca da asa não concluída antes de responder:

— Eu me alistei ainda garoto. Alguns homens da minha unidade eram recrutados, mas eu escolhi marchar. Meu pai tinha sido do exército, combateu ao lado do pai de Agravain, e como recompensa ganhou um lote de terra. — Parou e levantou ligeiramente o ombro mais uma vez. — Então eu me alistei para lutar pelo mesmo estandarte.

Fez uma pausa, e Isolda se perguntou se estaria recordando que ela continuava a ser, afinal de contas, filha de seu pai, mas Kian apenas olhou de esguelha para o bico do pequeno pássaro em seu colo e continuou.

— Eu lutei e viajei muito. Devo ter percorrido todo o comprimento e a largura da Bretanha umas duas vezes. Cheguei a ir até a Gália uma vez, quando Artur foi convocado para lutar por Roma.

Parou. Dessa vez a recordação do nome de Modred dificilmente poderia ser evitada, e houve um silêncio enquanto a lembrança daquela época e a conclusão de Camlann pairaram no ar com cheiro de maresia entre eles. Mesmo assim, Kian não pareceu zangado, apenas pensativo, e depois de um instante prosseguiu, falando mais consigo mesmo do que com Isolda; a ponta da faca dava piparotes ritmados na asa entalhada da gaivota.

— Foi assim que conheci Tristão e também Hereric. Depois de Camlann, ser soldado era o único ofício que eu conhecia. Eu me alistei como mercenário de Gorlath, um dos pequenos chefes ao norte do país, quase na terra dos picts, à beira da grande muralha romana.

Isolda olhou para ele, atônita:

— Tristão também servia a Gorlath?

Kian concordou com a cabeça:

— Ele começou como adestrador de cavalos. Tristão tem jeito com cavalos, mas, quando nos conhecemos, era cavalariço. Leva jeito com cavalos.

— Quantos anos ele tem? — perguntou Isolda. — Você sabe?

Kian franziu a testa e deu de ombros:

— Sabe-se lá? Vinte e quatro? Vinte e cinco? Ele nunca disse. É jovem para estar liderando tropas, mas teve treinamento de soldado, de uma forma ou de outra. E é instruído.

— Instruído?

Kian mexeu os ombros, indiferente

— É, ele sabe ler e escrever e tudo.

— E você?

— Eu? — Kian pareceu surpreso, mas sacudiu a cabeça e disse, perfeitamente à vontade: — Nem uma palavra. Que uso eu teria pra essas coisas? Sei lidar com uma espada e uma faca e arco e flecha, se for preciso. Isso é suficiente para mim.

Isolda ficou calada quando mais uma recordação — dessa vez do local onde Tristão estava agora — pairou entre eles e a maresia. Mais uma vez, Kian ficou em silêncio, e, depois de um instante, ela disse:

— Tristão tem a marca de escravo no pescoço. Você sabe explicar isso?

Kian sacudiu a cabeça:

— Nunca perguntei, e ele nunca falou nada. — Fez uma pausa e recomeçou a entalhar cuidadosamente sua pequena gaivota no colo antes de continuar. — Nós servimos a Gorlath por algum tempo, Tristão, Hereric e eu, mas... essa vida não é grande coisa. Na maior parte do tempo ficamos rechaçando ladrões de gado e um monte de imundos pictos tatuados. Larguei isso depois de um tempo, e então o que Tristão propôs pareceu uma forma de ganhar a vida tão boa quanto qualquer outra. Lutar por quem nos oferecesse mais dinheiro, fosse saxão, irlandês ou de qualquer outro lugar. — Suas sobrancelhas se juntaram e ele disse, ainda meio que falando consigo mesmo: — Talvez eu também tivesse um rancor contra os reis da Bretanha, e quisesse me vingar deles.

Isolda analisou o rosto envelhecido a sua frente, a cicatriz enrugada que cobria todo um lado.

— E agora? — perguntou ela, após um instante. — Que é que você quer?

— Que é que eu quero? — Kian mudou de posição e descansou a lâmina da faca apoiada ociosamente numa coxa; os olhos abrangeram o horizonte quando olhou além das ondas. — Eu quero o que não tive nesses mais de quarenta e poucos anos: um lar, um terreno com alguns campos que me deem meu sustento. O bastante para me manter e dizer: "Isto é meu".

Ele então resfolegou e balançou a cabeça, parecendo voltar à realidade:

— E que é que tenho em vez disso? A terça parte de um barco que vaza. — Fez um gesto que abrangeu o mastro adernado, as tábuas ligeiramente empenadas do convés e as velas rasgadas. — E tenho tanta possibilidade de ter uma fazenda quanto de encontrar uma vaca no curral no meio do Mar da Irlanda. Mesmo assim...

Deteve-se e retomou a faca e a escultura, inclinando-se de novo para entalhar penas nas asas da gaivota;

— Mesmo assim, não tenho queixas. Tristão é um bom parceiro. E um bom amigo.

O silêncio voltou a se interpor por um instante, e então Isolda disse:

— Kian, sei que você deve me culpar pela morte de Bran. E agora pelo que aconteceu a Tristão.

Kian, porém, sacudiu a cabeça e olhou de esguelha para a linha de nuvens visíveis no horizonte.

— Bran era um bom garoto. Um bom garoto que merecia um fim melhor, mas estamos numa guerra, por assim dizer, e numa guerra sempre há baixas. Não adianta ficar perguntando por que ou pensar em culpados. E Tristão? — Parou de novo.

— Não — respondeu devagar —, o que aconteceu com Tristão não é culpa sua, ou melhor, talvez seja, mas eu não a culpo.

Olhou de relance para Isolda e disse:

— Acho que você agiu como qualquer pessoa agiria, pensando ter sido traída. Mesmo assim, não acredito. Não acredito que Tristão entregaria você aos guardas de Mark.

— Talvez não. — Isolda observou uma tábua de madeira flutuante ser atirada por uma onda, vindo finalmente dar na praia. — O que é que Hereric disse?

Kian grunhiu:

— Quase nada. Ele estava meio fora de si de tanta febre quando eu encontrei. Só disse que havia sido ferido tentando escapar dos guardas, e que Tristão é que tinha conseguido libertá-lo. — Fez uma pausa e mudou de posição contra o parapeito. — Mas não existe muita coisa que você não saiba sobre um homem a cujo lado você lutou durante alguns anos. Tristão mentiria ao próprio Deus Todo-Poderoso e usaria de todos os truques se isso fosse preciso para viver mais um dia, mas faltar com a palavra, nunca. Mesmo assim... — fez uma pausa e olhou de relance para Isolda antes de voltar a entalhar seu pássaro — ele fez a escolha de ficar e deixar que você fugisse. Não há razão para você se culpar; ele não gostaria disso.

Isolda não falou, mas pela primeira vez o silêncio entre eles foi estranhamente tranquilo. Lentamente, Kian fez um sinal afirmativo com a cabeça, depois ergueu os olhos, respondendo à pergunta que ela não havia feito:

— Eu vi como você cuidou de Hereric ontem à noite, e ainda não posso afirmar que não seja uma bruxa, mas talvez existam muitas espécies de bruxas neste mundo.

No crepúsculo que se aprofundava, a face de Hereric, lívida como um osso, contrastava com a manta do trenó improvisado; os olhos fechados, o rosto contorcido numa careta de dor. Retomando o hábito de andar a seu lado, Isolda pôs uma das mãos na testa do homenzarrão, cuja pele estava seca e fresca. Pelo menos a febre não voltara, embora Isolda se perguntasse, ao olhar para Hereric, a extensão de outros danos que teriam sido causados pela longa e difícil viagem em terreno áspero.

À frente, Cabal estava gelado de frio, o pelo na nuca eriçado como um vulto vestido de negro surgido da cabana de pedra adiante. A cabana de pedra na charneca estava da mesma forma que Isolda recordava, construída contra o monte que se elevava como se tivesse crescido do declive coberto por uma planta semelhante às samambaias. A pequena mula castanha continuava a pastar no cercado, tendo as formas elevadas das pedras como cenário, agora tornadas ocultas e sombrias pelo crepúsculo próximo. Ao lado de Isolda, Kian deslocou a carga do trenó de Hereric e fez uma parada, franzindo o cenho ao ver o vulto na entrada da choça.

— Esse aí é seu homem santo?

Isolda aquiesceu com a cabeça, e Kian esfregou o polegar na cicatriz, da maçã do rosto até o queixo.

— E você tem certeza de que ele não vai nos entregar — ou a Hereric — aos homens de Mark?

Os músculos de Isolda estavam doloridos pela longa caminhada, e a garganta estava seca.

— Não, certeza não tenho, mas acho que ele não vai fazer isso. Nós já concordamos que Hereric precisa de mais ajuda do que eu lhe posso dar.

Kian hesitou, depois balançou a cabeça concordando de má vontade, embora Isolda tenha visto a mão dele pegar, num reflexo, o cabo da faca.

— Acho que não temos mesmo escolha, então é melhor irmos adiante.

Isolda foi à frente, mas o ouviu acrescentar, com receio:

— Deixo a seu encargo explicar quem somos e por que estamos aqui.

Mas o Irmão Columba não pediu nenhuma explicação; simplesmente lhes deu as boas-vindas com a mesma tranquilidade indiferente de antes. Ajudou Kian a levantar Hereric do trenó e a carregá-lo para dentro da cabana. A verga da porta era baixa, e os dois homens precisaram inclinar-se levemente para passar. Isolda os seguiu, e Cabal bem atrás dela; Isolda piscou os olhos para adaptar-se à pouca iluminação interna.

Lá dentro, a choupana era pequena, mobiliada com um banco baixo de madeira que devia servir como assento e cama, uma mesa tosca de madeira e um armário onde ele guardava tudo, e que ficava contra a parede mais próxima da lareira. As vigas acima estavam cobertas de ervas secando, como na destilaria de Isolda em Tintagel, e o ar tinha o cheio familiar e reconfortante de lavanda misturado a outros aromas domésticos, como cebola e feijão. Um pequeno nicho ou alcova havia sido cortado em uma parede, e dentro havia um pequeno altar, guarnecido por um fino pano branco que dispunha de um par de velas de cera ao lado de uma cruz central de madeira.

Depois de acomodar Hereric no leito baixo e de cobri-lo com o único manto de lã áspera, o Irmão Columba pegou a pequena lamparina de óleo que estava na mesa.

— Eu raramente a acendo, a não ser que esteja trabalhando num preparado que precise ficar pronto durante a noite. Isso economiza óleo, mas agora...

Riscou uma centelha e acendeu o pavio, depois devolveu a lamparina de volta ao lugar e virou-se; os olhos castanhos atentos fixaram-se em Hereric antes de observar as ataduras nas costelas do homenzarrão.

— Ah! — exclamou. — Então não se trata apenas de doença...

Isolda estava ajoelhada ao lado de Hereric e começou a retirar as ataduras de pano. As camadas externas estavam secas, mas o ferimento sangrara novamente, porque as camadas internas estavam molhadas e vermelhas. Pelo canto do olho, ela viu Kian lançar-lhe um olhar de alerta, mas a moça aquiesceu com

a cabeça. Ela pensou: "Não adianta mentir; o Irmão Columba certamente reconheceria a verdade por si só".
— É um corte de espada — disse ela.

O Irmão Columba permaneceu onde estava, observando; quando ela tirou a última camada de pano e ele viu a gravidade do ferimento, sacudiu a cabeça e disse bruscamente:
— Diga-me do que precisa, e verei se posso encontrá-lo para você. Meu estoque de remédios é pequeno, mas acho que vai ser útil.

Isolda estava deitada, enroscada ao lado da lareira de pedras; o eco da voz do Irmão Columba soava como um cântico baixo que lhe passava continuamente pela cabeça. Hereric acordara enquanto ela passava uma das pomadas do Irmão Columba no ferimento, e se assustara, de olhos arregalados e aterrorizado ao se ver num lugar estranho. O Irmão Columba, calmamente, sentara-se ao lado da cama e começara a cantar com palavras num ritmo suave e tranquilizante que Isolda reconheceu vagamente como um dos salmos que o Padre Nenian lia durante as missas.

Sentindo-se seguro, Hereric havia deitado mais uma vez e mergulhara num sono profundo antes de Isolda concluir seu trabalho. Ele continuava dormindo, assim como Cabal e os dois outros homens. Isolda ouvia-lhes a suave respiração, pontuada por um fungar ou um choramingar ocasional do cachorro deitado ao seu lado, com os potentes músculos frouxos e relaxados. O fogo na lareira estava reduzido a borralhos. Ela observou uma tora se transformar lentamente de laranja vivo a cinzenta e à cor negra, as beiradas esfarelando em migalhas.

Isolda mudou de posição ligeiramente, então ficou imóvel.

"— *Não vá, por favor. Prometa.*
A voz dela estava quase irreconhecível.
— *Você sabe que não posso.*

Ele estava contendo a raiva, mas o rosto dela empalideceu e ficou praticamente perplexo, com uma expressão ainda pior.
— Você sabe que isto é apenas o começo, não é?
— Você... você pode ver alguma coisa?

Ele hesitou quando ela respondeu, porque ela quase nunca falava de como às vezes sabia o que nenhum poder humano poderia ter demonstrado.

Ela sacudiu a cabeça:
— Não, tenho medo de tentar.

Seu rosto continuava lívido e tenso, e ele se deu conta de que jamais a ouvira admitir ter medo.
— Continuo com medo. — Ela respirou trêmulo e olhou para ele, os olhos cinzentos tristes. — Tris, e se o exército de meu pai for derrotado? E se você for morto?

'Diga alguma coisa' — ele ordenou a si mesmo. — 'Não fique aí parado como uma estátua. Não se preocupe, vai terminar logo'.

Quaisquer palavras em que ele podia pensar lhe pareceram sem valor. Além disso, há muito tempo aprendera que mentir para ela era perda de tempo.

Afinal abraçou-a, embora muito raramente ele se permitisse tocá-la agora.
— E então os exércitos de Artur vão ganhar a batalha em Camlann. E as estrelas continuarão a brilhar amanhã."

Isolda voltou à realidade da minúscula cabana, à luz da lareira e ao calor de Cabal a seu lado. O sangue lhe martelava os ouvidos, sua garganta estava inchada e dolorosamente seca. As palavras que ressoavam desapareceram, como todo o resto, na voz do vento uivante na charneca. Entretanto, em vez de sumirem completamente, os ecos persistiam, pegajosos como teias de aranha, e ela voltou a sentir a pressão aterrorizante da lembrança por trás da muralha ensombrecida de sua mente. Como se a voz estivesse presente, parte do tempo e do eu que ela perdera, e que agora a convocasse como os seres fantásticos que atraíam as sereias para o mar.

De repente, o pequeno aposento com cheiro de ervas ficou abafado. Isolda não conseguia respirar, não podia livrar-se das ataduras de ferro que de repente lhe apertaram o peito. Nem, subitamente, ela podia deitar lá, imóvel em frente à lareira, nem mais um momento. Levantou-se e saiu pela noite, tropeçando nas pedras da trilha da cabana. Quando chegou ao muro do jardim, uma forma escura que sobressaía no negrume da noite, parou e se sentou; o peito continuava ardendo e tenso.

Finalmente, sua respiração se normalizou e seu pulso bateu mais devagar. Os músculos retesados começavam a relaxar quando um farfalhar atrás dela a fez voltar-se, achando que Cabal a seguira até o lado de fora, mas era o vulto de túnica negra do Irmão Columba que estava a seu lado, delineado pela luz da lua e das estrelas.

— Fiquei acordado para cantar o Santo Ofício — explicou — e vi que você não estava lá dentro.

Fez uma pausa; seu silêncio foi um convite, embora não um pedido ou exigência de que ela explicasse. Depois de um instante, Isolda disse:

— Eu não estava conseguindo dormir e saí, para pegar um pouco de ar.

O Irmão Columba a analisou. A lua estava alta, e seu brilho pálido acalmava o rosto irregular de queixo quadrado e suaves olhos castanhos. Depois de um tempo, disse:

— Achei que talvez você quisesse celebrar comigo. Está quase na hora do rito da meia-noite.

— Celebrar com o senhor?

O Irmão Columba assentiu com a cabeça:

— Costumo ir até as pedras para as obrigações religiosas noturnas — disse ele. — Parece-me, de alguma forma, um local apropriado para elas.

Isolda ficou em silêncio e depois, devagar, pôs-se de pé, retirando migalhas de líquen do vestido.

— Obrigada. Eu gostaria de ir.

Isolda ficou em meio às pedras altas e ensombreadas com as imagens de deuses, permitindo que o som da voz do Irmão Columba a levasse:

"*Sanctus Deus, Sanctus Fortis, Sanctus Immortalis, miserere nobis. Deus Santo, Santo e Poderoso, Santo e Imortal, tende piedade de nós.*"

Havia um estranho consolo nas palavras, bem como em estar na presença de algo tão antigo quanto as pedras. Uma coisa que certamente presenciou a oscilação de incontáveis batalhas, a ascensão e a queda de inúmeros reis, mas que permanecia lá, imutável. O próprio ar estava estranhamente imóvel, cheio de uma presença que parecia esperar; algo de sustar a respiração. A presença não era nem ameaçadora nem benéfica, nem agourenta nem generosa. Simplesmente existia. Firme como um coração pulsante e com uma voz tão antiga quanto a charneca, o morro e a própria Terra.

— "Eis que fui formado em iniquidade, e em pecado minha mãe me concebeu... Purifica-me com aspersões e ficarei limpo; lava-me, e ficarei mais branco que a neve".

A voz do Irmão Columba misturava-se às sombras e à imobilidade latejante a seu redor; as palavras ditas em voz baixa se acomodavam na escuridão como asas enlaçadas.

— "Meu Senhor, abre meus lábios, e minha boca poderá proclamar Teu louvor".

Isolda estava observando a constelação palidamente gélida das estrelas acima, e se passou um instante antes que ela se desse conta de que o Irmão Columba havia parado de entoar os cânticos e a observava, com uma expressão atenta e preocupada.

— Você também está sentindo — disse ele.

Isolda nem precisou perguntar o que ele queria dizer: apenas assentiu com a cabeça.

— Estou.

O Irmão Columba virou a cabeça, e seu olhar percorreu as pedras proeminentes que os rodeavam.

— Sempre me perguntei — disse ele — se é por isso que o círculo foi construído aqui. Se esse morro é um local de poder. Ou se isso só veio depois, com as próprias pedras. Ou se... — acrescentou pensativamente, como se estivesse expressando em voz alta alguma coisa em que havia pensado muitas vezes antes.

— Acontece apenas que a devoção, de qualquer tipo, deixa marcas num lugar que dura muito mais tempo depois que os devotos, e mesmo seus deuses, já morreram e desapareceram da Terra.

— Então o senhor acha que os antigos deuses estão mortos?

O Irmão Columba levantou ligeiramente os ombros. O luar esculpiu sombras profundas nos traços de seu rosto quadrado, tornando o nariz que já fora quebrado ainda mais torto do que antes.

— Mortos... não existentes... adormecidos, não importa. Acredito no Deus Pai, no Filho de Deus, no Espírito Santo. Ou estou certo ou estou errado. Vou descobrir quando meus dias na Terra terminarem. Como todos nós.

— Essa é uma das maneiras de interpretar o assunto.

O Irmão Columba percebeu a secura no tom de Isolda e deu um leve sorriso:

— Nesse ínterim, venho aqui para proclamar os ritos sagrados. De modo que, certo ou errado, deuses antigos ou novos, talvez eu esteja a salvo de qualquer modo.

Involuntariamente, Isolda também sorriu e perguntou:

— Ainda falta alguma coisa do rito da meia-noite?

— Só o Salmo 120.

O Irmão Columba respirou fundo e começou mais uma vez a entoar baixinho o cântico:

— "Clamei ao Senhor em minha angústia, e Ele me respondeu".

O cântico suave e ritmado combinou com a presença sussurrante das pedras, e Isolda inclinou a cabeça para trás para contemplar a abóbada estrelada da noite. *"As estrelas continuarão a brilhar amanhã..."*

Ela ficou paralisada: as palavras familiares voltaram a ressoar em sua cabeça, mas dessa vez com uma voz diferente, uma voz que ao mesmo tempo familiar e desconhecida.

Subitamente, numa explosão como o estampido de um relâmpago ou a centelha de duas espadas em colisão, a muralha do esquecimento de sua mente rachou, ribombou e desmoronou, e as lembranças a invadiram. Por um momento, ainda havia seu eu antes e depois de Camlann. Mas então, quando as duas metades se uniram, tornaram-se uma só.

Equilibrada por um fio, no momento de Tristão, um Tristão que ela conhecia tão bem quanto a si própria, dizendo-lhe aquelas palavras há anos passados.

Depois ele fora lutar em Camlann e nunca retornara.

Passou-se algum tempo antes de Isolda perceber que o Irmão Columba havia parado de celebrar com os cânticos e estava de pé rezando, as mãos cerradas à frente e a cabeça ligeiramente inclinada.

Isolda desviou o olhar para a pedra mais próxima, traçando a linha de uma fenda denteada iluminada pela lua em uma das lousas de pedra da torre, e esforçou-se para absorver a lembrança que acabara de lhe irromper na cabeça. Não havia escolhido recordar, nem procurara a certeza de que agora seu coração doía vagarosamente. Recordações de quem era Tristão. Por que não respondera a essa pergunta ele mesmo, na noite em que os dois acamparam na charneca?

"Mas não há como retroceder" — pensou ela. — "Eu agora me lembro. Eu sei".

O Irmão Columba se mexeu e levantou os olhos, e Isolda respirou fundo.

— Obrigada por me trazer aqui — disse ela.

A cabeça do Irmão Columba abaixou-se ligeiramente em reconhecimento, e Isolda prosseguiu:

— Há mais uma coisa que o senhor pode fazer por mim, se for de sua vontade.

— Mas é claro, *milady*. Qualquer coisa dentro de meus limites.
Isolda o olhou brevemente e perguntou:
— O senhor sabe quem eu sou?
Silenciosamente, o Irmão Columba baixou novamente a cabeça, e Isolda respirou fundo mais uma vez.
— Ótimo — disse ela. — Acho que isso facilita as coisas. Gostaria de me confessar antes... antes que eu saia deste lugar. O senhor pode ouvir minha confissão?
As sobrancelhas do Irmão Columba se uniram e ele respondeu:
— Não sou sacerdote, *milady*. Não tenho autoridade para ouvir confissões nem oferecer a absolvição de pecados.
Isolda fez um gesto breve de rejeição:
— Isso não importa. Não quero absolvição, só quero que o senhor me escute.
O Irmão Columba analisou-a por um instante, então mais um leve sorriso iluminou-lhe o rosto:
— Isso é claro que posso fazer, *milady*. — Apontou para uma das grandes pedras que haviam caído no chão, com tufos de capim lhe crescendo nos lados. — Vamos sentar? A não ser que *milady* prefira voltar à cabana...
Isolda sacudiu a cabeça:
— Não, aqui está ótimo.
Ela se acomodou ao lado dele na pedra e puxou o manto sobre si. Havia um reflexo do luar aos seus pés, pálido e quase de aparência líquida, entre as sombras lançadas pelas pedras.
— Se o senhor sabe quem eu sou — disse ela após um instante —, sabe também quem era meu pai, Modred, o traidor. Ele causou a morte do Rei Artur e sete anos de uma sanguinária guerra civil...
Isolda parou, tremendo ligeiramente, ainda atordoada pela estranheza de se ter lembrado — depois de haver esquecido durante tanto tempo — da sensação de luz e cor e visões relembradas e sons, onde antes só existira escuridão. Também

era estranho — segundo ela, com dor no coração — ver o rosto moreno, secreto e ossudo do pai, uma versão masculina muito mais masculina e áspera de sua mãe, em vez de apenas um nome na canção de um harpista.

— Eu mal via meu pai — continuou ela. — Ele estava quase sempre em campanha, e não era o tipo de homem que se preocupava muito em estar com sua filha. Talvez se eu fosse menino... — ela se deteve, e balançou a cabeça. — Mas do jeito que era, ele costumava me deixar com minha avó Morgana. O povo diz que ela era uma bruxa. — Isolda moveu os ombros. — Não sei, talvez fosse. Ela seguia os costumes antigos e recusava qualquer tipo de acordo com os padres cristãos. Tinha grande força como curadora: costumava dizer que, quando já não pudesse ser donzela nem mãe, poderia servir à deusa como uma senhora idosa encarquilhada. Ela me ensinou muita coisa.

Isolda se interrompeu, sentindo a casca áspera dos gravetos e galhos que Morgana lhe pusera nas mãos, contemplando a água reluzente e luzidia de óleo na taça de pitonisa. Observando as mãos da avó, alvas e pequenas, cavando com colher de pedreiro plantas do solo com arremetidas seguras e firmes. Ouvindo a voz da avó: *"Beli, o Grande, filho de Manogan, teve três filhos: Lludd, Caswallawn e Nynyaw."*

Ainda concentrando na escuridão o olhar sem conseguir ver, Isolda prosseguiu:

— Sei que ela odiava Artur, seu irmão, por causa... — ela parou de novo. — Mas isso não interessa mais. Tanto quanto não importa agora se ela era mesmo bruxa ou não. O senhor sabe, assim como a Bretanha inteira, o que aconteceu no final. Houve a catástrofe da praga. Depois, meu pai morreu na batalha de Camlann. Minha avó e eu estávamos lá na fortaleza, a guarnição militar que meu pai havia construído para abrigar suas tropas. Queríamos estar perto dele no caso de...

Isolda se deteve; seu olhar fixou-se na réstia de luar aos pés dela e do Irmão Columba.

— Talvez a Premonição lhe tivesse mostrado o que aconteceria. Ela nunca disse nada, mas então, depois de Camlann, a praga atacou a guarnição. Foi... — Fez uma pausa, e mais um estremecimento a percorreu quando a lembrança recuperada daquele período transbordou e chegou à superfície de sua mente. — Foi uma época horripilante. Os mortos se empilhavam no pátio e eram queimados, porque não havia homens com disposição suficiente para cavar túmulos. Os enfermos foram deixados para morrer na própria sujeira porque não havia ninguém para tratá-los. Até hoje me lembro do fedor. Dizia-se que os pássaros que voavam por cima da guarnição caíam e morriam. Minha avó e eu fazíamos o que era possível, mas estávamos sozinhas. E na ocasião ela já estava idosa. Velha e cansada, depois de Camlann. Havia perdido o filho e o irmão — e sua situação —, tudo de uma só vez.

Isolda se interrompeu de novo, mais uma vez olhando sem ver a charneca na escuridão da noite.

— Mark foi encarregado da guarnição pelo Conselho do Rei, os homens das tropas de Artur que haviam sobrevivido. Ele foi nomeado meu tutor e de minha avó. Na verdade, era mais um carcereiro — disse ela, contorcendo a boca. — Embora não fosse chamado assim, é claro, mas nenhum deles confiava em minha avó nem em mim, já naquela época.

De algum lugar além do círculo de pedras ouviu-se o grito estridente de um pássaro noturno. Isolda tremeu de novo.

— Quando fomos assolados pela praga, minha avó pediu a Mark que nos deixasse sair da guarnição. Ela lhe implorou de joelhos, mas não por si. Queria me ver a salvo da praga, e talvez do próprio Mark, mas ele se recusou.

Ainda agora, uma onda de amargo ressentimento a sufocou a essa lembrança, e Isolda cerrou as mãos nas dobras do vestido antes de continuar:

— Ele se recusou, depois saiu a cavalo com seus soldados e nos deixou lá, encurraladas junto dos doentes, dos moribundos e dos mortos. Acredito que ele — e provavelmente todos os demais conselheiros do rei — esperassem que nós duas adoeceríamos com a praga e morreríamos, mas...
Ela se deteve. A seu lado, o Irmão Columba não se mexera nem nada dissera desde que ela começara a falar; sua atenção era uma força palpável e quase audível, e seu silêncio simples e não exigente era estranhamente tranquilizador. Isolda respirou fundo e recomeçou:
— Mas só minha avó adoeceu. Ela era uma curandeira, mas não tinha poder de se curar. Cuidei dela, mas acho que o que eu sabia foi mais uma maldição do que uma bênção. Eu a mantive viva por algum tempo, mas isso só aumentou seu sofrimento. Ela morreu, e sussurrou-se em todos os lugares que tudo que acontecera, a praga, a derrota em Camlann, tudo isso havia sido um castigo. O Cristo-Deus a julgara e condenara por praticar feitiçaria e as artes mágicas. Se ela pudesse ver o futuro, por que não teria agido de outra maneira? Por que teria feito a Nação sangrar com uma guerra civil de nove anos? E tudo por nada, no final. Por nada.
Isolda se interrompeu mais uma vez e retomou sua narrativa lentamente:
— Às vezes penso que talvez fosse melhor adorarmos o Satanás de que o seu livro santo fala. Ele deve ser mais poderoso do que Deus ou Cristo, porque há muito mais mal do que bem no mundo. De qualquer forma, desisti de tudo o que minha avó me ensinou. Também abri mão das premonições.
— Das premonições — repetiu o Irmão Columba.
Isolda fez um gesto de rejeição:
— De ser capaz de prever coisas, de conhecê-las antes de acontecerem. Ou de ler pensamentos. Ou de assistir a eventos que acontecem a grandes distâncias. Ou de ouvir as vozes

encurraladas nos regatos, nas árvores e nas pedras. — Fez uma pausa e fitou as pedras escurecidas. — Minha avó costumava chamar a isso de dom dos antigos, transmitido pelo sangue de todas as mulheres de nossa linhagem, mesmo assim não foi difícil de perder. Era possível em uma ocasião, e na ocasião seguinte já não era. Apenas uma espécie de lugar oco de onde havia surgido.

O Irmão Columba continuou sem nada dizer. Isolda foi adiante:

— Mas não fez bem algum. Tivemos um bebê, Con e eu. — Ela parou, olhou fixamente para as mãos cerradas, para as juntas brancas sob a pele. — Era uma menina, que nasceu morta. Parece que o Deus dos cristãos guarda rancor.

Houve um breve silêncio, e então o Irmão Columba disse:

— Pode ser, ou talvez Ele tenha levado um anjinho até o céu para se sentar ao lado Dele, para escapar a um mundo de sofrimento e dor...

Isolda estendeu o braço e arrancou folhas das ervas rijas flexíveis que cresciam ao redor da pedra:

— É fácil dizer isso.

O Irmão Columba não ficou constrangido:

— Pode ser simples, mas a fé também é assim: não é fácil, mas é simples.

Isolda enrolou o tufo de ervas entre o dedo indicador e o polegar; as folhas estavam frescas e levemente úmidas com o orvalho da noite.

— Pode ser.

Ela se calou e se lembrou da única vez em que Con, tropeçando de bêbado e enfurecido, atingiu-a com um golpe furioso. Gritou: *"A culpa é sua. Sua e de seu maldito sangue de bruxa"*. Ela pensou: *"Não posso falar disso; não seria justo em relação a Con. Especialmente depois que ele caiu de joelhos ao lado dela, o rosto enterrado nas mantas, e chorou, chorou tanto que os largos ombros tremiam com soluços"*.

Em vez disso, ela continuou:

— Tive muita febre durante semanas depois do parto. Isso acontece, às vezes, quando temos leite e não há bebê para sugá-lo. A parteira e os médicos acharam que eu ia morrer, mas aí... — Ela se interrompeu, com a impressão de sentir o aroma de óleo e incenso novamente, mesmo no ar puro da charneca. — O Padre Nenian chegou a me dar a extrema-unção. Ele me deu esse sacramento para que eu pudesse morrer em estado de graça e ir para o céu e para Cristo.

Deteve-se mais uma vez, e a boca se contorceu num sorriso breve e amargo.

— Ele provavelmente salvou minha vida. Eu não me importava muito em viver ou morrer, mas não me permitiria ficar perto do Deus que matara minha filhinha, por isso eu... vivi. E me mantive estéril desde então. Não queria conceber outro bebê para ser morto por Deus e por Cristo.

Ela acrescentou suavemente, contemplando o escuro sem ver:

— Con nunca soube. Ele tinha muito desgosto de pensar que, se morresse em batalha, não deixaria um herdeiro para assumir o trono.

— É esse o pecado que a senhora quer confessar?

Isolda contemplou uma vez mais o círculo confinado de pedras. Levantou uma das mãos e a soltou:

— Acho que sim. Ou, talvez, não confessar exatamente. Só pensei que queria que alguém soubesse a verdade caso eu não sobreviva ao que acontecer quando eu for embora daqui, seja lá o que for.

O Irmão Columba mudou de posição, e apoiou as mãos nos joelhos.

— Como não sou padre, não posso absolver pecados, nem sequer julgar se um pecado foi cometido. Só posso lhe dizer que no momento em que estendemos a mão para a graça de Deus ela se faz presente.

— Pode ser — disse ela de novo.

Não conseguiu sentir nenhum esclarecimento espiritual verdadeiro, nenhuma redução do peso que carregava no coração esses anos todos, mesmo assim percebeu que estava feliz por haver contado tudo ao Irmão Columba. Observou um filete irregular de nuvem passar pela face da lua. Kian havia dito: "Não posso afirmar que você não seja uma bruxa, mas talvez existam muitas espécies de bruxas neste mundo". Isolda pensou então: "Queria muito que ele tivesse razão, que eu tivesse o poder, ainda que mínimo, de me ajudar agora, pelo menos com uma pequena esperança de derrotar Mark".

O espaço vazio dentro dela ardeu de sofrimento súbito e inflamado. Então, como um gotejar de água doce e fresca, ela sentiu algo começar a fluir. Seus olhos estavam fixos no reflexo de luar a seus pés, e, muito lentamente, uma imagem começou a ganhar forma no círculo prateado de terra, da mesma forma que, uma vez antes, uma imagem da barraca de guerra de Con se formara nas labaredas de uma fogueira. Vacilante a princípio, depois embaçada, como um reflexo na água, que se firmou pouco a pouco... Era o rosto brutal de um homem forte de olhos escuros. O rosto de Mark.

Capítulo 26

Mark estava falando. A princípio Isolda só viu os lábios se mexendo, depois o som cresceu lentamente, primeiro se combinando com os delicados sons noturnos da charneca, depois se elevando, até que a voz de Mark era tudo o que ela ouvia:

— Você é um idiota. Se tivesse mostrado competência, os homens o teriam seguido sem questionar.

Sua cabeça estava atirada para trás, e Isolda mais uma vez teve a impressão de que os nervos dele estavam à flor da pele: era um javali, apanhado numa armadilha, e atacando quem se aproximasse, fosse amigo ou inimigo.

A princípio ela não conseguiu ver com quem Mark estava falando, mas então a cena exibida no reflexo do luar ampliou-se, permitindo ver o segundo homem, mais jovem: era Owain de Powys. O rosto bonito de Owain estava taciturno, com as sobrancelhas juntas, a linha da boca estreita e dobrada para baixo.

Seu queixo estava proeminente, em desafio:

— Você com certeza pensa que seus soldados o apoiam integralmente nisso?

— Meus soldados conhecem bem o homem de quem recebem ordens — disse Mark concisamente. — E, se houver quem discorde, será sensato o bastante para ficar de boca fechada. Além disso, só os comandantes sabem de tudo. O resto da ralé só precisa saber para onde vai.

Ele parou e olhou de esguelha para Owain:

— Você não tentou me trair, não é? Ficar com uma fatia da realeza?

— É claro que não! — o rosto de Owain enrubesceu ligeiramente, e seu tom de voz ficou de súbito beligerante. — Por quem você me toma?

O lábio de Mark se encrespou:

— Eu o tomo por um homem que cortaria os seios da própria mãe se achasse que isso lhe renderia meio hectare de terra. — Fez uma pausa: — É melhor nem pensar em me trair. A invasão vai acontecer mesmo que você não fique do meu lado. A única diferença vai ser o que acontecerá com você depois. Os saxões têm maneiras especiais de lidar com os reis que aprisionam.

A voz de Mark era suave, quase inexpressiva, mas o rosto de Owain empalideceu, e a garganta se contraiu quando ele engoliu em seco.

— É claro que não — repetiu.

Mark o avaliou por mais um momento e assentiu com a cabeça, aparentemente satisfeito.

— Muito bem. Então é melhor decidir o que vamos fazer.

A testa de Owain se franziu:

— E Brychan? Os homens do rei o seguiriam.

— Brychan? — Mark repetiu e riu com desdém. — Tente não ser mais idiota do que puder evitar.

— Como assim? É certo que eles acreditariam na palavra dele.

— Tenho certeza que sim. E você consegue imaginar Brychan dizendo a eles que devem nos acompanhar e cumprir nossas ordens, como uma matilha de cachorrinhos obedientes? — Mark se descontrolou e com um soco abriu uma fenda numa mesa próxima, fazendo que uma taça dourada caísse com estrondo no chão. — Pelas chagas de Cristo, teria sido melhor eu me aliar às prostitutas da vila!

Uma onda fervente de cor — desta vez rubra — percorreu o rosto harmonioso de Owain mais uma vez, e ele respondeu com voz tensa:

— Você tem certeza de que pode fazer que ele obedeça às suas ordens?

Mark riu grosseiramente:

— Claro que tenho! Estou certo de que ele cortaria o próprio caralho se eu mandasse. Mas um líder que não resistiu à tortura não inspira muita confiança nos homens que comanda, concorda?

— Bem, de qualquer forma, não entendo a necessidade da invasão. — O tom de Owain foi mais uma vez soturno. — Certamente Octa...

Mark respirou arfante e disse, entre os dentes:

— Eu já lhe disse. Octa tem tropas suficientes para combater nossos soldados aqui, mas não podem ser para desperdiçadas numa segunda campanha. Agora...

Então, com respiração entrecortada, de repente Isolda viu a cena desaparecer, estourar como uma bolha, e o reflexo de prata no chão voltou a ser a pálida luz da lua e nada mais.

Demorou algum tempo para ela recuperar a respiração, e mais ainda para perceber que o Irmão Columba também fixava o olhar no local onde a visão surgira.

O Irmão Columba respirou fundo, como um nadador que vem à tona, e disse em voz baixa, sem erguer os olhos:

— Sempre me perguntei como seria presenciar um milagre.

Isolda sacudiu a cabeça ligeiramente e repetiu:

— Um milagre? — Olhou para o Irmão Columba, cujos olhos ainda fixavam o chão. — Quer dizer que o senhor não chamaria aquilo de bruxaria?

Ela percebeu um leve sorriso na boca do Irmão Columba.

— O próprio Cristo transformou água em vinho, curou os enfermos e ressuscitou os mortos. Isso também poderia ser chamado de bruxaria pelos descrentes. — Levantou a cabeça e encarou os olhos dela; lagos ensombreados de olhos castanhos.

— Magia ou milagre? Quem pode saber? Deus atribui poder

onde e quando Ele escolhe. E Ele prometeu atender a todas as nossas orações, mas nem sempre da maneira que desejamos.

Isolda sacudiu a cabeça:

— Não fiz nenhuma oração.

— Não? — O Irmão Columba a olhou zombeteiramente, com a cabeça inclinada para o lado. — Mas alguma coisa a levou aos homens com quem a senhora está viajando. E a trouxe até mim. E a trouxe até aqui, acho, para procurar uma resposta.

— E agora eu a encontrei? — perguntou Isolda. Ficou em silêncio, com os olhos mais uma vez no reflexo do luar, que agora mostrava apenas capim e o chão. Talvez alguma coisa a tivesse mesmo levado à praia na manhã da véspera, para encontrar Hereric e salvar-lhe a vida. Seria bom acreditar nisso. Acreditar que fazia parte de um padrão maior, tão perfeito e ordenado quanto as histórias que contava.

Ela pensou então: "Quer dizer que agora tenho uma resposta?". Talvez. Só podia adivinhar o que significa o diálogo entre Mark e Owain. "*Mas agora sei o que preciso fazer.*"

Ergueu os olhos e disse ao Irmão:

— O senhor se dá conta de que o que aconteceu — a Visão — pode ter sido concedido pelo poder das pedras, por alguma coisa que outrora era adorado aqui?

O Irmão Columba assentiu serenamente com a cabeça e disse:

— Claro que pode, mas, de qualquer maneira, isso lhe dá uma razão para ter esperança, não dá?

Eles partiram antes do amanhecer, deixando Hereric ainda profundamente adormecido no banco de madeira; o Irmão Columba ficou de vigia a seu lado. Nessa manhã havia a marca aguçada do inverno no ar, com a névoa elevando-se em espirais que subiam da charneca cinzenta e coberta de vegetação cerrada. Isolda fechou bem o manto de viagem que vestia enquanto ela e Kian caminhavam pela trilha que havia percorrido com Tristão; Cabal seguia atrás deles. Quando chegaram ao cume de um morro, Kian fez uma pausa, apertando os olhos para ver o sol nascente enquanto engolia o último pedaço do pão integral seco que havia sido o café da manhã de todos.

— Devemos chegar a Tintagel à noite.

Foi a primeira vez que falou desde que saíram da cabana do Irmão Columba, e Isolda assentiu com a cabeça.

— É até melhor. A probabilidade de entrar será maior depois que escurecer.

Ela parou por um momento e contemplou a extensão de terra da charneca abaixo, matizada com capim do pântano e poças imóveis e opacas. Fosse qual fosse a visão que tivera na noite anterior, de alguma forma ela nunca duvidara de que o que vira no círculo enluarado das pedras tinha sido verdadeiro.

Pensou: "Já fugi duas vezes, mas não posso fugir de novo". Se queria deter Mark, teria de ser agora, nos próximos dias. O que significava que precisaria voltar a Tintagel para expor seu caso perante os conselheiros do rei, mesmo que não acreditassem nela.

Isolda olhou de relance para Kian, caminhando em largas passadas a seu lado. Em nome de Tristão, ele concordara em acompanhá-la para ajudá-la a entrar em Tintagel. "E também por Tristão", Isolda pensou, "a quem preciso tentar libertar".

Ela não tinha certeza, mesmo após lembrar o que ocorrera, se Tristão era inocente ou culpado de tê-la entregado aos guardas de Mark, mas sabia, desde a noite da véspera, que não podia deixá-lo em Tintagel para morrer. Ou talvez ela já soubesse disso desde o instante em que Tristão se aventurara na escuridão para enfrentar os guardas de Mark. Era por isso que ela evitara, até a noite anterior, todos os pensamentos sobre o lugar aonde seus próximos passos deveriam conduzi-la.

Desciam a encosta íngreme, com Isolda à frente e Kian logo atrás, quando aconteceu. Kian deu um grito penetrante, de dor ou surpresa. Isolda girou para saber o que acontecera, com o sangue gelado, esperando ver uma patrulha dos guardas de Mark. Kian estava estendido no chão, um dos pés preso numa depressão profunda entre os pequenos arbustos.

Isolda apressou-se a se ajoelhar ao lado dele, que exclamou arfante e com o rosto contorcido:

— Desajeitado, idiota! Pisei direto nesta depressão. Deve ser uma cova de coelho ou coisa assim.

A face cheia de cicatrizes tinha gotas de suor, e Isolda perguntou, ao passar suavemente a mão no tornozelo e na perna do homem:

— Você quebrou algum osso? Consegue saber?

Kian sacudiu a cabeça, de olhos fechados:

— Não, não é nada com a perna, é com meu ombro. — Ele falou entre respirações entrecortadas com dificuldade. — De vez em quando... ele sai das articulações. É um velho... ferimento de batalha. E aconteceu de novo quando caí.

Pela primeira vez os olhos de Isolda se fixaram no braço direito dele, dobrado protetoramente à esquerda, e ela comprovou que ele tinha razão. O ombro estava torcido num ângulo que devia estar causando enorme dor.

"Essa não foi bem a resposta a uma oração", pensou ela, "a não ser que Deus quisesse evitar que alguém, além dele, morresse no ataque a Tintagel".

A seu lado, Cabal choramingou ansioso, e ela lhe acariciou a cabeça.

— Vou precisar de ajuda para recolocar a articulação no lugar. Não tenho força bastante para fazer isso sozinha.

Ela já executara essa operação antes, em alguns homens com ombros ou quadris deslocados em batalha. Normalmente eram necessárias pelo menos duas pessoas, ela e Hedda, trabalhando juntas, para recolocar uma articulação em sua cavidade. E, apesar da idade, as costas e os ombros de Kian eram tão pesadamente musculosos quanto os de qualquer soldado.

Os olhos de Kian se abriram ao ouvir isso, e ele desdenhou:

— Ajuda? Pode me dizer como é que conseguiremos isso por aqui?

Isolda sabia que ele estava com raiva de si próprio, não dela, por isso disse, firmemente:

— Vou precisar mandar Cabal buscar o Irmão Columba, só isso.

As sobrancelhas de Kian se levantaram em descrença, mas ele estava com dor demais para discutir. Isolda virou-se para o forte animal a seu lado e falou em voz baixa, segurando-lhe a cabeça listrada. Depois, quando Cabal saiu correndo, movimentando-se facilmente no terreno, ela tirou o manto dos ombros e com ele cobriu Kian, que começara a tremer convulsivamente.

Isolda, ao olhar para ele, sentiu uma fisgada de medo percorrer-lhe a espinha. Na verdade, não tinha certeza se Cabal saberia o que fazer, nem se o Irmão Columba deduziria o que significava o aparecimento do cão e o seguiria até aquele lugar.

Não soube precisar quanto tempo Kian e ela ficaram calados, então Kian disse:

— Não vejo muita chance de eu lhe ajudar a entrar em Tintagel.

— Nem eu. — Isolda contemplou o panorama cinzento e árido. — Vou precisar ir sozinha.

Os olhos de Kian se arregalaram:

— Ir sozinha? Você enlouqueceu?

Uma sequência de lembranças surgiu rapidamente diante de Isolda, uma a uma, como sombras lançadas num guarda-fogo. Mark, frio e triunfante, acusando-a de feitiçaria no salão dos conselheiros do rei. Mark, o rosto inchado e mosqueado de fúria, falando com ela na cela da prisão de Tintagel. Ela mesma, deitada na grande cama entalhada, com suas tapeçarias penduradas... Deteve-se e contemplou a nódoa de amanhecer rosado no horizonte, para eliminar as lembranças.

— Talvez — respondeu finalmente —, mas não vejo outras opções. Vou estar com Cabal, e, se você me der sua faca, pelo menos estarei armada.

Kian voltou a levantar as sobrancelhas, mas após um momento tateou com a mão sadia até achar a faca no cinto e perguntou a Isolda, ao entregar-lhe a arma:

— Você sabe manejar isto?

Isolda agarrou o cabo, e como resposta atirou-a precisamente em direção a uma árvore que crescia numa rachadura nas pedras. A faca atingiu o tronco nodoso com um ruído surdo e ficou pendurada, balançando. Ela olhou e, sem querer, sorriu levemente ao ver a expressão no rosto de Kian.

— Eu também sei fazer malabarismo. Três bolas de cada vez. — Depois acrescentou baixinho, os olhos firmes nos de Kian: — Amanhã eu o trago de volta para você, se ainda estiver vivo.

Durante um demorado momento nenhum dos dois falou; depois, lentamente, os lábios tensos de Kian relaxaram um pouquinho e ele sacudiu a cabeça.

Isolda ajudou-o a deitar e fez o que pôde para estabilizar o braço contundido com o cinto de couro de Kian para que não se chocasse com alguma coisa durante a espera. Embora tomasse o maior cuidado, Kian não conseguiu reter um gemido, e Isolda disse:

— Não vai demorar muito. Não estamos longe da cabana do Irmão Columba; ele e Cabal logo devem estar aqui.

Kian resmungou:

— Eu me arranjo. Ninguém nunca morreu de dor; aprendemos isso nas batalhas.

Isolda fincou os olhos na faixa de terra assolada pelo vento que marcava o caminho até Tintagel, gélido sob o céu opressivo.
— E você nunca teve medo? — perguntou ela, após um instante. — Antes de começar a batalha?
— Medo? — Kian deu um riso breve. — Todas as vezes. O truque é não demonstrar; convença o inimigo de que você não está com medo e você também começará a acreditar nisso.

Isolda estava nas sombras de um penhasco no promontório, voltado para a estrada que conduzia aos portões de Tintagel. Cabal voltara, trazendo o Irmão Columba, que o seguia o mais rápido que podia. Ela deixou Kian sob os cuidados do monge; o rosto de Kian continuava cinzento e suado, mas com o ombro recolocado no lugar, e o braço enfaixado de ataduras de pano.

Entre ela e a estrada ficava o acampamento dos soldados, os combatentes dos exércitos dos conselheiros que não podiam ser abrigados nas tendas de Tintagel. Tudo estava silencioso, embora aqui e ali fogueiras queimassem entre as tendas ensombreadas de guerra e ocasionalmente o vento noturno da maresia transmitisse uma risada ou uma canção. Os muros do castelo se salientavam, negros e pontiagudos como dentes quebrados contra o negrume do céu.

Mark, pelo que ela sabia, estava dentro do castelo.

Isolda quis dar um passo à frente, mas não conseguiu. Um suor gelado lhe pinicava o pescoço, e ela não podia mover um músculo sequer. Pensou: "Não consigo. O sol vai surgir e os soldados do acampamento vão acordar, e eu ainda vou continuar aqui, porque não consigo dar mais um passo em direção a esses muros".

Então, suave a princípio, depois mais forte, ela ouviu a voz.

"Estou ao lado da cama do rei, olhando para baixo. Ele está imóvel como a morte, embora ainda não tenha morrido. Isso, porém, vai

acontecer em breve. O crânio dele está estilhaçado, e a massa cinzenta interior está exposta.

Pensei nesse momento durante anos. Sussurrei repetidas vezes o que diria a Artur ao vê-lo morrer, mas me sinto... vazia. Um truque muito cruel dos deuses que, quando a ferida que me atormenta e causa dor finalmente se for, exista um vazio subjacente que doa tanto quanto a ferida.

As pálpebras cinzentas e enrugadas do homem à minha frente estremecem e depois se abrem, e os olhos, negros como os meus, lentamente focalizam meu rosto. Um espasmo atravessa o cenho de Artur, e sua garganta diz:

— Morgana... em nome de Deus... eu criei o menino. Eu o amei e fiz dele meu herdeiro. Que mais eu poderia ter feito?

Por um momento, a mágoa furiosa arde novamente, mais forte do que nunca, mas depois se transforma numa pilha de cinzas.

— Nada — respondo, com voz inexpressiva. — Nada mais havia a ser feito."

Por demorado instante depois que as últimas palavras desapareceram, Isolda continuou sentada; uma das mãos agarrada à coleira de Cabal. Perguntou-se brevemente se as vozes do passado sempre lhe chegariam dessa maneira, pela voz de Morgana, embora ainda uma vez as palavras desaparecessem.

Ainda assim, ela se sentiu estranhamente fortalecida. Devagar, Isolda tirou da testa o cabelo úmido de suor e ergueu os olhos em direção às torres de Tintagel, elevando-se contra o céu noturno e o mar enluarado. Pensou então: "Não tenho escolha, preciso ir adiante".

Isolda voltou os olhos para a névoa em movimento e daí para os portões do castelo que se salientavam, para as guaritas de madeira que pontilhavam as ameias e para a sentinela ocasional que passava em cima dos muros. Se só tivesse de pensar em si mesma, poderia simplesmente ter caminhado livremente até os portões e exigido que as sentinelas a levassem aos conselheiros, sem pensar nas consequências. "Mas não posso fazer isso", pensou. "Antes de tudo o mais, preciso encontrar Tristão e libertá-lo". Dessa forma, se conseguisse convencer os conselheiros ou não, se sobrevivesse ou fosse queimada na fogueira, ao contrário do que acontecera antes, Tristão poderia ter a própria chance de escapar com vida. Cabal estava ao seu lado, com a cabeça virada para o lado e as orelhas levantadas em alerta. Isolda passou brevemente a mão no pescoço do forte animal, depois o posicionou em frente do portão. As palmas de suas mãos ainda estavam pegajosas de suor, e o coração batia acelerado, mas a moça respirou fundo, esfregou as mãos nas dobras do manto e deu a Cabal o sinal que lhe havia ensinado de "alarme".

Houve uma breve pausa. Cabal atirou a cabeça para trás e uivou alto e demoradamente; o som rompeu a quietude da noite e se ergueu assustadoramente acima do som do vento e das ondas. Ele uivou de novo... e mais uma vez, e então lentamente, o pesado portão de madeira se abriu e um homem saiu.

A sentinela era um dos próprios soldados de Con, embora Isolda não lhe soubesse o nome. Era um rapaz sardento e com um farto cabelo ruivo.

— É o cão do rei — Isolda o ouviu dizer aos companheiros do lado de dentro das muralhas. — Venha cá, amigo. — Estendeu uma das mãos, com a palma para cima. — Ei, meu camarada, que é que você está fazendo aqui do lado de fora?

Cabal, ao reconhecer o amigo, farejou a mão estendida do guarda, mas pôs as orelhas para trás e enterrou as patas na terra quando o soldado tentou puxá-lo para dentro.

— Venha logo. Você não vai querer ficar do lado de fora, vai?

Cabal rosnou baixinho, e Isolda escutou o guarda resmungar, exasperado:

— Venha cá e me ajude com ele, por favor — ele gritou por cima do ombro. — Ele não quer se mexer.

Resmungando, um segundo guarda passou pelo portão:

— Mas o que o cão do rei está fazendo aqui fora?

— Como é que eu posso saber? — O primeiro homem ainda estava debruçado sobre Cabal, tentando puxá-lo pela coleira. — Vamos logo. Podemos amarrá-lo lá dentro e ficar com ele por...

Isolda não conseguiu ouvir o resto da frase. Engoliu em seco, depois se esgueirou pelo portão entreaberto. Cabal ficaria a salvo. "Embora eu", pensou, "agora só dependa de mim".

Capítulo 27

Com o coração batendo forte o bastante para lhe embaçar a visão, Isolda chegou à base do vão de escada de pedra da torre norte e olhou para o canto do corredor onde ficavam as celas da prisão. Dois guardas estavam de plantão, um de cada lado da porta da cela, e uma sensação de alívio a percorreu. "Tristão deve estar vivo", pensou, "ou eles não manteriam guardas para vigiar". Entretanto, ela precisava passar por aqueles mesmos guardas. Lentamente, Isolda reconstituiu seus passos e foi até o alto da escada. Depois, debruçando-se contra a fria parede de pedra, fechou os olhos por um instante. De alguma forma, ela precisava fazer as sentinelas abandonarem seu posto, mas sua mente não conseguia pensar em nada. É claro que ela podia gritar, como fizera antes para se libertar, mas isso não manteria os guardas afastados por muito tempo. Então, do estábulo a sua direita, ouviu o relinchar suave de um dos cavalos, nítido na tranquilidade da noite; Isolda abriu os olhos.

Abriu a porta do estábulo com um empurrão, piscando até que os olhos se adaptassem ao escuro. Os portões de madeira nas extremidades das baias estavam fechados, o estábulo silencioso, a não ser por um farfalhar ocasional de palha dos cascos se mexendo, ou um murmurar sonolento dos andarilhos e dos mendigos adormecidos, como antes, no piso acima. Ela se movimentou suavemente pela fila de baias, depois examinou por cima do portão de madeira o animal confinado: era um dos cavalos de guerra de Con, um garanhão negro com uma única marca branca na testa.

Ela hesitou, sentindo remorso por um instante, mas o cavalo não se machucaria, só se assustaria. E ela não conseguia pensar em outra maneira. Cerrou os dentes, pegou o primeiro dos vasilhames de barro para cerveja que trouxera da destilaria e o atirou contra a base da baia do garanhão negro. Instantaneamente, o magnífico animal levantou-se e gemeu, ao ter sido acordado pelo estrondo dos cacos. Isolda mordeu o lábio e atirou mais um pote, depois outro. O garanhão negro corcoveou e relinchou com estridência, chutando com as patas traseiras a parede de trás, indo de encontro às laterais de madeira da baia enquanto batia as patas e tentava girar. Os outros cavalos estavam acordando e, influenciados pelo medo raivoso do companheiro, também começaram a corcovear e relinchar, escoiceando e golpeando as laterais de suas baias.

Isolda ouviu gritos assustados e ruídos surdos quando o barulho acordou quem dormia no piso de cima, mas não esperou. Com o coração batendo forte, saiu do estábulo e se ocultou nas sombras da construção, sustendo a respiração ao observar a porta da torre norte. Em todos os cantos do grande pátio, soldados gritavam e corriam para o estábulo, mas Isolda ficou imóvel, com os olhos fixos na entrada da torre. Era bem possível que os guardas da prisão não reagissem ao alarme, mas a moça estava certa de que fizera o possível. Só lhe restava esperar.

Então, após o que pareceu uma vida inteira, viu surgir os dois guardas, que trocaram rápidas palavras e em seguida também se puseram a correr rumo ao estábulo. Isolda não se permitiu sentir qualquer alívio, nem parou para pensar. Num instante, saiu das sombras e entrou na torre norte, apoiando-se na parede para não cair, porque desceu correndo a escada.

Isolda levantou a tranca e abriu a pesada porta da cela com uma guinada. O cheiro foi a primeira coisa que ela sentiu: um cheiro nauseabundo, doce e enfumaçado. Como o de carne carbonizada. Os raios das tochas externas inclinaram-se através da porta aberta e iluminaram o homem, preso por pesadas cordas a uma cadeira tosca de madeira. Os braços de Tristão haviam sido presos atrás dele num ângulo que fez o estômago de Isolda se contrair. Seu rosto estava invisível, e a cabeça, pendurada até o peito. Sua túnica lhe fora arrancada, e havia sangue em seu peito. E em seus ombros...

Isolda fechou rapidamente os olhos e depois, tomando fôlego, obrigou-se a olhar de novo. A pele de seus ombros estava toda esfolada, com as marcas acentuadas de chicotadas, que atravessavam as quase curadas cicatrizes de ferimentos anteriores. E, intercalando as marcas sangrentas das fustigações, havia o que ela sabia serem queimaduras, exsudando e com crostas de pele enegrecida.

Ela achou que ele estivesse inconsciente, mas, ao som de seu arfar involuntário, Tristão levantou a cabeça, e os olhos azuis, opacos e turvos, fixaram-se no rosto dela. Sua boca estava inchada e cortada, e quando ele falou sua voz soou rouca, indistinta e quase embriagada.

— Isa! O que você...

— Calado. Não temos tempo.

Ela ainda ouvia os relinchos assustados dos cavalos a distância, e os gritos dos homens enquanto lutavam para controlar os animais, mas Isolda sabia que os guardas não demorariam a voltar.

Ela se ajoelhou ao lado de Tristão e tirou a faca de Kian do cinto da túnica. Suas mãos tremiam tanto que o tempo pareceu incrivelmente demorado, mas finalmente as cordas que prendiam as pernas de Tristão escorregaram até o chão. A cabeça do rapaz havia caído até o peito mais uma vez, e ele não reparou quando Isolda se levantou e começou a tirar as cordas ao redor de seus pulsos. Então, quando os braços dele também ficaram soltos, Isolda os sacudiu com força:

— Levante-se! Precisamos sair daqui.

Devagar, Tristão levantou a cabeça e piscou. Depois, gradativamente, seu olhar clareou e pela primeira vez ele se deu conta de fato da presença dela.

— Então... não foi um sonho.

Ele sacudiu a cabeça como para ver melhor e disse então, mais firmemente:

— Deus do céu, o que você está fazendo aqui? Não tem estado escondida nas cavernas esse tempo todo?

— Não, eu fugi.

Involuntariamente, os olhos de Isolda se fixaram nas marcas de queimaduras nos ombros dele, e o olhar de Tristão acompanhou o dela; a boca do rapaz se estreitou.

— Um ferro de marcar gado. Eles queriam — Mark queria — saber como você fugiu. — A respiração de Tristão continuava instável, e o peito subia rapidamente enquanto ele se esforçava para controlá-lo. Prosseguiu, falando entre dentes.

— E para onde você tinha ido. Eu não sabia, mas agora não importa, porque você voltou.

Tristão interrompeu-se, e, quando falou, sua voz estava áspera de fúria:

— Mãe de Deus, por que você voltou? Eu lhe disse para fugir, para ir embora.

A necessidade da pressa era uma pulsação dura e constante no peito de Isolda, e ao ouvir isso o controle que ela estava tentando dominar rompeu numa onda de raiva ao responder:

— E deixar você aqui para morrer por mim? É isso que você teria feito?

Os olhos dele, duros e azuis, fixaram-se nos dela:

— É óbvio que não.

Isolda ficou com a respiração presa na garganta, mas respondeu secamente:

— Você faz as suas escolhas, e eu faço as minhas. Escolhi voltar aqui. — Ela parou. — Bem, a não ser que você queira que Mark volte a "brincar" com você, levante-se. Os guardas devem estar voltando...

— Espere. — Tristão cambaleou ao ficar de pé; o rosto ficou lívido e a boca se comprimiu de dor, mas pegou o braço de Isolda com uma força que atravessou a manga da túnica:

— Quero que me prometa uma coisa.

Seu rosto estava suado, e respirou fundo antes de prosseguir:

— Certa ocasião você me deu uma faca para usar a meu favor como forma de fuga. Se formos apanhados, se houver uma chance mínima de que vamos ser recapturados, jure que você fará a mesma coisa: vai me deixar a faca e fugir, pegar qualquer possibilidade que tenha de se libertar.

Os olhos de Isolda se fixaram mais uma vez nas costas dele, nas queimaduras ásperas que exsudavam nos vários sulcos de carne nos pulsos deixados pela corda. Ela não realizara nem metade do que viera fazer em Tintagel, e viera de muito longe para dar as costas ou fugir, fosse lá o que acontecesse dali em diante. Contudo, assentiu com a cabeça e novamente tirou a faca de Kian da bainha. Apertou a ponta de um dedo na lâmina e depois, com a gota escarlate que surgiu, fez a antiga marca de compromisso, primeiro sobre o coração de Tristão, depois sobre o dela:

— Garanto pelo julgamento de meu sangue que lhe deixarei a faca.

De certa forma, era uma bênção que ele estivesse tão exausto e sentindo tanta dor. Tristão não reparou que ela só cedeu a metade da promessa que ele lhe pedira. Seus olhos se encontraram por um longo momento, e Isolda entendeu o que nenhum dos dois disse, mas que ambos estavam pensando: que aquelas bem podiam ser as últimas palavras que trocaram. Tristão começou a falar, depois se interrompeu e levantou uma das mãos como se fosse tocá-la. Instintivamente, Isolda enrijeceu, e rompeu-se o momento. Tristão respirou mais uma vez com dificuldade, e virou-se para a porta aberta.

— Está certo. Vamos, então.

Isolda abriu com um empurrão a pesada porta de madeira; o barulho das dobradiças soou como um grito no corredor silencioso e escuro. Ela susteve a respiração, mas não se ouviram nem pisadas nem nenhum alarme, e ela abriu toda a porta, para que um cheiro fresco e ligeiramente picante de erva vindo da escuridão os renovasse.

— Espere um instante. Vou pegar uma lamparina.

O laboratório não devia ter sido tocado desde que ela fugira antes de Tintagel; Isolda tateou um momento na escuridão, mas a pequena lamparina a óleo estava onde ela a deixara: no comprido balcão de madeira, com pedra de sílex e acendedor. Acendeu o pavio, e o aposento surgiu em sua totalidade. Havia ramos pendentes de flores e ervas, pilhas de pratos de cerâmica e filas ordenadas de potes e botijas.

Ela trancou a cela da prisão antes de saírem da torre norte e, miraculosamente, não encontraram ninguém na travessia pelo pátio escurecido e pelos corredores que levavam a seu laboratório. Com sorte, a fuga de Tristão não seria descoberta antes da manhã do dia seguinte, pelo menos.

— É melhor você deitar aí.

Ela indicou o banco de madeira que ficava contra um muro, e cobriu-o com seu manto de viagem antes que Tristão se mexesse para se deitar, ficando de barriga para baixo com um gemido mal contido de dor. Isolda, ao ver as costas dele por inteiro, sentiu-se nauseada. Já vira ferimentos muito mais feios em soldados contundidos em batalhas, muitos deles, mas Tristão estava certo. Os ferimentos causados deliberadamente, a sangue frio, eram muito piores.

Isolda foi até o armário e, depois de procurar por um instante, encontrou um copo de cerâmica e um jarro de vinho. Derramou parte do líquido no copo, olhou de relance as costas de Tristão mais uma vez e acrescentou mais vinho à dose.

— Beba. Vai aliviar a dor.

Tristão se apoiou num cotovelo para pegar o copo que ela ofereceu, e inclinou a cabeça o bastante para beber tudo em um só gole. Isolda viu um breve estremecimento percorrer o corpo dele antes de voltar a se deitar no banco de madeira. Silenciosamente, Isolda afastou-se, tirou potes de pomada e um vidro de óleo de limpeza e sentou-se num banquinho ao lado da cama. Seus olhos encontraram os de Tristão, e ela disse, baixinho:

— Desculpe.

Tristão mexeu um ombro, e os olhos se desviaram da luz artificial.

— A culpa não foi sua.

— De quem, então?

O ombro de Tristão se mexeu de novo:

— Minha e de Mark.

Os olhos de Isolda observaram mais uma vez as marcas nos ombros esfolados, as queimaduras e a pele escurecida:

— Foi Mark quem fez isso?

Os olhos de Tristão estavam fechados, mas ele sacudiu brevemente a cabeça, de forma afirmativa.

Isolda sentou-se no banquinho, pôs o pote de pomada a seus pés e abriu o vidro de óleo. Calou-se um instante, depois perguntou:

— Ele sabia que se tratava de você?

Ela viu o corpo inteiro de Tristão enrijecer, e ele levantou a cabeça com tal precipitação que gemeu de dor mais uma vez. Um olho continuava arroxeado, e fechado pelo inchaço, mas o outro estava surpreendentemente azul contra a pele machucada.

Isolda assentiu com a cabeça e disse:

431

— Eu me lembro de tudo o que aconteceu.

Durante longo momento, Tristão não se mexeu nem falou. Em seguida disse, despreocupado:

— Naquela época você já contava histórias. — distraidamente, flexionou os dedos da mão esquerda; a luz da lamparina ressaltava os dedos mutilados e os sulcos das cicatrizes brancas. Ergueu os olhos novamente e perguntou:

— Cometi o deslize de chamá-la de Isa uma ou duas vezes: foi isso que fez você se lembrar? Isolda sacudiu a cabeça:

— Não, eu...

Ela se interrompeu e ficou gelada de medo, com o coração se contraindo como se estivesse sendo apertado pela mão de um gigante: as dobradiças da porta haviam guinchado de novo.

Pelo tempo de um batimento cardíaco, Isolda não a reconheceu. Sua espessa trança estava presa fortemente para trás, e usava roupas masculinas, calções amarrados abaixo do joelho e uma túnica bastante grosseira, aberta na garganta. Ela mudou de posição, e os raios da lamparina refletiram-lhe o rosto, dourando os traços quadrados e grosseiros das maçãs do rosto e da testa.

Hedda estava totalmente imóvel; o corpo pesado delineado pelo marco da porta. Os olhos, pálidos como gelo no inverno, focalizaram lentamente Isolda e Tristão duas vezes, então ela entrou rapidamente no aposento, fechando a porta sem fazer barulho.

Foi o passo rápido ao entrar, com graça quase felina, e totalmente diferente da costumeira lerdeza proposital e desajeitada, que agitou as lembranças e se moveu com claridade assustadora na mente de Isolda. A lembrança de outro vulto se adiantando dessa mesma forma pairou por um momento ao lado do corpo de Hedda, que se movimentava. Então, como redemoinhos de fumaça reunidos pelo vento, as duas imagens se fundiram e se tornaram uma só.

— Foi você! — A voz de Isolda estava estranha, distante, estranhamente neutra, embora seus ouvidos tangessem, como se com o zumbido firme de abelhas. — Foi você que eu vi naquela noite — repetiu ela. — Você matou Con.

Capítulo 28

Os olhos de Hedda encontraram os de Isolda, e um sorriso lento se espalhou pelo rosto largo e impassível. Isolda subitamente se deu conta de que, em todos os anos em que a conhecia, nunca vira Hedda sorrir. Isso tornou o rosto dela de repente o de uma estranha, e derrubou, de uma vez por todas, quaisquer dúvidas remanescentes que Isolda ainda pudesse ter.

— Foi. — A voz de Hedda era quase um murmúrio; o familiar sotaque saxônico quase desaparecera. — Eu o matei. Eu apunhalei o rei no coração, e senti o mesmo que sentiria torcendo o pescoço de uma galinha ou estripando um porco.

Ela parou; os pálidos olhos brilhavam, o sorriso congelou-se e ela deu um passo na direção de Isolda.

— Você quer saber como foi que eu fiz? Foi fácil, fácil demais. Eu conhecia a moça que ele tinha convocado para ir à sua tenda naquela noite. Depois de uma batalha, seu excelente marido o rei levaria para a cama qualquer coisa que se mexesse. Nós, as aias, costumávamos dizer que ele levaria um bode para a tenda se não conseguisse outra coisa. Eu só precisei dizer à moça que ele tinha me convocado para aquela noite, e não a ela. E então...

Hedda se interrompeu. Seu olhar vagou, e depois se concentrou em Isolda mais uma vez:

— E agora você voltou aqui também para morrer. Eu esperava que os guardas a quem contei aonde você tinha ido a trouxessem de volta, mas deste jeito também serve.

Ao seu lado, Isolda viu que Tristão se deitara de novo no banco de madeira. Seu rosto estava escondido dela por uma

435

sombra, e ele não se mexia, de modo que ela não podia saber se estava consciente.

— Então foi você que mandou os homens de Mark atrás de mim.

— Isolda se surpreendeu ao verificar que sua voz, embora ainda soasse estranha, estava muito firme. — Então foi por isso que me encontraram tão depressa.

Hedda não respondeu, mas o sorriso da agora estranha aumentou.

Isolda pensou: "Isto é um sonho, um pesadelo. Daqui a pouco vou acordar e entender que nada disso era verdade". Esforçou-se para manter a voz firme.

— Por que, Hedda? Por que você me ajudou a fugir e depois mandou os homens me arrastarem de volta aqui?

O sorriso de Hedda logo desapareceu. Os olhos pálidos e frios de súbito resplandeceram, e ela praticamente cuspiu as palavras seguintes:

— Porque eu queria que você soubesse. Queria que você conhecesse a sensação de ser livre num momento e no momento seguinte ser prisioneira.

Isolda engoliu em seco e disse:

— Você deve ter me odiado muito.

— Odiado você? Odiado você? — Abruptamente, Hedda atirou a cabeça para trás e riu, um grasnar alto e estridente que ecoou no pequeno recinto. Em seguida, a voz se tornou um sibilar. — Sim, eu odiava você. Odiei você desde o dia em que implorou por minha vida e ganhou o direito de me ter como escrava. — Ela parou, deu um meio passo adiante, com as mãos cerradas e contorcidas. — Você nunca pensou em como eu me sentia? Eu já fui nobre, filha de um senhor feudal do rei, e tinha aias pra me servir. Nunca se perguntou como eu me sentia? Arrastada da minha vida, do meu país, para ser sua criada?

O rosto de Hedda se agitou, e seus lábios se contorceram; a habitual máscara impassível estava totalmente destroçada.

— Lamento, Hedda — disse Isolda. — Você provavelmente não vai acreditar, mas eu me perguntava isso sim, embora nunca tivesse sabido.

Isolda colocara a faca de Kian ao lado do banco; podia vê-la pelo canto dos olhos, de onde ela continuava sentada: a faca estava no chão, fora de alcance.

Hedda recomeçou a falar; sua voz voltou a baixar de tom, que era quase um sibilo suave e implacável.

— Eu vi os soldados do rei arrasarem completamente minha vila. Vi meu pai e meus irmãos espetados em lanças como pedaços de carne. Vi a filha de minha irmã — uma criancinha de sete anos — ser violentada e sangrar até morrer na rua. E vivi no seu castelo, escovei seu cabelo e me deitei com todos os homens que quiseram enfiar o caralho em mim porque eles me espancariam se eu recusasse.

Ela parou; o peito arfava, e Isolda se obrigou a dizer, chocada:

— Você deveria ter me contado.

— Contado a você? — Hedda voltou a rir com estridência. — E acrescentar mais uma dívida às que eu já lhe devia? Mais uma coisa pela qual eu tinha a obrigação de lhe ser grata?

Isolda não tirou os olhos do rosto de Hedda, mas percebeu Tristão se mexer levemente no banco.

— Foi por isso que você matou Con? Porque me odiava?

O ritmo da respiração de Hedda diminuiu e ela se acalmou:

— Não. Matei seu marido o rei porque isso me libertaria.

— Espalmou as mãos na barriga, esticando o material de sua túnica de modo que o pequeno volume de uma criança para nascer, com talvez três ou quatro meses de vida, evidenciou-se.

— Quem você pensa que é o pai deste bebê?

Isolda havia pensado ser incapaz de se sentir mais horrorizada, mas, ao ouvir isso, um lento arrepio percorreu-lhe o estômago.

— Não pode ser Con...

Mais uma vez o sorriso lento e estranho curvou a boca de Hedda, que sacudiu a cabeça e disse:

— Não, não é. Eu queria que você pensasse que era. Queria que você pensasse que dei a seu marido o filho que você não conseguiu dar, mas o pai do bebê não é ele, é Mark, e ele me deu a palavra de que vai providenciar para que eu e a criança sejamos livres. Vai ser uma troca. A vida do Rei Supremo por minha liberdade.

Isolda obrigou-se a superar o asco na boca do estômago e respirou firmemente.

— Quanto você acha que vale a palavra de Mark? Um homem que traiu o próprio rei para que ele mesmo pudesse ser coroado?

O rosto de Hedda se contorceu, raivoso.

— Cale a boca! Você voltou, isso é o que importa, e agora vou vê-la ser capturada e queimada na fogueira, como já devia ter acontecido.

Isolda percebeu mais um movimento de Tristão, mas não tirou os olhos do rosto de Hedda. Balançou a cabeça e continuou, ignorando o olhar furioso da outra moça e suas mãos fortes e práticas.

— Mark já cumpriu a parte dele no trato? Tomou alguma providência para libertar você? Foi tudo à toa, Hedda. Será que você não percebe?

— Não! — A palavra foi quase um grito. — Não foi à toa. Você ouviu o que eu disse? Não foi...

Antes que Isolda se pudesse mover, Hedda saltou à frente; as mãos apertavam como garras a garganta de Isolda. O rosto de Hedda — quase irreconhecível, alterado e contorcido — estava a apenas alguns centímetros do de Isolda.

— Não foi à toa!

Isolda deu um safanão para trás, tentando se soltar, mas Hedda era muito mais forte, e a ira a fazia ainda mais forte. Seus dedos continuavam apertando a garanta de Isolda, cuja visão escureceu, mas ainda conseguiu ouvir a torrente de maldições e xingamentos que transbordavam dos lábios de Hedda, como se um ferimento infectado houvesse sido lancetado, permitindo que o veneno se espalhasse. As mãos de Hedda continuaram a apertar, e o sangue bramia nos ouvidos de Isolda. Parecia que seus pulmões iam estourar, e seu peito estava queimando, precisando de ar. Ela fechou os olhos e sentiu os lábios se mexerem. Sentiu, pela segunda vez, uma explosão de dor repentina. Então... Imediatamente, a pressão em sua garganta desapareceu, o ar lhe penetrou nos pulmões, sua visão girou e depois clareou. Hedda estava à sua frente, como uma estátua. Deu um passou para trás, e as mãos estavam estendidas num ato de defesa. O rosto, lateralmente iluminado pelo brilho da lamparina, estava lívido: sua expressão era uma máscara congelada de pavor, e os olhos pálidos estavam dilatados e arregalados. Ela olhava fixo não para Isolda, mas para alguma coisa além. Seus lábios se abriram e deixaram escapar uma respiração barulhenta e áspera, que se transformou num grito alto e horrorizado:

— Não é possível! Você está morto! Eu mesma o matei! Você está morto!

Então ela se movimentou tão rapidamente que Isolda não teve tempo de reagir. Hedda pegou a faca de onde Isolda a pusera no chão e a atirou para a frente, para além de Isolda, em direção ao que vira. Ao mesmo tempo, Tristão posicionou-se quase ereto no banco e a agarrou quando ela chegou perto. Com um grito sem palavras, Hedda conseguiu se soltar, cambaleou, desequilibrou-se e caiu violentamente no chão de pedra. Isolda esperou que ela se mexesse ou se levantasse, mas a moça continuou no chão totalmente imóvel, com uma das mãos dobrada debaixo do corpo e a outra, solta no ar.

A garganta de Isolda doía com a pressão das mãos de Hedda, e ela sentiu tontura, mas se levantou devagar e ajoelhou-se ao lado de Hedda: pegou o ombro da moça e a deitou de costas. A túnica estava molhada com uma nódoa escura escarlate que se espalhava pelo peito. Ela havia caído em cima da faca, e a força da queda fizera a lâmina penetrar-lhe direto no coração.

Durante muito tempo, Isolda ficou olhando o corpo inanimado de Hedda. Para os dedos ligeiramente enroscados, as pernas estendidas, o pequeno volume da criança. Escorria sangue do canto da boca de Hedda, mas seu rosto estava estranhamente tranquilo. Tranquilo e mais jovem também, livre do controle imperturbável e da cólera. "Talvez", pensou Isolda, com os olhos ainda fixos no rosto imóvel e suavizado, "a própria Hedda esteja satisfeita que o fim tenha sido esse".

Atrás dela, Tristão disse:

— Eu...

Ele se interrompeu tão de repente que Isolda olhou em volta e viu que estava imóvel, o corpo subitamente rígido, a cabeça inclinada para o lado, prestando atenção. Então ela também ouviu. Com a sensação de estar mergulhando mais uma vez num pesadelo, ela ouviu vozes vindas além da porta fechada, e o barulho seco de passadas de botas no corredor. Isolda olhou para o rosto tenso e os ombros machucados e sangrentos de Tristão, e para a forma inanimada de Hedda. Num instante, agarrou o cabo da faca e a arrancou do peito de Hedda, com uma sensação áspera de metal contra osso. Estremeceu de novo, mas entregou a faca na mão de Tristão.

— Pronto — disse —, cumpri minha palavra. Dê-me sua palavra de que só vai usá-la se não tiver escolha.

Mas não havia tempo para esperar a resposta de Tristão. Isolda levantou-se, determinada a firmar as mãos trêmulas, e limpou as lágrimas do rosto. Engoliu em seco, depois endireitou as costas e encarou a porta que se abriu.

Capítulo 29

Madoc de Gwynned estava imóvel à porta, apoiado por um grupo de soldados, e Isolda também viu Huel, filho de Coel. Durante alguns minutos, ninguém se mexeu; então, Huel ficou de costas, como se estivesse indo buscar ajuda.

— Não. — A voz de Madoc, ainda áspera e fria como no julgamento de Isolda, quebrou o silêncio e estendeu uma das mãos, mantendo Huel no lugar. — Não — repetiu. — Espere.

Mas ele não foi à frente nem se mexeu. Ao invés disso, permaneceu na entrada da porta, com os olhos fixos nos de Isolda, examinando-a com uma intensidade quase palpável. Foi Isolda quem acabou falando:

— E então? Vai convocar o restante dos conselheiros do rei? Tranque-me de novo numa cela de prisão.

Lentamente, Madoc balançou a cabeça. Sob a luz bruxuleante da lamparina, as queimaduras de seu rosto estavam tão proeminentes e vermelhas quanto antes; os traços ainda contorcidos, tendendo para o lado pelas cicatrizes saradas.

— Não — disse ele finalmente—, pelo menos não ainda. Parou e depois disse, no mesmo tom atormentado e irritante: — Só vou tomar uma atitude quando você tiver a oportunidade de explicar as palavras que me disse no julgamento.

Isolda analisou o rosto deformado, os olhos duros, a boca insípida e raivosa. Não olhara na direção de Tristão desde a entrada dos homens, mas sentia a imobilidade do rapaz atrás de si, sentia que ele se preparava — embora ela não soubesse para quê.

— Você se refere a outro julgamento? — perguntou afinal.

— Um julgamento particular entre nós dois?

Madoc sacudiu os ombros e disse:

— Se a senhora quiser chamar assim...Acredito na justiça, *Lady* Isolda, independentemente da minha opinião sobre a senhora. Portanto...

Deteve-se.

— Portanto o senhor vai me conceder a oportunidade de falar francamente antes que os senhores me condenem de novo a ser amarrada a uma estaca e morrer queimada na fogueira como bruxa?

Madoc assentiu brevemente com a cabeça, e não falou mais nada. Isolda poderia simplesmente ter desistido naquela mesma hora. "Porque não posso imaginar", pensou ela, "que tenha alguma possibilidade verdadeira de sucesso." Ainda assim, de qualquer forma, naquele momento no promontório em que escapara do guarda bêbado, havia eliminado para sempre qualquer ideia de se render ou de desistir. Por isso, respirou devagar, valeu-se dos últimos traços de coragem que lhe restavam e transmitiu a seu tom de voz todo o resto de força ao olhar de novo para Madoc:

— Muito bem. Que haja um julgamento. Quem fala primeiro, você ou eu?

Huel tinha ficado em silêncio até então, mas ao ouvir isso enrijeceu. O rosto estreito, tão parecido com o de Con e, ao mesmo tempo, tão diferente, ainda mostrava os estragos do desgosto, os olhos estavam injetados de sangue e as pálpebras, inchadas.

— Mais um julgamento? Madoc, você está maluco? Quando a ouviu confessar seus crimes?

Isolda ia responder, mas, antes de poder falar, Madoc sacudiu a cabeça e a olhou analiticamente:

— Para ser justo — disse ele, com cuidadosa ponderação —, ela pode ter confessado para salvar a vida daquela mulher, a prostituta, qual era mesmo o nome dela?

— Dera — respondeu Isolda, entre dentes.

Madoc assentiu com a cabeça.

— Isso mesmo. Ela pode ter confessado para salvar a tal Dera da ameaça de Mark. — Fez uma pausa, enquanto o olhar soturno analisava o rosto de Isolda. — A senhora também disse no julgamento que talvez um dia eu percebesse a diferença entre bruxaria e drogas. O que quis dizer com isso?

Isolda pensou: "Esse é um homem de estranhas contradições. Capaz de bater numa criança por raiva, mas recusar-se a permitir que uma bruxa seja queimada viva sem o que ele considera um julgamento justo. Capaz de, quando provocado, utilizar calão mais sujo que o de um soldado de infantaria. E ainda assim se ajoelhar na capela para ouvir a celebração da missa".

Ao lado dele, Huel mudava de posição impacientemente, e Isolda viu que os soldados atrás deles também se mexiam. Entretanto, concentrou toda a atenção em Madoc, deixando de lado a raiva e o medo.

— Eu quis dizer que Mark não é homem de deixar o resultado de um combate para o acaso, nem para Deus. Ele pôs narcótico em seu vinho na noite em que vocês lutaram. Certamente você se lembra de como se sentiu após ter bebido, não?

Com os olhos ainda fixos no rosto dela, Madoc assentiu lentamente com a cabeça e disse:

— Está certo. Talvez, mas como posso saber que não foi a senhora que pôs narcótico no vinho?

— Eu? — Isolda esforçou-se para não parecer impaciente mais uma vez. — Não é possível você ter duas opiniões. Ou eu sou uma bruxa, e não precisaria recorrer aos narcóticos por causa da feitiçaria, ou sou inocente da acusação. E que possível razão eu poderia ter para querer ver Mark coroado Rei Supremo?

— Ele a fez Rainha Suprema logo que foi coroado.

Isolda sentiu surgir uma pontada da náusea agora familiar.

— Verdade, e fugi de Tintagel antes que completássemos um dia de casados.
— Chega dessa história! — Huel estava agarrado ao cabo da espada, e nesse instante irrompeu num acesso de raiva ainda uma vez, com o rosto contorcido. — A senhora nega que matou meu pai?
— É claro que nego! O assassinato de Con também estava a mando de Mark.
— Mark? — raiva e descrença manifestaram-se no rosto de Huel. — Por que Mark mataria meu pai?
Isolda o olhou e sentiu, mesmo considerando todo o resto, uma ponta de piedade pela perda do pai. Ele agora tinha de governar como rei, e devia saber — como Con soubera — que não tinha metade das qualificações de líder para preencher o lugar do pai.
Ela disse, com voz baixa e olhar concentrado nele:
— Preste atenção. Vou lhe contar.

Ela lhes contou tudo. Tudo o que Coel descobrira. Que o próprio Mark admitira na frente dela e de Brychan. E lhes contou também do assassinato de Con, embora não lhes tenha dito nada sobre ela mesma haver previsto a morte dele. Em vez disso, revestiu-se de coragem e apontou para o corpo sem vida de Hedda, estendido no chão atrás dela, contando aos homens o que a saxã fizera, seguindo ordens de Mark.
Quando acabou de falar, houve um demorado silêncio. Parte da raiva desapareceu do rosto de Huel, embora a descrença continuasse, misturada com alguma coisa semelhante a atordoamento, enquanto ele se esforçava para absorver a história de Isolda.
— Eu sabia — disse ele afinal —, sabia que meu pai desconfiava de Mark. Sabia que ele estava preocupado com alguma coisa antes de morrer. Isso eu sabia, mas...
Interrompeu-se, e pareceu que estava refletindo sobre os detalhes daquela época.

Fazia algum tempo que Isolda não percebia nenhum movimento vindo detrás de onde ela estava, nenhum movimento de Tristão. Virou ligeiramente a cabeça, mas não pôde ver nada nas sombras que bruxuleavam naquela parte do recinto. Só podia perceber que ele estava deitado imóvel no banco de madeira.

Madoc a observava intensamente e disse:

— Acho estranho, *Lady* Isolda, que todas as testemunhas que a senhora poderia chamar para emprestar veracidade a essa história estejam mortas. — Apontou para Hedda. — Seria difícil essa moça se levantar e confessar ter matado *milorde* Rei Constantino. E só temos sua palavra, *milady*, para confirmar o que ela disse, e como morreu.

Isolda olhou para o rosto pálido de Hedda, depois se obrigou a olhar de novo para Madoc.

— Brychan... — começou ela.

Madoc a interrompeu:

— Brychan também está morto. Foi executado hoje de manhã, sob acusação de traição feita pelo rei.

— Executado? — Huel levantou a cabeça, atento à palavra.

— Foi enforcado no pátio, recebeu a morte dos traidores, mas todos nós vimos as marcas. Suas costas levaram tantas chibatadas que quase perderam a pele. — Huel parou e engoliu em seco, de forma convulsiva. — Mark disse que era uma lição, e que ele faria o mesmo com qualquer pessoa que o traísse.

Isolda ficou imobilizada de medo. Sentia cada parte, cada nervo de seu corpo. O sibilar do sangue em suas veias. Os batimentos acelerados do coração. Mas descobriu que havia, afinal de contas, um limite para a quantidade de horror que se podia sentir. E também de medo e náusea.

Mas se não podia sentir mais horror ou medo, ainda conseguia sentir cólera.

— E esse é o homem — comentou ela, com voz sarcástica, as mãos nos quadris — que os senhores escolheram como Rei Supremo?

A boca deformada de Madoc contorceu-se ainda mais ao ouvir isso, e ele apontou para as horrendas cicatrizes no rosto.

— A senhora deve se lembrar, *Lady* Isolda, que eu não queria ver Mark ou qualquer outro coroado Rei Supremo. Agora, porém, se o que a senhora diz for verdade... Sob as marcas das queimaduras, Isolda percebeu que ele lutava para se decidir. Decidir se acreditava nela ou não.

— E onde está Mark?

Madoc e Huel se entreolharam.

— Saiu a cavalo — disse Madoc afinal — com seu próprio exército. Disse que voltaria quando soubesse o possível sobre o movimento das tropas saxônicas.

Isolda assentiu com a cabeça e disse:

— Não tenho dúvida de que ele vai voltar. Com Octa e o exército de Kent lhe dando apoio.

Madoc a olhou de esguelha e falou:

— Isso é o que a senhora diz.

Mas Isolda observou que os dois homens hesitavam, e pôde ver as dúvidas sobre Mark vacilando nos olhos deles. Olhou para os dois e disse:

— Se Mark saiu a cavalo, Owain de Powys ainda está aqui em Tintagel. Os senhores devem confrontá-lo com o que eu disse, e verão se falei ou não a verdade.

Madoc ficou calado mais um momento, observando-a detalhadamente. Depois, rapidamente, virou-se para os homens às suas costas:

— Vão logo — rosnou. — Encontrem Owain, depois convoquem os demais conselheiros do rei para uma reunião no salão do Conselho. Essa história já foi longe demais para ser resolvida só entre nós.

Quando os homens se foram, os olhos de Madoc fixaram-se no banco atrás de Isolda, parecendo notar pela primeira vez que Tristão estava lá.

— Quem é este homem?

Isolda virou-se; o terror chegou-lhe ao corpo numa onda rápida. Afinal de contas, Tristão não lhe prometera só usar a faca se tudo o mais não desse certo. Mas, para sua surpresa, verificou que ele adormecera; a mão continuava, de forma solta, no cabo da faca, e o rosto contundido estava tranquilo. Ela pensou: "De qualquer modo, isso facilita as coisas".

— Um mensageiro — respondeu ela calmamente. — De minha própria terra, Camelerd. Os homens de Mark o capturaram na estrada e o torturaram, achando que ele sabia onde eu estava, mas os senhores devem libertá-lo, não importa o que decidirem sobre mim. Ele só estava cumprindo seu dever e não tem nada a ver com o que aconteceu aqui.

Madoc olhou para o rosto adormecido de Tristão e enrugou a testa, depois deu de ombros.

— Bem, seja ele quem for, não parece que poderia representar perigo para alguém nas condições em que está. Acho que pode ficar aqui mesmo.

Virou-se para Isolda e a analisou por um longo momento; os olhos continuavam hostis, mas agora a raiva estava misturada a uma expressão de análise atenta.

— A senhora poderia ter relatado aos conselheiros do rei todas as suas acusações em vez de fugir sozinha. Eu lutei ao lado de seu marido, assim como *milorde* Huel. A senhora poderia ter nos confiado aquilo de que suspeitava ou que sabia.

Isolda olhou para o rosto magro de Huel e para o rosto queimado de Madoc.

— É verdade. O senhor lutou ao lado de Con, assim como Mark e Owain. O senhor diria que o clima do Conselho do Rei — agora ou em qualquer outra época — é de confiança mútua?

Madoc a olhou firmemente por mais um demorado momento. De repente, dirigiu-se à porta, com os ombros se agitando, impacientes.

— Os conselheiros vão se reunir no salão. A senhora vai comparecer?

Isolda deu um último olhar para Tristão antes de também se dirigir à porta. Essa parte, pelo menos, do que ela se propusera a fazer estava resolvida, da melhor forma que ela pôde.

— Sim — respondeu. — Eu vou comparecer.

Capítulo 30

Uma fogueira havia sido erguida às pressas na lareira central do salão do Conselho, mas o aposento ainda estava úmido e frio. Isolda tremeu, e viu mais de um dos conselheiros assumirem seus lugares nos bancos e arquear os ombros com frio.

Huel sentou-se no lugar de sempre, cercado por um punhado dos nobres e combatentes de seu pai, mas Madoc ficou na cabeceira do recinto, debaixo do crânio do antigo guerreiro, com seu sorriso de marfim entre as sombras das vigas.

Também Isolda se sentou no lugar habitual, o assento que outrora pertencera a Con. Madoc ordenara que dois de seus homens a protegessem, um de cada lado, o que talvez significasse sorte. Ela reparou que vários dos que entravam no salão ficavam a princípio chocados ao vê-la e em seguida queriam ir até ela, mas eram impedidos pelos guardas, que, mãos nas espadas, gesticulavam para que se afastassem.

Ela estava de olho na porta, por isso viu quando Owain entrou no salão. Os soldados de Madoc devem tê-lo acordado, porque o cabelo liso estava ligeiramente despenteado, e o broche de ouro maciço em seu manto estava preso de maneira torta. Isolda achou que ele também talvez tivesse bebido, porque as pálpebras estavam avermelhadas e ligeiramente inchadas.

Os homens que o convocaram não lhe deviam ter dito nada sobre o objetivo da reunião noturna, porque ele parecia despreocupado; talvez um pouquinho inquieto quando os olhos esverdeados percorreram o recinto, mas só isso. Ao ver Isolda, também ele se assustou visivelmente e depois, após hesitar um pouquinho, sentou-se no banco ao longo da parede em frente.

Madoc esperou os bancos estarem lotados e os homens todos reunidos antes de pigarrear, chamando a atenção de todos no salão. Seu rosto queimado tinha aparência horripilante, com as cicatrizes ainda vermelhas e inflamadas, e Isolda reparou que mais de um conselheiro à sua volta titubeou ao vê-lo, desviando rapidamente o olhar.

— *Milordes* — começou ele. — Da última vez em que nos reunimos aqui foi para julgar *Lady* Isolda. — Ele falava em frases curtas e Isolda se perguntou como conseguia ficar de pé, quanto mais manter-se ereto e se dirigir ao Conselho. Devia estar sofrendo terrivelmente, mas, exceto pela tensão na boca deformada, não o demonstrava. — Naquela ocasião, pediram-nos que determinássemos se ela era culpada de bruxaria ou não.

Um murmúrio, meio de raiva, meio de constrangimento, percorreu o recinto, mas Madoc levantou uma das mãos e o barulho terminou.

— A razão pela qual convoquei os senhores esta noite nada tem a ver com aquela acusação. Peço-lhes que deixem inteiramente de lado a questão da bruxaria e da feitiçaria. — Ele se deteve e dirigiu um olhar penetrante a Isolda antes de acrescentar: — Como eu... por enquanto.

Isolda achou que ainda havia hostilidade e desconfiança no olhar dele, mas Madoc virou-se para o salão de forma geral e continuou:

— Owain de Powys. — Seus olhos se fixaram no outro homem. — Este assunto lhe diz respeito. Peço-lhe que venha à frente antes que eu prossiga.

Isolda observou uma centelha momentânea de alarme nos olhos de Owain, que rapidamente desapareceu e, com um sorriso meio sem graça e intrigado, levantou-se tranquilo para ficar perto de Madoc na cabeceira do salão.

Madoc falou lentamente, com a voz áspera e seca, embora isso talvez tenha sido efeito de seus ferimentos e da dor. Contou a mesma história que Isolda havia contado, começando com o assassinato de Con e terminando com o acordo entre Octa, Owain e Mark. Isolda reparou que ele não deu indício de suas opiniões, nem tentou influenciar o Conselho de alguma forma. Disse que evidentemente acreditava na justiça, ou, pelo menos, tanta justiça quanto pudesse ser encontrada entre os presentes na assembleia.

Enquanto ele falava, Isolda viu vários dos conselheiros virarem-se para olhar firme, primeiro para ela, depois para Owain, e ouviu resmungos baixos aqui e ali, mas não sabia dizer se acreditaram na história ou não. O próprio Owain parecia ficar cada vez mais constrangido. Estava ereto, com a cabeça e os ombros posicionados para trás, numa postura de confiança cômoda, mas, à medida que a voz lenta e inexorável de Madoc continuava, Isolda viu que a pose era um pouco forçada, e ele começou a deslocar ligeiramente o peso de um pé para o outro.

Quando Madoc finalmente acabou de falar, Owain inclinou a cabeça para trás e deu uma risada incrédula. Para Isolda, também o riso foi forçado, meio estridente, mas o olhar franco e aberto que Owain dirigiu ao salão foi quase legítimo.

— E foi por isso — disse ele, virando-se para Madoc — que você nos convocou a todos no meio da noite? Se você é tão azarado a ponto de não ter ninguém para fazer com que valha a pena ficar na cama, Madoc, poderia ao menos ter consideração por aqueles que têm alguém.

Isso provocou uma explosão de risos e algumas vaias e gritos ásperos de concordância do resto dos homens. Adquirindo confiança com a reação dos presentes, Owain prosseguiu:

— Você realmente achou que valia a pena convocar uma reunião do Conselho para discutir os... os delírios de uma conhecida feiticeira? — Sacudiu a cabeça. — Eu poderia me zangar, Madoc, não fosse a acusação absurda. Nem me darei ao trabalho de negá-la, é óbvio. Ainda assim, devo objetar contra o desperdício do meu — do nosso — tempo. E contra o insulto de fazer uma acusação sem um fragmento de prova.

Quando Owain terminou, Isolda ouviu vários múrmuros de concordância em todo o salão, e viu que até Huel olhou com raiva para Madoc. Ela pensou então: "Vão ficar do lado de Owain. No máximo o Conselho vai se dividir de novo. Dividido e com desavenças entre si, bem quando o ataque de Mark está iminente. Ela se perguntou brevemente se seria bom falar ou se isso pioraria as coisas, mas, antes que pudesse abrir a boca, Madoc uma vez mais levantou uma das mãos.

Isolda esperava que ele explodisse de raiva às palavras de Owain, mas, apesar de seu rosto estar severo, falou com grande tranquilidade.

— Eu não diria que não há provas. Há os próprios atos de Mark, desde que foi coroado Rei Supremo. Você sabe... — Madoc deu as costas a Owain e seu olhar incluiu o restante dos conselheiros do rei. — Todos sabemos que Mark insistiu que permanecêssemos aqui em Tintagel, insistiu que a maioria de nossas tropas também permanecesse aqui. E também sabemos que em Tintagel estamos cercados pelo mar em três dos quatro lados. Se uma tropa considerável nos atacasse, seríamos presas tão fáceis quanto peixes capturados num barril.

Isolda viu Huel e alguns outros assentirem com a cabeça ou, pelo menos, hesitarem ao ouvir isso, mas Owain interferiu, virando-se para Madoc com voz baixa, quase suave, o rosto bonito com expressão de pena.

— *Milorde* de Gwynned: nenhum de nós diminuiria o ônus dos ferimentos que você sofreu, e duvido até que muitos de nós os suportassem tão bem quanto você. Tampouco duvido que tenha razão para sentir descontentamento contra Mark, embora você mesmo se tenha unido a nós quando rezamos por um sinal de orientação, e a resposta que recebemos não foi desfavorável ao Rei Supremo.

Mais um murmúrio de apoio percorreu o recinto, e um ou dois dos soldados expressaram sua concordância ao bater nos escudos com os cabos das espadas. Isolda viu que os ombros largos de Madoc se inclinaram levemente para baixo, de cansaço. Ele não aguentaria continuar por muito mais tempo. E era mais do que possível que nem desejasse tentar. Convocara a reunião do Conselho para que as afirmações de Isolda pudessem receber um julgamento justo. Ele mesmo nunca dissera que acreditava na verdade de qualquer alegação que ela fizera.

Isolda fechou os olhos e pensou: "Seria muito útil se eu recebesse mais uma centelha de premonição, indicando se avaliei bem ou não". Nada aconteceu, porém, nem mesmo um indício para ajudá-la no que agora precisava fazer. Abriu os olhos, respirou fundo e preparou-se para enganar como nunca antes.

Levantou-se do lugar e encarou Owain do outro lado do salão.

— Suponho, Lorde Owain, que o senhor nada saiba sobre sua oferta de se casar comigo. Nem sobre sua tentativa de usurpar o trono do Rei Supremo enquanto o próprio Mark está viajando.

Owain estava com o corpo meio virado, mas ao ouvir isso girou e a encarou, sobre as cabeças dos demais conselheiros. Então, de repente, voltou a lembrança do que Tristão dissera a Cendric e Octa. Eles prefeririam confiar uns nos outros para entrar no campo de batalha com uma agulha de cerzir do que com uma espada.

Isolda manteve os olhos em Owain:

— Nunca houve uma aliança entre os reis saxões. Cendric de Mércia e Octa de Kent são inimigos da uma vida inteira. Não confiam uns nos outros, nem mesmo para atacar um inimigo comum. A história era uma mentira. Apenas um truque para manter as forças da Bretanha aqui. O acordo de Mark é somente com Octa.

Ao observar Owain detidamente, Isolda percebeu um pequeno aumento do alarme em redor da boca, mas ele se recuperou quase imediatamente, e virou-se para encarar os conselheiros.

— *Milordes*, é evidente que ela diria qualquer coisa para escapar ao castigo que seus crimes merecem, mas não precisamos ficar aqui sentados escutando a língua venenosa de uma feiticeira e bruxa. Proponho que ponhamos um fim...

Isolda o interrompeu antes que pudesse prosseguir:

— E o senhor tampouco — disse ela calmamente — nada sabe sobre uma invasão planejada de Camelerd?

Ela suspendeu a respiração, ainda incerta sobre se adivinhara a verdade ou não, segundo os fragmentos que vira de relance no círculo das pedras com a imagem de deuses. E, se não tivesse passado os últimos sete anos fazendo esses jogos e observando rostos à procura de tais sinais, talvez não tivesse percebido o choque que surgiu como um relâmpago no rosto bonito de Owain.

— Quê? Eu não...

Mas Isolda o interrompeu de novo, empurrando o breve fulgor de alívio e triunfo de lado para que ela pudesse continuar. Deu um passo à frente, em direção a Owain.

— O senhor não sabe nada do acordo entre Mark e Octa, concedendo Camelerd a Octa, e sem a perda dos próprios homens dele? Não sabe nada das ordens que Mark lhe deu para conquistar a aliança do próprio exército de Con para que ele pudesse acompanhá-lo no ataque a Camelerd? Não sabe nada sobre derrotar Drustan, que supervisiona o País em meu lugar, para que as terras pudessem ser entregues aos saxões, com as vidas de seus conterrâneos bretões?

Enquanto falava, Isolda caminhava lentamente para a frente, até que ela e Owain ficaram separados apenas pela distância de um braço. De onde estava, ela pôde ver o leve brilho de suor que surgiu no lábio superior de Owain, e o espasmo nervoso de músculos em redor dos olhos. Ele parecia que ia recuar, mas, com um esforço, ficou firme, sacudindo a cabeça mais uma vez. Seu rosto mudou, de alguma forma aguçando-se como acontecera antes uma vez, e os olhos se mexiam rapidamente de um lado para outro, como um rato encurralado numa gaiola. O salão estava completamente silencioso, e o murmúrio de vozes e a movimentação estavam inteiramente parados. Isolda respirou fundo mais uma vez.

— O senhor nada sabe — continuou ela — da acusação que Mark lhe fez de traí-lo? — Isolda fez uma pausa e depois disse, muito tranquilamente: — O senhor perguntou a Mark que espécie de homem ele supunha que o senhor fosse. E Mark... Mark respondeu: "Eu suponho que você seja do tipo de homem que cortaria os seios da própria mãe se achasse que isso lhe renderia meio hectare de terra".

Owain não suportou mais. Súbita e completamente, embora não do modo que Isolda previra, fez um movimento rápido e espasmódico de negação, depois investiu contra ela, de faca na mão. A proximidade de Isolda a pusera bem ao alcance dele. Ela recuou bruscamente, mas não a tempo. Num instante, Owain a agarrou e fez com que ela girasse; um braço a segurava contra o peito dele, e o outro comprimia a lâmina da faca na garganta de Isolda.

— Não se mexam! — A voz de Owain era um sibilar intercalado. Ele pigarreou e prosseguiu: — Ninguém se mexa. Se alguém fizer um movimento, ela morre.

Madoc, que era o mais próximo deles, deu um passo à frente, mas ao ouvir isso ficou imóvel, o rosto queimado inexpressivo com o choque. No momento de silêncio seguinte à ordem de Owain, Isolda viu expressões idênticas de descrença perplexa nos rostos dos homens enfileirados nos bancos. O tempo pareceu passar mais lentamente. O barulho do próprio coração de Isolda estava pesado e exagerado, e a pausa entre os batimentos inacreditavelmente longa.

Madoc foi o primeiro a se recuperar, e deu mais um passo na direção de Owain. — Não seja... começou.

— Eu disse para não se mexer! Não se mexa, a não ser que a queira morta a seus pés.

Isolda não tinha dúvida de que Owain estava suficientemente apavorado para cumprir a ameaça. Ele cortaria a garganta dela num instante, mesmo se isso não o ajudasse a fugir.

"Convença o inimigo de que você não está com medo" — dissera Kian — "e você mesmo começará a acreditar nisso".

Isolda engoliu em seco, sentindo os músculos da garganta encrespar-se contra a lâmina da faca.

— Isto é uma loucura, Owain — ela disse — Não tem como escapar. Você sinceramente acredita que um único homem aqui presente deixaria que você fugisse em troca da minha vida? Da minha vida? Você...

— Cale a boca! — Isolda sentiu a lâmina da faca penetrar-lhe a pele, e um gotejar morno de sangue sair-lhe da garganta. — Nem mais uma palavra! — Ela sentiu o peito de Owain arfar atrás dela, e ele respirou tremulamente. — Imediatamente — ele continuou, respirando forte —, meus soldados, juntem-se a mim. O resto de vocês fique de lado.

Isolda pensou: "Afinal de contas, Owain deve ter esperado algum tipo de problema". Quando os soldados se levantaram lentamente, ela viu que ele trouxera uma dúzia ou mais de combatentes, muito mais do que qualquer dos conselheiros no salão. Todos eram rapazes, e os rostos estavam tensos e determinados quando saíram de seus lugares, com as mãos nos cabos das espadas. Isolda se perguntou o que Owain lhes havia dito. Talvez absolutamente nada. Mas todos fizeram um juramento de sangue a ele: defendê-lo até a morte, se necessário.

Isolda sentiu a tensão no recinto, tão retesada quanto as fibras coloridas da urdidura e trama de um tear. Mantendo a sensação de que o tempo passava com uma clareza artificial, ela viu os homens de Owain avançarem, com as espadas desembainhadas. E então aconteceu. Huel arremessou-se aos pés dele, sacando a própria espada e investindo para a frente com um grito sem palavras de raiva.

Isolda não sabia se ele havia decidido que a vida dela não valia a pena salvar, ou se simplesmente havia se descontrolado e agira sem pensar em nada. Rapidamente, ele arremeteu violentamente com a espada e traspassou o primeiro dos homens de Owain. O rapaz abriu a boca, os olhos arregalados de choque. Sangue lhe jorrou do peito quando Huel retirou a espada com um safanão. O homem caiu encolhido no chão, com um barulho grande e surdo.

Instantaneamente, os traços de tensão que haviam silenciado o aposento se romperam; a raiva e a fome de violência que haviam fervilhado no salão chegaram à tona com grande ímpeto. Em todo o ambiente os homens ergueram-se rapidamente e sacaram as próprias armas, mesmo enquanto o restante dos soldados de Owain saltou para defender o companheiro. Num instante, os homens de Owain formaram um círculo compacto ao redor do parceiro caído, com as costas viradas para dentro, retalhando e acutilando com suas espadas qualquer um que se aproximasse. Eram muito menos numerosos do que os outros, mas estavam em quantidade suficiente para fazer prever um combate demorado e sangrento. O salão ecoava o estrépito das espadas se chocando, os berros furiosos dos lutadores e os gritos coléricos dos feridos abatidos.

"Dizem que, quando você se propõe a se vingar, cava duas sepulturas, sendo uma para você mesmo. Talvez seja verdade, porque estou morrendo. Meu corpo está entorpecido e frio, e meu peito pesa como pedra.

Homem e mulher igualmente, todos conhecemos a morte, e esta é a minha. Pergunto-me se todos os que chegam a este momento sentem-se desta maneira, como se aquilo por que morremos não valesse absolutamente à morte. Como se permutássemos nossas almas por apenas mais um dia de vida. Mais uma hora. Mais um respirar. Será que todos nós, homens e mulheres, temos medo? Subitamente, uma voz se expressa ao meu lado: nítida, suave e baixa. Por um instante, não consigo entender as palavras, mas depois entendo. É uma história de Avalon, na qual nove sacerdotisas administram a deusa das chamas, e a dor de qualquer ferimento pode ser curada. Onde o tempo é uma curva, sem começo nem fim. Por pouco escuto um carrilhão ao longe, como sinos de prata."

Isolda ficou parada, escutando o eco da voz se distanciar, e então, assustada, deu-se conta de que o braço de Owain ao seu redor se havia afrouxado com o choque de ver a massa fervilhante de homens lutando; a mão segurando a faca afastou-se levemente de sua garganta. Apenas levemente, mas foi o bastante. Num único e rápido movimento, ela se esquivou da mão levantada e conseguiu soltar-se.

— Parem!

Foi provavelmente a surpresa que fez os homens deixarem de lutar momentaneamente e voltar os olhos para ela. Mesmo Owain, encaminhando-se para ela com a faca empunhada, ficou imóvel e hesitou. Ele poderia ter avançado, mas a pausa durou o suficiente para Madoc, ainda por perto, aproximar-se por trás dele e o agarrar pelos ombros, sacudindo-o para trás e ao mesmo tempo torcendo um de seus braços nas costas. Owain emitiu um grito agudo de surpresa misturada com dor, depois ficou imóvel.

Isolda percorreu o salão com os olhos, fitando os vários homens estáticos no chão. Olhou também para os que estavam de pé, arfando ao agarrar as adagas e espadas ou comprimir as mãos nas feridas que sangravam. Ela se lembrou de que Madoc certa vez a acusara de tentar enfeitiçar os conselheiros do rei, de preparar uma armadilha para eles utilizando uma rede de palavras bonitas.

Isolda respirou fundo e disse, elevando a voz para que chegasse até a extremidade do salão:

— Milordes, já lhes falei antes sobre a necessidade de nos unirmos contra um inimigo comum. E, se houve época em que a Bretanha precisasse dessa unidade, certamente é agora.

A seu redor, os homens começaram a se mexer constrangidos. Isolda elevou a voz e rapidamente prosseguiu:

— Seja lá o que os senhores pensarem de mim — se me odiarem por causa da traição de meu pai —, devem pelo menos concordar que havia uma guerra entre meu pai e Artur — bretão contra bretão — que nos levou ao estado de sítio em que estamos hoje.

Fez uma pausa e respirou fundo.

— As acusações que fiz contra Owain e Mark são verdadeiras, e Owain acabou de lhes provar isso. Mark e Octa em pouco tempo estarão nos atacando, pode ser que até já estejam a caminho. Se deixarmos que predomine a briga entre nós, a Bretanha vai ser completamente arrasada na batalha que certamente acontecerá. A Bretanha de Artur já não existe, mas ainda podemos salvar o que resta, e erguer uma nova nação com o que ainda possuímos. — Virou-se para Owain, ainda seguro por Madoc. — Até você, Owain. Você jogou para conquistar o poder, mas perdeu. Você quer mesmo ver a Bretanha cair inteiramente nas mãos dos saxões?

Por um momento longo e congelado no tempo, os olhos de Owain se encontraram com os dela. Isolda pensou então se seria um encaminhamento favorável a um final feliz se ela conseguisse identificar no olhar dele algum sinal de que ele havia mudado de opinião, comovido pelo que ela disse, mas, embora tenha percebido várias emoções passarem pelo rosto do homem — medo, frustração e raiva por ter sido descoberto e caído numa armadilha —, seu olhar só revelou uma avaliação fria e dura. Isolda era quase capaz de ouvir os pensamentos que lhe passavam pela cabeça, decidindo que sua melhor oportunidade de sobrevivência agora era tentar reconquistar ao máximo as graças dos conselheiros do rei. Só então, devagar, Owain sacudiu a cabeça negativamente.

Isolda sentiu-se de repente exausta, totalmente desgastada.

— Então mande seus homens pararem de lutar — disse ela. — E conte-nos o que sabe dos planos de Mark.

Isolda ficou sentada como fizera antes uma vez, prestando atenção ao silêncio do salão agora vazio e observando o fogo gradativamente desaparecer na grande lareira central. Achou que devia ser quase de manhã. Depois que os mortos e feridos foram carregados para fora, o Conselho deliberara por horas, primeiro ouvindo o depoimento de Owain, depois assumindo o controle e debatendo as providências de ataque e defesa que deveriam ser tomadas nos próximos dias.

Um passo atrás de Isolda a fez virar-se e deparar com o próprio Madoc; o rosto queimado parecia tão exaurido quanto ela mesma se sentia. Ele se sentou ao lado dela e ambos ficaram calados por algum tempo. Então Madoc disse, com a boca ligeiramente torcida e a voz ainda mais rouca de cansaço:

— Estranho! Recebi essas cicatrizes ao tentar provar que não havia mais necessidade de Rei Supremo, e agora me vejo usando o manto do rei.

Fora a última decisão dos conselheiros antes de a sessão terminar: a decisão de escolher Madoc como Rei Supremo, para conduzi-los na atual crise e determinar o caminho a ser seguido enquanto se preparavam para enfrentar Octa e Mark.

Isolda achou que era ainda mais estranho ela e Madoc estarem sentados juntos no salão vazio, conversando como dois sobreviventes de uma guerra. De alguma forma, Madoc estava diferente. *"Como eu sou. Como nós todos somos."*

Isolda piscou para evitar o ofuscar do fogo da lareira.

— Talvez o homem que seja o melhor rei seja o que não desejava esse lugar de jeito nenhum.

Madoc franziu as sobrancelhas levemente, e assentiu com a cabeça.

— Talvez. — Ele se calou por um instante e depois, ainda franzindo as sobrancelhas, continuou: — Foi contra a minha vontade que perdoei Owain, mas não vi nenhuma outra opção: tinha de soltá-lo.

O primeiro ato de Madoc como Rei Supremo havia sido declarar formalmente, com a concordância dos demais membros do Conselho, que a acusação de bruxaria contra Isolda estava retirada. Seu segundo ato fora encarar Owain e, com voz amarga, oferecer-lhe perdão, em sinal da gratidão do Conselho por ele haver alertado do ataque planejado de Mark.

— É verdade — apoiou Isolda. — O senhor não poderia ter agido de outra forma. Seja lá o que ele tenha feito, continua sendo rei de Powys, e não nos podemos dar ao luxo de permitir que um reino inteiro se vire contra nós justamente neste momento. O senhor acha que a lealdade de Owain vai se manter?

Madoc deu um risinho:

— Owain é tão leal quanto uma cobra, mas pelo menos não acredito que ele vá correndo se unir a Mark e Octa. Duvido que tenha essa coragem. Ademais, todos nós vamos estar de olho nele. Não podemos arriscar-nos a uma execução formal por traição, mas sempre existem os chamados acidentes. E também mortes que acontecem em segredo. Ele não vai ousar nos trair de novo.

Madoc voltou a se calar; seus olhos também fixaram o fogo; então, virou-se para Isolda:

— *Lady* Isolda, a senhora nunca revelou como soube da aliança de Owain com Mark. Nem como pôde citar as palavras exatas que Mark dirigiu a ele.

Uma lembrança surgiu em Isolda, na presença vibrante das pedras e do luar da noite anterior.

— É verdade — respondeu ela, após um momento —, eu nunca revelei.

— E como soube então?

Isolda concentrou-se no olhar de Madoc, e viu que a dúvida, e o ligeiro medo constrangedor, continuavam lá. Talvez um pouco menos, mesmo assim presentes. Sabia que ele também estava ciente disso. Vindo do lado de fora do salão, ela ouviu o barulho surdo dos cascos de cavalos, o tinir de freios e também o murmúrio de vozes. Os homens estavam começando a se reunir, preparando-se para cavalgar e enfrentar direto a tropa avançada dos saxões, como planejado. Na estrebaria, o cacarejar de um galo anunciou a chegada do amanhecer.

— O senhor tem certeza — disse ela — de que quer me perguntar isso agora?

Houve mais um breve silêncio enquanto os olhos de Madoc permaneceram fixos nos dela. Então, de repente, Madoc pôs-se de pé e disse:

— Boa noite, *Lady* Isolda. Boa noite e obrigado por tudo o que a senhora fez.

Capítulo 31

Isolda acordou na grande cama entalhada em seus próprios aposentos, e verificou que a pálida coloração cinzenta matinal penetrava pelas tapeçarias na parede. Sua cabeça latejava ferozmente, quase da mesma forma que ocorria depois da vinda de uma Premonição, e ela tinha uma vaga lembrança de ter ido para lá após sair do salão do Conselho, mas não se lembrava de ter adormecido. Não tinha sequer se despido. Continuava a usar a túnica amassada e imunda que vestia desde a fuga de Tintagel, há muitos dias.

Isolda empurrou para trás os cobertores forrados de pele e então ficou atônita à vista da própria mão, de palma para baixo, na coberta acolchoada. As articulações estavam ligeiramente rachadas e avermelhadas de frio, as unhas ainda sujas e diaceradas pelo tempo em que ficara ao ar livre. Mexeu os dedos e observou os frágeis ossos se flexionarem debaixo da pele. Há três dias, pensava que não viveria mais um dia. E, quando olhou para Con no caixão e jurou que Mark não ascenderia ao trono, teria até, se fosse sincera, suposto que essa luta poderia custar-lhe a vida.

Não obstante, lá estava ela. Viva. Viva!, pensou. E dormindo nos aposentos da rainha mais uma vez.

Devagar, ela girou a mão para baixo e fixou o olhar numa linha rosa esmaecida na extensão da palma, marca de antiga cicatriz. Levantou-se, foi até a bacia de rosto para lavar os vários dias de poeira e terra da face e das mãos, depois vestiu um corselete e um vestido limpos que estavam onde Hedda os dobrara. Agora haveria tempo para entristecer-se. Tempo para afligir-se por Hedda, por Con, Brychan, Merlin e todos os outros. E também por Morgana.

Tempo, também, para colocar as lembranças que lhe haviam voltado em algum lugar onde pudesse tolerá-las daqui para a frente. E também para as lembranças de Mark e de todo o resto que ela havia trancado há sete anos. Voltou a pensar que não escolhera lembrar, mas, de alguma forma, não escolheria esquecer de novo. Todos eles eram fragmentos. E, pela primeira vez desde que fugira de Tintagel, achou que esses fragmentos estavam tomando outra forma, talvez diferente, mas completa.

Isolda olhou do corselete e do vestido nas mãos para a taça de pitonisa de bronze, ainda no lugar habitual, ao lado da lareira. Apesar da dor que lhe latejava nas têmporas, não conseguia sentir nada agora no espaço onde a Premonição lhe chegara uma vez, nada mais do que sentira no salão do Conselho na noite anterior. Mesmo assim...

Lembrou-se daquele momento em seu laboratório quando as mãos de Hedda lhe apertaram a garganta. Seus lábios se haviam mexido em palavras que ela julgava esquecidas, e ela sentira a sensação breve e ardente da dor. Então...

As mãos de Isolda deslocaram-se para a garganta, tocando as contusões deixadas pelo agarrão de Hedda. Ela não havia visto o que Hedda vira, mas se lembrava do grito da outra moça: *"Não, você está morto! Eu mesma o matei."*

"Talvez isso", pensou Isolda, *"seja uma razão para ter esperança".*

Isolda abriu a porta do laboratório com um empurrão: o local estava escuro e na sombra, à luz cinzenta do começo da manhã. Seu olhar dirigiu-se imediatamente ao banco onde deixara Tristão dormindo na véspera, mas o homem que ela encontrou lá não era Tristão. Ector estava sentado com a cabeça inclinada para trás contra a parede, mãos cruzadas no queixo estreito afundado no peito. Levantou os olhos vivamente quando Isolda entrou; o rosto enrugado mais desagradável do que nunca, a boca soturna.

Isolda reparou que as ataduras já não cobriam o pé machucado; ele estava usando um par de botas de couro desgastadas, incrivelmente sujas e velhas.

— Você quer que eu examine seu pé? — perguntou ela, depois de dar-lhe bom dia.

Ector respondeu com desdém:

— Não, não quero. Agradeço se deixar meu pé em paz. O ferimento cicatrizou. Você já não tem desculpa para ficar me atormentando.

Isolda sorriu levemente e perguntou:

— E é por isso que você está aqui? Para me dizer isso?

Ector desviou o olhar, deslocando-se de modo constrangedor, e fez um barulho desajeitado e desconfortável com a garganta:

— Pois é...

Parou, percorreu o aposento com os olhos, viu as fileiras de pomadas e unguentos, essências e pílulas, e o teto, de onde se penduravam ervas para secar.

— Você tem um bocado de remédios aqui, não é? — perguntou abruptamente.

Os olhos de Isolda também percorreram o recinto, examinando as ervas e remédios cuidadosamente preparados.

— Alguns, mas não o bastante. Vai acontecer uma batalha muito feroz, talvez a pior desde Camlann. Não vai demorar para muitos homens feridos estarem aqui.

Ector ficou calado, olhando para o chão. Quando falou, sua voz estava rouca, e Isolda percebeu um toque de cor nas faces enrugadas.

— Bem, eles pode ter um fim pior do que ficar sob seus cuidados.

Isolda sorriu de novo e disse:

— Obrigada — Fez uma pausa. — Você é bem-vindo também.

Os olhos de Ector permaneceram olhando fixamente o dedão da bota direita, mas a cabeça encanecida sacudiu-se brevemente, assentindo.
— Pois é — repetiu ele.
Isolda hesitou, mas perguntou:
— Ector, você viu um homem quando entrou? Alto, com umas queimaduras feias nas costas e braços?
Ector resmungou e levantou os olhos:
— Se você se refere ao sujeito que estava dormindo aqui neste banco quando entrei, ele foi embora.
Isolda o encarou:
— Como foi embora? O que você quer dizer?
O rosto de Ector retomou as habituais rugas circunspectas e ele mexeu os ombros, irritado:
— Eu quero dizer que ir embora é ir embora, não é? Ele acordou quando entrei e me perguntou se eu sabia como chegar até o estábulo. Eu disse a ele e ele saiu. Disse que...
Isolda já lhe dera as costas e saíra, passando pelo grande pátio e o atravessando rumo ao estábulo.

Encontrou-o na extremidade do estábulo, verificando as rédeas de uma égua cinzenta mosqueada, usada pelo exército como animal de carga para transportar suprimentos e como carroça. Uma túnica limpa cobria as piores queimaduras nos ombros e costas, mas as contusões se ressaltavam no rosto, manchas roxas e negras. Isolda se aproximou em silêncio, mesmo assim ele levantou os olhos quando ela estava a pelo menos dez passos de distância, mas não disse nada. Após um instante, Isolda perguntou:
— Como conseguiu que lhe dessem a égua?
Tristão deu de ombros, sem nenhuma expressão no rosto.
— Eu disse a eles que eram ordens suas. Os cavalariços têm outras coisas com que se preocupar além de uma égua solitária.

— Suponho que tenham.

Tristão se virou e enfiou o freio na boca da égua, esfregando o pescoço malhado de maneira prática quando o animal sacudiu a cabeça e tentou protestar. Houve um momento de silêncio e então ele disse, sem olhar para ela:

— Quer dizer que o Conselho do rei decidiu que, afinal de contas, você não é uma bruxa?

Isolda percorreu a distância que os separava, alisando um cacho solto de cabelo, ainda ligeiramente úmido depois de lavado com água de lavanda antes de se vestir em seus aposentos. Ainda era estranho estar limpa depois de tantos dias dormindo ao ar livre, estar usando um vestido que não estivesse duro de areia e lama seca.

— É — respondeu ela —, mas estão fingindo não acreditar nisso por enquanto. Como você disse, há outras coisas com que se preocupar agora, mais importantes do que decidir se sou culpada ou não de feitiçaria.

Tristão aquiesceu, mas não disse nada. A cabeça estava inclinada na tarefa de atrelar a égua, e Isolda voltou a examinar-lhe o rosto: a curva bem-definida da face e do queixo, agora com uma barba castanho-dourada de vários dias, as sobrancelhas oblíquas e os olhos azul-claro, o olho esquerdo ainda inchado de uma contusão de cor esmaecida.

Achou que ele parecia exaurido, o que não era surpresa após o que suportara nos últimos dias. Tentou rastrear nos traços dele o eco do menino que conhecia há tantos anos. Tentou encaixar as duas imagens: a do menino de que se lembrava e a do homem à sua frente agora. Ele deveria estar com quantos anos? "Vinte e três", pensou Isolda, "porque eu tenho vinte".

O silêncio se prolongou, e Isolda então disse:

— Você simplesmente ia embora sem me dizer nada?

Os ombros de Tristão se levantaram de novo, e ele se virou, lançando a sela no dorso da égua num único e fluido movimento:

— Que havia para dizer?

— Que havia... — Isolda esforçou-se, controlou o gênio e se obrigou a parecer contrariada, mas ainda assim calma. — Para começo de conversa, você pode me dizer como me deixou lá na charneca.

Ao ouvir isso, Tristão olhou de relance para ela e falou:

— Achei que você já tinha descoberto o que eu fiz.

De repente, Isolda sentiu que o controle que estava acumulando lhe escapou. Imediatamente, ficou tão zangada com ele quanto nunca havia estado:

— E você acha mesmo que eu devia ter confiado em você? Quando não confiou em mim o bastante para me dizer quem era de verdade?

Deteve-se, e tentou acalmar a respiração.

— Eu não me lembrava de você — disse ela, menos agressivamente. — Já lhe disse por que, mas me lembrei do que você me disse, há muitos anos.

Tristão afastou-se abruptamente e endireitou a sela no lugar. Deu um riso áspero e irritado:

— Que as estrelas vão continuar a brilhar amanhã? — Ele parou e se aprumou. Tirou o cabelo da testa, olhou-a por um momento e sacudiu a cabeça. — Talvez nem tanta coisa tenha mudado como pensei. Naquela ocasião eu também não podia ser de muita ajuda para você.

— É por isso que está indo embora? — Tristão não respondeu e Isolda disse, devagar: — Não, é por causa dele, não é? Por causa de Mark.

Ela viu a boca de Tristão se apertar, mas estava muito aborrecida para não continuar a falar.

— Eu estava certa quando adivinhei que sua mãe era saxã e seu pai bretão. Sua mãe era uma princesa saxã, enviada para fortalecer a aliança com Chelric feita por meu pai. E era casada com Mark, seu pai.

Ela parou; os olhos se fixaram nas contusões no rosto dele, nas marcas de queimadura no pescoço e nos ombros, mal visíveis acima da gola da túnica. Ela disse, suavemente:

— Você sabe que não pode continuar fugindo dele, não sabe?

Tristão girou o corpo e a encarou:

— Você acha que foi isso o que aconteceu há sete anos? Que eu fugi?

Isolda sacudiu a cabeça e disse:

— Não, não naquela época. Eu me lembro...

Ela viu um músculo se retesar no queixo de Tristão, mas quando ele falou sua voz estava novamente mais tensa e perigosamente controlada:

— Do que você se lembra?

Isolda fechou os olhos brevemente num esforço para se lembrar. Mesmo agora, porém, aqueles dias continuavam como um borrão de lembranças fragmentadas, um nevoeiro confuso de pesar.

— Foi pouco antes de Camlann — disse ela afinal. — Você foi embora para lutar e nunca voltou. Todos pensamos que estivesse morto... ou tivesse sido capturado.

Ela parou. Ainda agora sentia dor no peito ao se lembrar. Quando seu pai morreu, Morgana adoeceu, na época em que a praga assolou toda a Nação. E então chegou a notícia de que Tristão estava entre as perdas na batalha final entre Artur e o filho.

Os olhos de Tristão estavam insípidos e opacos como pedras azuis, e a boca repuxada num sorriso sem humor.

— Capturado? Sim, suponho que se possa dizer assim.

Mas antes que ele pudesse continuar, a porta do estábulo às suas costas se abriu, e Hereric abaixou levemente a cabeça para entrar. O rosto do homenzarrão ainda estava atormentado e sombrio, os passos pouco firmes, mas o sorriso bronco e expansivo que deu a Isolda estava tão largo quanto antes.

Tristão respirou fortemente e seu rosto endureceu mais uma vez:
— Ele chegou a cavalo hoje de manhã com Kian — informou secamente, em resposta à expressão de Isolda.

Hereric tocou o ombro de Tristão para lhe atrair a atenção e fez um série rápida de sinais. Demorou bastante antes de Tristão encarar Isolda. Seus olhos, cansados e surpreendentemente azuis contra a pele machucada, encontraram os dela:
— Hereric diz que está bem e que você salvou a vida dele.

Isolda respirou aliviada. Em consideração a Hereric, de pé ao lado de Tristão, que a observava, o rosto largo meio ansioso, ela sorriu.

— Estou contente por você estar bem, Hereric.

Hereric fez mais um sinal.

— Ele disse — começou Tristão.

— Eu sei o que significa esse sinal. — Isolda apertou a mão de Hereric e disse: — De nada, Hereric. E que uma bênção o acompanhe quando você for embora daqui.

Então, lentamente, ela se voltou para Tristão. O silêncio se estendeu entre eles de novo, e algo no rosto de Tristão fez Isolda recordar-se rapidamente daqueles fragmentos de lembranças que lhe tinham vindo desde que ela o reviu pela primeira vez. Que haviam trazido de volta seu passado, insistido até que afinal ela já não tivesse escolha: era preciso prestar atenção neles. Fragmentos, recordações dela e de Tristão há anos passados, que ela havia pensado que seriam. De Tristão...

Ela franziu a testa, tentando afugentar as lembranças, mas não adiantou. O que as centelhas de lembranças lhe haviam mostrado tinha desaparecido tão completamente quanto as próprias palavras.

Contudo, ela conservava as próprias lembranças. De Tristão consertando para ela um carro de brinquedo quebrado quando era pequena. Ou de quando a levava para pescar num barco que ele mesmo fizera. De intimidá-lo para deixá-la cuidar das contusões que ele não mostrava a ninguém mais: as marcas de chicotadas e machucados infligidas pelo pai.

— Você era...

Isolda parou. O que fora Tristão para ela? Seu companheiro? O irmão que ela não teve? Seu único amigo? Fitou o rosto dele de novo, olhos nos olhos.

— Você foi a única pessoa com quem já pude contar, Tris, além de minha avó e de mim mesma. Não quero me separar de você com raiva. Que uma bênção o acompanhe também.

Inconscientemente, ela se esticou para tocar na mão de Tristão, como fizera com a mão de Hereric, mas, quando seus dedos roçaram os dele, Tristão deu um solavanco para trás, como se estivesse sendo queimado.

Isolda pensou: "É claro que ele agora deve me odiar". Olhou para as marcas de chicotadas, as marcas do ferro de marcar gado em sua pele.

Ela então estremeceu, chocada e também assustada, com a dor que essa percepção lhe causou. Afastou-se rapidamente e esforçou-se para não olhar para trás. Ela o perdera fazia sete anos, aos treze anos, e sofria com todo o coração, porque ele havia sido seu companheiro de infância, seu protetor, seu único amigo, tudo isso e mais. Nos sete anos que se passaram desde então, ele mudara. Os dois haviam mudado. E ela não esperava que perdê-lo agora de novo fosse doer quase tanto quanto antes.

Isolda atravessava o grande pátio quando um toque no braço a fez virar-se:

— Kian!

O rosto cheio de cicatrizes de Kian estava tenso de cansaço, mas ele se mantinha ereto, com o braço direito ainda preso ao peito pelas ataduras que ela fizera na manhã da véspera.

— Vi Hereric com Tristão — disse Isolda. — Como é que vocês dois entraram aqui?

Kian levantou o ombro do lado que não estava ferido.

— Foi fácil. Pegamos emprestada a mula do Irmão Columba e esperamos no portão junto com os outros que vêm mendigar.
— Você não confiou que eu conseguiria libertar Tristão?

Ao ouvir isso, um lado da boca de Kian se inclinou num sorriso breve e inesperado, e ocorreu a Isolda que muita coisa também havia mudado entre eles desde que se conheceram na úmida caverna marinha, quando Tristão mal o havia impedido de persegui-la com uma faca.

— Bem, pensei que você talvez precisasse de ajuda. — Ele fez uma pausa e disse, com o rosto novamente sério: — Você salvou Tristão e Hereric. Não fosse por você, nenhum dos dois estaria vivo hoje. Por isso eu queria lhe agradecer e dizer que eu...

Kian se deteve, como se tivesse dificuldade para dizer as palavras seguintes:

— Fui injusto com você — conseguiu dizer finalmente. Endireitou os ombros e a olhou fixamente. — Não posso fazer desaparecer as palavras que disse quando Hereric a levou para o acampamento; só posso dizer que lamento o que falei, e pedir seu perdão.

— Concedido. Ele é — ele já era seu. — Isolda fez uma pausa, depois disse, com os olhos nos de Kian: — Tampouco eu posso mudar o passado, nem apagar o que meu pai fez. Só posso fazer o possível para evitar que os mesmos erros não sejam cometidos de novo.

Kian a analisou e disse:

— Então quer dizer que você pretende realmente resolver o problema? Preparar-se para a guerra que está a caminho?

O olhar de Isolda examinou lentamente o local onde estavam; olhou para as muralhas e as torres de pedra cinzenta de Tintagel, envolvidas pela névoa e ecoando como cordas de harpa com tudo o que já acontecera. O amor de Uther por Ygraine, e o nascimento de Artur. As profecias de Merlin, a traição de Modred e a guerra. Agora, com a morte de Brychan e de todos os outros que morreram nas mãos de Mark. E com suas lembranças de Con, que lutara para agarrar-se às vitórias de Artur. Para erguer o estandarte de Pendragon em triunfo mais uma vez. Ao redor deles, soldados passavam indo e vindo, aprontando-se para marchar e enfrentar o ataque iminente. Madoc e Huel, com as divergências temporariamente esquecidas em vista de um inimigo comum, exercitavam seus homens na formação. Embora Isolda não soubesse quanto tempo durariam as alianças estabelecidas no salão do Conselho na noite da véspera. Num canto do pátio, o Padre Nenian distribuía pão e refeições aos andarilhos de expressão exausta que vinham pedir ajuda. Enquanto Isolda observava, um menino pequeno e sujo safou-se da mão da mãe e correu, dando risadas estridentes, para as filas de soldados alinhados com lanças e espadas.

Ela sabia que chegara ao fim o tempo em que podia simplesmente pensar em dar pontos num ferimento e fixar um osso. Estava também recordando o momento de paralisia depois que se libertou do soldado no promontório na noite anterior, e havia ficado completamente incapaz, durante aquele espaço de tempo, de se mexer ou prosseguir. Acabara de dizer a Tristão que ele não podia continuar a fugir, e pensou: "Também vou precisar enfrentar o Mark, mais cedo ou mais tarde. Nada terá terminado para mim até eu fazer isso".

Por isso ela aquiesceu em resposta à expressão inquisitiva de Kian:

— Ganhei um assento no Conselho do Rei por enquanto, de modo que minha resposta é afirmativa: sim, pretendo fazer o possível.

Kian a olhou e levantou uma sobrancelha:

— Você acha que há possibilidade de sucesso? De resistirmos aos saxões novamente?

Isolda deu de ombros e disse:

— Sempre há essa possibilidade, e temos *Lady* Nest, parente de Mark, como refém. Mark deve querer chegar a um acordo em troca da liberdade dela.

Particularmente, Isolda duvidava que Mark se importasse o suficiente, mesmo tratando-se de Nest, para fazer um trato por sua liberdade ou sua vida, e se calou, recordando a cena na câmara do Conselho na véspera. Nest, tirada da cama e ainda inchada de sono, havia sido trazida por dois homens de Madoc, e enfrentara raivosamente o Conselho quando soube o que iria ser feito, mas fora em Isolda que se concentrara por último, contorcendo os lábios finos:

— Este é um estratagema baixo e imundo — vociferou — Usar uma mulher como refém e peça de troca numa guerra.

Isolda concordara com a cabeça:

— É verdade. Da mesma forma que foi um estratagema baixo e imundo tentar fazer Dera arder na fogueira por bruxaria junto comigo.

Isolda voltou à realidade e se deu conta de que Kian estava falando, embora só tenha prestado atenção às últimas coisas que ele disse:

— Acredito que você possa contar com todos os combatentes que estejam em boas condições físicas, embora só daqui a um ou dois dias meu ombro vá conseguir aguentar o peso de uma espada.

Por um momento Isolda só conseguiu olhar fixamente, sem acreditar no que ouvira. Então perguntou:

— Kian, você tem certeza?

Kian concordou brevemente com a cabeça e disse:

— Claro que tenho.

— E Tristão...

— Disse a mesma coisa a Tristão. Ele não gostou muito, mas não vai tentar me impedir.

Isolda olhou para o rosto castigado do homem ao seu lado, e para a cicatriz que na batalha de Camlann recebera. Camlann terminara. Artur e Modred, Merlin, Morgana e Guinevere permaneciam apenas como nomes das histórias dos bardos e talvez como vozes no vento. Ela pensou então: "Terminou uma era, e talvez uma outra tenha começado".

— Você não precisa lutar, sabe disso, não? — Disse ela afinal. — Eu lhe concederia a propriedade de terras minhas, em agradecimento pelo que já fez. Você teria sua terra e sua fazenda.

Kian calou-se um instante, mas sacudiu a cabeça:

— Uma fazenda não tem muita serventia se os saxões arrasarem com ela, não é? Não. Já lutei uma vez pela Bretanha, e acho que posso lutar de novo. Além disso... — Ele parou, e mais uma vez o sorriso tímido e não rotineiro repuxou-lhe a boca.

— Eu provavelmente ia morrer de tédio depois de uma semana lavrando e capinando a terra e jogando milho para as galinhas. Você me fará um favor se aceitar que eu participe da batalha.

Isolda não havia chorado na noite da véspera, nem mesmo quando se despedira de Tristão, mas agora, de repente, sentiu lágrimas lhe arderem nos olhos.

Entretanto, antes de poder falar, uma criatura forte e malhada de branco e castanho veio correndo do outro lado do pátio e pulou em cima dela, quase a derrubando no chão. Kian sorriu de novo enquanto Cabal choramingava, enfiando o focinho na palma de Isolda.

— Parece que tem mais alguém que não quer ser esquecido.

Isolda debruçou-se sobre a cabeça do grande animal e escondeu o rosto no pelo eriçado, até desaparecerem as lágrimas; aprumou-se.

— Se tem tanta certeza assim, pode participar da batalha; seja muito bem-vindo! —disse a Kian — Precisamos de todos os homens para que a Bretanha sobreviva a essa tormenta iminente.

Observações históricas

A lenda de Tristão e Isolda e a lenda do Rei Artur, da qual ela faz parte, estão impregnadas de magia. O mundo das narrativas é cheio de vozes de profecias, com palavras encantadas e mulheres do Outro Mundo, além da ilha mágica de Avalon, onde Artur jaz em sono eterno, esperando cavalgar mais uma vez para ajudsar a Bretanha.

Na verdade, se existiu mesmo o Artur histórico, provavelmente foi um comandante militar celta que viveu em meados do século VI, um guerreiro que manteve resistência triunfante contra as incursões saxônicas sobre as praias britânicas. Tristão foi possivelmente um guerreiro contemporâneo, talvez filho de um rei de um pequeno reino da Cornualha, cujo ciclo de histórias acabou absorvido pelas lendas em torno de Artur e suas tropas de guerra.

Entretanto, a lenda de Artur, como a conhecemos hoje, é o resultado de cerca de mil e quatrocentos anos de revisões, de narrativas recontadas e de acréscimos na estrutura original da história. A versão que forma o pano de fundo de *O crepúsculo de Avalon* é uma das primeiras que conta a história de Artur, a recontada por Geoffrey of Monmouth no livro *History of the kings of Britain*, escrito em meados do século XII. Nessa versão, o agora famoso triângulo amoroso Guinevere/Lancelot/Artur não existe; de fato, Lancelot nem sequer é citado como um dos soldados do rei. Em lugar dele, é Modred, sobrinho e herdeiro de Artur, que trai o rei ao apossar-se de Guinevere e do trono.

Da mesma forma, usei a mais antiga referência às figuras históricas de Tristão e Mark como base para as personagens de minha história. Essa referência é um monumento comemorativo na Cornualha, com a inscrição: *Drustans hic iacet Cunomori filius*, que significa: "Aqui jaz Drustanus, filho de Cunomorus".

Muitos estudiosos sugeriram, de forma plausível, que as personagens aí citadas são Tristão e o Rei Mark das lendas medievais, identificando Drustanus como uma variante admissível do nome Tristão (ou Trystan); Cunomorus é a versão latinizada do nome Cynvawr, identificado por Nennias, historiador do século IX, como o Rei Mark.

Contudo, além dessa única referência, quase nada se sabe dos vultos que inspiraram as histórias posteriores de romance centralizadas no triângulo amoroso entre Tristão, Isolda e o Rei Mark, narrativas hoje tornadas famosas na pintura, na ópera e até mesmo em filmes populares. Dei a essas personagens uma história que, além dos nomes e de alguns pontos estruturais básicos, quase não se assemelha àquelas histórias, mas que julguei que poderiam, de maneira razoável ou, pelo menos, concebível, ter formado o alicerce sobre o qual as histórias posteriores foram assentadas.

As demais personagens em *O crepúsculo de Avalon* são inteiramente fictícias, à exceção de Madoc de Guynned, vagamente baseada no histórico Rei Maelgwn Gwynedd, do século XVI, e de Merlin, que pode realmente ter sido um famoso bardo galês. A não ser por essas personagens, porém, *O crepúsculo de Avalon* combina lenda e verdade, numa tentativa de retratar o mundo histórico da Cornualha do século VI, embora ao mesmo tempo homenageie as lendas que são, após séculos de serem contadas e recontadas, tão reais quando os fatos históricos.

Agradecimentos

A autora gostaria de agradecer às seguintes pessoas:

Minha filha Isabella, que nasceu quando eu estava na metade do primeiro rascunho deste livro, por dormir tão maravilhosamente bem e por ser uma menininha espetacular sob todos os aspectos: sem sua generosa cooperação eu jamais poderia ter escrito vários outros rascunhos e ter encontrado um agente e um divulgador antes do seu primeiro aniversário; meu marido Nathan, que propiciou inigualável apoio técnico e todas as demais formas de apoio imagináveis nos últimos dez anos, mas, por outro lado, sempre se sabe que casar com um especialista em inglês vale a pena, não é mesmo?; minha mãe e meu pai, que foram meus editores, chefes de torcida, babás, motoristas e consultores de moda pessoal desde que comecei esta jornada; meu maravilhoso agente Jacques de Spelberch, que ofereceu aconselhamento editorial incrivelmente perspicaz e útil, orientou-me em cada etapa do processo de apresentação e publicação do livro e, cada vez que nos reuníamos, fazia me pensar que eu era sua única cliente, embora ele, evidentemente, tenha muitos outros; por último, mas de forma alguma menos importante, minha excelente editora Danielle Friedman, cujas percepções e entusiasmo me orientaram de maneira fundamental. Sem ela eu jamais teria escrito o livro que sempre visei a escrever.

Muito obrigada a vocês todos!

Este livro foi impresso pela Prol Editora Gráfica
para a Editora Prumo Ltda.